Karin Pelka

Ein allerletzter Sommer:

Sturmschäden

Roman

AF215494

Die Autorin:
Im Januar 1983 in einem fränkischen Dorf geboren, wuchs Karin Pelka auf einem kleinen landwirtschaftlichen Betrieb auf. Nach der Hauptschule begann sie eine Ausbildung zur Verkäuferin, brach diese jedoch ab. Schließlich zog sie für die Ausbildung zur IT-Systemelektronikerin nach München. Dort lebte und arbeitete sie fünfzehn Jahre mit Mann und Sohn, bis sie mit ihrer Familie Ende 2017 die Stadtwohnung gegen ein Häuschen im Odenwald tauschte.

Sie veröffentlichte zahlreiche Kurzgeschichten in Anthologien, wurde mit dem Putlitzerpreis des 42er-Autoren e.V. ausgezeichnet und publizierte zwei Kurzromane.
„Sturmschäden" ist ihr erster Roman.

Karin Pelka

Ein allerletzter Sommer:

Sturmschäden

Roman

Bibliografische Information der Deutschen Nationalbibliothek:
Die Deutsche Nationalbibliothek verzeichnet diese Publikation
in der Deutschen Nationalbibliografie;
Detaillierte bibliografische Daten sind im Internet über
www.dnb.de abrufbar.

2. Auflage 2019
© Karin Pelka – alle Rechte vorbehalten.
Design und Gestaltung: Karin Pelka, Fotos: Pixaby

karin-pelka.jimdo.com

Herstellung und Verlag:
BoD - Books on Demand, Norderstadt
ISBN: 9783749450992

Für Dich,
Erdenkind,
mit allem,
was ich bin.

Ein Sommer in den 1990ern im Süden Deutschlands

I.

Dichte Wolken verdeckten die Sonne und legten ihren grauen Schatten über die sanft abfallende Wiese. Judit hob den Kopf und blickte an den mächtigen Fichten empor, die über ihr aufragten, doch auch in den Wipfeln fing sich keine Sonne mehr. Krampfhaft schluckte Judit die Verzweiflung hinunter, die beim Anblick des düsteren Himmels wieder nach ihr griff. Sie wollte nicht mehr an den Vormittag denken. Ihr blieben noch vier Wochen, vier ganze Wochen! Achtundzwanzig Tage Zeit für eine Idee, für irgendeine Lösung, die besser war, als die des Vaters.

Sie war siebzehn Jahre jung, ihr Leben lag in voller Länge vor ihr. Vielleicht würde sie reisen, ja, einfach reisen, mit leichtem Gepäck und ohne Besitz. Sie konnte bis nach Tibet trampen oder für eine Überfahrt mit dem Schiff nach Australien ein paar Wochen arbeiten. Na gut, wahrscheinlich träumte sie nur einfach und würde sich nie trauen, ganz alleine weiter als bis in den Wald zu gehen.

Ganz sicher aber würde sie eines Tages das Meer sehen. Judits Blick glitt über die von dunklen Fichten bestandenen Hügel, die sich bis zum Horizont erstreckten, und stellte sich vor, es wären turmhohe Wellen. Wellen, die heranbrandeten und mit Macht an den Rumpf eines hölzernen Dreimasters schlugen. Judit hielt das Steuerrad auf Kurs, der Wind trieb ihr die Gischt ins wettergegerbte Gesicht, über ihr kreischten die Möwen, die Luft schmeckte nach Salz und Freiheit. Ja, auf dem Meer, da würde sie sich sicher fühlen und lebendig. Jeder Atemzug würde nach Freiheit riechen. „Luftschlösser!", hatte er gebrüllt. „Nichts als Luftschlösser!"

Hochrot der Kopf, die Halsschlagader war seildick und pulsierend hervorgetreten. Spucke spritzte in Judits Gesicht.

„Aber Papa ..."

„Was, aber Papa?! Was?"

„Ich meine ..."

„Was meinst du?"

„Sind wir nicht hier auf dieser Welt, um es wenigstens zu probieren? Sollen wir nicht wenigstens versuchen -?"

Die Tränen hatten sie übermannt, ihre Stimme versagte.

„Mit großen Träumen und mit Geheule kommst du zu nichts in der Welt, Judit! Komm endlich auf den Teppich! Du bist keine fünf mehr, du musst den Tatsachen ins Auge sehen."

„Ich wollte doch das Abitur machen, studieren ..."

Die Faust des Vaters war mit einem Donnerschlag auf den Tisch gefahren, Judit zurückgezuckt.

„Dass ich nicht lache! Jetzt auf einmal willst du die Schulbank drücken? Fürs Abitur fehlt dir doch der Grips! Und das Sitzfleisch", brüllte er. „Und was will die Madame überhaupt studieren? Hä? Was? Lass mich raten? Am liebsten Philosophie und Altgriechisch, damit du am Ende bloß kein Geld verdienen brauchst und mir weiter auf der Tasche liegst!"

„Papa, ich weiß nicht ..."

„Du weißt nicht! Klar weißt du nicht! Deshalb weiß ich es für dich: Du machst diese Lehre und damit basta!"

„Aber ich kann das nicht! Mir kommt schon bei dem Geruch alles hoch. Bitte, lass mich wenigstens was anderes suchen, irgendwas, aber -"

„Ha! Was willst du denn Besseres finden? Sei lieber froh, dass ich den Herbert schon so lange kenne. Der hätte dich sonst auch nicht genommen." Der Vater lachte auf. „Brauchst gar keine Kuhaugen machen, Fräulein, ja, so schaut es aus. Ich hab überall gefragt, ob dich jemand brauchen kann. Und wenn ich den Herbert nicht bekniet hätte, tät dich niemand nehmen. Die Welt wartet nicht auf Dummerchen mit dem Kopf in den Wolken. Niemand wartet auf irgendwelche großen Träume."

Plötzlich klangen alle Geräusche verzerrt an ihre Ohren, ihr Körper fühlte sich nicht mehr an, als säße er fest auf der Eckbank. Die Küche verschwamm, der Ausbildungsvertrag, der vor ihr auf dem Esstisch lag, der grüne Kugelschreiber von der BayWa. Alles wirkte unwirklich, wie unter Wasser. Es war nicht Judit, die den Kugelschreiber schließlich aufnahm, die Mine herausdrückte und auf der noch freien Linie am Ende des Vertrags Judits Namen schrieb. Es sah nur so aus. Judit selbst war abgetaucht.

Wie in Trance folgte sie wenig später der Mutter zum Auto, ließ sich zum Einkaufen nach Michelried fahren, schlüpfte mechanisch in die Schürzen für die Ausbildung, die die Mutter ihr reichte, drehte sich auf Aufforderung vor dem Spiegel und ließ die Mutter kaufen, was sie kaufen wollte.

Erst als sie nach fast einer Stunde Autofahrt wieder auf dem Schotterplatz neben dem Blumengarten anlangten, lichtete sich Judits Blick allmählich. Sie stieß die Autotüre auf, sprang heraus und rannte.

Sie rannte ums Haus, rannte den Hügel hinauf und immer weiter. Bis hierher an den Waldrand, wo sie sich wieder und wieder die Tränen abwischte und beschloss, stark und tapfer zu sein - und keine zwei Atemzüge später wieder losflennte.

Judit holte tief Luft. Sie fühlte sich unendlich matt, wie nach einem langen, entbehrungsreichen Kampf, den sie trotz allem verloren hatte.

Über ihr ballten sich die Wolken und der aufkommende Wind roch nach Regen, eine Böe fuhr heftig in die Fichten und riss am Laub der wenigen Buchen, die die Monokultur durchbrachen. Aus der Ferne rollte tiefes Donnergrollen heran. Sie musste wirklich los. Nachhause. Schnell.

Judit blieb sitzen. Die düsteren Wolken schluckten das letzte Licht, der Wind pflügte durchs blühende Gras zu Judits Füßen. Ein Blitz zuckte auf und prompt folgte der Donner. Es war nah, das Gewitter. Sehr nah.

Judit rührte sich nicht. Erste Regentropfen rieselten aus den Wolken. Kleine, unscheinbare zuerst, die Judits nackte Füße kitzelten. Es roch nach durstiger Erde, die gierig trank, nach warmen Staub, den die Tropfen aufwirbelten. Und wenn Judit ehrlich war, liebte sie nichts so sehr, wie Gewitter. Denn wenn sie spüren konnte, wie die Kraft der Natur sich entlud, wie die Elemente um sich schlugen, fiel alles von ihr ab.

Die Tropfen wurden größer, schlugen härter ein. Wieder und wieder blitzte es, Donner rollte von Hügel zu Hügel. Der Wind trieb den Regen unter die Bäume, blies ihn in Judits Gesicht. Die Tropfen rannen über Judits Nase, klatschen auf ihr T-Shirt, die nackten Beine. Wenn sie sich nicht den Tod holen wollte, musste sie los.

Langsam streckte sie sich, bewegte die steif gewordenen Zehen, bevor sie aufstand. Sie lief barfuß in den Wald hinein. Die Nadeln und verdorrten Zweige machten ihr nichts, das war sie gewohnt. Judit folgte dem Trampelpfad, den sie sich mit den Wildschweinen teilte und huschte tiefer in den Wald hinein, während über ihr das Gewitter tobte und die Wipfel der Fichten hin und her warf.

Die Tropfen schlugen hart in Judits Gesicht. Sie begann doch zu rennen. Immer den Berg hinunter zu dem befestigten Weg, rannte sie über tief eingefahrenen Schotter, sprang über frisch abgerissene Fichtenzweige hinweg. An ihren Füßen und bis hinauf zu den Knien klebten verdorrte Nadeln und welkes Laub.

Windstoß um Windstoß brachte mehr und mehr Regen und Kälte mit sich. Mit einem brachialen Knall brach ganz in der Nähe ein Baum. Als sie japsend am Waldrand ankam, war sie klatschnass und halb erfroren. Die Steine stachen ihr wegen der Kälte scharf in die Sohlen. Judit verlangsamte ihren Schritt. Sie wischte sich das Wasser aus dem Gesicht, holte tief Luft und rannte aus dem Wald.

Ein niedersausender Blitz blendete sie, dicht gefolgt vom Donner. Judit zuckte heftig zusammen, schrie auf, aber sie rannte weiter. Der Schreck pulsierte in ihren Adern, sie fühlte sich lebendiger als jemals zuvor. Lachend rannte sie im strömenden Regen den Hügel hinab, teilte sich den Weg mit dem in Bächen hinunterrinnenden Wasser, rannte, bis sie auf das Ende der schmalen Teerstraße stieß.

Der Asphalt fühlte sich noch warm an. Judit atmete den Geruch der regennassen Straße und lief auf die Scheune zu, die am nächsten zum Waldrand stand. Ja, das war Freiheit. Und fast so, wie den Dreimaster durch den Sturm zu lenken.

Sie hechtete durch den Wasservorhang, der vom Wellblech herab prasselte, lehnte sich unter dem schmalen Dachvorsprung an das warme, verwitterte Holztor der Scheune und keuchte. Sie hatte es fast geschafft, musste nur noch die Straße überqueren, doch als Judit durch die herabrinnenden Wasserfäden hinüber schaute zum Haus mit dem vom Alter buckligen und vom Regen dunkel glänzenden Dach, verließ sie der Mut.

In der Stube brannte Licht. Der Vater saß sicher drin, las Zeitung. Und Micha würde bei ihm sitzen, am Kreuzworträtsel scheitern und dem Vater tausend Fragen stellen, die ihm das gute Gefühl gaben, unheimlich viel zu wissen. Die Mutter würde hinten in der Küche hantieren.

Judit fror erbärmlich, ihre Zähne schlugen unkontrolliert aufeinander. Sie musste endlich rein gehen. Entschlossen stieß sie sich vom Holztor ab, schritt unter der Eisdusche an der Dachkante hindurch, überquerte den Asphaltstreifen, der das einzelne, uralte Fachwerkhaus mit dem Rest der Welt verband, schob das Gartentürchen auf, huschte an den eifrig im Regen nickenden Blumen der Mutter vorbei und die zehn ausgetretenen Granitstufen zur Tür hinauf.

Judit griff nach der Klinke. Doch obwohl ihre Hände und Füße vor Kälte weh taten, hielt sie inne, legte den Kopf schief und lauschte. Außer einem verhallenden Donner und dem Regenprasseln hörte sie nichts. Trotzdem wusste Judit, wie es stand. Die schlechte Laune des Vaters hing noch immer in der Luft. Und sie würde sich weitaus länger halten, als jede Gewitterfront.

Leise drückte Judit die Klinke und schlüpfte in den schmalen Flur. Die mit PVC belegten Dielenbretter knarzten unter ihren Schritten, obwohl Judit sich Mühe gab, vorsichtig zu gehen. Hier drin brütete die Sommerhitze noch vor sich hin. Trocken, warm, fast heimelig umfing das Haus Judit. Einen Atemzug lang genoss sie das Gefühl, im Warmen zu sein.

Aus der Küche, zu der es keine Türe gab, drang das Brummen des Dunstabzugs, durch das hin und wieder einzelne Töne dieses Liedes klangen, das Judits Mutter vor langer Zeit aufgegeben hatte, ihr beibringen zu wollen. Etwas Ungarisches. Vom Wohnzimmer her, das eine Türe besaß, die niemals offen stehen durfte, klang das Brummen von Vaters Stimme herüber, im Wechsel mit der kindlich hellen Stimme von Micha. Eine Zeitung knisterte.

Judit spürte, wie ihr das Regenwasser aus der Kleidung lief und an den Beinen hinab rann. Unter ihr sammelte sich bereits eine ansehnliche Pfütze. Sie musste sich sputen.

Eilig griff Judit nach dem wackeligen Holzgeländer der Stiege, die unters Dach führte, und trat auf die unterste Stufe. Sie knarzte.

„Judit?", rief die Mutter durch den Dunstabzugslärm. „Bist du da?"

Ohne zu antworten, schlich Judit die Treppe hinauf, ließ die vorletzte Stufe aus, die am schlimmsten knarrte, und tappte den Flur in der Mitte des Daches entlang, bis sie zu der Tür auf der Giebelseite kam, die zu ihrem Zimmer führte. In fliegender Hast versuchte sie, aus den nassen Kleidern zu schlüpfen. Sie zog und zerrte, um aus dem vor Nässe klebenden Shirt zu schlüpfen, quälte sich aus der kurzen Hose, die ihre Beine wie eine Schlingpflanze umschloss. Es dauerte ewig, bis sie alles los war.

Notdürftig rubbelte sie sich mit einem alten Pulli ab und sprang in trockene Wäsche. Während sie noch den Hosenknopf schloss, schlich sie schon wieder die Treppe hinab, um die Pfützen aufzuwischen. Sie musste nur ungesehen an der Küche vorbei, den Putzlappen holen ... Vorsichtig stieg sie über die mit Fichtennadeln und Dreck gespickten Wasserlachen hinweg, die sie an der Haustür hinterlassen hatte, schlich den Flur entlang und lauschte nach der Mutter.

„Judit! Ist die Sauerei von dir?", dröhnte es.

Hinter Judit stand die Tür zur Stube offen, der Vater trat heraus. Er warf einen vernichtenden Blick auf die Pfützen und dann auf Judit.

„Ich wollte grad den Lappen holen", murmelte Judit.

„Was?", rief er barsch.

„Ja", sagte Judit ein wenig lauter.

Sie mied seinen Blick und beeilte sich, ins Bad zu kommen. Natürlich steckte jetzt auch die Mutter den Kopf aus der Küche, runzelte die Stirn und sah Judit fragend an.

„Ich wische es schon auf", brummte Judit, schob sich augenrollend an ihr vorbei, ließ Wasser in den Putzeimer, gab Reiniger dazu, zwängte sich noch einmal an der fragenden Mutter vorbei nach vorne in den Flur, wo der Vater kopfschüttelnd auf sie wartete und genau im Auge behielt, wie Judit alles aufwischte.

„Wo warst du?", fragte der Vater.

Judit wrang den Lappen geräuschvoll aus, beschloss, dass der Flur sauber genug war, und ging daran, die Stufen nach oben nacheinander sauber zu wischen. Außerdem beschloss sie, dass sie die Frage des Vaters überhört hatte.

„Das will sie nicht sagen", hörte sie die helle Stimme von Micha. „Da macht sie immer ein Geheimnis drum. Aber ich glaube -"

Judit wandte sich zu Micha um, warf ihm den gefährlichsten Blick zu, den sie zustande brachte - und Micha verstummte sogar.

„- ich glaube, die macht sich nur wichtig", schloss Micha, den Blick auf seine Hausschuhe gerichtet.

Der Vater brummte noch etwas, dem Judit entnahm, dass sie besser gründlich arbeitete. Endlich dämpfte die Wohnzimmertüre wieder die nervtötenden Stimmen. Judit atmete auf. Rasch tilgte sie die letzten Spuren. Auf dem Rückweg in ihr Zimmer kam sie ungesehen an der Mutter vorbei, die gerade die Töpfe auf dem Herd kontrollierte.

Als sie die Tür ihres Zimmers hinter sich zudrückte, merkte sie erst, wie erschöpft sie war. Die stehende Sommerhitze unterm Dach machte sie schläfrig. Judit ließ sich aufs Bett fallen. Der Regen plinkerte fast unhörbar auf die alten Ziegel. Er hatte nachgelassen. Auch das Gewitter war vorbei. Als Judit sich ausstreckte, um vor dem Abendessen noch ein bisschen zu träumen, und noch einen letzten, beiläufigen Blick durch ihr Zimmer gleiten ließ, bemerkte sie, dass etwas nicht stimmte. Mit einem Ruck saß sie aufrecht.

Sie sprang auf und sah sich hastig um. Ihr Kleiderhaufen war verschwunden, der Mülleimer geleert und Judits Bücher standen wieder ordentlich aufgereiht in dem schiefen Regal. Das Bett war frisch bezogen, der Vorhang zum Waschen abgenommen. Judits Herz begann schneller zu schlagen. Eine düstere Ahnung kroch durch ihren Bauch, bahnte sich den Weg in den Kopf. Sie musste eigentlich nicht nachsehen, um es zu wissen. Trotzdem senkte Judit langsam den Blick von der verwaisten Vorhangschiene hinunter auf die Tischplatte. Auf

dem kleinen Holztisch vor dem Giebelfenster herrschte gäh-
nende Leere. Aufgeräumt. Aufgeräumt, nannte ihre Mutter
das. Judit stockte der Atem.

In fiebriger Hast sah sie sich um, zog die Schubladen der
Kommode auf, in der ordentlich gefaltet ihre Kleider lagen,
wühlte sie heraus, stopfte sie wieder zurück. Nichts. Rasch
schob sie die Bücher auf dem Regal herum, schaute dahinter
und ließ sie, halb stehend, halb liegend, achtlos zurück. Judit
sah unters Bett, riss den Reißverschluss ihres Schulrucksacks
auf und leerte den Inhalt schwungvoll aufs Bett. Spitzerkrü-
mel und undefinierbare Flusen breiteten sich mit den Büchern
und Heften auf dem frischen Bett aus.

Mit zitternden Fingern ging Judit die Sachen durch. Nichts.
Alles weg. Sie schluckte schwer, ließ sich neben das Chaos
aufs Bett fallen, nur um gleich wieder hochzuschnellen.

„Das darf nicht wahr sein!", stieß sie hervor. „Mama, ich
bring dich um!"

Wütend stapfte sie die wenigen Schritte hin und her, die sie
unter der Dachschräge aufrecht gehen konnte, und unterdrückte gerade noch den Impuls, mit der flachen Hand gegen
die Bretterverschalung zu schlagen und laut Scheiße zu brüllen. Jetzt reichte es wirklich.

Judit hatte aufgegeben mitzuzählen, wie oft die Mutter etwas
von ihren Sachen in den Müll geworfen hatte. Sie tat es
immer wieder, dabei musste ihr doch klar sein, dass alles,
was auf Judits Schreibtisch und nicht im Mülleimer lag, noch
wichtig war. Auch wenn es vielleicht nicht so aussah, weil es
lose Blätter linierten Papiers waren, über und über mit Kugelschreiber beschrieben. Auch wenn die Hälfte der Worte

durchgestrichen, die andere Hälfte unleserlich geschrieben war. Es sah nicht so aus, aber diese Zettel waren wichtig. Und Judit hatte sie auf dem Tisch liegen lassen, weil - weil der Vater sie am Morgen heruntergerufen hatte und danach ...

Sie würde jetzt hinunter gehen und es der Mutter ein für alle mal sagen. Judits Sachen gingen sie nichts an. Überhaupt nichts. Finger weg. Finger weg für immer. Sonst - sonst - würde sie andere Saiten aufziehen müssen. Irgendwie. Sie besaß ja nicht einmal einen Schlüssel für ihre Kammer.

Judit riss die Tür auf, schritt den Dachflur entlang, stakste, so energisch es ging, die steile, enge Stiege hinunter, umrundete sie und eilte der Küche entgegen. Doch mit jedem Schritt, den sie sich näherte, wich die Entschlossenheit.

Im verwaisten Türrahmen der Küche blieb sie zögernd stehen. Der Dunstabzug brummte noch und vom Herd stieg der würzige Geruch von Gulasch auf. Mit viel Paprika. Dazu summte die Mutter eines ihrer ungarischen Lieder.

Den Esstisch in der Ecke neben der Tür hatte sie schon gedeckt. Die rote, üppig mit blauen Blumen bestickte Tischdecke lag darauf. Verwaschen längst und mit Löchern, auf denen jetzt die Untersetzer für die heißen Töpfe lagen. Judit wusste genau, wo die Löcher waren. Jeder wusste es. Trotzdem sorgte die Mutter dafür, dass sie beim Essen nie zu sehen waren. Judits Rest-Mut stahl sich davon. Sie würde keine Chance haben. Sie hatte nie eine Chance. Die Mutter fuhr überrascht zu Judit herum.

„Oh, Judit! Hilfst du mir mit dem Kartoffelbrei?"

„Mama", Judit setzte ab, holte noch einmal Luft. „Mama, hast du meine Zettel weggeworfen?"

„Was denn für Zettel?"

„Na welche wohl? Die auf meinem Tisch. Die sind nicht mehr da."

„Weiß ich nicht, was du meinst."

Die Mutter goss die Kartoffeln ab, eine riesige Wasserdampfwolke füllte die Küche aus.

„Mama, du weißt genau, was ich meine! Meine Sachen gehen dich gar nichts an! Ich werfe doch auch nicht deine Groschenromane in den Müll, nur weil ich nichts damit anfangen kann!"

Die Mutter stellte den Topf ab und huschte durch den Nebel zu Judit an die Tür. Sie lächelte und tätschelte Judits Arm. Mit einem verschwörerischen Zwinkern sagte sie: „Sei froh, dass ich aufgeräumt habe. Dein Vater war stinksauer, wegen dem Chaos bei dir. Der wollt schon -"

„Irene! Wie lang dauerts noch?", rief der Vater vom Wohnzimmer her. Judit und die Mutter zuckten zusammen.

„Viertelstunde!", flötete die Mutter.

Als sie hörten, wie der Vater die Tür unter ärgerlichem Gemurmel wieder schloss, atmeten sie auf.

„Das Wetter schlägt ihm aufs Gemüt", murmelte die Mutter. „Er lässt sich`s nicht anmerken, aber wenns gewittert, hat er immer seine Kopfschmerzen, und dann -"

Judit ließ die Mutter stehen.

Jetzt sollte sie also der Mutter dankbar sein und Mitleid mit dem Vater haben. Sonst noch was? Mit wenigen schnellen Schritten erreichte sie die hintere Tür. Der Schlüssel steckte wie immer im Schloss und Judit strengte sich an, ihn ganz, ganz leise umzudrehen. Das klappte diesmal sogar. Aber als sie die Tür öffnete, fuhr ein Quietschen Judit durch Mark und Bein. Die Feuchtigkeit, logisch. Wenn es regnete, quietschte die hintere Tür immer. Wenn der Vater sie beim Müllstöbern erwischte, rastete er mit Sicherheit aus.

Trotzdem trat sie barfuß hinaus in die erdige Pfütze und lehnte die Tür hinter sich vorsichtig an, um sie nicht noch einmal zum Quietschen zu bringen. Dann klappte sie die Papiermülltonne auf und betete stumm, dass sie ihre Zettel wiederfinden würde. Judit schaute in den dunklen Mülltonnenschlund. Leer. So weit ihr Blick im Dunkeln reichte.

„Wenn jetzt alles weg ist ...", zischte Judit.

Sie kippte die große Papiermülltonne zu sich her, beugte sich hinein, um ganz sicher zu gehen, ob nicht doch noch weiter unten etwas lag - als sie neben sich ein vertrautes Geräusch hörte. Das Quietschen der Tür. Jemand zog sie von innen ins Schloss und drehe den Schlüssel sicherheitshalber gleich zweimal um. Verdammt!

Manchmal fragte sie sich wirklich, wie sie ausgerechnet hier hatte landen können. Mitten im nirgendwo, bei einer Familie, die sie jeden Tag aufs Neue zur Verzweiflung trieb. Und diesen Sommer wurde es tagtäglich schlimmer. Als ob eine lange schon schwelende, tödliche Krankheit mit einem Mal akut geworden wäre. Ja, eine Krankheit.

Als sie die Tonne noch einmal neigte, diesmal so weit, dass sie fast lag, raschelte es darin. Judit ging um die Tonne herum, hob den Boden an und hörte, wie etwas sachte heraus rutschte. Tatsächlich, ihre Zettel glitten auf den Tonnendeckel. Rasch raffte Judit sie zusammen. Jetzt konnte sie nur hoffen, dass die Haustür noch offen war.

Judit barg ihren kleinen Papierstapel vor der Brust und trat aus dem Schutz des Dachvorsprungs hinaus in den Sprühregen. Sie stieg über die Scherben eines Ziegels hinweg, den der Sturm vom Dach gefegt haben musste. Flink huschte sie um die Ecke, durch den üppigen Blumengarten der Mutter, streifte die nassen, vom Regen niedergedrückten Pflanzenbüschel und wollte gerade um die zweite Ecke zur Vordertür biegen, als sie etwas hörte.

Eine Melodie. Judit linste um die Hausecke. Judits Mutter trat die Stufen hinunter, flocht in ihr Summen einige unverständliche Worte ein und steuerte anscheinend den kümmerlichen Rosenstrauch an, der unter dem Wohnzimmerfenster wuchs. Zumindest kam sie nicht aus dem Sichtschatten der Treppe hervor. Judit zögerte.

Wenn sie sich bei ihr blicken ließ, würde die Mutter augenblicklich wissen, dass Judit im Müll gewühlt hatte. Aber das war das geringere Übel. Langsam folgte Judit dem schmalen Weg zur Treppe hin. Sie hatte Recht gehabt.

Jetzt sah sie die Mutter auf der anderen Seite der Treppe vor dem Rosenstrauch hocken. Sie zupfte ein paar welke Blätter ab, ihr Summen erstarb. Judit hatte keine Ahnung, warum die Mutter das holzige, alte Ding nicht längst herausgerissen und durch etwas lebendigeres ersetzt hatte. Sie besaß einen Garten, in dem sich Rittersporn und Lupinen, Mohn und diese sonnengelben Blumen, deren Namen niemand wusste, in verschwenderischer Pracht drängten. Sie hätte locker ein paar Stauden teilen und unters Wohnzimmerfenster pflanzen können. Stattdessen hegte sie die mickrige Rose.

Als Judit näher kam, hörte sie die Mutter murmeln. Ungarisch, mal wieder. Judit hätte es lernen sollen, wenn es nach der Mutter gegangen wäre. Und Micha natürlich später auch. Aber irgendwie kam es nicht dazu, Judit und Micha sprachen kein Wort Ungarisch. Wie auch sonst niemand in der

Gegend. Die Mutter bemerkte nicht, wie Judit näher kam. Sie hockte geduckt vor dem Strauch und betastete einen aufgesprungenen, dornigen Ast.

Judit ging auf Zehenspitzen weiter und trat auf die erste Stufe, als sie niesen musste. Die Mutter schreckte auf, sah Judit an. Judit schaute zurück, blieb stehen. Sie wusste, dass ihre Mutter wusste, was sie draußen gesucht hatte und jetzt frisch aus der Mülltonne wieder mit ins Haus schleppen wollte. Aber etwas anders verstand Judit beim besten Willen nicht. Und vor allem wusste sie nicht, wie sie reagieren sollte.

Judit räusperte sich. Sie wollte wortlos weitergehen. Doch die Mutter sprang auf, blinzelte das merkwürdige Glitzern aus den Augen und zog den Rotz hoch. Scheinbar munter klopfte sie sich den Dreck von der Hose. Ihr Lächeln verunglückte.

„Ich dachte, du wärst oben", sagte sie.

„Nö."

„Das Essen ist dann gleich fertig."

Judit nickte, versuchte zurückzulächeln, dann drehte sie sich um und stolperte die Treppe zur Haustür hinauf, machte, dass sie nach oben kam und ihre Zettel in Sicherheit brachte.

„Essen ist fertig", rief die Mutter unten.

Gulasch mit Kartoffelbrei. Judit seufzte. Sie ließ ihre Zettel ungern auf dem Tisch liegen, aber während des Essens konnte zumindest ihnen nichts passieren. Was Judit dabei passierte, stand auf einem anderen Blatt. Sie machte, dass sie hinunter kam, bevor sie wieder die Letzte war.

2.

„Ach, Judit, bring das schnell rüber", sagte die Mutter.

Sie drückte Judit einen Teller mit etwas kleiner geschnittenem Gulasch-Fleisch in dicker, paprikafarbener Pampe und einem Klecks blassen Kartoffelbrei in die Hand.

Diesmal seufzte Judit nur still und bemühte sich, nicht allzu sehr mit den Augen zu rollen. Sie spürte den wachsamen Blick des Vaters, der sich gerade auf seinem Stuhl am Kopfende des Tisches zurechtsetzte. Micha turnte über Judits Seite der Bank und den Zeitungsstapel in der Ecke zu seinem Platz und verkniff sich ein Grinsen.

Wer zuletzt kommt, bringt den Teller rüber. Diesmal hatte es Judit erwischt. Sie machte mit dem Teller kehrt und verließ die Küche. Judit hasste es. Jedes Mal, wenn sie dran war.

Freiwillig hatte Judit diese Aufgabe noch nie übernommen. Auch heute musste sie ihren Widerwillen den ganzen Weg entlang vor sich herschieben, und brauchte ewig für die paar Schritte am Bad und der Kellertreppe vorbei, auf die Kammertüre zu. Judit nahm den Teller mit einer Hand und klopfte mit der anderen zaghaft.

Als Judit vor dieser Türe stand und horchte, wurde ihr mit einem Mal bewusst, dass sie tatsächlich aus dem eigentlichen Haus in den Anbau hinaus hörte. In einen Gebäudeteil, der wie ein Kropf am Wohnhaus hing und niemals richtig dazu gehört hatte. Das war immer schon so gewesen, sie hatte nie darüber nachgedacht. Aber während der größte und von vorne sichtbare Teil des Hauses aus uraltem Fachwerk gebaut war, bestand die hintere Kammer im Grunde nur aus Brettern. Ein provisorischer Anbau, zu dem ein schmaler Durchbruch in die Außenwand gemacht worden war. Aus dem Anbau hörte sie nichts.

Judit klopfte noch einmal. Jetzt raschelte etwas hinter der Tür, ein kehliges, unterdrücktes Husten drang zu Judit. Sie atmete tief durch, dann drückte sie die schmiedeeiserne Klinke und zog die Brettertür langsam auf. Stickige Hitze und Dunkelheit quollen ihr entgegen. Im letzten Licht, das durch das schmale, vom notdürftigen Putzen verschmierte Fenster fiel, sah Judit nur schemenhafte Umrisse.

„Dein Essen", sagte sie.

Sie sah den Adressaten im Dunkeln nicht, hörte keine Antwort. Judit stand noch immer auf der Schwelle und konnte sich nicht überwinden, weiter zu gehen.

„Gulasch. Mal wieder", fügte sie hinzu, damit zumindest irgendetwas gesagt war.

Judit kämpfte mit ihrem Widerwillen. Am liebsten wollte sie weglaufen, nie wieder in die Nähe dieses Verschlags kommen. Innerhalb des eigentlichen Hauses war es schon schlimm genug. Doch weil ihr nichts anderes übrig blieb, trat sie schließlich zögernd in den Anbau und kippte beinahe um. Es war unerträglich heiß hier drin, obwohl es draußen abgekühlt hatte, und es stank noch mehr als sonst.

Langsam gewöhnten sich Judits Augen an das Dämmerlicht, sie nahm den Umriss des Tisches wahr, der vor dem über und über mit Sachen vollgestapelten Sofa stand. Ein winziges Eckchen des Tisches war frei und dorthin stellte Judit mit angehaltenem Atem den Teller. Wie konnte man so leben? Und lebte der Schatten überhaupt noch?

Auf dem im Dunkeln liegenden Sofa regte sich etwas. Langsam bewegte sich ein Löffel in den matten Lichtstrahl, eine runzelige Hand hielt ihn. Der Löffel zitterte.

„Tut mir leid, dass ich dir nichts Besseres bringen kann", sagte Judit.

Und als sie sich das sagen hörte, wurde ihr mit einem mal klar, dass das stimmte. Es tat ihr wirklich leid. Von ganzem Herzen, dass sie in diese winzige, dunkle Kammer einen lächerlichen Klecks Kartoffelbrei und lieblose Brocken klein geschnittenen Fleisches brachte.

„Danke, Judit", flüsterte die Dunkelheit.

Judit schämte sich, wie sie sich noch nie geschämt hatte. Heiß wallte ein Gefühl von Schuld in ihr auf. Sie rang mit sich, suchte nach einem Wort, nach mehreren, um irgendwie zu sagen, was sie sagen wollte. Doch sie wusste keins. Es gab keine Worte.

Rückwärts floh sie ins Haus, schloss ganz leise, fast zärtlich die Tür und wünschte zugleich, sie zuzuschlagen und zu rennen. Einfach zu rennen, so schnell sie ihre Füße trugen, irgendwohin, wo es keine Bretterverschläge und faltige Hände mit Löffeln gab, die sich aus der Dunkelheit schälten.

„Das Essen ist schon kalt", rief Micha, als Judit in die hell erleuchtete Küche huschte und sich so unsichtbar wie möglich auf ihre Seite der Eckbank setzte.

Alle anderen saßen schon, auch die Mutter, die sonst immer auf den letzten wartete, der vom Tellerdienst zurückkam, bevor sie die Töpfe auf den Tisch stellte und dann auf dem Stuhl vor dem Herd Platz nahm.

„Dass du immer trödeln musst", sagte Micha.

Ohne richtig aufzuschauen, nahm Judit wahr, wie er dem Vater einen Zustimmung heischenden Blick zuwarf, aber offenbar keinen bekam, denn seine Mundwinkel sackten herunter. Judit sah dem Vater nicht ins Gesicht. Sie sah nur bis zum roten Emailetopf mit dem Blumenmuster, der beinahe in der Mitte des Tisches auf dem länglichen Loch in der verwaschenen, roten Tischdecke stand. Der Kartoffelbrei dampfte noch.

Gedankenverloren spielte Judits Mutter mit dem goldenen Anhänger ihrer Kette. Eine Taube, die jetzt zwischen rissigen Fingerkuppen verschwand, die nie ganz sauber wurden.
Der Vater und Micha schoben, ohne aufzuschauen, Kartoffelbrei in die Paprika-Soße und schlangen die Fleischbrocken hinunter, vor Judit wurde das Essen kaum weniger. Sie hasste das fasrige Gulaschfleisch, das sich zwischen den Zähnen verfing. Besonders aber die Fettklumpen, die sich, von der Soße verborgen, heimlich in Judits Mund stahlen und sie beim Draufbeißen zum Würgen brachten. Dieses weiche, wabblige Fett hinunterzuschlucken kostete sie Überwindung und eine Menge Körperbeherrschung. Am liebsten hätte sie die Fettstücke abgeschnitten und auf ihrem Tellerrand liegen lassen, aber das ging nicht. Der Vater sah es immer sofort. Nichts durfte verkommen.
Unglücklich schob Judit ihr Essen herum und hatte überhaupt keine Lust, sich irgendetwas in den Mund zu stecken. Die Mutter hatte sich nichts auf den Teller getan.
Judit spürte, wie sich in ihrem Magen ein Gurgeln zusammenbraute. Der Körper hatte Hunger. Klar, sie hatte das Mittagessen ausfallen lassen und nur einen Jogurt gefrühstückt.

Obwohl Judit weit davon entfernt war, Appetit zu spüren, tat sie ihrem Bauch den Gefallen und verabreichte ihm noch ein paar Bissen. Sie schnitt die Fleischstücke kleiner, so dass sie sie, von etwas Kartoffelbrei flankiert, hinunterschlucken konnte, ohne darauf zu beißen. Der Magen füllte sich langsam, aber Judit fühlte sich mit jeder Gabelladung miserabler.

Der Vater nahm sich eine zweite Portion und gab auch Micha einen Nachschlag, als der seinen Teller eifrig zum Topf schob. Ja, die beiden waren sich wieder einig. In Judit dagegen brannten Fragen. Wortlose Fragen, die nichts dazu beitragen würden, mit dem Vater besser auszukommen. Aber sie waren in Judits Kopf und ließen sich nicht verscheuchen.

Die Taube klackerte an der Kette, als die Mutter sie freigab. Eine Friedenstaube mit aufgespreizten Flügeln und einem Ölzweig im Schnabel.

„Wohnt die Almut eigentlich schon immer hier?", fragte Judit, so beiläufig, wie sie es zustande brachte.

Den zweiten Teil des Satzes, der „in diesem Verschlag" hätte lauten sollen, schluckte sie mit dem letzten bisschen Kartoffelmatsche hinunter. Sie lief glutrot an, das spürte sie.

Die Mutter packte ihre Friedenstaube wieder.

„Der Besen?", fragte der Vater.

Er aß zügig weiter. Wie man sich beim Essen stellt, stellt man sich bei der Arbeit, sagte er immer.

„Der ist zurückgekommen, kurz bevor ich geboren bin. Müssen um die vierzig Jahre sein. Heiliger Bimbam, darüber darf man gar nicht nachdenken."

Der Vater kratzte seinen Teller leer.

„Du willst nichts, Irene?", fragte er die Mutter, während er in Erwartung ihres Kopfschüttelns nach dem Gulaschtopf griff.

20

„Wohnrecht hat sie", sagte die Mutter.

„Ja, Wohnrecht. Im Grundbuch steht`s drin. Mein Vater war viel zu gutherzig zu seiner Schwester. Vierzig Jahre, kann man sich das vorstellen? Und seither hat sie nicht einen Handstrich hier gemacht", brummte der Vater.

Er kratzte die Reste vom Topfboden in seinen Teller und ging daran, sie aufzuessen. Bevor etwas verkam.

„Früher auch nicht?", fragte Micha.

„Pah, die hat sich immer um die Arbeit gedrückt. Wenn ich gekonnt hätte, hätte ich sie damals ja rausgeworfen. Aber keine Chance."

Der Vater legte das Besteck weg, unterdrückte einen Rülpser und strich sich den Bauch.

„So nutzlos wie ein Kropf", sagte er.

Vierzig Jahre. Als Judit der Mutter beim Spülen geholfen hatte und endlich nach oben durfte, versuchte sie sich vorzustellen, wie lange das war. Fast zweieinhalb mal so lang, wie Judit alt war, überschlug sie, während sie die Stufen hinauf stieg. Unvorstellbar. Ihr kamen schon ihre eigenen siebzehn Jahre verdammt lang und trostlos vor. Zweieinhalb ihrer Leben in dieser winzigen Bretterkammer verbringen zu müssen, bei Leuten, die sie nicht leiden konnten, das wollte Judit sich nicht ausmalen.

Kopfschüttelnd schlich sie den Flur entlang und trat in ihr Zimmer. Gegen Almuts Kammer das reinste Prinzessinnen-Gemach. Und trotzdem ein winziges, stickiges Loch.

Judit öffnete das Fenster und ließ die frische Regenluft herein. Als sie die losen Zettel entdeckte, die wieder auf dem Schreibtisch lagen, erinnerte sich Judit ein wenig erleichtert, dass sie noch ein ganz anders Problem hatte. Ein Handfestes. Sie musste ein Versteck für ihre Zettel finden.

Sie nahm den kläglichen Haufen Papier und trug ihn zum Bett. Dort schob sie den Inhalt ihres Schulrucksacks zur Seite, setzte sich und strich die verkrumpelten Seiten glatt. Zwölf mit Kuli beschriebene, linierte Blätter. Zwölf Seiten, auf denen alles stand.

Wie frei kann ein Mensch überhaupt sein, hatte sie sich gefragt. Und warum behaupten alle, sie glauben an Gott, aber pfuschten ihm alle Nase lang in seine Schöpfung. Warum ist jedes Kind ein Kind Gottes - und manches trotzdem in den Augen seiner Mitmenschen nichts wert? Und warum bin ich hier geboren? Ausgerechnet hier! Warum bin ich anders?

Sie wusste nicht, was sie werden wollte. Woher auch. Im Grunde wusste sie nichts von der Welt. Aber eins wusste sie mit Bestimmtheit: In ihrem Herzen loderte eine Sehnsucht, die größer war, als dieses schiefe, dunkle Haus sie fassen konnte. In ihr zog und zerrte etwas, das ihre Eltern niemals würden verstehen können. Sie verstand es selbst kaum. Etwas in ihr suchte nach, nach etwas großem - nach Leben. Dem echten, richtigen Leben.

Mehr, als ihre Fragen und ihre Sehnsucht konnte sie nicht vorweisen. War das Philosophie? War das Literatur, was sie geschrieben hatte? Keine Ahnung, von beidem wusste sie nichts. Niemand in diesem verdammten Nest wusste etwas von diesen Dingen. Alle wussten nur, was sich gehörte und dass man nichts verkommen lassen durfte. Nur große Träume. Die warf man am besten direkt in die Tonne.

Judit drehte den zwölften Zettel um, holte einen Kuli und schrieb in fahrigen, ungleichmäßigen Bahnen darauf: Warum bin ich schlau genug, all das zu merken, aber nicht so schlau, eine Lösung zu finden? Warum fallen mir nur Fragen ein? Fragen, die mich packen, mich gefangen nehmen und nicht mehr loslassen. Warum ist da niemand, der mich an der Hand nimmt, niemand, der mir sagt, dass ich in Ordnung bin, so wie ich bin? Warum bin ich allein? Allein in diesem Irrenhaus? Gott, soll das das Leben sein? Ist das dein Ernst? Pfeif auf dich, hörst du! Pfeif auf dich!

Wütend wischte sie die Tränen fort, schnäuzte sich.

Da standen schon so viele Fragen und es würden noch tausende dazu kommen. Fragen, die alles nur noch schmerzhafter machten, die Judits ohnehin wackeliges Fundament noch weiter abtrugen, bis sie eines Tages ins Bodenlose fallen und komplett überschnappen würde.

Sie wollte ihre Zettel verstecken, ja. Judit sah sich um. Es gab kein Versteck. Nirgends. In diesem Zimmer war kein Platz für Judits Fragen, in ganzen Haus nicht. Das letzte Mal hatte die Mutter die Zettel aus Judits Unterwäscheschublade geholt und weggeworfen. Und das war mit Abstand der verborgenste Platz in Judits Zimmer. Judit seufzte.

„Wohin soll ich denn mit meinen Fragen? Keine Ahnung."

Sie stapelte ihre Blätter, legte sie unschlüssig zurück auf den Tisch. Eine Schnake mit geisterhaft langen Beinen torkelte durchs Zimmer. Judit schloss das Fenster, gähnte und ging nach unten. Sich waschen und Zähne putzen.

Sie dachte an ihre Fragen, während sie die Zahnbürste durch ihren Mund steuerte. Durch die dünnen Wände hörte sie den Fernseher in der Stube. Nachrichten. Sie verstand nicht jedes Wort, dazu waren es zu viele dünne Wände bis ins Badezimmer. Aber wenn sie oben an der Treppe hockte, konnte sie jederzeit mithören, was in der Stube vor sich ging, fast, als wäre sie dabei. Nur unsichtbar.

Mit dem getragenen, seriösen Nachrichtensprecherton im Ohr, putzte sie noch ein bisschen weiter, spülte aus und warf sich ein paar Hände Wasser ins Gesicht. Ja, und die Füße musste sie noch abbrausen.

Heute Nacht würde es kühl genug zum Schlafen sein, wenn sie das Fenster offen stehen ließ. Sie freute sich darauf, unter ihre frisch bezogene Bettdecke zu schlüpfen und sich den Nachtwind um die Nase wehen zu lassen, als jemand von außen die Badezimmertürklinke drückte.

„Moment", rief Judit, hängte noch schnell ihr Handtuch auf den Haken und schloss die Tür auf. Als sie keine drei Sekunden später in den Flur trat und sich umsah, war er leer.

Judit runzelte die Stirn. Eingebildet hatte sie sich die bewegte Türklinke nicht.

„Micha?", rief sie. „Lass den Blödsinn!"

Mann, wie konnte man mit elf Jahren nur so eine Mistkröte sein. Sie selbst war damals bestimmt nicht so nervig gewesen. Das hätte sie sich gar nicht getraut.

Micha antwortete nicht. Wahrscheinlich stand er hinter der Ecke und kicherte sich eins ins Fäustchen. Dem würde sie zeigen, was ein guter Streich ist.

„Oh, dann habe ich mich wohl getäuscht", sagte sie dem vermeintlich leeren Flur, dann ging sie zur Treppe, stieg geräuschvoll einige Stufen hinauf und ganz leise, nur die äußersten Seiten der Stufenbretter betretend, wieder hinab.

Mit angehaltener Luft und einer diebischen Freude im Bauch

pirschte Judit bis zur Ecke und spähte herum. Da war jemand. Und dieser Jemand schlich ganz leise und ohne Licht zu machen, bevor die Tür geschlossen war, ins Bad: Almut.

Der Wind fuhr über die Ziegel und erzeugte ein gespenstisches Geräusch. Draußen kratzte der Hollerbusch an der Rückwand des Hauses. Nachdem der Wind ihre Zettel im Zimmer verstreut und den Flügel mehrere Male herumgeschlagen hatte, schloss Judit das Giebelfenster doch. Barfuß tappte sie über die auf dem Boden verteilten Fragen, schüttelte sich einen besonders anhänglichen Bogen Papier von der Fußsohle und kroch zurück ins Bett.

Sie verschränkte die Arme hinter dem Kopf und sah hinauf zu den Brettern. Selbst ohne Licht erkannte sie noch die Astlöcher im Fichtenholz. Der Wind wurde kräftiger, ein Blitz erhellte kurz das Zimmer, der scharfe Knall des Donners folgte unmittelbar. Judit wusste, sie würde nicht schlafen können, auch wenn es in dieser Nacht viel kühler war, als in den Nächten zuvor. Micha würde wahrscheinlich stark überlegen, ob er mit seinen elf Jahren doch noch einmal zu den Eltern ins Bett kriechen sollte. Judit dagegen war gern mittendrin. Sie streckte sich, gähnte, doch ihre Augen wollten offen bleiben. Almut.

Almut hatte still im Dunkeln gewartet, bis sie glaubte, Judit wäre weg, bevor sie etwas so alltägliches tat, wie ins Badezimmer zu gehen. Judit überlegte, ob das schon immer so gewesen war. Sie dachte angestrengt nach, ob sie Almut einmal im Bad angetroffen hatte. Oder in der Küche. Im Wohnzimmer. Nein, wenn sie es recht bedachte, wären alle, auch sie selbst, heillos erschrocken, wenn Almut plötzlich am Esstisch oder neben der Mutter auf dem Sofa gesessen und Lindenstraße angesehen hätte.

Vierzig Jahre. Fiel den anderen denn nicht auf, dass das krank war? Richtig krank, mit einem Menschen zusammenzuleben, der sich das Bad nur heimlich betreten traut. Judit wurde es zu heiß unter der Decke. Sie warf sie zurück und setzte sich auf. Dass es ihr selbst erst jetzt so richtig klar geworden war, erschrecke sie. Siebzehn dieser vierzig Bretterverschlag-Jahre hatte sie miterlebt und sich keine Gedanken um Almut gemacht. Natürlich nicht. Wer denkt denn über „den Besen" nach? Judit erinnerte sich, als kleines Mädchen einen Riesenanschiss kassiert zu haben, weil sie mit Almut bei den Hasen gestanden und abgezupfte Löwenzahnblätter durch die Gitter nach drinnen gesteckt hatte. Mit den abgerissenen, weiß blutenden Enden voran, damit sie gut einzufädeln waren. Die Hasen, dicke, schwarz-weiß gefleckte Brummer, hatten sich auf den Löwenzahn gestürzt, ihn mit langen, gelben Nagezähnen gepackt und zu sich hineingezogen. Ein Teil der Blattfahnen blieb im Gitter hängen, aber das meiste verschwand in einem Affenzahn unter den freudig wackelnden Hasennasen.

Judit hatte ein bisschen Angst vor den Hasen gehabt, das wusste sie noch. Denn ihre Krallen rummsten mit Kraft gegen das Gitter, ihr Reißen und das gierige Mümmeln erschreckten Judit. Aber „der Besen" - dass der Besen einen Namen hatte, der Almut lautete, erfuhr Judit erst, als ihr Onkel Jürgen einmal zu Besuch war und nach ihr fragte - der Besen sagte ihr, dass die Hasen ihr nichts tun würden. Sie wären ihre Freunde. Die kleine Judit glaubte ihr das sofort, denn sie wusste, dass der Besen immer bei den Hasen war und mit ihnen sprach, wenn niemand in Hörweite war. Und es passierte auch nichts, denn Judit befolgte den Rat, die Finger nicht durchs Gitter zu stecken. Dann passierte aber, dass die Stimme ihrer Mutter sie wie ein Keulenschlag traf: „Judit, komm her!"

Judit hatte keine Lust gehabt, herzukommen, denn der Ton versprach nichts Gutes. Da waren ihr die gefräßigen schwarz-weißen Hasen um einiges sympathischer. Trotzdem spurte sie und holte sich einen saftigen Anschiss ab, der darauf hinaus lief, dass sie so werden würde, wie der Besen, wenn Judit sich mit ihr abgab. Und das wollte sie doch nicht, oder?

Die kleine Judit hatte mit den Schultern gezuckt und eine Schnute gezogen. Eigentlich hatte sie diesbezüglich keine Bedenken. Sie würde sicher nicht über Nacht ungefähr hundert Jahre alt werden und eine geblümte Kittelschürze zum Dutt tragen, wenn sie mit dem Besen Hasen fütterte. Sie wollte widersprechen, aber etwas im Blick der Mutter machte ihr klar, dass sie es besser nicht tat. Trotzdem holte sie Luft, um es zu probieren.

„Wenn dein Vater das erfährt -", sagte die Mutter scharf, bevor aus Judits Mund nur eine Silbe kommen konnte. Weiter sprach sie nicht und sie musste auch nicht weiter sprechen.

Judit verschluckte, was sie hatte sagen wollen. Denn dass der Vater etwas dagegen haben würde und viel mehr schimpfen würde als die Mutter, war klar.

Traurig warf Judit noch einen Blick zum Stall hinüber, wo die Hasen die letzten Löwenzahnfetzen aus den Gittern zupften. Der Besen war weg. Und Judit ging nur noch ein paar mal heimlich zum Hasenfüttern, wenn wirklich niemand in der Nähe war. Die Hasen, das waren Almuts Freunde. Und wenn sie mit Almut nicht sprechen sollte, sprach sie besser auch mit ihren Freunden nicht.

Sie konnte nicht schlafen. Judit stand auf und öffnete das Fenster. Gemächlich kletterte sie auf die Tischplatte und setzte sich so darauf, dass ihr Knie den Fensterflügel offen hielt und sie hinaus sehen konnte. Falls der Mond schien, dann tat er das hinter den Wolken.

Der Wind wehte schubweise Regentropfen durchs Fenster herein. Sie trafen Judits nackte Haut, benetzten ihren Schlafanzug. Kalt und ungemütlich, wie ein böser Geist, fuhr der Sturm zu ihr ins Zimmer, riss an ihren Haaren, verschlug ihr die Luft, und wirbelte ihre Fragen herum. Doch das war besser. Besser, als nachzudenken.

Im Garten vor dem Haus klang es, als zerschellte ein Ziegel auf dem Boden. „Die Bude fällt schneller auseinander, als ich sie flicken kann", hatte der Vater neulich erst gesagt. Wahrscheinlich hatte er Recht.

Judit hielt lange aus im Wind, von grantigen Tropfen getroffen. Auf ihren Armen standen die Härchen zu Berge, ihr Unterkiefer begann zu zittern. Aber sie hielt noch länger aus.

Erst als es gar nicht mehr anders ging, schloss sie das Fenster, legte sich, nass und halb erfroren wie sie war, unter die Bettdecke und zog sie bis zur Nasenspitze hinauf.

Während sie langsam wieder warm wurde, nahm ein Gedanke in ihr Gestalt an, der vielleicht schon länger da gewesen war. Vielleicht schon, seit sie damals den Löwenzahn durchs Hasengitter geschoben hatte. Vielleicht aber auch nicht. Das konnte auch romantisches Wunschdenken sein und mit der Romantik hatte sie ihrem Vater gemäß ohnehin ein etwas zu inniges Verhältnis. Und mit Luftschlössern. Dieser Gedanke aber war nun plötzlich da und ihn zu verscheuchen wäre Judit richtig mies vorgekommen. Mieser als alles andere. Aber ihn dazubehalten war fast genauso schlimm. Am liebsten hätte Judit ihn niemals gedacht.

3.

Durchs momentan vorhanglose Fenster schien die Sonne herein und erzeugte eine drückende Wärme. Judit schälte sich verschlafen nach der zu kurzen Nacht aus dem Bett, schlüpfte wahllos in irgendwas, raffte ihre herumfliegenden Fragen zusammen, stopfte sie in ihren Schulrucksack, schlang ein Haargummi um den Pferdeschwanz und tapste hinunter.

In der Küche war niemand, der Fernseher lief noch nicht, doch vor dem Haus hörte Judit aufgeregte Stimmen. Einen Moment lang wägte sie ab, ob sie besser in Deckung blieb, doch dann siegte die Neugierde. Sie ging nach draußen.

„Hier ist noch einer!", rief Micha.

Er hielt ein Stück fast schwarzen Ziegel zwischen Rittersporn und Mohnblüten in die Höhe. Der Vater warf einen kurzen Blick zu Micha, dann legte er wieder die Hand an die Stirn und beschirmte seine Augen beim Blick aufs Dach.

„Der muss von dort drüben sein, da fehlt auch einer", brummte er.

Vor dem halb toten Rosenstrauch kniete die Mutter, zupfte welke Blätter ab und sagte nichts. Judit sah, dass neben der Treppe ein ansehnlicher Ziegel-Bruch-Haufen lag. Micha beeilte sich, noch weitere Trümmer darauf zu legen. Seine Wangen leuchteten, als würde er Pluspunkte dafür kriegen, möglichst viele kaputte Ziegel zusammenzuklauben. Der Vater sah allerdings nicht so aus, als würde er Michas Begeisterung teilen. Fluchend machte er kehrt, holte die lange Ausziehleiter aus der Scheune und trug sie in den Garten. Die

Mutter sprang auf und sah ihm erschrocken entgegen.

Als er das Haus erreichte und nach einer geeigneten Stelle suchte, an der er die Leiter aufstellen konnte, leckte sich die Mutter die Lippen und Judit sah, dass sie mit sich kämpfte. Der Vater stemmte den breiten Fuß der Aluleiter an den Rand des nächstbesten Blumenbeetes, drängte den Rittersporn achtlos zurück und lehnte die Leiter an die Dachrinne. Einige blaue Blüten rieselten auf den Weg hinunter.

„Vorsicht", murmelte die Mutter. „Die schönen Blüten."

Der Vater hörte es nicht oder verkniff sich zumindest jede Reaktion. Konzentriert prüfte er, ob die Leiter sicheren Halt hatte, dann stieg er Sprosse um Sprosse hinauf. Die Dachrinne knirschte leise unter der Last, aber sie hielt.

Judit trat zu Micha an die Gartentür. Sie sahen mit offenen Mündern hinauf und beobachteten, wie der Vater sich über die Regenrinne zu einer Lücke in den Ziegelreihen vorbeugte. Er reichte gerade so mit der ausgestreckten Hand heran.

„Jetzt schaut er sich das Loch an", erklärte Micha.

„Ach ne", gab Judit zurück.

„Und ob die Latten drunter noch gut sind. Die sind nämlich schon fast zweihundert Jahre alt, deshalb sind die auch so durchgebogen."

Judit seufzte. Aber das Dach sah wirklich nicht gut aus, wenn man es genauer betrachtete. Zwischen den Sparren bogen sich die Latten unter der Last der Ziegel so weit durch, dass die Dachfläche teilweise ganz schön tief eingesunken war. Den Sparrenabstand konnte man problemlos erkennen, denn dort wo das Balkengerüst lag, wölbten sich die Ziegel auf.

„Jetzt schaut er, wie viel die Latte noch hält", kommentierte Micha, ohne den Blick abzuwenden.

Judit sah den Vater einhändig zwischen den Ziegeln herumdrücken. Dabei ächzte er, weil er sich gleichzeitig gut festhalten und weit vorbeugen musste. Plötzlich ging ein Ruck durch seinen Körper und ein Knacken war zu hören. Der Vater fluchte, ruderte zurück und fand Halt an der Dachrinne. Ein Ziegel löste sich, rutschte über die Dachkante und schlug mitten in den Rittersporn. Ein Blütenwirbel rieselte zu Boden.

„Ach Peter, pass doch auf!", rief die Mutter, die die ganze Zeit wachsam am Fuß der Leiter ausgeharrt hatte.

Der Vater stieg eilig herunter. Er war blass, als er sich umdrehte und den Kopf schüttelte.

„Länger warten kann ich nicht. Die Latten sind morsch. Da brauche ich keine Ziegel mehr drauf hängen, das bricht weg unter mir. Möchte gar nicht wissen, wie die Balken aussehen. Gott im Himmel. Ich fahr runter zur Sparkasse", murmelte er.

„Aber das wollten wir doch machen, wenn du was Neues gefunden hast", sagte die Mutter. „Die werden dir kaum -"

„Bis ich was Neues gefunden habe, hängt kein Ziegel mehr auf dem Dach."

Die Mutter nickte und schaute auf ihren zerfledderten Rittersporn hinab.

„Ich hol den Kostenvoranschlag, dann fahr ich los", sagte der Vater. „Danach muss ich Folie hintackern. Zumindest, da, wo ich ran komme."

Damit verschwand er im Haus.

„Ich hab noch einen!", rief Micha.

Wie konnte der nur so dämlich sein und sich freuen.

Kaum einen Augenblick später stand der Vater mit einem dicken, oben aufgerissenen Umschlag wieder vor der Tür, bereit, hinunter ins Dorf zu fahren.

„Aber der Garten", sagte die Mutter. „Im Herbst oder im Frühling, bevor alles austreibt, das wäre doch besser."

Der Vater tat, als hörte er es nicht und marschierte unbeirrt den Weg zwischen Mutters Blumen entlang, aber Judit sah in seinem Gesicht, dass er es wohl verstanden hatte. Unter seinen Bartstoppeln spannten sich die Kaumuskeln an und traten hervor.

„Wegen dem Gerüst, meine ich nur. Dort steht ja auch die Rose und -"

Der Vater war schon fast am Gartentor, als er herumfuhr.

„Hör mir auf mit deiner saublöden Rose, Irene! Die ist eh hinüber. Uns fallen die Ziegel vom Dach, der Dachstuhl ist am Verfaulen! Wenns erst überall rein pisst, möchte ich sehen, wie wichtig dann das Grünzeug noch ist!"

Splitt spritzte auf, als der Vater mit dem alten Kombi aus der Scheune auf den Asphaltstreifen preschte. Er ließ den Motor aufheulen und schaltete hastig höher. Sekunden später war das Auto hinter der dichten Hecke verschwunden, die einen Teil der geschwungenen Straße säumte.

„Ihr Frauen versteht halt nichts von den wichtigen Sachen", sagte Micha.

„Ach, und du schon?", fragte Judit.

Micha grinste und zuckte die Schultern.

„Dass das Dach wichtiger ist, als die Blumen, kapiert doch wohl echt jeder", sagte er. „Obwohl? Nö. Weiber kapieren sowas nicht."

Judit wollte ihm erklären, dass die Mutter eben an ihrem Garten hing und er nicht ständig dummes Zeug plappern sollte, aber als sie sich nach ihr umsah, war sie schon verschwunden. Also sparte sie sich die Mühe, für die Mutter in die Bresche zu springen. Und außerdem war jedes Wort diesbezüglich verschwendet, weil der kleine Klugscheißer niemals zurückstecken würde, egal, wie daneben er lag.

Sie stapfte die Treppe hoch, warf sich aufs Bett und schaute zum Fenster hinaus. Manchmal hasste sie den kleinen Scheißer wirklich, aber umbringen war auch keine Lösung. Judit sah den Quellwolken beim Quellen zu und allmählich flaute ihre Wut auf Micha ab.

Dafür kehrte der Gedanke von gestern Abend schleichend zurück. Er folgte ihr wie ein Schatten, schwebte am Rand ihres Bewusstseins und knotete ganz unauffällig in ihrem Bauch ein paar Darmschlingen aneinander. Sie hatte absolut keine Ahnung, wie sie das überhaupt anstellen sollte, was da in ihr herumgeisterte. Sie mochte auch nicht darüber nachdenken, denn was immer dabei herauskommen würde, es konnte nur zu einem führen: Ärger.

Sie hatte zwar noch keinen Hunger und keine Lust, ihrer Mutter über den Weg zu laufen, aber besser als allein mit diesem Gedankengeist zu sein, war es allemal. Judit ging in die Küche hinunter, nahm sich einen Pfirsich-Maracuja-Jogurt aus dem Kühlschrank und löffelte ihn aus. Pfirsich-Maracuja war ihre Lieblingssorte und weil Judit die Sorte mochte, mochte Micha sie natürlich auch und meistens stritten sie erbittert um den letzten seiner Art. Diesmal hatte Judit noch einen ergattert, aber er schmeckte heute nach gar nichts. Und die Fruchtstückchen, die sie eigentlich liebte, machten Judit auch nicht froh.

Sie warf noch einen Blick in den Kühlschrank, liebäugelte mit Bananengeschmack, aber einen weiteren Jogurt zu essen, würde wahrscheinlich keinen großen Unterschied machen.

Judits Bauch war immer noch verknotet. Irgendwie musste sie, ja, nur wie? Eine Ahnung von Gefahr kroch Judits Rücken entlang nach oben. Sie zog die Schulterblätter zusammen und schüttelte sich. Vielleicht fror sie auch nur wegen dem kalten Jogurt im Magen.

Sie ging hinaus, schlich durch den Blumengarten, schaute zum Dach hinauf und zählte die Lücken. Eine Große weiter unten am Dach, zwei kleinere weiter oben. Das meiste vom Dach war jedenfalls noch da. Vielleicht zehn, höchstens zwölf Ziegel fehlten. Aber Judit war klar, dass der Wind schnell weitere Ziegel vom Dach reißen konnte, wenn erst einmal eine Lücke klaffte, in die er hineinfahren konnte. Und dass dem Regen ein einzelner fehlender Ziegel durchaus reichte, um fröhlich ins Haus zu plätschern. Obwohl sie ein Mädchen war. Und eine Träumerin.

Sie ging ums Haus, den Blick scheinbar aufs Dach gerichtet, doch vor sich selbst konnte sie nicht verbergen, dass sie die Augen in einer ganz anderen Angelegenheit offenhielt. Rings ums Haus war niemand zu sehen. Als Judit den schon wieder von der Sonne aufgeheizten Teerstreifen zur Scheune hin überquerte, hörte sie Michas helle Stimme aus dem Inneren. Sie sah ihn durch die offene Tür weiter hinten an der Werkbank hantieren. Er sah nicht auf, bemerkte sie nicht. Unbekümmert quasselte er weiter vor sich hin, wie kleine Kinder das beim Spielen so machten.

Judit ging am offenen Tor vorbei, zu der Scheunenseite hinüber, wo ihnen noch ein weiteres Stück Garten gehörte. Oder eher eine ebene Grasfläche ohne Zaun. Hier stand die Schaukel, die Micha ab und zu noch benutzte, die Wäschespinne und unter einem kleinen Vordach an der Scheunenwand: der Hasenstall.

Judit hörte nichts, als sie näher kam, linste aber trotzdem vorsichtig um die Ecke. In ihrer geblümten Kittelschürze und mit dem inzwischen dünnen Dutt im Nacken stand Almut vor dem Hasenstall und murmelte kaum hörbar. Judit verstand nichts von den Worten, aber dem Klang entnahm sie, dass da ein vertrautes Gespräch geführt wurde, das von Zuneigung zeugte. Zumindest von Almuts Seite.

Einer der Hasen kratzte ungeduldig am Gitter. Als Almut sich in Judits Richtung drehte, um Löwenzahn zu rupfen, zog sie den Kopf zurück. Ihr Herz klopfte schnell.

Die Haustür schlug zu. Judits Mutter kam mit einem vollen Wäschekorb auf der Hüfte die Stufen herunter. Mit etwas Glück hatte die Mutter Judit nicht um die Ecke schauen sehen. Um nicht allzu verdächtig zu wirken, spurtete sie los, öffnete die Gartentür und hielt sie auf, während die Mutter mit dem Wäschekorb hindurchging.

„Soll ich dir helfen?", fragte sie.

Sie sollte. Aus dem Augenwinkel beobachtete Judit beim Aufhängen Almut. Sie ließ keine gemurmelten Worte mehr hören, Judit hatte sogar den Eindruck, dass sie sich duckte. Sie wirkte jedenfalls weniger lebhaft, als vor zwei Minuten, als sie glaubte, alleine zu sein. Die Mutter hängte die Wäsche in schnellen, etwas zu ruppigen Bewegungen auf. Judit sah, dass ihr Mund zu einem blassen Strich geworden war, ihre dunklen Augen funkelten. „Das ungarische Temperament", hörte sie in ihrem Kopf den Vater lachen. Judit brannten Fragen auf der Zunge. Aber sie fragte besser nicht.

„Nun häng das doch ordentlich auf", zischte die Mutter.

Judit sah sich an, was sie aufgehängt hatte. Ihren Kopfkissenbezug mit dem inzwischen blassen Pferdekopf darauf.

„Passt doch", sagte Judit.

Ein bisschen schief hatte sie ihn festgeklammert, aber er würde trocken werden.

„Häng ihn gerade hin! Wie sieht das denn aus?"

Judit seufzte stumm. Niemand sah hier oben, wie schief oder grade ein Kissenbezug auf der Wäschespinne hing, und selbst wenn, würde es niemanden interessieren, aber Judit verkniff sich Widerworte und korrigierte ihr Werk. Als sie das letzte Handtuch - ganz gerade - aufgehängt hatte und zwischen der wehenden, nassen Kochwäsche hindurch zum Hasenstall hinüber spähte, lagen die Hasen, alle viere weit von sich getreckt, im Stroh und dösten. Almut war längst weg.

„Ihr irgendwie helfen", zuckte es durch Judits Kopf. Aus der drohenden Gedankenwolke hatte sich ein greller Blitz gelöst und ein Streiflicht auf die innere Landschaft geworfen.

Ihr helfen.

Die Mutter war wieder im Haus verschwunden. Jetzt würde sie das Frühstücksgeschirr spülen, dann anfangen mit dem Mittagessen. Wenn es nicht nur Brotzeit gab. Jedenfalls war sie bestimmt mit etwas Nützlichem beschäftigt. Wie lange der Vater noch unterwegs war, konnte Judit nicht einschätzen. Ihr helfen. Nur wie?

Aus der Scheune drang ein Poltern, gefolgt von einem gezischten Fluch. Judit trat in die offene Tür und steckte den

Kopf in die Scheune.

„Hast du dir wehgetan?", fragte sie.

Micha rieb seinen Fuß. Als er Judit bemerkte, wischte er hastig den feuchten Schimmer aus den Augen, hob den schweren Hammer vom Boden auf und sagte: „Nö."

„Na dann", sagte Judit.

Sie schlenderte barfuß über den kalten Beton zu ihm hinüber. Neben der Werkbank unter dem hinteren Fenster steckte die Axt im Hackstock. Judit hebelte sie heraus, legte sie beiseite und setzte sich auf den dicken, von Kerben durchzogenen Baumstumpf. Es roch nach Schmiere und zentimeterdicken Staubschichten. Und nach dem alten Dieselfass, mit dem der Opa früher den Traktor betankt haben musste. Ein paar Sekunden hielt Micha seine Mimik mühsam unter Kontrolle. Dann quollen Tränen hervor.

„Ach, ist doch alles Scheiße!", rief er.

Erst jetzt fiel Judit auf, dass sein kleiner Zeh blutete.

„Hammer drauf gefallen?", fragte sie.

Micha nickte. Judit sprang auf, suchte nach der staubigen Zewa-Rolle und reichte ihm ein Blatt zum Abtupfen. Irgendwo hier musste noch der alte Auto-Verbandskasten liegen. Während Micha seine blutende Zehe vorsichtig mit dem Tuch umwickelte und scharf Luft holte, suchte Judit die Werkbank ab.

„Auf dem Fensterbrett", sagte Micha.

Judit fand ein Pflaster und klebte es um Michas Zehe.

„Was treibst du eigentlich hier drin?", fragte sie. „Außer dir die Zehen zu ramponieren?"

„Sehr witzig."

Auf der Werkbank lag, woran Micha gearbeitet hatte.

„Was hast du denn damit vor?", fragte sie.

„Na was wohl? Ich versuche, die Messer lose zu machen, damit der Papa sie schärfen kann."

Judit nahm die rostige Messerleiste des Balkenmähers in die Hand. Gut einen halben Meter lang war die Leiste, an ihr aufgereiht ein Dutzend rautenförmig vorstehender Messer. Das Teil lag überraschend schwer in Judits Händen, aber sie bemühte sich, sich das Gewicht nicht anmerken zu lassen. Micha hob den Hammer und griff nach dem Metallstück in Judits Händen. Sie zog es weg.

„Darfst du das überhaupt?", fragte sie.

„Kann dir doch egal sein."

Micha versuchte, die Messerleiste zu kriegen, Judit hielt sie ihm über den Kopf.

„Gib her, verdammt!", rief er und streckte sich danach.

Der Hammer fuhr mit in die Höhe und zischte gefährlich nah an Judits Nase vorbei. Micha bemerkte es nicht einmal. Judit lachte auf, wich einen halben Schritt zurück und nahm die Messerleiste wieder herunter.

„Hier, nimm sie, bevor du mich aus Versehen totschlägst."

„Wenn, dann ist es kein Versehen", gab Micha zurück.

Er lachte dreckig und schnappte sich sein Werkstück. Judit überließ ihm die Beute, zuckte mit den Schultern.

„Dann hast du die Ferien über wenigstens was zu tun."

„Hm", machte Micha.

Flink spannte er die Leiste in den Schraubstock, holte mit dem Hammer aus und schlug gegen eins der Messer. Judit hatte keine große Hoffnung, dass Micha die Messerchen mit dem Hammer vom Fleck bekam. Zumindest nicht, ohne die restlichen Pflaster und wohl auch ein paar Mullbinden zu brauchen. Sie kletterte wieder auf den Hackstock, Micha klopfte weiter emsig herum, ohne etwas zu bezwecken. Judit roch an ihren bräunlich verfärbten Handflächen. Rost und Schmiere. Na toll.

„Triffst du dich mal mit dem Matthias?", fragte sie.

„Nö."

„Ich dachte, ihr versteht euch?"

Micha kramte in der Werkzeugkiste.

„Der ist eh nicht da", sagte er.

„Und sonst? Sind doch nicht alle weggefahren aus deiner Klasse."

„Weiß ich nicht."

Micha drehte das Brecheisen, das er gefunden hatte, ein paar Mal hin und her und inspizierte die Enden. Judit schüttelte den Kopf, als sie ihn dabei beobachtete, wie er versuchte, das Brecheisen zwischen Messer und Leiste anzusetzen.

„Wenn du es von der anderen Seite versuchst ...", sagte Judit.

Entnervt warf Micha das schwere Brecheisen auf die Werkbank, dass es knallte, und wandte sich zu Judit um.

„Kannst du mich nicht in Frieden lassen?!", rief er.

„Ist ja gut. Versuch, nicht zu verbluten."

Judit machte, dass sie davon kam, bevor er es sich überlegte und doch noch das Brecheisen nach ihr warf. Kleine Geschwister, pah!

Vom Scheunentor aus sah Judit ihren Vater schnurstracks auf das Haus zugehen. Mitten im Garten blieb er stehen und stemmte die Hände in die Hüften. Judit hörte, dass er sprach, verstand aber nichts. Er schien auf ihre Mutter einzureden, die Judit nicht sehen konnte.

Aber wo mochte Almut sein? Judit pirschte noch einmal zu den Hasen, die immer noch faul in der Sonne lagen und mit den Nasen wackelten. Die Häsin und ihre so gut wie ausgewachsenen Jungen, gezeugt vom Rammler eines Bauern aus dem Dorf.

Judit umrundete schlendernd, wie es sich für einen Ferientag gehörte, die Scheune. Doch außer einem dichten Brennnesselwald und zum Trocknen aufgestapelten Brennholz fand sie nichts. Almut musste drin sein. In ihrem Verschlag.

Ja, das war überhaupt die beste Idee, dort nach ihr zu schauen. Denn dort ging sonst niemand hin und keiner würde sie mit Almut zusammen sehen.

Jetzt musste Judit nur an ihren Eltern vorbei kommen, die noch im Garten debattierten, ohne in irgendein unsichtbares Fettnäpfchen zu treten. Was erfahrungsgemäß fast unmöglich war. Zögernd näherte sie sich dem Gartentor. Der Vater redete wütend auf die abgetauchte Mutter ein. Die wackelnden Mohnblüten verrieten, wo sie steckte.

Als Judit das Türchen öffnete, verstummte der Vater und sah zu ihr herüber. Gerade noch rechtzeitig fiel Judit ein, dass es besser war, geschäftig auszusehen, und sie legte so etwas wie Zielstrebigkeit in ihren Schritt.

„Aber wenn die Bauarbeiter kommen, die zertrampeln doch die ganzen Blumen. Alles werden sie kaputt machen", klagte eine Stimme hinterm Mohn.

Der Vater wandte sich wieder der Mutter zu.

„Irene, du treibst mich noch in den Wahnsinn", murmelte er.

„Und was mache ich bloß mit der Rose, wenn das Gerüst da hin soll? So einen alten Strauch verpflanzen ...?"

„Was weiß ich. Am besten entsorgst du sie gleich, die fängt

sich eh nicht mehr."

Judit war schon fast an der Treppe zur Haustür. Sie warf einen Blick auf den Rosenstrauch und gab ihrem Vater widerwillig Recht.

„Und das hier, das muss auch weg, da muss Platz sein zum Gerüstaufbauen. Mindestens ein Meter, besser anderthalb", sagte der Vater. Er zeigte auf den Weg zwischen Gartentor und Haustreppe. „Das ist mir eh schon lange zu eng hier. Überall wuchert das Grünzeug, das muss weg!"

Judit fasste die Türklinke.

„Und für den Container muss auch Platz sein."

„Der kann doch neben den Garten, auf den Schotter", sagte die Mutter. Sie stand auf, wischte sich mit dem sauberen Handrücken den Schweiß von der Nase. Mit ihren von der Erde kohlrabenschwarzen Fingern zeigte sie dorthin, wo das Auto parkte.

„Auf den Schotter?", rief der Vater. „Auf den Schotter?! Wie stellst du dir das denn vor? Dass die die Ziegel fünf Meter weit werfen, oder was? Denkt denn hier keiner vernünftig? Auf den Schotter! Wie blöd kann man sein?"

Judit sah sich nicht um, sie wusste auch so, dass er hochrot angelaufen war, die Wut seinen Körper schüttelte. Rasch huschte sie ins Haus und zog die Tür leise hinter sich zu. Trotzdem hörte sie ihn fast so laut wie zuvor: „Sei doch einmal vernünftig, Irene, Herrgott! Einmal wenigstens! Scheiß Zeug, scheiß verdammtes Grünzeug aber auch!"

„Peter!", rief die Mutter. „Du kannst doch nicht -"

„Wirst schon sehen, was ich kann!"

Judits Zunge klebte trocken am Gaumen, die Schulterblätter krallten sich in ihren Rücken. Judit zog, wie immer im Flur, unwillkürlich den Kopf ein, bog um die Ecke Richtung Küche, Bad und Hintertür und alles in ihr rief: Renn ganz schnell raus, bring dich in Sicherheit!

Draußen brüllte Judits Vater weiter, sie verstand nicht mehr, was, aber sie bekam noch zu viel mit. Judits Beine liefen den Flur entlang, hastig griff sie nach dem Schlüssel, sperrte die Hintertür auf.

„Gott verflucht, was soll ich denn machen?", brüllte der Vater vor dem Haus.

Wahrscheinlich war es bis ins Dorf hinunter zu hören und ganz sicher würde spätestens jetzt die Mutter anfangen, sich sichernd umzusehen und ihn bitten, wenigstens leiser zu sein, er hätte ja Recht. Judit musste es nicht sehen, um es zu wissen. Sie hatte es oft genug beobachtet. Doch egal, wie oft sie Zeugin dieser Wutausbrüche des Vaters wurde, sie gewöhnte sich nicht daran. Jedes Mal zog sich alles in ihr zusammen, kroch ihr Kopf ein Stückchen tiefer zwischen den Schultern in Deckung und ihre Kiefer pressten sich härter aufeinander. Sie atmete nur noch flach, alle Kraft und Empfindung wich aus ihren Gliedmaßen, bis nur noch in ihrem Brustkorb etwas dumpfes, kaltes übrig blieb: Angst. Ja, sie hatte Angst. Immer, wenn er brüllte. Alle hatten Angst.

Judits Blick fiel auf die schmale Brettertür, hinter der Almut hauste. Die Besenkammer, hatte ihr Vater die Tür betitelt und dreckig gelacht, als die Patentante der Mutter vor vielen Jahren einmal aus Ungarn zu Besuch gewesen war.

Draußen überschlug sich seine Stimme, die Mutter heulte auf. Alle hatten Angst. Und mit jedem neuen Tag und jedem neuen Wutausbruch wurde diese Angst größer. Vor allem für die, die ganz unten waren. Wenn sich Judit schon so fürchtete, wie mochte das erst für Almut sein?

Für Judit legte die Mutter gelegentlich noch ein gutes Wort ein und eigentlich verstand sie sich auch mit Micha einigermaßen. Aber Almut? Almut hatte niemanden, der sie in Schutz nahm. Oder überhaupt mit ihr sprach. Für sie gab es nur diese Angst.

In diesem Moment, während der Vater draußen herum brüllte und die Mutter weinte, kam eine merkwürdige Ruhe über Judit. Sie sperrte ihren Notausgang wieder zu, machte kehrt und klopfte leise an die Brettertür.

Niemand antwortete. Judit klopfte noch einmal. Nichts. Vorne flog die Haustür auf, knallte gegen die Wand, ein Lichtschimmer stürzte in den Flur und schwere Schritte stürmten herein.

„Wie soll das ein normaler Mensch aushalten?", brüllte der Vater durchs Haus.

Ohne noch eine Sekunde zu verschenken, öffnete Judit die Besenkammer und huschte ins Dunkel.

4.

Drückende Hitze empfing Judit. Dazu ein muffig-süß-saurer Geruch, der sie beinahe wieder rückwärts hinaustrieb. Sie sah nur, was der Lichtspalt aus dem Flur beleuchtete, denn das kleine Fenster war offenbar verhängt. Im Flur wandten sich die Schritte des Vaters zum Badezimmer.

„Alles bleibt an mir hängen!", schimpfte er. „War schon immer so. Den Peter kann man ja wie Dreck behandeln!"

Rasch zog Judit die Tür hinter sich zu und lehnte sich einen Augenblick von innen dagegen. Jenseits der Tür zeterte der Vater weiter. Im Bad ging etwas scheppernd zu Boden.

Von Almut hörte Judit nichts, trotzdem ging sie davon aus, dass sie Zuhause war. Wenn man das so nennen konnte. Wo sollte sie auch sonst sein? Judit durchforstete den Raum auf der Suche nach etwas Lebenden.

„Almut? Ich bin`s, die Judit", flüsterte sie. „Bist du hier?"

Keine Antwort.

Plötzlich überfiel Judit das klamme Gefühl, etwas Verbotenes zu tun. Nicht nur, weil ihre Eltern das nicht gern sahen. Wahrscheinlich wollte auch Almut nicht, dass Judit sie einfach so überfiel. Mal eben nach siebzehn gemeinsamen Jahren darauf aus, sich mit ihr - ja was? Anzufreunden?

„Almut?"

Almut antwortete nicht. Wo war nur der Lichtschalter?

„Almut? Ich mache Licht, okay? Nicht erschrecken", sagte sie leise.

Wieder nichts.

Judit tastete neben der Tür die Wand ab, zu beiden Seiten. Auch ein Stück weiter von der Tür weg, als sie nicht fündig wurde. Wo zum Henker war der Lichtschalter in diesem Verschlag? Keine Chance, sie fand ihn im Dunkeln nicht. Es half nichts, sie musste erst etwas Licht durchs Fenster hereinlassen. Mit ausgestreckten Armen und tastenden Schritten ging sie darauf zu, jederzeit damit rechnend, dass sie gegen etwas stieß oder auf etwas trat. Unter ihren nackten Fußsohlen spürte sie unebenen Bretter, die sich unter ihren Schritten leicht bogen. Glatt geschliffen waren sie, aber zwischen ihnen spürte Judit breite Spalten. Man hatte hier nur die allernötigste Zahl an Brettern verlegt.

Plötzlich fuhr Schmerz durch Judits Schienbein, sie prallte ab, strauchelte, stützte sich ab, fand so etwas wie Halt - und schreckte gleich wieder zurück. Etwas seltsam Weiches gab unter ihren Händen nach. Weich, aber glatt und kühl. Es raschelte. Und es stank furchtbar.

Judit versuchte, sich nichts Gruseliges auszumalen. Sie musste einfach nur das Fenster frei machen, dann würde alles nicht mehr so unheimlich wirken. Trotzdem kitzelte der Würgereiz ihren Rachen.

Sie fand die Bretterwand, tappte mit den Händen daran entlang und hob den improvisierten Vorhang, den Almut auf zwei über dem Fenster eingeschlagenen Nägel gehängt hatte.

Sofort flog eine dicke Fliege auf und surrte planlos durch den Raum, bevor sie mit Schwung gegen die Scheibe bumste. Staub wirbelte durch den schmalen Lichtstreifen und augenblicklich spürte Judit, wie die Sonne unbarmherzig mehr Hitze mit sich brachte und den Raum aufheizte. Sobald sie das Licht eingeschaltet hatte, würde sie den Stofffetzen wieder davor hängen. Es würde nicht lange dauern. Doch Judit fand keinen Schalter. Keine Almut. Und keine Lampe.

„Ne, oder?", murmelte sie. „Das ist nicht euer Ernst, Leute!" Doch niemand widersprach ihr und je länger sich Judit umschaute, desto klarer wurde ihr, dass das tatsächlich der volle Ernst war. Es gab kein elektrisches Licht in Almuts Kammer.

Eine rasche Überprüfung der freien Wände ergab: keine Steckdose in Sicht. Das einzige elektrische Gerät, das Judit auf die Schnelle im Dämmerlicht entdeckte, war ein mittelalterlich anmutendes Radio, das vor dem vollgeladenen Sofa auf dem, bis auf ein kleines Eckchen, ebenfalls vollgeladenen Tisch stand. Kurzentschlossen probierte Judit das Radio aus. Sie drehte hier und da an den schmierigen Knöpfen, versuchte es mit Drücken, aber nichts tat sich. Es konnte natürlich auch einfach kaputt sein, das Radio. Kaputt, wie alles andere, was Judits Blick erfasste.

Dort, wo Almut immer auf dem Sofa saß, war das Polster abgewetzt, an einigen Stellen quoll die Füllung hervor. Der Löffel, der wartend am Rand der leeren Tischfläche lag, war verbogen. Judit fand ein Paar verschlissener Schuhe und gegenüber vom Sofa ein metallenes Bettgestell, das bedenklich wackelte, als Judit nach dem Kopfteil griff. Es fühlte sich schrecklich klebrig an. Über dem Bettgestell hingen wollene Kniestrümpfe, deren Fersen und Zehenspitzen mehrere Male mit farblich unpassendem Garn gestopft worden waren. Das Bett selbst verströmte einen Geruch von Sauerkraut und faulen Eiern. Judit hielt die Luft an und drehte sich weg.

Das Weich-Glatte, das sie vorhin berührt hatte, musste eine

der Plastiktüten gewesen sein, die sich auf dem Sofa türmten. Mit drei Schritten war Judit beim Sofa und versuchte zu erkennen, was in der obersten Tüte steckte. Sie fand etwas aus Stoff. Etwas Fluffiges. Vergilbt inzwischen, aber soweit Judit die Lage einschätzte, musste es einmal weiß gewesen sein. Eine Gardine vielleicht, denn das Gewebe war hauchdünn und Judits Hand schimmerte durch den Stoff. Ein Muster schien hineingewebt zu sein.

Judit warf einen sichernden Blick zur Tür. Es gehörte sich nicht, in fremden Sachen zu wühlen, aber sie wollte ja nur mal kurz gucken.

Sie zog an dem Vorhangstoff, die Tüte knisterte und gab nur widerwillig das hineingepfropfte Ding ein Stück weit frei. Judit hielt das, was sie herausgezogen hatte, in den staubigen Lichtstrahl. Das halb durchsichtige Stöffchen zierte ein Blumenmuster. Aber es war keine Gardine. Sondern eine Art Kleidungsstück aus Vorhangstoff. Judit hielt eindeutig einen Ärmel in Händen, ja, einen gerafften Ärmel von einem fluffigen, bauschigen, mit Blumen bestickten Kleid, das einmal weiß gewesen war. Ein Brautkleid. Sie musste hier raus.

Fiebrig stopfte sie das Kleid zurück in die Tüte, balancierte sie so auf dem Tütenhaufen aus, dass sie liegen blieb, und hängte den Stofffetzen an die Nägel am Fenster.

Endlich herrschte wieder Dunkelheit. Aber sie musste verschwinden, bevor Almut zurückkam. Judit fand die Tür, griff nach der Klinke - und spürte, wie die sich unter ihrer Hand ganz langsam nach unten bewegte, ohne dass Judit etwas dazu tat.

Plötzlich wurde Judit wieder schlecht. Der Muffgeruch und die Hitze, dazu das Gefühl, gar nicht hier sein zu dürfen. Sie wich langsam rückwärts, machte Platz. Einen Moment überlegte sie tatsächlich, ob sie sich nicht einfach stumm an die Wand drücken sollte, abwarten, bis Almut auf dem Sofa saß und dann ganz leise hinausschleichen. So, als wäre sie ein Geist. Vielleicht glaubte Almut das sogar. Vielleicht merkte sie auch gar nichts.

Langsam öffnete sich die Tür, das Dämmerlicht des Flures fiel herein. Judit blieb, wo sie war. Almuts geduckter Schatten schob sich vor das Licht, Judit hörte das Rascheln ihrer Kleidung. Schon ging die Holztüre wieder zu, sperrte das Licht wieder aus. Fast, als wäre nichts gewesen, doch Judit spürte deutlich, dass sie nicht mehr alleine im Raum war. Eine matte Anwesenheit hatte sich zu ihr gesellt.

Judit hielt die Luft an. Sie musste irgendetwas sagen, sich bemerkbar machen, bevor Almut sich erschreckte. Aber ihr fiel nichts ein und ihre Kehle kratzte vor Trockenheit.

Judit räusperte sich leise. Almut fuhr erschrocken zusammen und Judit kam es im Fastdunklen so vor, als wäre sie plötzlich auf die Hälfte zusammengeschrumpft.

„Ich bin's nur, die Judit", sagte Judit endlich.

„Judit?", fragte eine leise Stimme.

„Ja. Du weißt doch -"

Judit brach ab. Unter dem Schweiß verbrannte ihr eine gnadenlose Röte die Haut. Was hatte sie sich nur dabei gedacht, hier einfach reinzumarschieren?

„Ich wollte mal nach dir sehen, und fragen, wie es dir geht", brachte sie schließlich heraus.

„Ja", sagte Almut.

Sie stand noch immer ganz klein neben der Tür, regte sich nicht. Vielleicht eine Armlänge von Judit entfernt, viel mehr Platz bot die Kammer ja nicht. Judit wartete eine Weile, aber mehr als dieses Ja kam nicht. Draußen rumpelten die Schritte des Vaters vorbei, er schloss die Hintertür auf und dann hörte Judit ihn hinterm Haus hantieren. Es polterte und krachte.

„Und die Regentonnen, die sind auch im Weg", rief er. „Nirgends ist Platz. Nirgends!"

„Wir lassen das Dach richten. Deshalb", flüsterte Judit.

„Ja."

Judit atmete tief durch. Sie war gekommen, weil sie Almut - helfen wollte. Auch wenn sie jetzt noch weniger als zuvor wusste, wie, und sich nebenbei eingestehen musste, dass ihr Almut nicht geheuer war. Judit ekelte sich.

„Almut, ich wollte nur sagen, wenn du Hilfe brauchst", Judit schluckte, „dann kannst du was zu mir sagen. Ich meine, das Fenster müsste vielleicht mal geputzt werden und wahrscheinlich haben wir auch noch einen Vorhang dafür, und -"
Judit verstummte.

Das klang alles noch dämlicher, als sie sich fühlte.

„Ja", sagte Almut wieder.

Judit rechnete nicht damit, dass noch mehr kommen würde.

„Ja, dann. Dann gehe ich mal wieder", sagte Judit.

Sie ging langsam zur Tür, Almut machte ihr Platz.

„Und diese Scheiß Gießkannen überall. Blumen hier - Blumen da, da soll man nicht verrückt werden!", schimpfte der Vater draußen. Dann schepperte es. Wahrscheinlich hatte er gegen die Gießkannen getreten.

„Blumen, Blumen! Als obs nichts anderes gäbe! Verfluchte Scheiße!"

Judit horchte an der Tür. Drin schien die Luft rein zu sein.

Doch gerade, als sie die Tür ein wenig öffnete, preschte der Vater im Flur vorbei. Seine schweren Schritte brachten das Haus zum Beben.

„Irene! Irene, was ist das für ein Verhau da hinten?"

Judit schloss lautlos die Tür. Das Herz schlug ihr bis zum Hals. Das alles war so peinlich und am peinlichsten war, dass es ihr selbst peinlich war, bei Almut zu sein, dass sie eine Heidenangst hatte, dort erwischt zu werden.

Vorne bei der Haustür schrie der Vater die Mutter an. Jetzt musste Judit schnell machen. Ohne ein weiteres Wort zu verlieren, huschte sie hinaus in den Flur, durch die Hintertür nach draußen und rannte den steilen Hügel hinauf.

Erst hinter der Hügelkuppe machte sie langsamer, holte Luft. Sie hatte Almut nicht einmal Tschüss gesagt.

Judit lief weiter, als sie sonst jemals gelaufen war. Sie musste fort. Sie ließ ihren Hügel links liegen, lief stattdessen auf der anderen Seite ins Tal hinunter, stieß auf einen kleinen Bachlauf und folgte ihm. Immer weiter, egal, wohin. Hauptsache, sie lief, Hauptsache sie musste nicht dort sein, wo sie herkam. Nur hin und wieder führte ein Wildwechsel ein Stück am Wasser entlang, bevor er sich im Gesträuch und dem langen, verdorrten Gras verlor. Trotzdem kam Judit rasch voran. Das silbrige Wasser, die Steine und verrottende Äste flogen unter ihr dahin. Sie spürte den wechselnden Boden unter ihren Füßen, die Kälte des Wassers, wie rutschig die feuchte Erde war, die schroffen Steine unter den nackten Sohlen und das alles war so viel besser, als alle Erinnerung.

Bald aber wichen die Hügel immer weiter zurück. Der kleine

Bach wurde zusehends breiter und floss schnurgerade in einer tiefen Rinne zwischen ebenen, gemähten Wiesen hindurch. Es gab keine Sträucher mehr, keine Steine am Ufer, über die Judit hüpfen konnte. Der Geruch von Heu lag in der Luft und von fern hörte sie den Motor eines Traktors tuckern.

Judit zögerte, schaute sich um, während sie langsamer weiter ging. Sie kannte Hügel, die so eng zusammen standen, dass auf den Grund der waldigen Täler kaum jemals Sonne drang. Sie kannte Bäche, die um jeden Stein herum einen Umweg flossen und kaum ein paar Schrittlängen die Richtung beibehielten. Dass die Welt voller Hindernisse war und vieles im Schatten lag, war ihr vertraut.

Die offenen Wiesenflächen dagegen und dieser dicke Weidenbaum, der sich über den Bach beugte und seine langen Zweige hineinhängen ließ, waren ihr fremd. Sie fühlte sich ein bisschen, wie sich seinerzeit der gute Herr Kolumbus gefühlt haben musste: Wie ein Mensch, der Neuland betritt.

Ein merkwürdiges Kribbeln rieselte durch ihre Schultern und Arme. Vorsichtig zuerst, dann immer höher hob Judit die Arme, breitete sie ganz weit aus und drehte sich langsam im Kreis, dann schneller und schneller. Schließlich legte sie den Kopf in den Nacken und wirbelte wild herum. Die abgemähten Grashalme piksten in ihre Sohlen, in Judits Kopf drehte sich alles. Sie taumelte wie ein betrunkener Kreisel und lachte, bis sie nicht mehr konnte.

Dann ließ sich sie hinfallen und spürte dem Drehen nach. So viel Platz. So eine Weite.

Als sich wieder aufsetzte, glitt ihr Blick Richtung Unendlichkeit. Ein ebenes Land lag vor ihr. Von Hügeln keine Spur mehr. Ein Land, von schnurgeraden Straßen durchzogen und dort hinten, nicht weiter als ein oder zwei Stunden Fußmarsch entfernt lag eine Stadt, an deren Rand sich eine breite Straße auf einem aufgeschütteten Wall entlang zog. Das musste Michelried sein, wohin man mit dem Auto fast eine Stunde brauchte, weil die Straßen weite Bögen um die Hügel machten. Zu Judits Füßen lag die ganze Welt. Und diese Welt war unvorstellbar groß.

Unsicher wandte sie sich um, dorthin, woher sie gekommen war. Dunkelgrüne Fichten auf den Hügeln, soweit das Auge reichte. Ihr ganzes Leben hatte sich bisher inmitten dieser Hügel abgespielt. Die Schule lag dort hinten, der Supermarkt, in dem die Mutter einkaufte, Ärzte, der Metzger, die Bäckerei. Alles, was sie kannte, lag dort drin, im Fichtenwaldmeer. Andere waren längst im Urlaub gewesen. Am Meer, in Italien, mit dem Flugzeug in Griechenland. Judit nicht. Sie hatte nur einen blassen Schimmer, wie es anderswo aussehen mochte. Den blassen, bläulichen Schimmer des Fernsehers. Dabei musste es dort draußen so viel zu entdecken geben.

Judit näherte sich dem Weidenbaum, duckte sich unter seinen Ästen hindurch und fand am Fuß des Baumes einen halbwegs bequemen Sitz auf einer Wurzel, von dem aus sie einen guten Blick über die Ebene hatte. Sie atmete tief ein, lächelte der Welt von ihrem verborgenen Plätzchen aus verstohlen zu - und spürte plötzlich eine erschreckende Enge in der Brust. So viel war möglich, so viel gab es zu erleben. Doch das war nicht für Judit vorgesehen. Wenn sie nur irgendein grandioses Talent besessen hätte! Eine famose Singstimme, Schauspieltalent oder zumindest in der Schule mit guten Noten geglänzt hätte, dann wären die Argumente auf ihrer Seite gewesen und alle hätten einsehen müssen, dass sie hinaus gehörte in die

Welt. Dann wäre sie vielleicht auch nicht immer um eine schlaue Antwort verlegen, wenn sie gefragt wurde.

Aber alles, was sie gut konnte, war, die Dinge infrage zu stellen und komplett wertlose Luftschlösser zu bauen. Das zählte nicht als Talent. Das galt sogar weniger als nichts. Das war ein Manko.

Ein helles Rascheln schreckte Judit auf. Der Wind wirbelte die Weidenblätter an den langen, hängenden Zweigen herum, ließ ihre silbernen Unterseiten aufblitzen. Judit fröstelte. Immer stärker blies der Wind in den Baum, schüttelte seine Äste. Judit erhob sich und spähte zwischen den Zweigen hindurch in den Himmel. Dichte Wolken zogen herauf.

Judit wollte nicht, aber sie musste los. Ein letztes Mal ließ sie den Blick über die Ebene schweifen, dann drehte sie um und ging schweren Herzens zurück. Der Wind trieb sie an, pustete sie zurück in die enger werdende Schlucht, leicht bergan, dem Rinnsal entlang, bis Judit hinter dem letzten Hügel das vom Alter eingesunkene Dach des Hauses hervorspitzen sah.

Die dunklen Regenwolken folgten ihr auf dem Fuß, doch diesmal kam Judit trocken nachhause. Langsam marschierte sie über die letzte Erhebung von hinten auf das Haus zu. Der Wind riss an ihrem T-Shirt und wirbelte ihr die losen Haare ins Gesicht. Wie viel Zeit vergangen war, wusste sie nicht, doch als sie näher kam, hörte sie, wie ihr Vater Holz hackte. Dann kam sie zumindest noch nicht zu spät zu Abendessen. Mehr wollte Judit über die Tageszeit gar nicht wissen.

Je näher sie dem einsamen Haus kam, desto deutlicher hörte sie das gleichmäßige, unerbittliche Schlagen, mit dem der Vater in der Scheune bei geöffneten Tor Holz hackte. Er schlug das Beil ins Scheit und drosch es kräftig auf den

Hackstock, bis das Holz mit einem lauten, markerschüttern-
den Reißen entzweisprang und in Stücken auf den Betonboden schlug.

5.

Diesmal kam Micha als letzter zum Abendessen. Judit beobachtete, wie die Mutter ihm einen Teller mit etwas Sauerkraut, Salzkartoffeln und dampfender Blutwurst in die Hand drücken wollte. Micha seufzte und seine Schultern sackten einen halben Meter nach unten.

„Gib her, ich mach das schon", hörte sich Judit sagen.

Sie schob sich zwischen Eckbank und Tisch heraus, nahm ihm den Teller ab und wollte grade zur Tür hinaus, als ihr Vater sagte: „Judit!"

Judit hätte den Teller beinahe fallen lassen. Sie drehte sich mit angehaltenem Atem und einem Angstknoten im Bauch zum Vater um.

„Sag dem Besen, ich will sie später sehen. Da ist ein Brief für sie gekommen."

Judit stieß die Luft aus. Es gab also keinen Anschiss, weil sie wieder Luftschlösser baute oder sich bei Almut herumtrieb. Wahrscheinlich hatte der Vater Letzteres auch gar nicht mitbekommen, weil er so mit seinem Dach beschäftigt war. Erleichtert verließ Judit die Küche. Doch je näher sie der Kammer jenseits des Hauses kam, desto mulmiger wurde ihr. Ein Brief, wegen dem er mit Almut reden wollte? Das war ja noch nie vorgekommen.

„Beeil dich, Judit!", rief die Mutter durch den Flur.

Judit beeilte sich. Sie klopfte kurz, öffnete und stellte rasch den Teller auf die freie Fläche des Tisches. So wie sie es die letzten Jahre immer gemacht hatte. Einfach, ohne nachzudenken. Als sich auf dem Sofa etwas regte, machte Judit wortlos kehrt und war schon zurück an der Tür, als ihr die Worte des Vaters wieder einfielen. Ein dicker Klumpen lag plötzlich in Judits Kehle. Sie wusste nicht warum, aber es kam ihr falsch vor, Almut zum Vater zu schicken. Judit hielt die Türklinke in der Hand, hin und her gerissen stand sie im Türrahmen. Schließlich räusperte sie sich.

„Almut?"

„Ja?"

„Der Papa will nach dem Essen mit dir sprechen. Wegen einem Brief oder so."

„Ja."

Judit schloss die Tür hinter sich und schüttelte den Kopf. War doch nichts dabei, dass Almut Post bekam. Jeder konnte Post bekommen.

„Judit, was trödelst du denn immer so?", fragte die Mutter. „Deinem Vater knurrt schon der Magen."

Judit hörte zwar kein Magenknurren, aber sie wusste, dass ihre Mutter dabei war, Abbitte zu leisten. Blutwurst mochte sie nämlich nicht. Dafür war die das absolute Lieblingsessen des Vaters, mit dem im Notfall fast alles wieder einzurenken war. Wenn es Blutwurst gab, hieß das nichts Gutes.

„Der Judit gefällt`s halt in der Besenkammer", rief Micha. „Wenn du da einziehst, kann ich dein Zimmer haben, oder?"

Micha kicherte.

„Micha!", zischte die Mutter, bevor der Vater eingreifen musste. Micha kicherte ganz leise weiter, Judit spürte seinen herausfordernden Blick auf der Haut brennen. Sie ignorierte ihn - und fragte sich, was er mitbekommen hatte. Am liebsten hätte sie ihm volle Sahne gegen das Bein getreten.

Aber Judit beschränkte sich darauf, eine kleine Portion Sauerkraut und ein paar Kartoffeln auf ihren Teller zu laden, als sie an der Reihe war, und vermied es sonst, Kontakt aufzunehmen. Auch von der Blutwurst hielt sie sich fern.

Neben ihr, in der Ecke der Eckbank, wo sich die Zeitungen stapelten und die Post, die noch niemand weggeheftet hatte, fiel Judit ein großer Umschlag ins Auge. Unauffällig schielte sie näher hin, denn auf dem Umschlag prangte ein Stempel, der gewichtig aussah. Ein einzelnes Wort entzifferte sie: Nachlassgericht.

Durch das Sichtfenster las sie Almuts Namen.

Das musste der Brief sein, wegen dem der Vater mit Almut sprechen wollte. Bei einem Brief vom Gericht kein Wunder, dachte Judit zuerst. Das musste wichtige Post sein.

Dann, als sie zwischen zwei Bissen Kartoffeln und Sauerkraut noch einmal hinschielte, fiel ihr noch etwas auf: Der Brief war aufgerissen. Und das sicher nicht von Almut.

Als sie vom anderen Ende des Tisches ein merkwürdiges Gluckern hörte, sah Judit doch auf.

Ihr Vater trank ein paar Schlucke Bier aus der Flasche, setzte sie ab und wischte sich die Lippen mit dem Handrücken trocken. Dass der Vater zum Abendessen Bier trank, kam so selten vor, dass Judit vor Verwunderung den richtigen Moment verpasste, den Blick zu senken, und aus Versehen in die Augen ihres Vaters sah. Sie wollte schnell wegschauen, so tun, als hätte sie nur zufällig in seine Richtung geschaut, was ja leicht passieren konnte, wenn man sich gegenüber sitzt, aber etwas in seinem Blick hielt ihren fest. Etwas, das ihre

Neugierde auf den Plan rief.

Draußen pfiff der Wind über das Haus hinweg und trieb die ersten dicken Regentropfen ans Küchenfenster.

„Ach nein, nicht schon wieder Regen", rief die Mutter. „Gott, das Dach!"

Judit nutzte die Gelegenheit, vom Vater weg zur Mutter zu sehen. Die Mutter umfasste ihre Friedenstaube, als verspräche sie sich Hilfe von ihr.

„Das mit dem Dach kriegen wir schon", sagte der Vater zuversichtlich. „Wirst sehen, Irene."

Aus dem Augenwinkel bemerkte Judit, dass er lächelte. Judit vergaß zu kauen. Er lächelte tatsächlich, trotz Sturm, Regen und dem üblichen Familienalltag.

„Wenn uns nur die Bank den Kredit gibt", seufzte die Mutter.

„Das wird schon werden, Irene, so oder so."

Der Vater tätschelte der Mutter kurz den Arm, bevor er wieder nach seinem Bier griff, sich zufrieden zurücklehnte und einen kräftigen Schluck trank.

Als später alle Bestecke weggelegt waren und der Vater den letzten Schluck Bier getrunken hatte, begann die Mutter damit, den Tisch abzuräumen. Judit half ihr.

„Micha, los, saus zum Besen und sag Bescheid. Ins Wohnzimmer soll sie kommen. Jetzt gleich", sagte der Vater.

„Wieso ich?!", rief Micha weinerlich. „Ich hab dir heute schon geholfen! Das kann doch die Judit machen, die reißt sich doch drum."

Judit zuckte zusammen. Der kleine Scheißer hatte es langsam genau beieinander. So gelangweilt wie sie konnte, bedachte ihn mit einem Seitenblick und warf ihm das Geschirrtuch in den Schoß.

„Wenn du lieber abtrocknen willst - bitte", sagte sie.

Sie war schon im Flur, bevor Micha sich beschweren konnte. Judit hörte noch, wie der Vater murmelte, dass Micha ein bisschen Hausarbeit auch nicht umbringen würde. Insgeheim machte Judit einen kleinen Freudensprung. Sie konnte sich sehr gut vorstellen, wie widerwillig Micha an die Spüle schlich und sich ans Abtrocknen machte. Das hatte er verdient. Aber viel mehr verdient hätte er, dass er Almut zum Vater schicken sollte. Die gute Laune des Vaters freute Judit, denn wenn er gute Laune hatte, machte er niemanden rund. Manchmal konnte er sogar richtig guter Dinge sein. Das kam allerdings so selten vor, dass man jedes Mal einen Feiertag danach benennen konnte. Aber irgendetwas war im Busch, von dem sie nichts wusste. Natürlich nicht. Erklärt wurde nichts. Judit schritt zur Kammertür, holte Luft und trat ein.

„Almut? Du -", Judit hustete. „Du sollst ins Wohnzimmer kommen. Jetzt gleich."

Sie starrte ins Dunkle. Hier prasselte der Regen aufs Blechdach, so dass sie kaum ihre eigene Stimme hörte. Der Wind zog durch den Verschlag.

„Almut?"

Judit horchte angestrengt. Vielleicht schlief Almut schon. Doch es fühlte sich nicht an, als ob hier jemand schlief. Vielmehr lag eine kaum greifbare Spannung in der Luft.

„Du sollst zum Papa!", rief Judit lauter.

Nach einer Weile hörte sie ein Rascheln, ein unterdrücktes, kehliges Husten, das entfernt wie ein Schluchzen klang.

„Almut?"

Nach einer weiteren, endlosen Weile hörte Judit vom Sofa her ein leises: „Ja."

„Los, ab in die Wanne mit dir", sagte die Mutter zu Micha, als Judit zurück in die Küche schlich.

Mit einem breiten Grinsen im Gesicht drückte Micha Judit das Geschirrtuch vor den Bauch und hüpfte davon. Fast glaubte sie, ihn draußen im Flur kichern zu hören. Auf dem Abtropfgitter stapelte sich das gespülte Geschirr, daneben auf der Arbeitsfläche lagen nur zwei trockene Teller.

„Na, der Arbeitseifer hat ihn nicht gerade gepackt", murmelte Judit. Sie schnappte sich einen nassen Teller, trocknete ihn rasch, griff schon nach dem nächsten.

„Er ist eben ein Junge", sagte die Mutter.

„Was soll das denn heißen? Der Schniedel ist doch nicht beim Abtrocknen im Weg."

Die Mutter tat, als hätte sie nichts Anstößiges gehört.

„Und er ist ein Stück jünger als du. Du warst in dem Alter auch nicht so flott", sagte sie.

Die Mutter spülte weiter, Judit trocknete ab.

„Ich war auch nicht so vorlaut", sagte Judit leise.

„Ach Judit, das ist eben so. Jungs sind anders."

Judit trocknete schweigend weiter ab. Sie hörte im Bad Wasser in die Wanne rauschen. Und es kam ihr vor, als ginge jemand lautlos wie ein Schatten durch den Flur. Aber vielleicht hatte Judit sich getäuscht. Dann hörte sie die Stimme des Vaters vom Wohnzimmer her. Ausgesprochen freundlich klang der Vater, als er so etwas sagte wie: „Komm doch rein, Almut. Setz dich."

Jetzt wusste Judit gar nicht mehr, was sie denken sollte. Wenn sie nur mehr verstehen würde! Judit konzentrierte sich und lauschte mit aller Kraft Richtung Wohnzimmer.

„Ach Judit, nun zieh nicht so ein Gesicht", sagte die Mutter.

Jetzt hatte Judit den Vater nicht verstanden. Sie lehnte sich weiter in Richtung Flur, um doch noch etwas zu hören. Neben ihr trocknete sich die Mutter die Hände an der Schürze ab und kam auf Judit zu, bis sie ganz dicht neben ihr stand. Judit hatte plötzlich ihren Geruch in der Nase. Einen Geruch, der ihr merkwürdig vertraut war, zugleich aber viel zu fremd. Ein Gefühl von Panik erfasste sie, ihr war es plötzlich zu eng in der Küche. Sie wollte den Tellerstapel packen und weiter hinten in den Schrank räumen, um aus der Nähe der Mutter zu gelangen, als sie plötzlich einen fremden Arm in ihrer Taille spürte.

„Ich bin froh, dass ich so ein großes Mädchen habe. Nur mit Männern ... das wäre ja nicht auszuhalten", sagte die Mutter. Sie lachte. Aber es klang nicht froh.

„Hm", machte Judit.

Noch immer lag der Arm der Mutter fremd und unbeholfen um ihren Rücken, der Geruch der Mutter stieg mit jedem Atemzug in Judits Nase. Süßlich, herb, ein Hauch von Schweiß und Sauerkraut. Judit sah die feinen Rillen auf den Lippen der Mutter, ein paar dickere Härchen auf ihrer Oberlippe, sie sah, wie tief die Riefen unter den Augen der Mutter eingekerbt waren, die vergrößerten Poren, die grauen Haare, die überall zwischen den schwarzen sprossen.

Das war ihre Mutter, ganz klar. Aber in diesem Moment begriff Judit, wie fremd sie ihr tatsächlich war. Vom Wohnzimmer her hörte sie wieder die Stimme des Vaters. Sie klang jetzt gefährlich laut.

„Was bereden die?", fragte Judit.

Sie machte sich wie nebenbei von der Mutter los und reckte

sich zum Flur, um etwas mitzubekommen.

„Ach, keine Ahnung. Ich verstehe von solchen Sachen eh nichts, also frage ich gar nicht erst."

„Was für Sachen?"

Die Mutter zog den Stöpsel aus dem Spülbecken und ließ das Schaumwasser ablaufen. Der Abfluss gurgelte und schlürfte so laut, dass Judit nichts mehr aus dem Wohnzimmer hörte.

„Was weiß ich. Wenn ich es wissen muss, wird dein Vater es schon sagen. Der regelt das schon."

Judit hörte ihr nur mit einem halben Ohr zu. Ihre Hände trockneten schnell das letzte Geschirr ab und räumten es vollautomatisch in die richtigen Türchen und Schubladen. Wenn Judit nur wüsste, was los war. Scharf schnitt die Stimme des Vaters durchs Haus.

„Magst du noch hierbleiben und wir plaudern ein bisschen?", fragte die Mutter.

Völlig überrumpelt wusste Judit gar nicht, was sie darauf antworten sollte. Sie räusperte sich, suchte nach einer Ausflucht.

„Morgen vielleicht, hab noch was zu erledigen", stammelte sie schließlich und huschte in dem sicheren Wissen aus der Küche, dass sie keinen eleganten Abgang hingelegt hatte. Im Wohnzimmer brüllte der Vater jetzt.

Im Flur war es dunkel. Judit drückte sich an die Wand und sammelte sich. Aus dem hinteren Teil des Hauses hörte sie, wie Micha in der Badewanne quasselte, herum platschte, innehielt und dann genüsslich furzte.

In der Küche schien die Mutter einen ihrer Bergromane aufzuschlagen, die sie abends manchmal auf der Eckbank las, wenn sie keine Lust auf Fernsehen hatte. Schmale, jägergrüne

Büchlein mit Fotos verliebter Paare und Titeln in verschlungener Schrift waren es. Judit hatte keine Ahnung, wie sie hießen und was darin stand, denn die Mutter las natürlich ungarische Bücher, die ihr eine Tante gelegentlich schickte, wenn sie sie ausgelesen hatte.

Aus dem Wohnzimmer drang wieder ein Brüllen. Vorsichtig schlich Judit auf die Treppe zu. Sie ließ das Licht aus und hielt sich dicht an die Wand. Jetzt hörte sie, wie Almut etwas sagte. Ihre Stimme klang sehr dünn. Judit verstand ihre Worte nicht.

Sie erreichte die Treppe, die an der Wohnzimmerwand entlang nach oben führte. Ganz leise schlich Judit auf allen vieren einige Stufen nach oben, bevor sie sich setzte. Sachte legte sie das Ohr an die beste Horch-Stelle. Hier klebte nur Lehm und Stroh zwischen ihr und dem Gespräch. An manchen Stellen klafften kleine Löcher. Zu klein, um etwas zu sehen, aber groß genug, um alles zu hören. Judits Herz schlug bis zum Hals, ihre Hände schwitzten.

„Das kann doch nicht so schwer sein!", brüllte der Vater.

Ein Wimmern drang durch die Wand. Judit strengte sich an, presste das Ohr an die brüchige Kante zwischen Holz und Lehmfüllung, legte die feuchten Hände darauf, als ob sie mit ihrer Hilfe die zu leisen Worte erspüren konnte. Aber sie spürte keine Worte. Nur Gefahr.

„Du sollst einfach nur unterschreiben! Hier! Einfach hier unterschreiben, Herrgottnochmal!"

Jetzt zitterte die Lehmwand. Judit zog ihre Hände zurück. Wieder hörte sie ein Wimmern.

„Was willst du? Sprich so, dass man dich versteht!"

Mit viel Mühe verstand Judit ein Ja.

„Ja, dann machs halt!", schrie der Vater.

Seine Stimme überschlug sich. Etwas krachte.

Judit saß versteinert da, lauschte und wünschte im selben Moment, nichts von der Auseinandersetzung dort drin zu wissen. Plötzlich packte etwas ihren Fuß. Judit schrie auf, zog den Fuß weg.

Michas Lachen perlte unter der Treppe hervor.

„Micha, ich bring dich um!", zischte Judit.

Micha hüpfte unter der Treppe hervor und stieg auf die unterste Stufe.

„Jetzt gleich, oder nachdem ich dem Papa erzählt habe, dass du lauschst?", fragte er.

Judit sah sein Gesicht im Dunklen nicht, aber sie spürte, das er von einem Ohr zum anderen grinste. Sie sah auch nicht, ob er zur Wohnzimmertürklinke griff, um den Vater auf den Plan zu rufen, aber Judit traute es ihm zu.

„Micha!", flüsterte sie.

„Was denn?", fragte er lauter als nötig.

„Lass den Blödsinn!", flüsterte Judit.

„Wieso? Hast du Schiss?", fragte er.

Im Wohnzimmer polterte es wieder, der Vater grollte. Judit spürte, wie Micha zusammenzuckte.

„Ja, hab ich", flüsterte sie. „Los, komm mit."

Judit huschte die Treppe hinauf, stolperte den schmalen Flur entlang und in ihr Giebelzimmer. Micha folgte ihr.

„Ehrlich gesagt, ich hab keine Ahnung, was da los ist", sagte Judit leise. „Aber es gefällt mir nicht."

„Nur weil du so zimperlich bist", sagte Micha.

Judit hockte auf ihrem Bett, Micha im Schneidersitz vor ihr

auf dem Boden. Sie hatten nur Judits kleine Nachttischlampe angeknipst, die einen spärlichen Lichtkegel ins Zimmer warf. Draußen streiften die Zweige des Hollerbusches an der Wand entlang, der Regen prasselte aufs Dach.

„Das hat nichts mit zimperlich zu tun", hielt Judit dagegen. „Sowas geht einfach nicht. Das ist unmenschlich."

„Wieso, die kennt`s doch nicht anders. Außerdem hat sie noch nie einen Handstrich gemacht. Frag den Papa."

„Was hat das eine denn mit dem andern zu tun?", fragte Judit.

„Ist ein Mensch denn nur so viel wert, wie er anderen Nutzen bringt? Hast du dich mal gefragt, warum sie nicht mithilft? Ich glaube nicht, dass sie faul sein will. Ich glaube, sie hat einfach nur eine Scheißangst."

„Woher willst du das wissen? Hast du sie gefragt?"

„Ich hab doch Augen im Kopf."

„Und du siehst nur, was du sehen willst. Wie die Mama. Man kann doch nicht immer Mitleid haben mit jedem. Da kommt man doch zu nichts."

Judit rutschte vom Bett herunter und setzte sich zu Micha auf den Boden.

„Woher hast du denn den Scheiß?", fragte sie.

„Von niemandem."

Micha wich ihrem Blick aus.

„Ach ja?"

„Ja, ich bin selber schlau genug, mir meinen Teil zu denken. Brauchst nicht glauben, dass du schlauer bist, bloß weil du ein paar Jahre älter bist", sagte er trotzig.

„Was wäre, wenn du aus irgendeinem Grund bei fremden Leuten wohnen müsstest? Stell dir vor, nachts schlägt hier der Blitz ein, das Haus brennt ab und der einzige, der überlebt, bist du, weil du zufällig grad beim Pieseln bist und rausrennen kannst. Vielleicht schickt man dich dann zum Onkel Jürgen und du musst in seiner Garage schlafen, weil er keine Lust hat, dir ein ordentliches Zimmer einzurichten. Und du darfst auch nicht mit am Tisch essen, weil du ja nur ein bisschen zur Familie gehörst und nicht so richtig. Und niemand fragt dich, wie es dir geht, oder sagt wenigstens mal nett zu dir guten Morgen. Ich meine, hey, der Onkel Jürgen hatte bisher nichts von dir, du hast ihm noch nie bei irgendwas geholfen. Und so wie du abtrocknest, wirst du im Haushalt auch nach jahrelanger Übung keine große Hilfe sein. Da kann man das nutzlose Stück Mensch doch in der Garage lagern und ignorieren, bis es verreckt. Ist völlig legitim."

Judits Kehle fühlte sich wie zugedrückt an.

Micha schwieg. Er schwieg lange. So lange, dass Judit ein paar Mal versucht war, noch etwas hinterher zu schieben, ihm noch etwas an den Kopf zu knallen, damit er endlich gezwungen war, zuzugeben, dass sie Recht hatte. Selbst ein Sturschädel wie Micha musste doch einsehen, dass es so nicht ging. Nichtmal Strom hatte Almut in ihrer Kammer. Die saß im Dunklen vor ihrem toten Radio, mit einer Art vergilbten Brautkleid in einer der Tüten auf ihrem durchgewetzten Sofa. Ganz allein, verflucht!

Als Micha doch noch sprach, zuckte Judit zusammen. Er sprach so leise, dass Judit ihn kaum hörte, aber sie verstand trotzdem zu viel.

„Würdest du echt mit der an einem Tisch sitzen wollen?", fragte er.

6.

Judit hatte schlecht geschlafen. Der aufs Dach prasselnde Regen trug nur teilweise die Schuld daran. Viel schlimmer waren die Fragen, die Judit wälzte. Sie fühlte sich verquollen und dumpf, als sie im Schlafanzug in die Küche hinunter tappte. Zum Glück war die Mutter nicht hier, aber Micha saß auf seiner Seite des Tisches über einer Kaba-Tasse, stützte den Kopf in beide Hände und sah trüb aus der Wäsche.

„Was ist los, Micha? Hast du schon Langeweile?", fragte sie, um ihn ein bisschen zu necken, ihm vielleicht ein Schmunzeln zu entlocken.

„Ich hasse mein Leben", antwortete Micha.

Er schmunzelte nicht, sah nicht einmal auf. Sein Gesicht hing so tief über der Tasse, dass Judit einen Augenblick befürchtete, es würde in die Schokomilch fallen.

„Wieso? Was ist passiert?"

Judit unterdrückte den Impuls, sich zu ihm zu setzen und einen Arm um ihn zu legen. Stattdessen suchte sie ihre Lieblingstasse aus dem Schrank, um sich auch einen Kaba anzurühren. Zwischendurch warf sie einen Blick über die Schulter zu Micha, der unverändert vor sich hin brütete.

„Verstehst du eh nicht", brummte er endlich.

„Wenn du nichts sagst, kann ich auch nichts verstehen."

„Vergiss es."

Judit stellte ihre Tasse auf den Tisch und setzte sich auf ihre Bankseite.

„Okay", sagte sie.

Sie rührte das Schokopulver auf, fischte ein paar Klumpen mit dem Löffel ab und schlürfte sie so geräuschvoll vom Löffel, wie sie es hinbekam. Micha warf ihr einen skeptischen Blick zu. Prompt verschluckte sich Judit am Pulver und musste husten.

„Was kannst du eigentlich?", fragte Micha trocken.

Aber dann musste er doch lachen und Judit lachte mit.

Eine Weile rührten sie wortlos in ihren Tassen herum, Judit schlürfte lieber nicht mehr vom Löffel, obwohl sie Micha anmerkte, dass er darauf wartete - und hoffte, dass es wieder daneben ging.

„Der Matthias ist eh ein Depp", sagte Micha schließlich, als er seine Tasse geleert hatte. Er stand auf, nahm die Tasse mit zur Spüle und stellte sie daneben.

„Hat er keine Zeit?"

„Angeblich nicht. Aber ich weiß, dass er nicht wegfährt, weil er das dem Maxi erzählt hat."

„Wenn es stimmt, was der Maxi dir erzählt hat."

„Ja, wenn. Aber die ganzen sechs Wochen ist er bestimmt nicht weg, so oder so."

„Hm."

Micha drückte sich in der Küchentüröffnung herum.

„Dann pfeif doch auf den Matthias, gibt doch noch mehr Jungs in deiner Klasse", sagte Judit.

„Hm", machte jetzt Micha.

„Ich weiß gar nicht, wie die alle heißen."

Judit hoffte, Micha würde ein paar Namen aufzählen und vielleicht auf eine Idee kommen, wen er anrufen könnte. Aber Micha zählte nicht auf, er inspizierte seine nackten Zehen.

„Die meisten sind eh doof", sagte Micha endlich.

„Und wer nicht?"

„Der Basti nicht."

Micha schaute noch immer nicht auf.

„Und warum rufst du den nicht einfach an und fragst, ob er Bock hat, was mit dir zu machen? Wahrscheinlich ist dem Basti auch langweilig, der freut sich, wenn einer anruft."

„Dem Basti ist nicht langweilig."

Judit sah ihren Bruder aufmerksam an.

„Woher willst du das wissen?", fragte sie.

„Weil der so cool ist, dass dem nicht langweilig wird. Der ist doch immer beim Skaten mit den andern, die hängen die ganze Zeit miteinander rum. Wenn ich den anrufe, lacht der sich tot. Falls der überhaupt weiß, wer ich bin."

Micha wackelte mit den Zehen und sah ihnen dabei zu. Dann machte er abrupt kehrt und stob aus der Küche.

„Micha?"

Aber da schlug schon die Haustür.

Judit war die Lust auf Kaba vergangen. Sie kippte den Rest in den Ausguss und spülte die beiden Tassen. Das tat sie normalerweise nicht, aber heute war ihr danach. Sie trocknete sie sorgfältig ab und räumte sie auf, verstaute die Löffel in der Schublade, hängte das Trockentuch akkurat auf. Und während sie all das ganz gewissenhaft tat, merkte sie, wie ihr Puls beschleunigte. Das „Gespräch", das ihr Vater mit Almut geführt hatte, geisterte ihr immer noch durch den Kopf. Die Erinnerung an das Gebrüll des Vaters und Almuts Wimmern hallte zwischen ihren Ohren hin und her. Ein Echo, das nicht schwächer werden wollte.

Judit holte den Besen - den echten aus Holz und mit Borsten - und fegte die Küche, obwohl es nichts zu fegen gab. Ihre Hände klebten am Besenstiel, ihr Herz klopfte so schnell, dass Judit Angst bekam.

Das Haus fühlte sich leer an. Von nirgendwo war ein menschengemachtes Knarzen zu hören. Nur die leisen Geräusche, die das Haus selbst machte, wenn es nach einer feuchten, kalten Nacht wieder trocknete und sich der wärmenden Sonne entgegen streckte. Judit kannte jedes dieser Geräusche.

Sollte sie oder sollte sie nicht?

Ihr Entschluss, Almut zu helfen, schwebte wie ein hungriger Bussard über ihr, bereit herunterzustoßen und ihr zu beweisen, dass sie eine feige Tomate war. Am liebsten hätte sie die Idee einfach vergessen. Aber Almut helfen, ja, das wollte sie, das war das Richtige. Judit schluckte ihre Angst hinunter, stellte den Besen zurück in die Abstellkammer und tappte zu Almuts Verschlag.

Weil es keinen anderen Platz zum Sitzen gab und es Judit blöd vorkam, direkt vor der auf dem Sofa sitzenden Almut in die Höhe zu ragen, setzte sie sich vorsichtig auf die Kante des Bettes, das vor der gegenüberliegenden Wand stand. Der Mief stach Judit so in die Nase, dass sie nur flach atmete.

Durch das verschmierte Fenster sickerte ein wenig Morgenlicht herein, so dass Judit einigermaßen sehen konnte, was sie umgab. Das Chaos in der Kammer schien lange Zeit nicht bewegt worden zu sein. Die überall herumliegenden Tüten und Kästchen bedeckte eine dicke Schicht aus schwarzem Staub. Almut rutschte auf dem Sofa hin und her und brachte die Tüten zu beiden Seiten zum Knistern. Weil das Licht hinter ihr ins Zimmer fiel, lag Almuts Gesicht im Schatten. Judit konnte nicht sehen, ob und wie Almut sie ansah.

„Wie gehts dir?", fragte Judit schließlich.

„Ja", sagte Almut leise.

Judit überlegte.

„Mein Vater - was wollte der gestern von dir?"

Almut schwieg lange.

Dann endlich beugte sie sich vor, als wollte sie durch den verringerten Abstand zwischen ihnen eine vertrauliche Atmosphäre schaffen. Judit schnappte lautlos nach Luft, um sie nicht durch ein unbedachtes Geräusch zu unterbrechen, und wagte nicht zu blinzeln. Gleich würde sie mehr wissen.

Zwischen Almuts Knien knisterte Plastik. Irritiert bemerkte Judit, dass Almut in einer der Tüten nach etwas fischte, die zu ihren Füßen im Spalt zwischen Tisch und Sofa lag. Bestimmt würde sie gleich etwas zum Vorschein bringen, das die Sache erklärte. Judit rutschte auf die allervorderste Bettkante, um nichts zu verpassen.

Almut hantierte eine Weile, es knisterte und raschelte weiter. Dann zog sie endlich etwas heraus. Nadeln, an denen ein angefangener Strumpf baumelte, und ein Wollknäuel. Ungelenk begann sie zu stricken. Judit stieß die angehaltene Luft aus.

„Es ging doch um einen Brief, Almut. Was wollte mein Vater von dir?", fragte sie ungeduldig.

„Das geht einfach nicht", flüsterte Almut.

Ihre Stimme übertönte kaum das Klackern der Nadeln.

Judit sprang auf, ging die paar Schritte zu Almut um den Tisch, kniete sich vor sie auf den Boden, um sah ihr fest ins Gesicht. Viel erkannte sie trotzdem nicht.

„Was geht nicht?", fragte Judit.

Almut rutschte auf dem Sofa nach hinten, wand sich. Sie versuchte, weiter zu stricken, doch die Nadeln suchten die Fadenschlingen vergeblich.

„Wenn ich dir irgendwie helfen soll, muss ich wissen, um was es geht", sagte Judit so sanft, wie sie es in ihrer Aufregung hinbekam.

Almut presste die Lippen zusammen und sah weg.

„Mein Vater will dich zu etwas zwingen, das du gar nicht willst, richtig?"

Almut wiegte den Kopf, die Lippen noch immer aufeinandergepresst, und kniff die Augen zu.

„Ich würde gern was für dich tun, aber du musst dir helfen lassen. Ich kann mir vorstellen, dass du mir nicht traust, aber ich meine es ernst. Mein Vater kann nicht mit jedem umspringen, wie er will."

Judit versuchte angestrengt, das im Schatten liegende Gesicht zu lesen, doch Almut hatte sich fast ganz weggedreht.

„Almut, bitte. Um was ging es da? Niemand darf dich zu etwas zwingen, weißt du? Auch nicht mein Vater und auch nicht, wenn er brüllt."

Almut sagte nichts, sie rührte sich nicht. Wie versteinert verharrte sie mit abgewandtem Gesicht. Das Strickzeug lag in ihrem Schoß, die Hände zuckten. Judit wartete eine Weile, aber es tat sich nichts.

„Überleg`s dir einfach, okay? Ich komm dich wieder besuchen", flüsterte Judit.

Sie wollte ihre Hand auf Almuts legen, hob sie ihrer schon entgegen, doch im letzten Moment überlegte sie es sich anders. Wer wusste, wie lange diese Hand schon nicht mehr ordentlich gewaschen worden war und was sie alles angefasst hatte. Es war ihr peinlich, aber sie wollte die jämmerliche alte Frau wirklich nicht anfassen. Judit stand auf und schlich zur Tür. Als sie sich mit der Klinke in der Hand noch einmal zu Almut umdrehte, war ihr, als sähe sie in ihrem Gesicht etwas schimmern. Über Almuts Wangen rannen Tränen.

Das Wohnzimmer war leer. Durch das gekippte Fenster drang frische Sommerluft herein und brachte ein unregelmäßiges, seltsames Poltern von draußen mit. Judit zog die Gardine ein wenig zur Seite und linste hinaus. Von Micha keine Spur, aber im Garten wackelte der Rittersporn verräterisch. Dort steckte also die Mutter. Durchs offene Scheunentor sah Judit den Vater, der das dort gehackte Holz in die Schubkarre warf. Daher also das Poltern. So lange sie den Vater arbeiten hörte, konnte nichts passieren - aber sie beeilte sich besser.
Es war ein brauner Umschlag gewesen, ein großer, der an Almut adressiert war. Der dürfte doch zu finden sein. Schnurstracks ging Judit zwischen dem dunkel gebeizten Wohnzimmertisch und der ebenso dunkel gebeizten Schrankwand mit den Bleiglasfenstern vorbei, die ihren Großeltern gehört hatten, und auf den Sekretär zu, der an der hinteren, fensterlosen Wand residierte.
Der Sekretär war verbotenes Terrain. Judit lauschte noch einmal nach draußen, bevor sie ihre Kompetenzen überschritt. Dort polterten weiter Scheite in die Schubkarre, dazwischen kam es Judit vor, als hörte sie die Mutter summen. Perfekt.
Vorsichtig zog Judit den Drehstuhl zurück.
Auf dem alten Drehstuhl durfte nur der Vater sitzen, so wollte es das Gesetz des Familienoberhaupts. Vielleicht übte

er deshalb schon immer einen unwiderstehlichen Reiz auf Judit und Micha aus. Es war schließlich auch der einzige Stuhl im Haus, der sich drehte. Am besten war es immer gewesen, einander abwechselnd darauf zu drehen, bis ihnen beiden sterbensübel war. Ohne sich erwischen zu lassen.

Als Judit sich das letzte Mal mit dem Drehstuhl alleine ins Taumeln gebracht hatte, hatte sie dafür eine so heftige Ohrfeige kassiert, dass ihr noch eine Stunde später das Ohr dröhnte und die Backe brannte. Das musste schon einige Jahre her sein, aber unwillkürlich fasste sich Judit an die linke Wange.

Nach diesem Zusammenprall mit dem Gesetz des Vaters hatte sie beschlossen, dass sie sowieso schon zu alt für diesen Kinderkram war. Judit hatte den Drehstuhl seither nicht einmal mehr berührt. Überhaupt betrat sie das Wohnzimmer nicht allzu gerne. Nur zum Fernsehen und auch das immer mit dem Gefühl, eigentlich gar nicht hier sein zu dürfen.

Als sie sich setzte, gab der Stuhl unter ihrem Gewicht nach. Kühl und glatt spürte sie das Polster durch die Schlafhose drücken. Die Klappe des Sekretärs war geschlossen, doch der Schlüssel steckte wie immer oben im Schloss.

Den Sekretär zu öffnen war natürlich noch verbotener, als auf dem Drehstuhl zu sitzen. Angeblich, weil er über hundertfünfzig Jahre alt war und mindesten nochmal so alt werden würde, wenn nicht schmutzige, unachtsame Kinderhände ihn vorher zu Grunde richten würden. Auch der Sekretär bestand aus dunkel gebeiztem Holz, kunstvoll geschmiedete Beschläge zierten ihn. Judit spitzte noch einmal die Ohren. Der Vater schien wieder Holz zu hacken, denn sie hörte einen Schlag mit der Axt, der sie zusammenzucken ließ. Micha quiekte draußen aufgeregt mit seiner hellen Kinderstimme. Also los.

Es kribbelte in den Fingerspitzen, als Judit nach dem Schlüssel griff. Rasch drehte sie den Schlüssel, klappte die Klappe auf und sah hinein.

Dort lag er: der braune Umschlag. Ihre Finger schwitzten. Hastig zog Judit das Papierbündel aus dem Umschlag und las, was auf dem ersten Zettel stand: Nachlassgericht. Benachrichtigung über eine Erbschaft. Eine Grundstücksnummer und eine Adresse mit einer Postleitzahl, die am anderen Ende des Landes liegen musste. Judit wollte schon weiter blättern, aber sie hörte kein Hacken mehr. Kein Poltern. Nichts.

Hastig stopfte Judit das Papier in den Umschlag zurück, legte ihn dorthin, wo sie ihn gefunden hatte, klappte den Deckel zu, drehte den Schlüssel und sprang gleichzeitig vom Stuhl hoch. Der Stuhl schnellte herum und schlug mit der Lehne gegen den Sekretär. Sie hörte Schritte auf der Außentreppe stapfen, dann die Haustür. Judit ließ den Stuhl Stuhl sein, packte die Fernsehzeitung und warf sich mit ihr aufs Sofa. Im selben Moment ging die Tür auf.

„Willst dich nicht anziehen?", fragte der Vater.

„Gleich", sagte Judit. Mehr konnte sie nicht herauspressen, sie bekam vor Aufregung kaum Luft.

Der Vater nickte, warf einen skeptischen Blick in die Stube und musterte seinen heiligen Sekretär einen Moment länger, als es Judit normal vorgekommen wäre. Sie zwang sich, in der Zeitschrift nach dem heutigen Tag zu blättern. Welcher auch immer es sein mochte.

„Schaust du heute Abend was an?", fragte sie, die Nase hinterm knisternden Papier versteckt.

Der Vater zuckte mit den Schultern.

„Weiß ich nicht", sagte er und ging hinaus.

Es ging also um eine Erbschaft. Um ein Haus, irgendwo weit weg. Judit warf die Fernsehzeitschrift zurück auf den Tisch und trat mit Pudding in den Knien in den Flur. Dann hatte Almut geerbt, das bedeutete - sie prallte gegen den Vater.

„Obacht, Fräulein!"

„Tschuldigung", nuschelte Judit.

Sie fühlte sich blass und durchschaubar wie gebuttertes Butterbrotpapier.

„Was gefunden?", fragt er.

Judit wurde flau, sie bemerkte den aufmerksamen Blick des Vaters. Dann fiel ihr die Fernsehzeitschrift wieder ein. Sie hatte natürlich keine Ahnung, was im Programm stand.

„Eigentlich nicht", sagte sie. „Ich zieh mich mal an."

Sie huschte an ihm vorbei die Treppe hoch und wollte so schnell wie möglich in ihr Zimmer, aber dann blieb sie wie festgenagelt am oberen Treppenende stehen. Judit hob den Blick zur Bretterdecke des Flurs, dann schaute sie wieder auf den Boden. Das sah nicht gut aus.

„Papa?", rief Judit heiser.

„Was?"

„Kannst du mal kommen?"

„Was ist denn?"

„Ich glaube, es regnet rein."

„Irene!", rief der Vater, „Bring noch einen Eimer mit!"

Drunten im Flur hörte Judit die Mutter nach dem Eimer rennen, dazwischen vernahm sie Michas helle Stimme, die wissen wollte, was es Spannendes gab.

„So ein Scheiß!", rief der Vater.

Sein Gesicht war teigig, er schüttelte immer wieder den Kopf. Judit wischte die Pfützen auf und wrang das aufgesogene Wasser in den Eimer, den sie geholt hatte. Von der Decke tropfte es fröhlich plinkernd in den Eimer, sobald sie mit dem Lappen die Tropfbahn wieder frei machte.

„Als ich aufgestanden bin, ist es mir nicht aufgefallen", murmelte Judit. „Warum tropft es jetzt, wo es gar nicht mehr -?"

„Was weiß ich?!", zischte der Vater.

Die Mutter kam mit Micha im Gefolge und mit einem weiteren Eimer voller Putzlappen herauf. Der schmale Flur füllte sich mit Menschen, die noch nie alle gleichzeitig hier versammelt waren. Unbehaglich wich Judit soweit zurück, wie die Umstände sie ließen.

„Um Gottes Willen! Was machen wir nur?", rief die Mutter.

„Ist das durchs Dach rein?", fragte Micha.

Ja klar, falls du nicht undicht warst, hätte Judit gerne gerufen.

„Und für die ganze nächste Woche sagen sie Regen an", jammerte die Mutter. „Heute früh im Radio -"

„Weiß ich", brummte der Vater.

Sie wischten zusammen die letzten Lachen auf, dann inspizierte der Vater die Deckenverkleidung im Flur. Alle reckten die Hälse, um zu schauen, was er sah.

„Durchgeweicht", sagte der Vater. „Die Bretter sind patschnass. Und hier durch die Ritzen läuft es raus."

„Hm", machte Micha zustimmend. „So sieht`s aus."

Die Mutter gab ihm einen Stups und schüttelte unauffällig den Kopf. Micha verdrehte die Augen, aber er hielt die Klappe. Was selten genug vorkam. Der Vater ignorierte Micha und tastete weiter die Deckenverkleidung aus Fichtenbrettern ab. Judit trat zur Seite, damit er die Bretter auf der ganzen Flurlänge befühlen konnte.

„Ab hier ist es trocken. Das muss das Loch neben dem Schornstein sein", brummte er.

„Haben die gesagt, bis wann du wegen dem Kredit Bescheid kriegst?", fragte die Mutter.

„Paar Tage halt. Aber ich glaube, der Wicht wollte mir nur nicht direkt absagen."

„Was? Aber -"

„Ich verdien nichts! Wie soll ich da zwanzigtausend zurück-zahlen, hä!?", rief der Vater.

„Aber du findest doch bald was Neues. Du warst doch nie lange arbeitslos. Das hast du denen hoffentlich gesagt. Und die Judit verdient ja ab nächsten Monat auch."

Judits Magen krampfte sich zusammen. Die Mutter sah plötz-lich viel kleiner und zerbrechlicher aus, als wäre sie neben dem unbekümmerten Micha geschrumpft, der den heutigen Weltuntergang mit wacher Neugierde beäugte.

„Gibt ja noch eine andere Möglichkeit, ans Geld zu kommen, aber das wird dauern", sagte der Vater. „Da muss ich mit dem Jonas reden, ob der mir Aufschub gibt und das Dach gleich richtet. Aber ob der sich drauf einlässt, weiß ich auch nicht."

Der Vater strich nochmal über die feuchten Bretter. Die Rän-der der Nässe traten dunkel hervor.

„Dass es so schnell geht", murmelte er. „Ein paar Jahre wenigstens hätten sie noch durchhalten können, die Latten. Alles nur wegen dem beschissenen Gewittersommer."

„Aber warum hats heute Nacht nicht reingetropft, wos gereg-net hat?", fragte Micha.

„Gute Frage, Micha. Aber wenns jetzt so rein läuft, muss einiges ins Dach gesickert sein. Ich muss nochmal hoch in die Dachspitze und schauen, wo die Folie lose ist. Das wird wieder eine Drecksarbeit, da reinzukriechen."

Judit rollte mit den Augen. Der kleine Scheißer bekam also wieder mal eine vernünftige Antwort.

„Ja, aber woher willst du denn das Geld nehmen, wenn nicht von der Sparkasse?", fragte die Mutter weinerlich. „Wir haben doch nichts, was wir verkaufen könnten und auf dem Haus sind ja auch noch Schulden drauf."

„Nein, wir haben nichts, was man verkaufen könnte. Wir haben nichts als das nackte Leben und eine bekackte Hütte, die alles auffrisst, was man reinsteckt. Aber der Besen, ja, der Besen, der schwimmt im Geld."

„Wieso das denn? - Ach, ich wills gar nicht wissen", sagte die Mutter. „Am Ende ist die Welt sowieso nur ungerecht. So war es immer."

Die Mutter packte den Wassereimer und trug ihn hinunter, Micha schleppte die nassen Lappen hinterher, der Vater suchte die Stelle, von der es tropfte, und stellte den leeren Eimer darunter. Dumpf fiel der erste Tropfen hinein.

Sie hatte noch keine Zeit zum Nachdenken gehabt, aber eigentlich gab es auch nichts mehr nachzudenken: Wie es aussah, erbte Almut ein Haus irgendwo weit weg und der Vater hatte schon eine gute Verwendung für das Geld, das er sich davon versprach. Obwohl es ihm gar nicht gehörte. Und nein, das war kein bisschen abwegig.

Unentschlossen, wie sie sich ohne die anderen in seiner Gegenwart verhalten sollte, stand sie mit ihm im engen Flur und sah zur Decke hinauf, weil er hinauf sah. So begegneten sich ihre Blicke jedenfalls nicht. In Judit ballte sich ganz still und leise ein Sturm zusammen. Energie und Spannung verdichteten sich zu einem düsteren Auge. In ihrem Bauch brannte es lichterloh.

Dass das Dach kaputt war, das kapierte Judit. Auch, dass es schweineteuer war, es richten zu lassen. Aber der Vater konnte doch nicht einfach Almut das Erbe abknöpfen.

In Judits Kopf formten sich Fragen. Halbe, ganze Sätze. Böse Sätze. Wütende Sätze. Ein ganzer, gewaltiger Schrei. „Du kannst sie nicht jahrzehntelang wie ein Stück Vieh halten und ihr dann auch noch das Erbe nehmen!", wollte sie rufen. Und: „Du bist ein verdammter Diktator, was bildest du dir eigentlich ein? Alle müssen das Maul halten und machen, was du für richtig hältst? So schlau bist du auch nicht, dass du über allen stehen kannst! Eine cholerische Witzfigur bist du, weiter nichts!"

„Hilft nichts, ich hole mehr Folie", brummte der Vater und stieg langsam die Treppe hinab. „Wenn ich noch genug Folie finde, die keine Löcher hat. Und wenn ich dran komme. Lange halten wird das aber auch nicht."

Dass der nur an sich dachte und sonst keinen gelten ließ, das konnte er sich langsam echt mal verreiben. Judit schaute ihm nach. Hinten an seinem Hosenbein klebte ein Klecks von etwas Rotem.

7.

Sobald sie hörte, dass er das Haus verlassen hatte, spurtete Judit hinunter ins Erdgeschoss. Im Bad hantierte die Mutter noch mit den Putzlappen, die sie ausspülte und zum Trocknen an den Badewannenrand hängte. Nur wo Micha sich herumtrieb, wusste Judit nicht.

Sie spähte in die Küche, doch von Micha keine Spur. Die große, rote Plastikschüssel stand auf dem Tisch, darüber ein Geschirrtuch gebreitet. Was auch immer darin war, es konnte weder Gulasch noch Blutwurst sein. Das machte schon mal Hoffnung. Judit machte kehrt und marschierte zu Almut, klopfte an und schob sich einen Wimpernschlag später durch den Türspalt.

Almut lag im Bett. Soweit Judit es sehen konnte, hatte sie die Decke bis übers Gesicht gezogen und sich zur Wand gedreht. Sie lag ganz starr. Judit hörte ihren Atem nicht.

„Almut?", fragte sie vorsichtig.

Die vage Angst, zu spät zu kommen, stieg in Judit auf. Was, wenn sie jetzt tot war - oder so so gut wie und niemand ihr noch helfen konnte? Langsam näherte sie sich der reglosen Gestalt in dem Eisenbett, das diesen widerlichen Geruch verströmte. Unter Judits Zunge sammelte sich wässriger Speichel, ein Würgen stieg in ihrer Kehle auf. Judit schluckte und hustete, um den Brechreiz zu vertreiben. Almut zuckte zusammen.

Judit wollte sich schon freuen, dass mit Almut doch alles in Ordnung war, aber als sie sich über sie beugte, war sie sich nicht mehr sicher, ob sie sich das Zucken nicht nur eingebildet hatte. Almut regte sich nicht mehr.

Ganz vorsichtig streckte Judit die Hand aus und berührte die Decke dort, wo die schmale Schulter sie nach oben wölbte. Sie fühlte sich warm an. Und jetzt spürte Judit auch, wie sich der Körper unter der Decke bei jedem flachen Atemzug ein wenig hob und senkte.

„Tut mir leid, dass ich vorhin so grob war. Wenn ich dir auf die Nerven gehe, darfst du mich rauswerfen", sagte Judit.

Almut antwortete nicht.

„Ich hab den Brief gesehen. Du hast ein Haus geerbt."

Almut sagte nichts. Nur ihre Schulter begann zu zucken.

Judit setzte sich vorsichtig auf den Bettrand und strich über die zuckende Schulter. Wie Geflügelknochen, dachte sie. So schwerelos, als wären sie hohl. Almut weinte lautlos. Judit roch die Feuchtigkeit des Kissens, vermischt mit dem modrigen Geruch des Bettes, dem feuchten Staub und mit Almuts Verzweiflung.

„Wem hat das Haus gehört?", fragte Judit leise. Sie wusste gar nicht, wie sie am besten so etwas wie „mein Beileid" sagte, denn wie sollte sie das sagen, wenn sie nicht einmal wusste, wer da gestorben war und jetzt Almut dieses Haus hinterließ. Ohnehin klangen diese Beileidsfloskeln immer irgendwie verkehrt. So als müsste der Adressat, sobald er nur genug „mein Beileid" gehört hatte, von seiner Trauer befreit sein.

Das Zucken unter Judits Hand ebbte ein wenig ab, aber noch kam kein Laut unter der Decke hervor.

„Warst du mal in dem Haus? Das muss ja ganz schön weit weg von hier sein."

Judit fühlte sich blöd bei ihrem Monolog. Aber sie musste

irgendwie erfahren, was nun los war. Denn eins war ihr inzwischen klar geworden: Dass der Vater über alle bestimmte und alle vor ihm zitterten, das funktionierte nur, weil sie ihn gewähren ließen.

Sie hingen in einer Art stillen Übereinkunft fest, nach der er unangefochten herrschte und alle anderen sich duckten. Sobald sich niemand mehr duckte, hatte er auch nichts mehr zu melden. Einfache Sache eigentlich.

„Wahrscheinlich liegt das Haus am Meer, irgendwo an der Küste, oder?", sagte Judit, weil ihr auf die Schnelle nichts Dümmeres einfiel.

Almut erstarrte unter der Decke. Judit streichelte vorsichtig den Geflügelknochenarm an der Geflügelknochenschulter und wusste jetzt gar nicht mehr, was sie denken sollte.

„Ja", sage die Bettdecke dumpf.

„Am Meer? Ja?"

„Ja."

„Hast du das Meer gesehen? Ich würde es gern mal in echt sehen. Ich kenn es nur aus dem Fernsehen."

„Ja", sagte die Decke wieder. Und dann bebte der dünne, kleine Körper unter der Decke plötzlich so, dass Judit Angst bekam, es würde ihn zerreißen.

Sie wollte Almut trösten, sie ganz fest halten, und gleichzeitig wusste sie nicht, wohin mir ihren Händen, damit sie den zerbrechlichen Körper nicht - zerbrach. Und der Gestank, das schmierige Bettzeug ...

„Ach Almut, es tut mir so leid. Magst du mir nicht sagen, wem es gehört hat?"

„So herzlos", wimmerte die Decke.

„Ja", sagte Judit. Sie leckte sich die Lippen, sammelte sich, bevor sie weiter sprach: „Ja, das ist es: herzlos. Aber pass auf, Almut: Mein Vater kann dir nichts einfach wegnehmen. Das steht ihm überhaupt nicht zu. Wenn du dagegen bist, bist du dagegen und er kann schimpfen, was er will."

„Einfach so", schluchzte Almut.

„Ne, einfach so geht gar nichts, das kann er vergessen. Wenn seine Ideen so gut wären, wie er tut, dann müsste er ja auch nicht brüllen, um alle davon zu überzeugen."

„Wie kann man nur so -", Almut brach ab. Sie unterdrückte einen Hicksen.

„Komm, Almut, setzt dich mal auf. Noch ist nichts verloren, oder? Das kriegen wir schon hin."

Almut schluchzte leiser, der Schluckauf beutelte sie weiter.

„Ach Almut, komm mal aus deinem Versteck und erzähl mir, was überhaupt los ist. Vielleicht gibts irgendeine Lösung."

Judit nestelte die klamme Decke von Almuts Gesicht.

„Siehst du, so gefährlich ist es hier draußen gar nicht. Und ich bin ja bei dir", murmelte sie, während sie Almut langsam aus der Decke schälte und ihr half, sich aufzusetzen.

Die knochigen, runzligen Finger fühlten sich eklig an. Der aus dem Bett aufsteigende Muff ließ Judit flacher atmen.

„Okay, dann stimmt es also: Mein Vater will, dass das Haus verkauft wird, und will das Geld haben?"

„Ja", sagte Almut.

„Das ist echt die Höhe!", rief Judit.

„Der Willi ist tot", presste Almut hervor.

„Ja, ich weiß", sagte Judit. „Das ist wirklich schlimm. Und dann ist mein Vater auch noch so respektlos."

„Der hat ihn einfach -", Almuts Stimme ging in leisen Schluchzern unter.

„Ja", sage Judit wieder, weil sie nicht wusste, was sie sonst sagen sollte. Es tat ihr so leid, Almuts Schmerz zu sehen, dass ihr ganz übel wurde davon. An die vielen Jahre, die sie einsam und ignoriert in ihrer Kammer vegetiert hatte, ohne, dass jemand sich um ihre Sorgen und Nöte kümmerte, dachte sie lieber nicht. Judit überwand sich und legte Almut den Arm um die dürren Schultern, hielt sie ganz vorsichtig fest.

Almut schluchzte lange. Irgendwann pulte sie ein geblümtes und ziemlich verkrumpeltes Stofftaschentuch aus dem Ärmel ihrer Strickjacke hervor und schnäuzte sich hinein. Dann knüllte sie es zusammen und schob es in den Ärmel zurück.

Judit runzelte die Stirn. Als Almut sich etwas beruhigt hatte, löste sich Judit von ihr und stand auf.

„Das Haus", sagte sie, „das gehört auf jeden Fall dir. Alles andere ist Diebstahl."

Almut schüttelte matt den Kopf.

„Ich muss ein bisschen nachdenken, okay? Rausfinden, wo das Haus überhaupt ist und solche Sachen. Keine Ahnung, wen ich danach fragen soll, wie das alles funktioniert. Vielleicht den Onkel Jürgen. Ja, das wäre eine Idee. Und dann, dann können wir -"

Almut hörte ihr gar nicht zu. Sie stand auf, wühlte auf dem Tisch nach einer kleinen Kiste und kramte darin, bis sie ein Stück Pappe zu Tage förderte.

„Da ist die Adresse drauf, mein ich", flüsterte Almut.

Ihre Stimme klang erstaunlich klar und ein wenig mädchenhaft. Judit nahm, was Almut ihr entgegenhielt und besah es. Ein steifes Stück Papier, auf das in einer altertümlichen, sehr fein geschwungenen Schrift eine Adresse geschrieben war. Judit bezweifelte, dass sie die entziffern konnte, aber sie würde es probieren.

„Danke, das hilft uns vielleicht weiter", sagt sie. „Ich bringe dir den Zettel später wieder. Sobald ich die Adresse abgeschrieben habe."

Almut schüttelte so heftig den Kopf, dass Judit erschrak.

„Du brauchst ihn nicht mehr?", fragte sie nach.

Almut schüttelte wieder den Kopf.

Judit ließ den steifen Zettel in ihrem Schlafanzugoberteil verschwinden und machte, dass sie in ihr Zimmer kam. Mit Onkel Jürgen zu reden war sicher eine gute Idee. Wobei sie mit ihm noch nie alleine und schon gar nicht über wichtige Dinge gesprochen hatte. Sie kannte nicht einmal seine Telefonnummer. Und genau genommen hatte sie ihn die letzten zehn Jahre nicht einmal aus der Nähe gesehen, obwohl er gleich unten im Dorf wohnte.

„Judit?", rief die Mutter aus der Küche.

Judit zuckte ertappt zusammen. Ihre Mutter kam mit der roten, abgedeckten Schüssel auf der Hüfte heraus.

„Willst du dich nicht langsam anziehen? Dein Vater -"

Judit seufzte.

„Ich meine es ja nur gut mit dir", sagte die Mutter. „Oh, was hast du denn da wegstehen? Ist das das Etikett?"

Sie zeigte auf die Stelle, an der Judit das steife Stück Pappe fast unauffällig mit dem angewinkelten Arm unter dem Oberteil festklemmte, und wollte schon danach greifen.

„Ich schneide die Schilder doch immer heraus. Zeig mal her."

Judit wich zurück.

„Nein, nein, passt schon -"

„Irene!", rief der Vater draußen.

„Wenn er nur einmal meinen Namen richtig sagen würde", flüsterte die Mutter plötzlich matt. „Einmal nur."

Sie schob sich mit der abgedeckten Schüssel im engen Flur an Judit vorbei zur vorderen Tür, ohne Judit noch eines Blickes zu würdigen.

„Irene!"

„Irén", zischte sie.

Die Mutter öffnete die Haustür und trat auf den Treppenabsatz hinaus, Judit wischte an ihr vorbei die Stiege ins Dach hinauf. Oben lief sie langsamer, betrachtete aufmerksam die Holzdecke und warf einen Blick in den Eimer. Auf dem Boden lagen nur einige Tropfen nebeneinander. Wie es aussah, würden sie heute doch nicht mehr ertrinken.

In ihrem Zimmer zog Judit sich an, damit sie nicht noch einmal sinnlos aneckte, dann besah sie den Zettel von Almut genauer. Buchstabe für Buchstabe entzifferte sie die Adresse und schrieb sie, weil sie nicht ganz sicher war, in mehreren Varianten ab. Tja, und jetzt?

Der Atlas. Rasch holte sie ihn aus dem Bücherregal und schlug das Register auf. Sie fand den Ort tatsächlich, blätterte schwungvoll nach der Seite und fegte dabei Almuts Zettel vom Tisch. Ohne näher hinzusehen, bückte sie sich danach.

Erst, als sie ihn zurück auf den Tisch legen wollte, fiel ihr etwas auf. Der Zettel hatte sich im Fallen gedreht.

Und hinten drauf - oder anders gesagt: Auf der eigentlichen Vorderseite - befand sich ein Bild. Eine vergilbte, unscharfe Fotografie, die Farben seltsam verwaschen. Um das Bild ein weißer Rand.

Ein Haus war darauf zu sehen. Ganz mit Brettern verkleidet, wie es schien, und weiß getüncht. Das Dach bedeckten dunkle Schindeln. Ein zweistöckiges Haus mit einer großzügigen, überdachten Veranda, zu der einige breite Stufen hinauf führten. Ein Haus mit verspielten Proportionen. Elegant und leicht wirkte es. Judit lächelte. Sie leckte sich die Lippen und fuhr mit ihrem Zeigefinger das Treppengeländer nach, dann die Veranda und glitt von dort zum Dach.

„Wahnsinn", murmelte sie.

Es war das schönste Haus, das Judit jemals gesehen hatte und je länger sie es ansah, desto klarer wurde ihr, dass sie sich auch kein schöneres vorstellen konnte. Trotz aller Fantasie und Spinnereien nicht. Ganz allein stand das Haus in den Dünen. Nur ein bisschen Gras wuchs ringsum, darüber wölbte sich ein auf dem Foto fast unsichtbarer Himmel, ganz ohne Wolken. Und wenn Judit genau hinsah, erkannte sie hinter dem Haus und den Dünen etwas, das wie gemalt in den blassen Himmel überging: das Meer.

Judit stellte sich vor, wie es wäre, im warmen, weichen Sand barfuß zu gehen, die sandigen Zehen in das kühle, heranbrandende Wasser zu tunken, die Wellen kommen und gehen zu spüren und den Blick mit den fliegenden Möwen in die Unendlichkeit zu schicken. Aber richtig vorstellen konnte sie sich das nicht.

Sie kannte nur den inoffiziellen Badeweiher, zu dem sie ein paar Kilometer mit dem Rad durch den Wald strampeln mussten. Er lag zu jeder Tageszeit mindestens zur Hälfte im Schatten, sein Wasser schimmerte pechschwarz und einmal waren Judits Beine so tief im Schlick gesteckt, dass sie allen Ernstes Micha rufen musste, damit er ihr heraus half.

Abgesehen vom Morast am Grund und von den Stechmückenschwärmen, die ihn umkreisten und von den Kaulquappen, Molchen und Ringelnattern, mit denen man sich das Badewasser teilen musste, war der Weiher ja ganz in Ordnung. Obwohl: Dass Judit auch Tage später und nach intensiver Seifenbenutzung noch immer den Geruch von vermoderndem Schlick in der Nase hatte, wenn sie an ihrer Haut roch, das war nicht so prickelnd.

Nein, Judit schüttelte den Kopf. Sie konnte sich das Meer wirklich nicht vorstellen. Aber sie wusste, dass es besser sein musste, als alles, was sie kannte. So viel weite Fläche, so viel endlose Sicht. Es musste das beste auf der ganzen Welt sein, in einem Haus ganz allein am Meer zu leben. Morgens aufzustehen und nur die Möwen überm Wasser zu sehen, das Rauschen der Wellen zu hören. Plötzlich klapperte es über ihr.

Judit spitzte die Ohren. Jetzt hörte sie die zischende Stimme ihres Vaters, dann wie er in der Dachspitze herumkroch und wie die Folie knisterte, die er wohl hinter sich her zog. So lange sie ihn dort hantieren hörte, passierte ihr jedenfalls nichts. Judit legte das Bild auf den Tisch.

Die richtige Seite im Atlas hatte sie schon aufgeschlagen. Nun beugte sie sich darüber und suchte die Küstenlinie nach dem Ort ab, der auf der Rückseite des Fotos notiert war. Endlich fand sie ihn. Direkt an der Nordsee. Ganz am anderen Ende von Deutschland.

Dort, wohin sie, wenn alles so lief, wie es normalerweise zu laufen hatte, niemals kommen würde. Denn das Geld, das sie sauer verdienen durfte, würde sie nur in kleinen Happen zugeteilt bekommen.

Sie würde einfach brav ihre Ausbildung machen, nach der Lehre weiter dort arbeiten, so lange, bis sie heiratete und dann wegen der Kinder zuhause bleiben. Ihre Kinder würde sie mit jemanden bekommen, der im selben Landkreis aufgewachsen war und dessen Eltern nicht zu überkandidelt waren. Und nicht zu heruntergekommen. Die Kinder, am besten zwei Stück, würden genau hier zur Schule gehen und niemand würde Geld für eine sinnlose Reise ausgeben, so lange ein Haus abzuzahlen war und die Kinder ständig neue Schuhe brauchten. Wie ihr Leben dann aussah, wusste Judit. Sie konnte es jeden Tag bei ihrer Mutter sehen.

Wie sie das hasste! Das konnte doch nicht alles sein. Sie konnte nicht in dieser verlassenen Ecke geboren sein, um am selben Fleck zu sterben, nicht tausend aufregende Ideen und Gedanken haben, um sie einem Alltag zu opfern, der von vorne herein komplett fantasiebefreit war. Und tot. So tot, dass er nicht einmal mehr stinken wollte, dieser Alltag.

Den aufgeschlagenen Atlas mit dem blauen, unerreichbar weit entfernten Meer vor Augen saß Judit an ihrem wackeligen Tisch vor dem Giebelfenster und sah, dass sie ihr Leben im Grunde gar nicht leben brauchte. So eins wie ihres war schon tausende Male gelebt worden. Es brauchte kein Weiteres. Wozu sollte das gut sein?

Eine Angst stieg in ihr auf, die größer war, als alle Ängste, die Judit kannte. Eine Angst, die nicht nur die Frage betraf, ob die Mutter sie bei irgendetwas ertappen oder der Vater einen Wutausbruch bekommen würde. Sogar größer als die Angst, am ersten September mit ihrer neuen Kittelschürze durch diese Ladentür zu treten und keine Ahnung zu haben, wer oder was sie dort erwarten würde.

Diese Angst betraf sie ganz und gar. Es gab keinen Weg, ihr zu entgehen. Sie konnte, so oft sie wollte, auf den Hügel steigen und erst zum Abendessen zurückkommen. Es machte keinen Unterschied. Ihr Leben war bereits gelebt und das auf eine so lieblose Weise, dass Judit zu zittern begann.

„Ach, da bist du!", rief die Mutter.

Judit zuckte zusammen.

„Hier, die Vorhänge", sagte die Mutter und war schon wieder verschwunden.

Mechanisch erhob sich Judit, nahm die frisch gewaschenen Vorhänge vom Bett und trug sie zu ihrem Giebelfenster. Mechanisch fädelte sie die Plastik-Schlitten in die Schienen und pfropfte am Ende den Stopper in das Einführloch. Eine weiße Blümchengardine, dazu dunkelblaue Vorhänge aus grobem Stoff. Plötzlich wirkte ihr kleines Dachzimmer noch kleiner. Viel Dunkler. Kaum Licht kam durch die Gardine hindurch, den Rest schluckten die Vorhänge, die zu beiden Seiten das kleine Fenster flankierten.

Kein Licht am helllichten Tag. Kein Platz, um wenigstens beide Arme zu den Seiten zu strecken, schon gar nicht, um sich zu drehen. Nicht einmal auf ihrem Bett hüpfen konnte sie, weil das Bett unter der Schräge stehen musste.

Und es gab kein Entrinnen. Denn wenn sie das eine Gefängnis-Haus hinter sich ließ, würde sie in einem anderen wohnen, das ebenso eng und dunkel und ebenso von dicht mit Fichten bestandenen Hügeln umgeben war. Judit packte die Vorhänge und riss sie aus der Schiene. Sie zerrte und rupfte und es dauerte ewig, bis sie den letzten Vorhang losgemacht hatte und ihn endlich auf den Boden pfeffern konnte.

Sie wollte schreien, toben, irgendetwas irgendwohin schmeißen, dass es nur so schepperte, möglichst viel kaputt ging von dem, was sie gefangen hielt. Aber sie trat nur stumm gegen das Vorhangknäuel. Unterm Dach fluchte der Vater. Dann hörte Judit, wie er die Plane auf den Latten fest tackerte.

Wer sich nicht bewegt, spürt seine Ketten nicht, hatte Judit einmal gelesen. Sie spürte ihre Ketten. Heute erwürgten sie sie fast. Und das, obwohl Judit nicht das Gefühl hatte, sie würde sich bewegen. Wie denn auch?

In ohnmächtiger Wut raffte sie Vorhänge zusammen und schob das Knäuel in die Wäscheschublade. Natürlich ging die Schublade nicht zu, der Stoff klemmte sich immer wieder ein. Judit schob und zog und drückte, bis sie am liebsten die ganze Schublade herausgerissen und sonst wohin geworfen hätte. Sie zwickte sich die Finger ein, aber dann glitt die verdammte Lade endlich in den Kasten.

„Irene!", brüllte der Vater über ihr.

Irene, ja. Judit schüttelte den Kopf. Ihre Mutter hatte längst aufgegeben, darauf zu bestehen, dass ihr Name anders ausgesprochen wurde. Irén hieß sie eigentlich, das wussten alle. Außer Micha vielleicht, der war noch zu klein. Irén, die ungarische Variante von Irene. Judit erinnerte sich dunkel, wie ihre Eltern wieder und wieder darum gestritten hatten, wie die Mutter hieß. Am Ende hatte sie sich damit abgefunden, eine deutsche Irene zu sein. Sie hatte sich mit allem abgefunden. Plötzlich hasste Judit sie dafür.

Mit dem Block und Stiften in der Umhängetasche floh Judit am Schlafzimmer vorbei, wo die Mutter unten an der Ausklappleiter der Dachluke stand und mit dem Vater debattierte. Sie huschte die Treppe hinab, zur Hintertür hinaus, sah sich nicht um, rannte nur, so schnell sie konnte, den Hügel hinauf. Sie lief und lief, bekam längst nicht mehr genug Luft, die

Lunge brannte. Aber sie konnte nicht stehen bleiben, nicht verschnaufen. Es ging nicht. Eine Kraft trieb sie voran, peitschte sie vor sich her, der Judit nichts entgegensetzen konnte. In ihren Beinen ballte sich diese Kraft zusammen, setzte rücksichtslos Energie frei und ließ Judit an ihrem Lieblingsplatz nicht zur Ruhe kommen.

Wut, blanke, bestialische Wut kochte in ihr. Wut auf alles, auf jeden und auf sich selbst. Judit brauchte nicht viel Fantasie, um sich vorzustellen, wie ihre Mutter leiden würde, wenn sie merkte, dass Judit die schönen, frisch gewaschenen und gebügelten Vorhänge nicht aufgehängt hatte. Wie sieht dass denn aus, würde sie sie sagen. Die Leute denken ja, da wohnt gar niemand, wenn keine Vorhänge in den Fenstern sind.

Judit lief im Kreis. So mehr oder weniger. Sie versuchte sich hinzusetzen, aber ihre Beine machten nicht mit. Sofort schnellten sie wieder hoch, liefen einfach weiter. Wenn Judit sie zwang, stillzuhalten, wollten sie explodieren. Ihr ganzer Körper explodierte selbst in Bewegung fast.

Sie konnte beim besten Willen nicht hier oben bleiben und sich und ihre Wut aushalten. Sie ertrug sich selbst nicht mehr. Weiter, sie musste weiter. Weiter laufen, wenn sie niemanden den Schädel spalten sollte. Aber wieder zum Bach hinunter, ihm folgen, bis die Hügel zurückwichen und den Blick auf die Ebene freigaben?

Einen Moment spielte Judit mit dem Gedanken, sich einfach müde zu laufen. Die Spannung durch Bewegung abzubauen, bis sie verschwunden war, damit die einigermaßen beherrschte, umgängliche Judit wie jeden Abend zurück nachhause kommen konnte und nichts weiter passierte. Aber das wäre eine Kapitulation gewesen. Damit hätte sie ihr Schicksal akzeptiert und sich angeschickt, es zu erfüllen.

An jedem anderen Tag hätte sie es genauso gemacht. Viel zu oft schon war sie wütend weggelaufen und müde zurückgekommen. Die Situation zuhause war noch immer dieselbe gewesen, nur Judit hatte aufhört, sie richtig und mit aller Kraft scheiße zu finden.

Judit stieß die angehaltene Luft aus, lockerte sich, zwang sich, ihre Umgebung ein paar Atemzüge lang wahrzunehmen. Die Hummeln, die über die blühende Wiese brummten, zwei Vögel, die sich in den Büschen am Waldrand stritten.

Sie beruhigte sich, ja. Aber nicht, um aufzugeben.

Diesmal nicht. Diesmal beruhigte sie sich, um zumindest ein paar Dinge gerade zu rücken, die hier gewaltig in Schieflage waren. Sie würde dafür sorgen, dass Almut ihr Erbe behielt. Das war zumindest der erste Schritt in die richtige Richtung. Und danach konnte sich ihr Vater warm anziehen, denn wo ein Schritt in die richtige Richtung ging, würden viele weitere möglich sein.

Draußen war Almut nirgends zu sehen. Micha hantierte wieder in der Scheune, Judit hörte ihn an der Werkbank klopfen. Von den Eltern keine Spur, das Auto war weg. Vielleicht waren sie Einkaufen gefahren.

Judit besuchte Almut in ihrer Kammer. Inzwischen kam es ihr nicht mehr so seltsam vor, Worte an Almut zu richten und sich bei ihr aufzuhalten. Zwar lauschte sie weiterhin mit einem Ohr nach draußen, ob jemand da war, der sie dort drin bemerken konnte, aber das würde sich auch noch geben. Trotzdem wusste sie wieder nicht, wie sie anfangen sollte mit Almut zu reden.

Almut saß auf dem Sofa und strickte im Licht des dreckigen Fensters. Judit hörte das Klackern der Nadeln und wie Almut mehr Faden aus der Tüte zu ihren Füßen nachzog. Sie arbeitete gleichmäßig und sah nicht zu Judit auf. Vielleicht hatte sie schon wieder vergessen, dass sie nicht alleine war.

„Du, Almut, hast du meinem Vater denn gesagt, dass du ihm das Haus nicht geben wirst?", fragte Judit.

Almut antwortete nicht. Warum auch, das tat sie ja nur im Notfall. Judit rollte die Augen, kniete sich hin.

„Hör mal, du musst schon mit mir reden. Und mit meinem Vater musst du auch reden. Du kannst nicht einfach still sein und hoffen, dass dich keiner sieht."

Die Nadeln in Almuts Händen stockten, nahmen erst nach einigen Anläufen wieder Fahrt auf.

„Ich sehe dich, auch wenn du nichts sagst", flüsterte Judit. Sie musste schmunzeln.

Almut zog wieder Faden aus der Tüte, dann warf sie einen winzigen Blick zu Judit hinüber.

„Ja", sagte sie schließlich.

Judit atmete tief durch.

„Du, ich sag meinem Vater, dass du nochmal mit ihm reden willst wegen der Erbschaft, okay? Und dann sagst du ihm einfach, dass dir das Haus gehört und nicht ihm und dass er sich aufführen kann, wie er will, er wird es nicht bekommen."

Die Nadeln verhedderten sich, fanden nicht in ihren Takt zurück und unterbrachen ihre Arbeit. Sie zitterten in Almuts dürren Händen.

„Das ist schon okay, Almut. Niemand kann dir einfach wegnehmen, was dir gehört", fasste Judit sanfter nach.

Almut sagte nichts. Sie hielt das Strickzeug in halber Höhe

vor dem Bauch und rührte sich nicht. Judit hätte sie am liebsten geschüttelt, bis wenigstens ein Ja aus ihrem Mund purzelte. Stattdessen überwand sie sich, Almuts Hand zu berühren. Almut zuckte zurück. Sie flüsterte etwas.

„Was?", frage Judit.

Aber da kam nichts weiter.

„Almut, du musst mit mir reden, bitte!"

Das Flüstern wieder.

„So, dass ich dich verstehen kann, ich -"

„Ich will nicht -", flüsterte Almut jetzt ein wenig lauter.

„Nicht mit meinem Vater sprechen? Will ich auch nicht, aber es hilft ja nichts. Du schaffst das schon!"

„... hab Angst."

„Ach, nun hör schon auf! Du musst doch keine Angst haben. Ich bin in der Nähe. Ich helfe dir, wenn es eng wird."

„Das Haus ..."

„Ja, das gehört jetzt dir! Unvorstellbar, oder? Ein ganzes Haus, das dir allein gehört. Nicht nur eine winzige Kammer ohne Strom, durch die der Wind pfeift."

Lautlos zuckte das Strickzeug, die Arme, die Schultern. Almut wandte den Kopf ab. Ihr Gesicht lag so weit im Schatten, dass Judit keine Chance hatte, es zu erkennen, aber sie wusste, dass Almut wieder weinte. Wahrscheinlich wegen diesem Willi, der tot war. Sie konnte ihn lange nicht gesehen haben, bestimmt verband sie keine innige Beziehung, aber sein Tod machte ihr schwer zu schaffen. Und der Vater galoppierte rücksichtslos über Almuts Trauer, nutzte die Gelegenheit, sie zu übertölpeln.

„Ganz egal, wie andere das sehen, Almut, du hast eine Menschenwürde, wie jeder andere auch. Und was dir gehört,

gehört dir. Wenn mein Vater zurück ist, regeln wir zwei das ein für alle mal."

Vom Sofa her klang ein Schluchzen, Judit glaubte, so etwas wie ein Kopfschütteln im Schatten zu erkennen, aber Almut würde schon sehen: Es lohnte sich, nicht aufzugeben. Ab heute gab es kein Wegducken mehr. Nie wieder!

Judit saß auf Kohlen und hielt Ausschau. Sie lief durchs Haus und schaute alle Nase lang aus dem Fenster. Dann schlich sie im Blumengarten der Mutter herum, bemerkte, dass der Rosenbusch unterm Wohnzimmerfenster noch mehr Blätter verloren hatte und aussah, als ginge es schon steil auf den Winter zu, während alle anderen Gewächse noch fleißig blühten. Dieses Jahr hatte er nicht geblüht, der Rosenbusch. Die paar Blätter, die er noch hatte, sahen merkwürdig fleckig aus. Judit zuckte die Schultern. Da war nichts zu machen.

Weil noch immer kein Auto zu hören war, schlenderte Judit zu Micha hinüber. Er freute sich, dass sie kam.

„Hier, schau mal, das hab ich abgekriegt!", rief er und hielt ihr zwei rostige Messer unter die Nase. „Jetzt hab ich eine Methode gefunden, wie ich sie abkriege."

Eifrig legte er die Messer zur Seite und holte sein Brecheisen, um Judit gleich zu demonstrieren, wie es funktionierte. Judit interessierte Michas Projekt herzlich wenig. Eigentlich ging es ihr sogar auf die Nerven, dass er so diensteifrig herumwerkelte, um dem Vater zu imponieren. Sie hörte ihm nur mit einem halben Ohr zu, schaute kurz, wie er das Brecheisen ansetzte, dann sah sie sich nach dem Hackstock um, auf den sie sich setzen wollte. Er war weg. Seufzend lehnte sie sich an die Wand.

„Hier, schau! Schon wieder eins lose!"

Micha hüpfte mit dem Brecheisen in der einen und dem losen Messer in der anderen Hand herum.

„Pass auf, dass dir nicht wieder was auf die nackten Füße fällt", sagte Judit.

Micha verdrehte die Augen, hüpfte aber vorsichtiger.

„Wo sind die eigentlich hingefahren?", fragte Judit, nachdem sie Micha noch eine Weile beobachtet hatte.

„Keine Ahnung, wegen dem Dach irgendwas."

„Dann werden sie bald wieder da sein", brummte Judit.

„Zum Abendessen, spätestens, hat die Mama gesagt."

Judit seufzte. Wie sollte sie so lange warten? Eigentlich hatte sie kein Problem mit freier Zeit und Langeweile. Im Grunde gab es kaum etwas Besseres. Aber sie wusste nicht, was sie mit sich anstellen sollte, bis die Sache endlich geklärt war.

Es war zum Glück noch lange nicht Zeit fürs Abendessen, als Judit ein Auto den Berg heraufkommen hörte. Sie sah es noch nicht, aber der Motor klang vertraut. Tatsächlich kam der jägergrüne Golf um die letzte Kehre, beschleunigte und wirbelte Staub auf, als er ein bisschen zu schnell auf den Parkplatz neben dem Blumengarten bog.

Judit sprang aus dem Schatten der Scheune und sauste über den heißen Teerstreifen hinüber zum Auto. Jetzt hatte sie so lange gewartet, dass sie es keinen Moment länger aushielt. Sie drückte sich am Gartenzaun herum und wartete ewige Sekunden, bis die Autotüren endlich aufgingen und der Vater auf der Fahrerseite hinter dem Steuer hervor kletterte. Auf der anderen Seite stieg die Mutter aus. Sie sah blass aus, presste die Lippen aufeinander. Vaters Gesicht flackerte rot.

„Dass der sich das sagen traut", brummte er. „Wo man sich so lange kennt!"

Die Mutter schwieg, schlich um das Auto herum zum Kofferraum, aus dem sie ihren beladenen Einkaufskorb holte. Der Vater knallte seine Tür zu. Kopfschüttelnd kam er auf Judit zu, die mit trockenem Mund am Eckpfeiler des Gartenzauns stand und sich festhielt, weil sie nicht wusste, wohin mit ihren nervösen Händen. Sie holte Luft, räusperte sich. Der Blick des Vaters traf sie unvorbereitet und bis ins Mark.

„Was lungerst du hier herum?", fragte er scharf. Er musterte sie abschätzig von oben bis unten.

„Ich wollte nur -"

„Wird Zeit, dass du arbeiten gehst. Dann hat sich das mit der Langeweile."

Bevor Judit etwas antworten konnte, war er weg.

Na gut, es war eine blöde Idee, ihn gleich abzupassen, ohne zu wissen, wie er drauf war. Zum Glück hatte sie nichts gesagt, denn in dieser Situation wäre alles verkehrt gewesen. Ganz klar, es war die richtige Entscheidung, die Klappe zu halten und abzuwarten, bis der Wind günstiger stand.

Vielleicht wäre es taktisch klug, sich ein wenig nützlich zu machen, dachte Judit. Am besten so, dass sie alles im Auge behalten konnte. Sie schnappte sich eine Gießkanne und holte Wasser aus der vollen Tonne hinterm Haus, während der Vater drin war. Sie hörte ihn und die Mutter durchs gekippte Küchenfenster diskutieren, verstand aber nicht genug, um sich einen Reim auf die Sache zu machen.

Sie grübelte, was die beiden wohl unterwegs gemacht hatten und wer da was Unpassendes zu wem gesagt haben konnte, während sie die Blumen goss. Der Boden war oberflächlich abgetrocknet, aber er fühlte sich unter ihren Füßen weich und ein wenig feucht an. Trotzdem goss sie fleißig, schließlich stand die Sonne hoch und es hatte, wie es sich für den August gehörte, deutlich über dreißig Grad.

Sie schleppte mehrere Kannen in den Garten, die sie gleichmäßig auf alle Pflanzen verteilte. Die halb tote Rose bekam eine Extra-Ration. Fast eine halbe Kanne goss sie ihr hin. Obwohl das sicher auch nichts mehr nützte.

„Was machst du denn?", rief die Mutter entsetzt.

Judit konnte gar nicht so schnell schauen, wie die Mutter ihr die Gießkanne aus der Hand riss.

„Spinnst du?!", rief die Mutter.

„Was treibt sie denn schon wieder?", fragte der Vater. Er kam die Haustreppe herunter.

„Meine Rose ersäuft sie!"

„Jeder nach seinem Talent", sagte der Vater.

8.

Almut ließ sich nicht blicken und das war Judit auch recht. Was hätte sie ihr auch sagen können? Die Zeit bis zum Abendessen verstrich noch zäher als sonst, gleichzeitig rief die Mutter viel zu früh an den Tisch.

Judit drehte fast durch vor Aufregung, aber sie legte so langsam, wie sie nur konnte, das vergilbte Foto von diesem Haus in den Dünen unter ihren T-Shirt-Stapel in der Kommode und räumte den Atlas weg. Die Mutter rief schon zum zweiten mal und diesmal nur ihren Namen, als Judit die Türe aufmachte und in den düsteren Flur hinaus trat. Draußen türmten sich schon wieder Wolken, ferner Donner grollte. Ganz wie vom Wetterdienst versprochen. Erwartungsgemäß war Judit die Letzte in der Küche.

„Hier, trag das schnell rüber", sagte die Mutter.

Nudelsuppe mit einigen Fasern grauen Fleisches darin.

„Ach, die trödelt doch nur wieder", stöhnte Micha.

Judit wollte ihm irgendetwas gemeines um die Ohren knallen, aber sie ließ es lieber. Obwohl sie diesmal gar nicht trödeln wollte, ging Judit ganz langsam, denn im Teller hatte die Suppe ordentlich Seegang und Judit musste sich konzentrieren, damit sie nichts verschüttete. Endlich stellte sie den Teller auf Almuts Tisch ab.

„Nach dem Abendessen", sagte Judit. „Ich hole dich!"

„Der Willi -"

„Ja, ich weiß", sagt Judit und huschte zurück in die Küche.

Während des Essens zitterten Judits Hände so, dass sie beim Löffeln immer wieder Suppe verschüttete. Sie musste sich weit über den Teller beugen, um keine allzu große Sauerei zu veranstalten. Mehrmals verschluckte sie sich. Micha kicherte schon jedes Mal, der Vater warf Judit forschende Blicke zu, die Mutter erzählte leise, dass ihre Rose falschen Mehltau haben könnte und die Verkäuferin ihr ein Mittel empfohlen hatte, das sie ausprobieren soll.

„Will gar nicht wissen, was das wieder gekostet hat", brummte der Vater. „Der morsche Busch kriegt teure Mittelchen und wir kriegen lumpige Suppe."

Die Mutter seufzte und griff nach der Taube, die sie an ihrer Kette trug. Judit hustete wieder, diesmal um die Mutter vor weiteren Nachfragen zu retten. Die Mutter rührte ihr Essen kaum an. Als Judits Teller halbwegs als leergegessen durchgehen konnte, legte sie den Löffel weg und räusperte sich.

Alle Augen wandten sich ihr zu, alle erwarteten, dass Judit jetzt etwas sagen würde. Und sie wollte ja auch etwas sagen, nur eben nicht jetzt gleich. Besser erst ein bisschen später. Sie zuckte die Schultern und alle schauten wieder in ihre Teller.

Kurz nach Judit war Micha mit dem Essen fertig und ließ den Löffel in den Teller plumpsen. Dann die Mutter, die ihren Löffel fast unhörbar auf dem Porzellan ablegte. Sie hatte nur das Nötigste aus der Suppe gefischt. Der Vater schöpfte nach. Ruhig, aber zügig löffelte er die zweite Suppenladung in sich hinein, stellte den Teller soweit auf, dass er den Rest auslöffeln konnte, und setzte ihn wieder ab. Judit holte Luft, um endlich das zu sagen, was sie schon seit Stunden sagen wollte, aber der Vater goss auch noch den Rest Suppe aus dem Topf in seinen Teller.

Micha seufzte leise und begann mit den Beinen zu schlenkern, die noch nicht ganz bis zum Boden reichten, wenn er auf der Bank saß, die Mutter fingerte an ihrer Kette herum und warf ihm unauffällig tadelnde Blicke zu.

Judit schwitzte. Ihr Herz klopfte von Minute zu Minute heftiger. Sie musste es sagen, jetzt gleich, gleich, in ein paar Sekunden. In diesem einen Moment, wenn der Vater mit dem Essen fertig war, aber noch nicht verkündet hatte, dass er sich jetzt vor den Fernseher setzen würde.

Wieder löffelte er die letzte Pfütze aus dem schräg gehaltenen Teller. Judit fühlte sich, als müsste sie gleich sterben. Sie schluckte, holte Luft, sah den Vater den Teller abstellen und auf die Uhr blicken.

„Papa?", krächzte sie. Sie räuspert sich, wischte die Handflächen an ihrem T-Shirt trocken.

„Hm?"

„Die Almut will nochmal mit dir reden, hat sie gesagt. Du wüsstest schon warum", hörte sich Judit sagen.

Der Vater zog die Stirn kraus.

„Ach, jetzt auf einmal?"

„Ja ..."

„Na, da bin ich ja mal gespannt, ob die schon zur Vernunft gekommen ist."

Judit floh aus der Küche.

„Ja, jetzt! Komm, ich begleite dich zum Wohnzimmer", zischte Judit.

Almut lag schon im Bett. Was hätte sie sonst auch machen sollen in ihrer stromlosen Kammer. Durch das kleine Fensterchen schien nur am Mittag die Sonne herein. Sobald sie weiterzog, warf der Hügel hinterm Haus seinen Schatten auf den Anbau und so beherrschte selbst im Sommer schon nach dem Abendessen die Dämmerung Almuts Verschlag. Dabei gehörte ihr jetzt ein ganzes Haus. Judit griff nach Almuts Arm und zerrte sie hoch.

„Los! Je länger er warten muss, desto mürrischer wird er."

Almut schwieg. Widerstrebend setzte sie sich auf und strich sich verschämt die dünnen Haarsträhnen aus dem Gesicht.

„Besser ..."

„Ja, besser jetzt gleich, komm. Wo sind deine Hausschuhe?"

Judit fand sie selbst vor dem Bett und als Almut endlich die Beine über die Bettkante gebracht hatte, steckte Judit ihr die Pantoffeln hastig auf die Füße. Es stank furchtbar. Als sie die Decke weiter zurückschlug, stieg noch mehr Muff auf. Sauer und nach klebrigem Fett.

„Ich weiß nicht ...", flüsterte Almut.

„Sag ihm einfach: Ich behalte mein Erbe. Es gehört mir. Hörst du: Was dir gehört, gehört dir", sagte Judit fest.

Almut stand langsam auf und hielt sich am Bettrahmen fest. Sie wankte. Judit hatte Mitleid mit ihr, natürlich, aber es half nichts. Sie musste jetzt ihre Frau stehen, danach konnte sie ja wieder in ihr - in ihr Bett eben.

Judit führte Almut zur Tür der Kammer und schob sie in den Flur. Almut sah sich immer wieder nach ihr um, tippelte ganz langsam vorwärts. An der Badezimmertür wollte sie schon falsch abbiegen, aber Judit hielt sie auf Kurs.

„Nicht da, im Wohnzimmer. Du weißt doch, wo das Wohn-zimmer ist", sagte Judit und schob sie weiter geradeaus.

„Nein, nein, nicht nach draußen. Hier lang!"

Sie bugsierte Almut von der Haustüre weg, klopfte für sie an der Wohnzimmertür und öffnete. Der Vater hockte breitbeinig und gespannt vornübergebeugt in seinem Sessel und sah ihnen grimmig entgegen. Judit zwang sich zu einem ausdruckslosen Gesicht, nickte ihm knapp zu. Sie ließ Almut in dem kleinen Wohnzimmer mit der tief durchhängenden Decke stehen, sauste hinaus und zog die Tür hinter sich zu. Das war geschafft!

Eigentlich musste Judit der Mutter jetzt mit dem Abtrocknen helfen. Aber sie hörte, dass Micha noch in der Küche mit ihr sprach. Vielleicht fiel gar nicht auf, dass Judit sich drückte, vielleicht ging ihre Mutter auch davon aus, dass sie noch beschäftigt war. Besser, sie glaubte es weiter. Judit blieb, wo sie war: vor der Wohnzimmertür. Durch die Tür drang das Brummen des Vaters. Und kaum hörbar Almuts Stimme. Judit legte das Ohr an die Tür.

„Ach!?", rief der Vater. Er schien dabei aus dem Sessel hochzuspringen. „Und was soll das jetzt werden?", rief er. Seine Stimme näherte sich der Tür.

Judit wich zurück, schlich schnell die Treppe hoch und setzte sich auf die dritte Stufe von oben. Sie schob die Beine ganz in den Schatten direkt an der Wohnzimmerwand und suchte mit der Ohrmuschel nach ihrer Hörritze in der Wand.

„Spinnst du jetzt komplett? Was bildest du dir eigentlich ein?", rief der Vater.

Die Wand bebte. Dann Almuts Wimmern.

„Ja, ja, der Willi! Scheiß doch auf den Willi!", brüllte der Vater. „Der geht dich doch gar nichts an!"

Almut sagte etwas.

„Was gehört dir? Ist das dein Eigentum? - Also!"

Es polterte im Wohnzimmer.

„Nichts gehört dir! Gar nichts! Also halt dein Maul!"

Wieder Gepolter.

„Da ist der Zettel. Da unten unterschreibst du. Zack, aus!"

Judit ballte ihre Hände zu Fäusten und biss die Zähne aufeinander. Wenn die alte Frau jetzt nur nicht unterschrieb! Die verstand doch überhaupt nicht, was da stehen mochte.

„Aber dass der Willi -", rief Almut.

„Ja!", flüsterte Judit. „Zeig`s ihm!"

„Einfach so!" - Almut wieder. Gut!

„Jetzt lass mich mit dem scheißblöden Willi in Ruhe. Hier! Da unterschreiben! Wenn nicht -"

Judit hörte ihn ein hässliches Geräusch machen. So eines, wie es vermutlich ein aufgeblasener Frosch macht, wenn man darauf trat. Es quakte jedenfalls grauenhaft und Judit stellte sich vor, wie sich der Vater mit einer raschen Geste über die Kehle fuhr. Das konnte der doch nicht ernsthaft -

„Der Willi ...", schluchzte Almut.

„Wenn du jetzt nicht gleich unterschreibst, dann, dann -"

„Tu mir nichts, Peter, tu mir nichts!", wimmerte Almut.

Erschrocken sprang Judit auf, lief die Stufen hinunter, doch noch bevor sie die Tür erreichte, wurde sie von innen aufgerissen. Wie ein Gespenst huschte Almut aus dem Wohnzimmerlicht ins Dunkle des Flurs und verschwand. Judit war, als hörte sie einen unterdrückten Schluchzer.

„Nur von Idioten umgeben, echt wahr!", brüllte der Vater in den Flur hinaus.

Er packte die Wohnzimmertür und schloss sie so energisch, dass die Treppe, auf der Judit schreckstarr stand, erbebte.

„Einer stumpfsinniger als der Andere! Wie soll man da

jemals zu was kommen? Aufarbeiten kann man sich! Aufarbeiten. Und gedankt? Gedankt wirds einem, indem man
hinterrücks noch eins übergezogen bekommt", rief der Vater
im Wohnzimmer. Es polterte und krachte mehrmals.

„Scheiß Haus! Scheiß Sippe!", rief er. „Soll euch doch der
Teufel holen!"

Judit schlich in ihr Zimmer. Dort lief sie die wenigen Schritte
hin und her, die sie hin und her laufen konnte, ohne sich den
Kopf an der Dachschräge und die Schienbeine an den Möbeln
zu stoßen. Adrenalin peitschte durch ihren Körper. Sie war zu
fassungslos, zu überrumpelt, um einen klaren Gedanken zu
fassen. Konnte das sein? Hatte der Vater Almut wirklich
gedroht, dass er sie - was? Er hatte es nicht gesagt, nein, aber
in Judits Kopf kreiste ein einziger Satz, der sich nicht
abschütteln, nicht einmal leiser stellen ließ: Er bringt sie um!
Er bringt sie um!

Woher er kam, was ihn so penetrant machte, dass er Judit fast
in den Wahnsinn trieb, wusste sie nicht, aber die Angst vor
diesem Satz vibrierte in jeder Zelle ihres Körpers. Judit
brauchte lange, bis sie ruhiger wurde und das Zittern nachließ. Endlich konnte sie sich hinsetzen, einfach direkt auf den
Boden, den Rücken an die Wand gelehnt, und Luft holen. Sie
fühlte sich ausgelaugt, als hätte sie eine stundenlange
Schlacht geschlagen, deren Ausgang noch immer in den Sternen stand. Allein fühlte sie sich, wie ausgesetzt auf einem
verwüsteten, toten Planeten.

Magst du noch hierbleiben und wir plaudern ein bisschen,
hatte die Mutter gestern Abend gefragt. Plötzlich musste Judit
schlucken. In ihrer Brust riss eine tiefe Sehnsucht auf, sie ihr

die Tränen in die Augen trieb.

„Mama", flüsterte Judit. „Mama."

Sie kannte Bilder von liebenden Müttern, die ihre Kinder in die Arme nahmen, sie kannte Kinder, die voller Vertrauen zu ihren Müttern liefen, wenn sie sich verletzt hatten oder jemand gemein zu ihnen war. Sie kannte die Tradition, zum Muttertag in der Schule etwas Kitschiges zu basteln und es der Mutter an diesem bewussten Sonntag zu schenken.

Und Judit kannte die Wirklichkeit. Ihre Wirklichkeit. Sie konnte sich nicht erinnern, wann ihre Mutter sie zuletzt in den Arm genommen hatte. Falls es überhaupt jemals geschehen war. Sie wusste nicht, wie es war, mit Sorgen und Nöten zu jemanden zu rennen, der helfen würde. Oder zumindest Trost spendete, wenn sonst nichts half.

Konnte man nach etwas Sehnsucht haben, das man gar nicht kannte? Ging das? Konnte man mit fast achtzehn nach einer Mama rufen, die es nie gegeben hat? Judit wusste es nicht. Sie fühlte sich nur noch viel mehr allein als sonst. Allein inmitten der Menschen, die ihre Familie waren. Eigentlich die, die ihr am nächsten sein sollten. Aber sie waren es nicht. Da war niemand.

Du hast dir wehgetan? Ach, halb so wild. Jemand hat dich gehauen? Hau halt zurück. Du weißt nicht, wie das geht? Frag deine Lehrerin, die wird dafür bezahlt, dass sie es dir beibringt. Eine Eins? Aha.

Judit fühlte sich erbärmlich klein und bloß. Wenn es einen Gott gab und er der Vater aller Menschen war, warum schickte er dann seine Kinder alleine hinaus in die Welt? Warum sorgte er nicht dafür, dass sie gehalten und getröstet wurden. Warum haute er nicht denen eins aufs Maul, die so mit ihrem Nachwuchs umgingen? Warum rannte überhaupt noch jemand in die Kirche und dankte Gott für seine beschissene Gnade, die nie ein Mensch gesehen hatte. Judit zumindest nicht. Und auch sonst keiner, den sie kannte.

Sie wischte sich die Tränen ab. Richtig gut gelaufen war in ihrer Familie noch nie etwas. Es war ihr lange nicht aufgefallen, weil sie nichts anderes kannte, aber das unterschwellige Gefühl, dass es nicht gut war, wie es war, das trug sie mit sich, seit sie denken konnte. Begleitet von der Angst vor dem nächsten Wutausbruch des Vaters, vor der nächsten sinnlosen Zurechtweisung der Mutter, vor dem nächsten unfairen Vergleich mit ihrem dummen kleinen Bruder.

Warum nun auf einmal alles komplett aus dem Ruder lief, wusste Judit auch nicht. Aber sie wusste eines ganz sicher: Sie musste handeln, bevor es - zu spät war. Entschlossen stand sie auf, löschte das Licht in ihrem Zimmer und tappte nach unten.

Die Mutter legte das zerfledderte Buch, in dem sie auf der Küchenbank gelesen hatte, zur Seite und sah auf.

„Judit? Wie siehst du denn aus?", fragte sie.

Ihre Stimme klang so weich, dass Judit beinahe wieder die Tränen in die Augen stiegen. Sie schluckte den Kloß hinunter und schob sich auf die andere Seite der Eckbank, die unter ihrem Gewicht knarzte. Jetzt durfte sie sich nicht zum Affen machen, dafür war die Lage zu ernst. Wenn sie sich in Tränen und Gestammel auflöste, schob die Mutter es nur achselzuckend auf die Hormone und das weibliche Gemüt und das war`s. Judit holte Luft, konzentrierte sich.

„Sag mal Mama, wenn jemandem was gehört - dann darf es

ihm ein anderer nicht wegnehmen. Sonst ist das Diebstahl, sehe ich das richtig?", fragte sie.

„Na ja, das kommt schon drauf an."

„Auf was kommt es bitte an? Wegnehmen ist Wegnehmen!"

„Na ja, im Grunde schon, aber es kommt ganz auf das Verhältnis an -"

„Auf welches Verhältnis? Darauf wie abhängig jemand ist?!"

„Warum bist du so aufgeregt, Judit?"

Die Mutter musterte Judit mit gerunzelter Stirn. Judit warf einen Blick über die Schulter zum Flur. Dort war niemand. Die Mutter lächelte milde, holte Luft und sagte dann: „Hör mal, wenn Geschwister streiten, dann ist das nicht gleich Diebstahl. Der Micha ist noch um einiges jünger als du, das darf man nicht vergessen und du -"

Judit schüttelte energisch den Kopf, aber es dauerte ein paar Sekunden, bis die Mutter aufhörte, über Micha zu reden.

„Darum gehts doch gar nicht!", rief Judit.

Sie sah sich noch einmal um.

„Ich hab nichts, was es sich wegzunehmen lohnt", setzte Judit an. „Und bevor mir der Micha was wegnehmen kann, hat der Papa schon die Hand drauf, keine Sorge." Dann schluckte sie nochmal, bevor sie sich zur Mutter hinüber beugte und die Stimme senkte: „Aber Almut."

„Der Besen?", rief die Mutter.

„Nenn sie nicht so, sie hat einen Namen!"

Die Mutter seufzte. Plötzlich sah sie aus, als wollte sie dieses Gespräch lieber doch nicht führen. Sie schielte zu ihrem zerlesenen Buch, auf dem sich zwei blonde junge Menschen dümmlich lächelnd in den Armen lagen.

„Die Almut hat ein Haus geerbt. An der Nordsee. Und der

Papa will es ihr abknöpfen. Das ist nach jedem Gesetz Diebstahl, Mama. Da gibts kein `kommt drauf an´!"

„Das hat doch nichts mit dir zu tun, was regst du dich auf?"

„Ich rege mich aber auf! Weißt du, wie er sie unter Druck setzt? Ihr angst macht? Weißt du es?"

Die Mutter schaute auf ihr Buch und schüttelte kaum sichtbar den Kopf.

„Dann frag ihn", flüsterte Judit. „Frag ihn, womit er ihr gedroht hat!"

Das Flehende in ihrer eigenen Stimme überraschte Judit. Die Mutter sah auf.

„Los, frag ihn! Mama, sowas kann er nicht machen. Das geht einfach nicht. Seit ich denken kann, nennt ihr die Almut Besen und tut so, als ob sie kein Mensch wäre. Aber das stimmt trotzdem nicht."

Die Mutter schaute wieder weg.

„Weißt du, der Papa denkt doch nicht nur über die Almut so. Der denkt über dich und mich und über den Micha genauso. Wir sind das Schwarze unterm Fingernagel nicht wert."

Judit schnappte nach Luft. Sie hatte mehr gesagt, als sie hatte sagen wollen.

„Er hats nicht leicht", sagte die Mutter leise. „Er trägt doch die ganze Verantwortung. Mit zwei Kindern, einer Frau, die nichts gelernt hat, dann noch der - die Almut. Seit Jahren hat er keinen vernünftigen Job mehr gefunden, weils keine richtige Arbeit mehr gibt."

„Ja, aber -"

„Du bist noch zu jung, das alles zu verstehen, Judit, mit deinen siebzehn Jahren."

„Ich verstehe mehr, als du denkst!"

„Ja, das meint man immer. Wenn ich damals gewusst hätte, was ich heute weiß ...“

„Mama!“

Die Mutter beugte sich zu Judit hinüber und senkte die Stimme: „Judit, jetzt beruhige dich. Das wird schon alles seine Richtigkeit haben. Von Diebstahl brauchst du nicht anfangen zu fabulieren, es wird doch alles ordentlich geregelt, über dieses Gericht oder so.“

„Wenn jemand was unterschreibt, weil er bedroht wird, dann hat das nichts mit `ordentlich geregelt´ zu tun! Wenn das das Nachlassgericht erfährt -“

Die Mutter richtete sich kerzengerade auf und funkelte Judit gefährlich an.

„Halt dich da bloß raus, Fräulein! Die Almut lebt hier nicht schlecht - sie muss nicht einen Handstrich machen. Gewissermaßen ist das hier ja auch ihr Haus, da ist es nur recht und billig, wenn sie nach ihren Möglichkeiten was dazu beiträgt, dass es nicht verfällt.“

„Aber -“

„Es regnet rein, Judit. Das hast du doch selbst gesehen.“

„Aber man kann sich trotzdem nicht gewaltsam nehmen, was man will!“

„Judit ...“

„Ich will, dass du mit ihm redest, Mama. Mir hört er nicht zu. Hat er ja nicht nötig. Du bist die Einzige, der er vielleicht zuhören wird. Frag ihn, ob er das wirklich so durchziehen will! Frag ihn, ob ihm klar ist, was er da anrichtet! Frag ihn, was er für ein Mensch ist!“

„Judit ...“

„Mama, bitte! Er hat ihr gedroht, sie umzubringen, wenn sie

nicht unterschreibt! Willst du ernsthaft so tun, als wüsstest du von nichts und nächste Woche einfach die Blutlachen aufwischen, als wäre nichts passiert? Wenn er ernst macht, Mama, denn stehst du mit einem Bein auch im Knast."

Die Mutter seufzte.

„Na, jetzt übertreibst du gewaltig, Judit. Aber gut, ich rede mit deinem Vater. Vielleicht hat er sich ein bisschen im Ton vergriffen, du weißt ja, wie er ist. Er meint es nicht böse, aber wenn er nicht weiter weiß, reagiert er eben manchmal ein bisschen unüberlegt."

„Ein bisschen unüberlegt!?"

„Ach, komm, dein Vater ist auch nur ein Mensch. Wir machen doch alle Fehler."

Judit schnaubte und verdreht die Augen. Dann fixierte sie die Mutter.

„Versprichst du es mir?", fragte sie streng.

„Was versprechen?"

„Dass du mit ihm sprichst, Herrgott! Heute Abend!"

Die Hand der Mutter suchte die Friedenstaube. Judit beugte sich drohend zur Mutter über den Tisch.

„Versprichst du es?", fragte sie schneidend.

„Ach Judit, manchmal bist du wie dein Vater."

Schlafen konnte Judit nicht. In ihrem Zimmer sitzen auch nicht. Und weil sie auch unmöglich zum Vater und Micha ins Wohnzimmer oder zur Mutter in die Küche gehen konnte, setzte sich Judit wieder auf die drittoberste Stufe, stützte den Kopf auf die Hände und hielt Wache. Sie war gespannt, ob die Mutter Wort hielt und wie der Vater reagierte.

Das Haus kühlte ab. Dabei knarzte es leise vor sich hin. Wind strich draußen sacht über die Ziegel und rupfte an der behelfsmäßig festgetackerten Plane. Immerhin regnete es nicht, obwohl auch für diese Nacht Niederschlag angesagt war und sich schon vor dem Abendessen dichte Wolkengebirge über dem Tal gesammelt hatten.

Judit fröstelte, während sich unaufhörlich kalter Schweiß unter ihren Achseln ausbreitete. Von Zeit zu Zeit hörte sie, wie die Mutter in der Küche umblätterte oder auf der knarzenden Eckbank ihre Position veränderte. Aus dem Wohnzimmer klang die monotone Geräuschkulisse einer Doku. Über die Azteken vermutlich, oder eines dieser anderen Völker. Judit kam es vor, als kannte sie die Bilder zu den Klängen bereits. Wahrscheinlich hatte sie den Beitrag schon einmal gesehen. Oder sie klangen alle gleich.

Das Haus am Meer ging ihr nicht aus dem Kopf. Ein freundliches Haus, voller Licht und salziger Luft - wie immer sich das anfühlen mochte. Als die Wohnzimmertür unten aufging, schreckte Judit hoch.

Plappernd marschierte Micha zum Zähneputzen ins Bad. Judit verzog sich in ihr Zimmer, lauschte an der Tür, bis er in seinem Bett verschwunden war. Drunten ging die Klospülung noch zwei Mal, dann kamen Schritte die Treppe herauf. Erst die der Mutter. Sie klangen leise und ein wenig ängstlich. Kurz darauf die schwereren des Vaters. Die Schlafzimmertür der Eltern am anderen Ende des Daches quietschte.

Judit lauschte aufmerksam, hörte aber keine Stimmen von dort. Leise öffnete sie ihre Tür, um besser hören zu können. Trotzdem vernahm sie nichts. Vorsichtig, ganz dicht an der Wand, dort, wo die Dielenbretter auflagen und sich deshalb beim Darübergehen nicht durchbogen und kaum knarzten, näherte sie sich der anderen Giebelseite. Jetzt hörte sie etwas. Sie hörte, wie die Decken zurückgeschlagen wurden und die Vorhänge vorgezogen. Wie das Bett auf der einen Seite quietschte, dann auf der anderen. Wie nach einigem Herumrücken und -drehen Ruhe einkehrte. Manchmal redeten Judits Eltern vor dem Einschlafen miteinander, das wusste sie, weil sie oft nochmal zum Klo schlich, wenn endlich alle in den Federn lagen. Heute sprachen sie nicht. Keinen Ton.

Judit wartete. Aus Michas Zimmer drang ein leiser Seufzer, dann begann der kleine Kerl schon zu schnorcheln. Mehr hörte Judit nicht. Sie dachte schon, ihre Eltern wären auch augenblicklich eingeschlafen und wollte leise zurück schleichen, um in ihrem Zimmer ratlos an die Decke starren, als sie doch etwas hörte.

Ein Flüstern hinter der Tür. Ein leises Kichern. Ein Seufzen. Schmatzende Geräusche, noch mehr Flüstern, dann stöhnte die Mutter, kurz darauf flüsterte der Vater mit rauer Stimme, dann begann er zu keuchen. Er klang wie eine Katze, die versucht, ein Büschel Gras auszuwürgen.

Judit wollte kotzen. Hastig machte sie kehrt und lief in ihr Zimmer. Verrat! Das war Verrat! Auch wenn die Mutter sagen würde: „Kommt drauf an.“

9.

„Eigentlich würde ich am liebsten zur Skaterampe runter radeln und dann mal sehen", erzählte Micha den Kabapulver-Klumpen, die auf seiner Milch dahin trieben. „Aber andererseits - was soll ich da machen?"

Er rührte in seiner Tasse, beobachtete weiter die braunen Brocken. Judit hockte mit angezogenen Beinen auf ihrer Seite der Bank und hatte keine Lust auf Frühstück. Noch weniger als Micha, der sich immerhin einen Kaba angerührt hatte, auch wenn er ihn nicht trinken wollte.

„Ich mein, wenn der mit seinen Jungs rumhängt und ich komm da wie zufällig vorbei ..."

Judit hörte ihn, aber viel deutlicher hörte sie etwas anderes. Das Stöhnen der Mutter hallte noch immer in ihrem Kopf. Ja, dass Leute Sex hatten, wusste sie schon ziemlich lange. Dass ihre Eltern sowas auch hatten, wusste sie genauso lang, denn in einem so hellhörigen, kleinen Haus wie ihrem entging einem nichts. Außer man hieß Micha und schlief direkt neben dem Elternschlafzimmer wie ein Murmeltier auf Schlaftabletten. Der hatte mit seinen elf Jahren noch immer keinen Schimmer von nichts. Und so lange er nicht danach fragte, würde Judit einen Teufel tun und ihm was erzählen. Zuletzt bekam sie noch die Leviten gelesen, weil sie ihm zum falschen Zeitpunkt unpassende Informationen vermittelt hatte.

„Ich weiß einfach nicht, was ich machen soll!", rief er.

Micha schob seinen Kaba so schwungvoll von sich, dass er aus der Tasse schwappte.

„Zuerst mal aufwischen", stellte Judit fest.

„Ja ja, du weißt immer alles besser."

„Ich bin halt älter", gab Judit gewohnheitsmäßig zurück.

Micha holte schnaubend einen Lappen und wischte die Pfütze vom Tisch.

„Deswegen bist du auch nicht schlauer!", brummte er.

„Ach?"

„Und ein Mädchen bist du auch noch, was will man da erwarten", sagte er und ließ den verkleckerten Lappen in die Spüle plumpsen.

„Was?! Woher hast du denn den Blödsinn?"

Judit richtete sich auf, sie funkelte Micha an.

Er wich mit einem Grinsen an die Küchenzeile zurück, sah sich übertrieben hilfesuchend um. Aber Judit sah die Unsicherheit in seinen Augen blitzen.

„Woher? Los, raus mit der Sprache!", hakte sie nach.

Judit sprang auf und zwang ihn, halb im Scherz, halb todesernst, in die hintere Ecke der Küche zurückzuweichen. Sie war größer als er. Und stärker, wenn es darauf ankam.

„Ach, das ist doch gar nicht so gemeint."

„Wie dann?"

„Der Papa sagt sowas halt, aber du weißt ja -"

„Der Papa?"

„Ach komm, das ist doch nur Spaß."

Micha schluckte und vermaß mit den Augen seine Chancen, über die Eckbank zur Küchentür hinaus zu kommen, bevor Judit ihn zu fassen bekam. Er würde es nicht schaffen. Judit sah die Hoffnung in seinem Blick versiegen.

„Nur Spaß, ja?", fragte Judit. „Weißt du, was er gestern Abend mit der Almut gemacht hat?"

„Mit dem Besen?"

„Hör auf, sie so zu nennen, sie hat einen verdammten Namen!", schrie Judit.

Micha duckte sich.

„Nun krieg dich wieder ein."

„Komm mit rauf, ich muss dir was zeigen."

Judit ließ von ihm ab. Ohne Micha noch eines Blickes zu würdigen, ging sie voran. Sofort hörte sie seine Schritte, die ihr folgten. Er war einfach ein neugieriger Knopf und ziemlich berechenbar. Sie stieg ins Dachgeschoss und marschierte in ihr Zimmer, er huschte direkt hinter ihr durch die Tür und warf sich aufs ungemachte Bett.

„Wo sind deine Vorhänge?", fragt er.

„In der Schublade."

„Weiß die Mama das?"

Judit zog eine andere Schublade auf. Die, in der sie das Foto vom Haus versteckt hatte.

„Hängst du die jetzt auf?"

„Ach, Blödsinn! Vergiss die Vorhänge. Hier, schau dir das an. Was siehst du?"

Sie hielt ihm das Bild unter die Nase.

„Eine lumpige Bruchbude?"

„Du bist doof! Schau mal genau!"

Micha nahm das Bild und schaute. Er sah zwar offenbar nicht, was Judit sah, aber er war ja auch erst elf und hatte von nichts eine Ahnung. Judit nahm ihm das Bild wieder ab, und dann, während sie das Foto betrachtete und von einer Hand in die andere nahm, erzählte sie Micha, was sie über Almuts Erbschaft und die ganze Sache wusste. Nicht viel, aber bedeutend mehr als Micha.

„Hey, dann wäre ja alles geritzt!", rief Micha. „Dann hätten wir ein neues Dach und sogar noch was übrig für -"

„Für was? Für ein beschissenes Skateboard, damit du auch cool sein kannst? Hör mal, Micha, dieses Haus gehört uns nicht! Es ist nicht okay, es zu nehmen! Es ist einfach nicht okay! Seit wann ist es okay, jemanden zu bestehlen? Willst du bestohlen werden, oder was?"

Erschrocken wich Micha auf Judits Bett zurück.

Mit einem Mal war er blass um die Nase. Vorsichtig schüttelte er den Kopf.

„Und die Mama? Die tut auch alles, damit sie nicht in die Schusslinie gerät. Lieber rechtfertigt sie die Sache mit dem fadenscheinigen Argument, das hier wäre ja auch irgendwie Almuts Haus und sie müsste sich eben beteiligen. Dass ich nicht lache! Dass die Almut sich duckt und nachgibt, das kann ich sogar verstehen. Aber die Mama?"

„Du doch auch", murmelte Micha.

In Judit brannte solche Wut, dass sie ihm am liebsten eine gescheuert hätte. Aber sie tat es nicht. Langsam nickte sie.

„Weißt du was, du kleiner Scheißer: Jetzt wird sich wirklich alles ändern. Ich rede mit dem Papa. Erkläre ihm mal, wie die Dinge hier stehen. Alles andere bringt nichts."

„Okay", sagte Micha langsam.

„Das hätte ich von Anfang an machen sollen, oder?"

„Vielleicht", sagte Micha.

Judit starrte auf das Bild vom Haus in den Dünen, das vor ihr auf dem Schreibtisch lag. Sie musste überlegen. Wie packte sie die Sache bloß am besten an?

Sie hatte Micha auf ihrem Bett schon vergessen, als er plötzlich sagte: „Wahrscheinlich schlag ich`s mir besser aus dem

Kopf. Das mit dem Basti."

„Was? Wieso denn?"

„Na, weil das eh nie was wird."

„Woher willst du das wissen, wenn du es nicht probierst? Vielleicht hängt ihr die nächsten Jahre jeden Tag miteinander rum, wenn du einfach hingehst und dein Glück versuchst."

„Ich weiß nicht."

„Klar weißt du´s nicht. Wie auch, wenn du`s nicht wenigstens probierst."

Micha sah nicht überzeugt aus, als er davon schlich.

„Wer nicht wagt, der nicht gewinnt", murmelte Judit. „Zeit, es zu wagen. Was anderes bleibt mir ja nicht übrig, in diesem Drecksloch."

„Ach, Judit, du bist ja doch schon auf", rief die Mutter, als Judit in die Küche spähte.

„Wo ist der Papa?"

„Unterwegs."

„Wann kommt er zurück?"

„Ach, keine Ahnung. Er kann ja machen, was er will."

„Genau das ist das Problem", murmelte Judit.

„Was?"

„Nichts."

„Na dann."

Judit stand unentschlossen in der Küchentür. Die Mutter hantierte auf der Arbeitsfläche herum, offene Naturjogurtbecher standen dort, sie rührte irgendeine Soße an.

„Du hast nichts zu ihm gesagt, oder?"

„Ach ..."

„Was, ach?"

„Ach Judit, nun sei doch nicht päpstlicher als der Papst."

„Was soll das denn heißen?"

„Stirbt doch keiner dran. Am Ende haben alle was davon."

„Was?"

„Weißt du, wir leben seit Jahren von der Hand in den Mund. Es reicht grade immer so. Beim Haus hat dein Vater sich damals über den Tisch ziehen lassen. Seine Brüder haben ihn ausgenommen wie einen Hasen. Haben einen viel zu hohen Wert fürs Haus ansetzen und sich auszahlen lassen. Das Haus war damals schon eine Bruchbude. Wir mussten die Heizung einbauen, die Wasserrohre überall, die Fliesen, du machst dir keinen Begriff."

„Ja, aber -"

„Und weißt du, andere, andere fahren in den Urlaub. Mal für eine Woche nach Italien. Oder an die Nordsee, die Meiers fahren an die Nordsee - keine fünfzehn Kilometer von dieser Hütte dort entfernt. Für zwei Wochen! Kannst du dir das vorstellen? Bei uns ist für sowas nie Geld da. Wir haben einfach kein beschissenes Geld für irgendwas. Ich muss froh sein, wenns jeden Tag was zu essen gibt und ihr einigermaßen vernünftige Klamotten am Leib habt. Die Böhms fahren zumindest zum Zelten an den See. Bei uns reichts nicht mal für ein blödes Zelt."

Sie hatte aufgehört in der Schüssel den Jogurt zu verrühren und hielt den Kopf gesenkt. Judit schwieg. Die Mutter schniefte, atmete durch.

„Weißt du, ich würde gern mal wegfahren. Einfach mal was anderes sehen. Wenn auch nur für ein paar Tage. Irgendwohin, wo nicht nur Fichten stehen. Ich würde auch gern mal mitreden können und wie die andern sein. Mal ans Meer fahren, das wäre was. Ja, das Meer würde ich gern sehen."

„Ich doch auch", sagte Judit leise.

Für einen Moment sahen sie einander an. Judit fühlte sich schrecklich nackt und hässlich. Die Mutter sah zuerst weg.

„Und nochmal zu meiner Mutter fahren, bevor -", die Mutter schluckte schwer, dann schwieg sie, begann wieder in der Schüssel herumzurühren und den weißen, säuerlich duftenden Jogurt mit Gewürzen zu mischen. Judits besah ihre Zehen.

„Aber sowas geht trotzdem nicht. Man kann doch nicht mit Gewalt -", sagte sie leise.

„Was redest du denn da von Gewalt? Jetzt übertreibst du wirklich. Dein Vater hat so viel Geduld mit dem Besen, in allen Belangen, es fehlt der doch an nichts, die kann machen, was sie will, ist niemandem Rechenschaft schuldig, die lebt doch wie die Made im Speck."

„Hör auf, alles schön zu reden", sagte Judit. „Hier ist nichts schön. Überhaupt nichts. Und das wissen wir alle."

Judits Herz galoppierte, als sie nach oben rannte. Das war nichts für sie. Überhaupt nicht. Ihr war sterbenselend zu Mute und eigentlich hätte sie am aller-allerliebsten alles einfach vergessen, für immer den Mund gehalten und nie bemerkt, dass hier nichts stimmte. So wie Micha. Jung und dumm bleiben. Ein hirnloses Kind. So wie sie selbst lange genug herumgelaufen war. Warum hatte es nicht so bleiben können?

Aber die Sache mit diesem Ausbildungsvertrag hatte alles verändert. Sie hätte nie gedacht, dass ihr Vater sie einfach zwingen würde. Dass er einfach gegen ihren Willen durchsetzte, was er sich einbildete. Und dass sie ihm so erschreckend wenig entgegenzusetzen hatte. Außer ihrem Unwillen.

Und dem dringenden Gefühl, dass alles ganz anders laufen müsste. Wie auch immer.

Ihre Mutter? Hatte so getan, als wäre sie bei einem gewöhnlichen Gespräch mit dabei gesessen, mit dem es keine weitere Bewandtnis hatte. Micha? Hat davon nicht einmal etwas mitbekommen. Wahrscheinlich wusste er noch immer nichts, denn Judit hatte es ihm nicht erzählt. Ganz ehrlich? Die konnte man alle in der Pfeife rauchen.

„Also", sagte Judit, „dann bleibt es jetzt an mir hängen, wie es aussieht. Einer muss dem Mann sagen, dass er spinnt."

Wie bei des Kaisers neuen Kleidern, nur anders. Weil kein vorwitziges Kleinkind zur Stelle war. Sondern ein träumerisches Mädchen, das niemand für voll nehmen brauchte. Judit zog den Block aus der Tasche, griff sich einen Stift und dachte nach.

Draußen hingen noch immer die Regenwolken vom Vorabend, es hatte die Nacht über nicht geregnet und keinen Sturm gegeben, doch jetzt lösten sich die ersten Tropfen aus den Wolken und tippten leise auf die Ziegel über Judits Kopf. Auf Judits Gesicht stahl sich ein Lächeln. Es war düster draußen und es sah nach einem Unwetter aus. Vielleicht hatten die Wolken nur auf diesen schicksalsträchtigen Moment gewartet, um die passende Kulisse zu geben.

Weltuntergangsstimmung, ja. Judit war im Begriff ihren eigenen Weltuntergang zu brauen. Zumindest für ihren Vater. Der Himmel schickte sein Gewitter zur rechten Zeit. Nur wie sollte sie es anstellen?

Sie musste sich eingestehen, dass sie im Grunde nichts in der Hand hatte. Nichts, außer ihrem Argument, dass man so nicht mit Leuten umgeht. Dass es verboten ist zu stehlen, zu nötigen. Dass es unfair ist, auf jemanden loszugehen, der in jeder Hinsicht unterlegen ist. Moralische Einwände, weiter nichts.

Und außerdem hatte sie keine Ahnung, wie das mit dem Erben überhaupt ging. Sie hatte nicht einmal den Brief vom Gericht richtig gelesen, nur einen Blick darauf geworfen.

Obwohl, das konnte sie fordern: Dass sie den Brief lesen durfte, damit sie Bescheid wusste. Das würde gehen. Ein ganz vernünftiges Gespräch, wie unter Erwachsenen. Ja, genau so. Ein guter Entschluss. Judit fühlte sich, als hätte sie dem Schicksal gerade freudig angeboten, nachts bei Hagel und Orkan-Böen über den Dachfirst zu balancieren. Nackt natürlich. Und mit verbundenen Augen. Eigentlich liebte sie ja Unwetter. Aber jetzt hatte sie Angst.

Am besten, sie tat es jetzt gleich. Ihre Knie fühlten sich nicht an, als ob sie ihr Gewicht tragen würden, als sie die Stiege hinunter ging. Obwohl es kühl war, schwitzte sie an den Händen und Füßen, hinterließ auf den hölzernen Treppenstufen dunkle Fußumrisse. Sie linste ins Wohnzimmer. Wie tagsüber zu erwarten, war keiner da. In der Küche brummte nur der Ofen vor sich hin, irgendetwas schmurgelte darin. Fleischig und ein wenig säuerlich roch es. Eigentlich nicht schlecht, ausnahmsweise. Vor dem Haus hörte sie Stimmen.

Bevor die Angst sie zur Hintertür hinaus und über den Hügel fortjagen konnte, trat Judit auf die Haustreppe hinaus. Es tröpfelte nur, aber die dunkel blau-grauen Wolken versprachen mehr. Kein Wind ging, der sie zumindest ein paar Täler weiter hätte treiben können. Die Mutter kniete vor ihrem Rosenbusch und studierte die Rückseite der Packung, die sie gekauft hatte.

„Der Regen wird gleich wieder alles abwaschen", murmelte sie. „Aber wenn ich noch länger warte ..."

Sie strich vorsichtig über die letzten, kümmerlichen Blätter, die beinahe ebenso grau aussahen, wie der Himmel. Eines löste sich und fiel auf die feuchte Erde hinunter.

„Wenns nur nicht schon zu spät ist. Was mach ich jetzt?"

Sie streifte Judit mit einem Blick und sah dann hilfesuchend zum Vater, der außen am Gartenzaun lehnte und die Augen vor den Regentropfen abschirmte, um das Dach zu inspizieren. Er hatte keinen Blick für den Rosenbusch seiner Frau.

„So lange es nicht wieder stürmt, wird die Folie wohl halten", sagte er. „Hoffen wir, dass es ruhig bleibt."

Judit räusperte sich. Sie wäre wirklich am allerliebsten verschwunden. Einfach nicht mehr da gewesen, um diese Wahnsinnsangst in ihrer Brust nicht mehr spüren zu müssen, wäre der Panik in ihrem Bauch am liebsten davon gerannt.

„Papa?"

„Was ist? Tropft`s schon wieder?"

„Nein! Nein, alles gut. Ich ... wollte nur fragen, ob du kurz Zeit hast."

Die Mutter sah Judit erschrocken an, fast kam es Judit vor, als wollte sie den Kopf schütteln, um sie davon abzuhalten, noch etwas zu sagen. Aber es war Zeit. Zeit, endlich aus der Deckung zu kommen und ein ernsthaftes, ganz vernünftiges Gespräch zu führen.

„Ich muss mit dir reden", sagte sie zum Vater.

Der nickte und kam durch die Gartentür und an den Blumen vorbei heran, sah sie aufmerksam an. Ganz so, als würde er bereit sein, sich auf ein solches Gespräch mit ihr einzulassen.

„Unter vier Augen", sagte Judit.

Er nickte wieder. Sie ging voran. Wandte ihm den Rücken zu, ging ins Haus, öffnete die Wohnzimmertüre und trat in den dunklen, niedrigen Raum. Hinter ihr duckte sich der Vater unterm Türsturz durch. Sein Gesicht lag im Schatten, doch Judit sah ihm an, dass er angespannt war. Seine Wangen wirkten hart. Darauf sprossen Bartstoppeln, die er jetzt ohne Job nur alle paar Tage abrasierte.

Ein Geruch von Schmieröl, warmen Holz und Schweiß ging von ihm aus. Judit hielt sich selbst an den Händen, wich rückwärts in den Raum. Zwischen dem gefliesten Wohnzimmertisch und den Fernseher in der dunklen Schrankwand. Der Vater blieb vor dem Fenster zum Garten stehen. Judit konnte das Gesicht des Vaters nicht lesen.

„Also, was ist jetzt?", fragte der Vater. „Ich hab nicht den ganzen Tag Zeit."

„Ja, weiß ich. Ich wollte nur kurz, wegen der Almut."

„Wegen dem Besen schon wieder?"

Nenn sie nicht so, wollte sie rufen, aber sie behielt es drin. Im selben Moment ärgerte sie sich darüber.

„Und wegen diesem Haus, das sie geerbt hat."

„Woher weißt du das schon wieder?"

„Das -", nein, nichts erklären! „Ich wollte nur fragen, ob ich den Brief vielleicht mal lesen könnte, weil -"

„Weil was?"

Er hatte seine Stimme nicht erhoben, aber die Schärfe in seinen Worten ließ Judit zusammenzucken, als hätte er ein Messer in ihren Bauch gestoßen. Sie trat einen halben Schritt zurück und sah zu Boden. Sie hatte sich so viele Gedanken gemacht und trotzdem keine Ahnung, was sie sagen sollte.

„Weil sie es ja selber nicht versteht. Also nicht ganz. Deshalb würde ich gern einen Blick drauf werfen, um sicher zu gehen, dass alles seine Richtigkeit hat und sie am Ende bekommt, was ihr rechtmäßig gehört."

Mit einem großen Schritt stand der Vater direkt vor Judit. Sein Schweiß-Schmierfett-Staubgeruch drang so kräftig in ihre Nase, dass Judit lieber nicht mehr Luft holen wollte. Er war zu nah. Sie wollte weg.

„Was ihr gehört?!", brüllte der Vater. „Was ihr gehört? Ich sag dir, was der gehört! Der gehört der Hintern versohlt für ihre Aufsässigkeit. Damit sie endlich Verstand annimmt."

„Papa, hör auf! Ich mein ja nur -"

„Ja, du meinst ja nur! Was meinst du denn Tolles? Dass du mit deinen siebzehn Jahren und den Kopf voller Träumereien irgendwas begreifst? Ja? Das träumst du doch auch nur!"

Judits Kopf schwirrte, aber sie musste sich zusammenreißen, sich nicht einschüchtern lassen. Sie machte einen halben Schritt auf den Vater zu. Bloß nicht zurückweichen. Auf keinen Fall!

„Dann erklär`s mir", sagte sie.

„Das geht dich nichts an."

„Dich doch auch nicht. Der Brief war an die Almut adressiert, das hab ich gesehen. Du hast ihn vorher aufgemacht, deine Entscheidung getroffen und jetzt zwingt du sie, dass sie dir das Haus gibt, obwohl es ihres ist!"

Er lachte. Höhnisch, viel zu laut und viel zu lang.

„Du bist so blöd, wie du aussiehst", sagte er dann. „Weißt du was? Mach deine Lehre, heirate, krieg Kinder und überlass den Rest den Leuten, die durchblicken."

„Aber -"

„Aber was? Gefällt dir nicht? Mir gefällt auch vieles nicht. Aber was soll ich machen? Von euch kriegt doch keiner was gebacken. Der Besen am allerwenigsten."

„Wie auch? Die hat doch Angst -"

„Soll sie ruhig haben."

„Gehts noch?! Das kannst du nicht machen! Du kannst dich hier nicht aufführen wie der Herrgott persönlich. So viel toller als alle anderen bist du auch nicht. Und du kannst nicht der Almut das Haus wegnehmen. Das lasse ich nicht zu!"

Der Vater schnaubte. Er roch jetzt nach heißem, frischen Schweiß, stand noch immer viel zu dicht vor Judit, dachte nach. Sie sah sein Gesicht im Gegenlicht noch immer nicht richtig. Plötzlich ließ er von ihr ab, wandte sich um und ging zur Tür. Was ist jetzt?, wollte sie rufen. Lässt du sie jetzt in Ruhe? Kann sie behalten, was ihr gehört?

„Du hast nichts verstanden, Judit, gar nichts", sagte er in der offenen Tür. „Es geht um was ganz anderes, aber in deinem jugendlichen Eifer glaubst du nur, was du glauben willst."

Er trat hinaus, wollte die Tür zumachen, schob dann aber doch noch einmal den Kopf herein.

„Lass die Nase aus anderer Leute Angelegenheiten. Du täuschst dich gewaltig, Fräulein."

„Du täuschst dich gewaltig", flüstert Judit. „Du täuschst dich gewaltig! Was soll das denn heißen?"

Er hatte sie im Wohnzimmer stehen lassen, der fragenden Stimme der Mutter draußen nur eine einsilbige Antwort hingebrummt und dann hatte Judit nichts mehr von ihm gesehen oder gehört. Ans Fenster gehen und nachsehen wollte sie nicht.

„Wie soll ich denn was wissen, wenn keiner was sagt? Immer ein großes Geheimnis um alles machen und dann noch anderen vorwerfen, dass sie keine Ahnung haben? Jetzt reichts!"

Entschlossen marschierte sie auf Puddingbeinen zum Sekretär des Vaters, drehte mit immer noch zittrigen Fingern den Schlüssel und klappte die Schreibfläche herunter. Dort drin hatte sie den dicken Umschlag beim letzten Mal gefunden und den ersten der vielen Zettel überflogen. Diesmal würde sie ihn mit nach oben nehmen und alles in Ruhe studieren. Sich abschreiben, was sie für wichtig hielt und dann das Paket wieder runter bringen. Ganz in Ruhe und ihretwegen für alle sichtbar.

Judit schob fahrig die aufgehäuften Papiere und Briefe hin und her, durchsuchte den Stapel nach dem braunen Umschlag. Aber es war keiner da. Sie musste den Stapel genauer durchsehen, Licht machen, damit sie auf den vielen Zetteln zumindest den Adressaten lesen konnte. Irgendwo hier musste der Schrieb sein. War da draußen ein Geräusch?

Sie hörte Schritte durch den Flur gehen. Die Mutter. Ihre Schritte klangen, als wäre sie zu einer Beerdigung unterwegs. Judit wühlte leise weiter. Rechnungen, der Kostenvoranschlag fürs Dach, der sich auf stolze 25.000 Mark belief, irgendwelche Gebührenabrechnungen. Aber nichts, was mit Almuts Erbe zu tun hatte.

In fliegender Hast durchsuchte sie die übrigen Schubladen und Türchen, fand ein paar vergilbte Bücher, Fotoalben und den Geruch von altem Papier und noch älterem Holz. Kein brauner Umschlag. Kein reinweißes, neues Papier. Kein Wunder, dass der Vater so siegesgewiss sein konnte - wenn er die Unterlagen verschwinden ließ.

Es half alles nichts. Sie musste nochmal mit Almut reden. Und andere Saiten aufziehen. Ganz andere. Wenn der Vater glaubte, er könnte sie einfach runterputzen und für dumm verkaufen, hatte er sich getäuscht. Sie hatte eins ihrer Anliegen nicht durchsetzen können. Sie konnte ihn schlecht zwingen, die Informationen herauszurücken, die sie brauchte, aber - in Judits Bauch verwandelte sich der kalte Bleiklumpen in eine flüssige, brodelnde Lavakugel - sie hatte ja noch ein zweites Anliegen, das überhaupt nicht zur Sprache gekommen war. Und bei diesem Anliegen würde es keine Diskussion geben. Sie würde den Vater einfach vor vollendete Tatsachen stellen. Judit schloss den Sekretär, schob den Drehstuhl wieder davor und löschte das Licht. Sie hatte beschlossen, Almut zu helfen, und genau heute war der richtige Tag, um damit ernst zu machen.

Obwohl sie das Gefühl hatte, über Nagelbretter zu laufen, obwohl ihr Vater grade im Bad bei offener Tür die Hände wusch, während die Mutter in der Küche hantierte und Judit einen ängstlichen Blick zuwarf, marschierte sie gemessenen Schrittes und mit erhobenem Kopf durch die ganze Länge des Flurs bis zu der schlichten Holztür, die aus dem Haus in den Anbau führte. Sie klopfte laut an. Drei mal. Dann sagte sie so, dass jeder es hören musste: „Almut? Ich bin`s. Darf ich kurz reinkommen zu dir?"
Kein Laut. Nicht nur keiner aus Almuts Kammer, was Judit nicht überraschte. Nein, auch im Bad hatte das Wasser aufgehört zu laufen, sie hörte kein Handtuchrascheln, nicht mal ein Luftholen von dort. Aus der Küche, wo die Mutter gerade noch mit dem dicken Handschuh und der Fleischgabel vor

dem Ofen gestanden hatte und offenbar daran gehen wollte, nach dem Braten zu sehen, drang kein Geräusch.

Perfekt. Judit drückte die Klinke, versuchte, der Tür ein Quietschen zu entlocken, konnte ihr aber keines abringen, legte ein siegessicheres Lächeln auf den Lippen zurecht und sagte der Dunkelheit: „Almut, wie gehts dir? Schön dich zu sehen."

Der Stofffetzen hing wieder vor dem kleinen Fenster, so dass Judit nicht viel sah. Sie rechnete nicht damit, von Almut etwas zu hören, aber das war im Grunde auch egal. Wichtiger war, dass ihre Eltern Zeugen eines Gespräches wurden. Sie sollten mitbekommen, dass Judit sich nichts mehr aus den althergebrachten Regeln des Zusammenlebens machte und dass Almut in ihr eine Verbündete hatte.

„Ich habe im Atlas nachgeschaut, wo das Haus liegt. Das sind von hier aus ja bestimmt achthundert Kilometer. Wie lange ist man bis dahin wohl unterwegs?", Judit trat ein paar Schritte in die Kammer hinein, während sie sprach. Dann wusste sie nicht mehr, wohin mit sich.

Von Almut sah und hörte sie nichts. Sie konnte nur hoffen, dass sie sich nicht gerade am Hasenstall beim Löwenzahnrupfen herumtrieb, denn dann würde Judits Monolog ganz schön dämlich wirken. Bei ihrem Glück sah der Vater Almut dort bestimmt. Langsam schloss Judit die Tür hinter sich.

„Mit dem Zug den ganzen Tag", flüsterte die Dunkelheit.

Judit schreckte aus ihren Gedanken. Almuts Stimme hatte anders geklungen als sonst. Ernster. Fester. Oder hatte sich Judit verhört?

„Magst du mir davon erzählen?", fragte Judit.

„Besser nicht."

Wieder klang die Antwort fest, sie kam auch nicht erst Minuten nach der Frage, sondern in einem überraschend normalen Abstand. Judit kniff kurz die Augen zusammen, um sie an die Dunkelheit zu gewöhnen, und fand schließlich Almuts Umriss auf dem Sofa. Das Strickzeug schien auf ihrem Schoß zu ruhen. Judit ging vor ihr in die Hocke.

„Warum nicht?", fragte sie.

„Das ist lange her."

Wieder eine ganz normale Antwort. In Judits Kopf rannten die Gedanken hin und her. Ihr Puls beschleunigte. Schaut her, wollte sie rufen, Papa, Mama, schaut doch: Ihr habt euch getäuscht! Der Besen spinnt gar nicht.

„Ich hab den Papa gebeten, dass er mich diesen Schrieb vom Nachlassgericht lesen lässt. Wollte er natürlich nicht. Und jetzt finde ich ihn nicht mehr", sagte Judit. „Aber ich habe das doch richtig verstanden, oder, dass du das Haus -"

„Judit?"

„Ja?"

„Ich ... also mir wäre es lieber ..."

„Was? Was wäre dir lieber?"

Judit verschluckte sich fast an ihrer Aufregung.

„Almut!"

Keine Regung.

Nur das Strickzeug zitterte in Almuts Händen. Hatte sie sich doch getäuscht, sich den lichten Moment nur eingebildet, vielleicht, weil sie sich so wünschte, eine vernünftige Antwort von Almut zu bekommen? Am liebsten hätte sie das alte Weib geschüttelt, bis mehr Wörter aus ihr herauspurzelten. Mühsam hielt sie sich im Zaum.

„Bitte, sag mir, was los ist! Ich will dir doch helfen."

Almut schniefte, sagte aber nichts, rührte sich nicht.

„Du bist doch noch da, ich weiß, dass du mich hörst. Ich kann dich sogar sehen."

„Ich weiß", flüsterte Almut.

„Hör mal, ich möchte, dass das aufhört."

Almut antwortete nicht.

„Ich schaue mir nicht länger an, wie du hier gehalten wirst. Wie ein Tier. Oder schlimmer. Sogar Tiere kriegen Tageslicht. Ich möchte, dass du mit uns am Tisch isst."

Das Häufchen auf dem Sofa zuckte.

„Platz ist genug, warum solltest du nicht mit uns essen?"

„Der Willi und -", Almuts Stimme erstarb.

„Nein, hör mir zu! Du wirst heute Abend mit uns am Tisch sitzen. Ich regle das. Das macht dir Angst, das verstehe ich schon. Aber du wirst merken, dass es geht und dass es viel schöner ist, wenn man nicht allein im Dunkeln hocken muss und gar nicht sieht, was man isst. Und eine Stromleitung sollst du auch kriegen. Fürs erste kann ich dir ein Verlängerungskabel besorgen. Wir haben bestimmt eins, das ziehen wir vom Flur durch den Türspalt. Dann kannst du ein Licht anstecken oder das Radio."

„Das, das geht nicht -"

„Nein, keine Widerrede! Hier weht jetzt ein anderer Wind. Du brauchst dich nicht mehr verstecken."

„Bitte -"

„Und dein Fenster muss auch geputzt werden, die Bettwäsche gewaschen. Weißt du, man fühlt sich gleich wie ein anderer Mensch, wenn man in einem frisch gewaschenen Bett liegt."

Judit ging zu Almuts Bett hinüber. Ja, damit fingen sie am

besten an. Am liebsten hätte sie zwar Gummihandschuhe angezogen, aber sie würde schon nicht dran sterben. Judit packte die muffige Bettdecke.

„Nein, bitte -"

„Das muss dir nicht peinlich sein. Das ist in Ordnung."

Judit suchte die Knopfleiste und begann, das Bett abzuziehen. Almut kam aus dem Sofa, huschte zu ihr hinüber, wollte ihr die Bettdecke aus der Hand nehmen.

„Ich bitte dich -", sagte sie leise.

Judit entwand ihr den Stoff mit Leichtigkeit.

„Nein, nein, lass gut sein. Jetzt wird hier mal ordentlich sauber gemacht. Wir machen wieder einen Menschen aus dir, du wirst sehen."

Ohne viel Luft zu holen und über die Umstände nachzudenken, zog Judit das Bett ab und schichtete die Bettwäsche neben der Kammertüre auf. Almut tappte jammernd hinter ihr her, schüttelte den Kopf.

„So, das erledige ich mal eben. Du kannst meine Ersatzbettwäsche so lange haben, bis deine wieder trocken ist. Du kannst doch nicht als stolze Besitzerin eines Hauses hier in einem verdreckten Loch sitzen."

„Judit, hör doch -", sagte sie Almut.

Aber Judit schob sich mit dem stinkenden Bettwäschestapel schon in den Flur hinaus.

„Dieses Haus -"

„Das gehen wir als Nächstes an, verlass dich drauf!"

Judit stand einen Moment ratlos vor der Waschmaschine, aber sie hatte keine Lust, ihre Mutter zu fragen. So schwer konnte das ja auch nicht sein. An der Bettwäsche waren keine

Schildchen mehr vorhanden, aber so wie sie aussah und roch, hatte sie ordentlich Temperatur nötig. Judit stellte den Regler auf neunzig Grad, füllte die Waschmittelkammer bis zum Rand und drückte auf Start.

„Was machst du da?", fragte die Mutter leise.

„Nichts."

„Ist das von - von -"

„Ja."

Judit schob sich an ihr vorbei, wollte schon gehen, als ihr noch etwas einfiel.

„Haben wir ein Verlängerungskabel?", fragte sie.

„Wofür brauchst du das denn?"

Judit zog zur Antwort stumm die Augenbrauen hoch. Die Mutter seufzte und schüttelte matt den Kopf.

„Na gut, ich werd schon was finden", sagte Judit.

Sie spürte, wie der besorgte Blick der Mutter ihr folgte. Erhobenen Hauptes schritt sie zur Tür und trat nach draußen. Es fühlte sich verdammt gut an, das richtige zu tun, ohne sich um das Gemecker und die Befürchtungen der anderen zu scheren. Warum war sie nicht viel früher darauf gekommen?

Judit überquerte den Teerstreifen im Regen und öffnete das Scheunentor. Vom Vater keine Spur, nur Micha schliff an seinen Messerchen herum. Irgendwo bei der Werkbank lag sicher ein Verlängerungskabel und wenn sie Glück hatte, musste sie nicht lang danach suchen, weil Micha gleich eines aus einer Kiste herausziehen würde und ihr stolz überreichen.

Obwohl ihre nackten Füße auf dem Betonboden patschten, sah Micha nicht auf. Er hatte ein Messer in den Schraubstock gespannt und schliff es konzentriert mit dem grauen Schleifstein im Lichtkegel einer alten Schreibtischlampe.

„Hi", sagte sie.

Micha sah kurz auf, dann widmete er sich wieder seinem Werkstück, ohne einen Ton von sich zu geben.

„Ich brauche eine Verlängerung, weißt du, wo eine ist?", fragte Judit.

Sie sah sich beiläufig um, zog die erstbeste Bananenkiste unter der Werkbank hervor und schaute hinein. Rostige Metall-Reste. Micha antwortete noch immer nicht.

„Micha! Kannst du mir nicht mal kurz helfen? - Bitte?"

Micha legte den Schleifstein weg, schlurfte lustlos ein paar Schritte zu Judit herüber, wies mit dem Fuß auf eine Kiste am anderen Ende der Werkbank und sagte: „Da."

Judit rollte die Augen. Sie wollte gar nicht wissen, was mit dem wieder nicht in Ordnung war. Sie zog die Kiste heraus, fand tatsächlich einiges an Kabeln, losen Steckdosen und Schaltern, wühlte eine Weile und förderte am Ende ein augenscheinlich intaktes Verlängerungskabel zu Tage.

„Hast du ne Idee, wo noch eine Lampe steht, die keiner braucht?", fragte sie und sah sich um.

Michas Lampe brannte noch. Das halb geschliffene Messer schimmerte darunter im Schraubstock, der Schleifstein lag daneben. Aber Micha war nicht mehr da.

10.

Die Waschmaschine rödelte brav, als Judit wieder am Bad vorbei kam. Von der Mutter war nichts zu sehen. Nur der Bratenduft drang warm und süßlich aus der Küche. Das musste ein Festessen werden für Almut. Wenn die wüsste!

Judit wollte es ihr schon erzählen, aber als sie mit dem Kabel zurück in Almuts Kammer kam, war sie nicht da. Auch Recht, dann gab es eben eine Überraschung. Judit steckte die Verlängerung im Flur an und zog das Kabel durch den Türspalt in die Kammer. Breit genug dafür war er allemal. Dann holte sie ihre eigene Nachttischlampe und ihre zweite Bettwäschegarnitur mit den verwaschenen Pferdeköpfen drauf, und machte sich daran, Almuts Stall in einen Wohnraum für Menschen zu verwandeln.

Sie stellte die kleine Leuchte auf den freien Platz am Tisch, stöpselte sie an und machte Licht. Richtig schön sah er aus, der warme Lichtkegel. Er machte zum Glück nicht genug Licht, um das Chaos in seiner ganzen Pracht hervortreten zu lassen. Judit bezog rasch das Bett, machte es, dann holte sie einen Eimer Wasser und das Fensterleder und putzte Almuts Guckloch. Zufrieden sah sie sich um. Ja, das sah schon viel besser aus.

Die würde stauen, die alte Frau. Das musste besser für sie sein, als Weihnachten und Ostern zusammen. Und dann erst das Abendessen mit der Familie in der Küche. Ja, das würde gut werden. Ein ganz neuer Anfang.

Es hatte sogar aufgehört zu regnen, bis die Waschmaschine endlich fertig war und Judit hängte die nasse, verschlissene Wäsche an die regenfeuchten Wäscheleinen. Insgeheim hatte sie gehofft, hier am Hasenstall auf Almut zu treffen, aber von ihr war nichts zu sehen. Judit fand dort, wo es im Schatten der Scheune auch im Sommer feucht blieb, riesige Löwenzahnblätter und pflückte eine Hand voll.

Ohne sich umzusehen, ob sie jemand dabei beobachtete, trat sie damit zum Hasenstall und sagte den träge daliegenden Hasen Hallo. Gemächlich erhoben sich die schwarz-weiß gescheckten Kameraden und kamen ans Gitter. Judit lächelte. Ein fettes Löwenzahnblatt nach dem andern schob sie mit der Bruchstelle zuvorderst durch die Gitter und beobachtete, wie die Hasen das Grünfutter nach drinnen rissen und eilends in ihren Mäulchen verschwinden ließen.

„Na, das schmeckt euch", sagte Judit lachend.

Sie war versucht, eins der haarigen Pfötchen zu streicheln, das sich ans Gitter stemmte, aber sie zuckte doch zurück, als es sich plötzlich bewegte. Besser, sie fasste nicht hinein, dann passierte auch nichts. Ja, jetzt fühlte sich Judit wieder genau wie damals. Wie eine kleine Heldin. Bis die Mutter gekommen war, um sie zusammenzustauchen. Diesmal brauchte sie nicht kommen und schimpfen. Es würde nicht funktionieren.

Judit sorgte dafür, dass sie - außer der Mutter - die erste beim Abendessen in der Küche war. Mit gründlich gewaschenen Händen, einem frischen T-Shirt am Leib und streng nach hinten gebundenen Haaren erschien sie gerade, als die Mutter die vier Teller auf dem Tisch verteilte. Die Untersetzer lagen längst auf den Löchern in der ausgewaschenen Tischdecke.

Judit nahm den fünften Teller, den die Mutter auf der Arbeitsfläche für Almut abgestellt hatte, schob ihren eigenen ein Stück zur Seite und stellte den zusätzlichen daneben.

„Was wird das denn?", fragte die Mutter.

Aber sie klang, als wüsste sie es schon. Judit zuckte mit den Schultern.

„Judit. Du weißt, dein Vater -"

„O ja, das weiß ich."

„Judit, bitte! Kannst du das nicht einfach bleiben lassen? Wir haben so schon genug zu kämpfen -"

„Wovor hast du Angst? Vor einer alten, tattrigen Frau?"

Die Mutter warf einen hilflosen Blick in den Flur hinaus. Jemand wusch sich gerade im Bad die Hände. Ein leises Gespräch drang in die Küche. Der Vater und Micha.

„Denk doch mal an deinen Vater, der hat so viele Sorgen."

Judit legte noch eine Garnitur richtiges Besteck neben Almuts Teller und ließ dann die unglücklich dreinschauende Mutter in der Küche stehen. Im Flur kam ihr der Vater, dichtauf gefolgt von Micha entgegen. Keiner von beiden sah sie an. Umso besser. Dann hatten sie offenbar kapiert, was Sache war. Nämlich, dass man sich mit Judit nicht anlegen sollte und dass in diesem Haus jeder Mensch eine Würde besaß. Ob es einem gewissen Herren passte oder nicht.

„Almut! Kommst du? Essen ist fertig!", rief Judit an der Kammertür.

Keine Reaktion. Judit öffnete und trat ins Dunkle. Sie hatte die Lampe angelassen, als sie hinausgegangen war, damit Almut sie gleich bemerkte und nicht über das Kabel fiel. Jetzt war die Lampe aus. Sie stand ganz am Rand der freien Flächen des Tisches, soweit Judit das erkennen konnte. Aus dem

Dunkeln schälte sich der Schemen eines Löffels, gehalten von einer runzligen, kleinen Hand.

„Ach Almut, wir machen das doch jetzt anders. Du wirst sehen, es wird dir gefallen. Komm, ich helf dir auf", sagte Judit.

Sie fasste nach dem Arm, der an dem suchenden Löffel in der Dunkelheit hängen musste, fand ihn - dünn und zerbrechlich - und zog Almut auf die Beine.

„Bitte -"

„Na komm schon, komm! Heute ist der erste Tag von einem ganz anderen Leben. Ich verspreche dir, das wird ein Fest! Du wirst heute sogar einmal sehen, was du isst. Es riecht wunderbar in der Küche."

Judit zog die widerstrebende Almut zur Tür.

„Nicht", hauchte Almut.

„Doch-doch, nun komm! Manchmal muss man eben mutig sein. Ich sitze neben dir. Du musst keine Angst haben."

Sie sah es nicht, aber sie spürte, wie Almut ihren Kopf schüttelte. Und obwohl es sich so verboten, fremd und überhaupt ganz verkehrt anfühlte, öffnete Judit ihre Arme und zog die alte Frau an ihre Brust.

„Ist ja gut. Wir zwei machen das schon. Du wirst sehen. Na, was ist? Kommst du mit?"

Almut schwieg. Aber sie wehrte sich auch nicht mehr. Halbwegs freiwillig kam sie mit Judit in den Flur, tappte auf die hell erleuchtete Küche zu, als träte sie gleich vor den Schöpfer persönlich. Oder vor den Henker. Judit spürte, wie sie in ihrem Arm zitterte. Aber sie selbst zitterte auch. Da mussten sie beide durch.

In der Küche herrschte angespanntes Schweigen. Als sie eintraten, stierte Micha in seinen leeren Teller. Die Mutter sah nicht auf, während sie die letzten Handgriffe am Herd zu machen schien, von denen Judit vermutete, dass sie gar nicht nötig waren. Der Vater warf Judit einen Blick zu, den sie nicht deuten konnte. Das war kein Hass, keine Wut, nicht mal Ärger. Es war etwas Gemeines, zweifellos. Nur was?

„So, schau, ich sitze da hinten. Hier neben mir ist dein Platz", sagte Judit zu Almut.

Sie schob sich zwischen Bank und Tisch, setzte sich rasch, damit auch Almut sich setzen konnte. Ganz ganz leise nahm Almut Platz. Judit schickte ein Dankesgebet in den Himmel, als sie endlich am Tisch saß. Das hatte doch wunderbar funktioniert. Warum auch nicht? Was sollte ihre liebe Familie denn dagegen machen, wenn ein weiteres Familienmitglied am Tisch Platz nahm? Na gut, sie hätten sie freundlich begrüßen können. Oder zumindest irgendwas sagen, statt sich in betretenes Schweigen zu hüllen. Aber man konnte von dem dumpfen Haufen nicht zu viel erwarten.

Judit war nicht sicher, ob sie bei all der Nervosität, die in ihrem Bauch randalierte, überhaupt etwas essen konnte, aber ob sie wegen Almuts Familientisch-Premiere nichts hinunter bekam oder wegen einem gewöhnlichen Wutausbruch des Vaters, spielte im Grunde keine Rolle.

Erwartungsvoll sah Judit zu ihrer Mutter hinüber, die den Ofen öffnete und langsam den geschlossenen Bräter heraus zog. Sie stellte ihn auf der Arbeitsfläche ab und nahm den Deckel herunter. Ein wunderbarer Duft stieg auf. Judit fragte sich, warum die Mutter immer solche Grütze kochen musste, wo sie es offenbar so viel besser hinbekommen konnte.

Micha klimperte mit seinem Besteck herum, der Vater nickte

zufrieden. Neben Judit hockte Almut so klein in sich zusammengesunken, dass sie fast nicht mehr vorhanden war. Die Mutter nahm den Bräter und stellte ihn fast in die Mitte des Tisches, dorthin, wo sie wegen der Tischdeckenlöcher die Untersetzer gelegt hatte.

„Guten Appetit!", sagte der Vater. „Lass es dir schmecken, Almut."

Es klang wie ein Peitschenhieb. Almut sah auf, sah in den Bräter.

„Willi", flüsterte sie. Rückte soweit zurück, wie sie konnte. „Der Willi, der Willi!", schrie sie immer wieder. „Der Willi!" Ein schriller Ton, wie eine schreckliche Sirene, deren Heulen Judit durch und durch ging. Almuts Stimme brach.

Ehe Judit irgendetwas begriff, rumpelte Almut hinter dem Tisch hervor, stieß Teller und Besteck zu Boden, riss die Tischdecke ein Stück mit sich und stolperte heulend in den Flur. Sie schrie markerschütternd immer wieder nach Willi. Der Vater lachte. Er lachte so gehässig, dass Judit ihm am liebsten ins Gesicht gesprungen wäre. Micha kicherte mit.

„Wenn man nichts kapiert, Judit, dann sollte man sich einfach raushalten", sagte der Vater. Er lachte immer noch.

Im Bräter lag unberührt der Braten. Ein Hasenbraten. Ein Hasenbraten namens Willi.

Plötzlich schwand jedes Gefühl. Die Beine, die Arme, alles wurde taub. Judit saß am Küchentisch, aber sie spürte sich nicht mehr. Wie durch Wattepfropfen hörte sie ein Zischen, das das Lachen des Vaters unterbrach. Ein Zischen, das womöglich aus ihrem eigenen Mund gekommen war und das wie „Arschloch" klang. Mechanisch schnellte Judit hoch, die tauben Glieder fanden aus der Küche, zur Haustür.

„Du gottverdammtes Arschloch!", schrie Judit.

Die Tür war abgeschlossen. Judits Leichenfinger suchten den Schlüssel, fanden ihn nicht gleich. Hinter ihr Rufe, ein Stuhl schrammte über den Dielenboden, schwere Schritte polterten. Judit lief. Sie lief die Stufen unters Dach hinauf, den Flur entlang, bis in ihr Zimmer. Eilends schloss Judit die Tür hinter sich. Alles um sie herum schien verzerrt, als trüge sie einen riesigen, halb durchsichtigen Plastiktrichter um den Hals, der ihre Wahrnehmung begrenzte und das Licht auf unberechenbare Weise brach.

In der Falle! Sie saß in der Falle. Der schlägt mich tot, der schlägt mich tot, hallte es in Judits Kopf. Instinktiv packte sie ihr Bettgestell, zerrte es mit aller Kraft aus der Nische und vor die Tür. Zwischen Schreibtisch und Bett war noch Platz. Schritte dröhnten im Flur. Blindlings schob Judit die Kommode in den Zwischenraum, warf noch ein paar Bücher in den verbleibenden Spalt. Die Klinke sauste nieder, das Türblatt bog sich unter der Wucht, mit der der Vater sich dagegen stemmte.

„Mach auf!", schrie er.

Judit antwortete nicht. Und sie machte nicht auf. Ihr Herz überschlug sich vor Angst. So weit wie möglich wich sie von der Tür zurück. Dorthin, wo ihr Bett gestanden hatte, drückte sie sich rückwärts in die Ecke, presste Augenlider und Lippen aufeinander, hielt die Luft an und versuchte, nicht da zu sein.

„Mach auf, du Miststück! Mach auf!", brüllte der Vater.

Er trat gegen die Tür, dass das Haus wackelte. Judit unterdrückte ein Schluchzen, schlug sich die Hände vor den Mund.

„Lass gut sein", hörte sie die Stimme der Mutter. „Bevor

noch die Tür kaputt ist."

„Dann ist sie halt kaputt!", rief der Vater und trat dagegen.

Judit zitterte.

„Du weißt doch, in der Pubertät sind die Kinder nicht zurechnungsfähig. Am Allerwenigsten die Mädchen. Komm, lass gut sein, Peter."

„Soll ich ihr jetzt durchgehen lassen, dass sie ihren Vater Arschloch nennt?! Nur weil ihr ein Busen wächst oder was?"

„Lass mich morgen mit ihr reden. Ich bin sicher, sie hat es gar nicht so gemeint. Das Essen wird doch kalt."

Die Stimmen verklangen, Schritte gingen davon.

„O doch", flüsterte Judit. „Genauso habe ich es gemeint."

Ihre Beine zitterten wie unter Starkstrom, sie hielten sie keine Sekunde länger aufrecht. Judit glitt an der Wand herab. In ihre Augen drängten Tränen. Ohnmächtige, erleichterte Tränen. Erleichtert, dass man sie am Leben gelassen, dass die Mutter sie beschützt hatte. Sie konnte von Glück reden, dass in ihrer Mutter doch ein Funken Zuneigung zu ihrer Tochter brannte, auch wenn sie sonst davon nicht viel merken ließ.

Doch im selben Moment zuckte ein anderer Gedanke durch Judits Kopf. Der Gedanke, dass sich nie etwas änderte, weil die Mutter andauernd dazwischen ging. Normalerweise erledigte die Mutter den Beschwichtigungsjob Judit gegenüber, wenn es um den Vater ging. Oder um Micha. Immer erklärte sie Judit, dass sie dies oder das verstehen müsste und die Klappe halten sollte.

Aber offenbar tat sie das Gleiche auch in die andere Richtung. Und damit sorgte sie dafür, dass alles so bleiben konnte, wie es schon immer war. Sie sorgte dafür, dass nichts jemals neu verhandelt wurde, dass die alten Verhältnisse für immer bestehen blieben, vielleicht sogar dafür, dass die Gräben immer tiefer wurden.

Judit wischte wütend die blöden Tränen weg, atmete tief durch. Sie war wütend, ja. Auf die Mutter, den Vater. Auf sich selbst. Auf die beschissene Angst, die noch immer in ihr vibrierte, ihr die Kraft nahm - und die Möglichkeit, sich dem Vater einmal zumindest richtig entgegenzustellen.

Diese blöde Angst. Ihr Feind. Vielleicht der größere Feind als der Vater selbst. Die Angst vor ihm, die ihm vorauseilte und Judit dazu brachte, brav zu gehorchen und spätestens, wenn er laut wurde, ganz kleinlaut zu werden.

Scheiß auf die Angst. Judit stand auf, stützte sich an der Wand ab, bis die schwarzen Flecken vor den Augen und das Puddinggefühl in den Beinen nachließen. Noch einmal stieß sie Luft aus.

„Gut", sagte sie dann zu sich. „Ich habe vielleicht die Hosen gestrichen voll. Aber aufgeben tue ich nicht. Und ich lasse nicht zu, dass das alles hier als hormoneller Totalausfall gewertet wird. So billig kriegt ihr mich nicht nochmal zum Schweigen."

Noch wagte sie nicht, die Möbel wieder an die vorgesehenen Stellen zu schieben. Ihr blieb nichts anderes übrig, als übers Bett zu klettern, von der anderen Seite Schreibzeug zu holen, den Block oben auf der Kommode abzulegen, und halb verdreht auf dem Bett sitzend, einen Brief aufzusetzen. Einen Brief, der es in sich hatte.

Gesprochene Worte waren ihre Stärke nicht, das musste sie zugeben. Bei jedem Streit mit dem Vater unterlag sie, weil er sie einfach platt bügelte, schneller, als sie überhaupt merkte, aus welcher Richtung der Angriff kam. Aber sie konnte schreiben. Das hatte Judit zwar noch niemandem erzählt, weil sie ohnehin nur ausgelacht worden wäre. Aber sie würden es bald merken.

II.

„Aber sie stirbt!", rief die Mutter.

Judit schreckte aus dem Bett auf, wischte den Schlaf aus den Augen, orientierte sich. Sie hörte den Vater etwas murmeln. Durchs gekippte Fenster. Ihre Eltern mussten draußen im Garten stehen, dort, wo Judit sie von ihrem Giebelfenster aus nicht sehen konnte. Trotzdem kletterte Judit aus dem Bett, das noch vor der Tür stand, und an der Kommode vorbei ans Fenster. Leise öffnete sie es ganz und steckte den Kopf hinaus.

„Aber irgendwas muss man doch machen", flehte die Mutter.

Die Antwort des Vaters verstand Judit wieder nicht. Dass die Mutter so viel lauter sprach als er, das gefiel Judit nicht. Erst jetzt kam Judit Almut in den Sinn. Und die bange Frage, ob die Mutter den Vater auch an ihrer Tür aufgehalten hatte.

„Dass du so herzlos sein kannst, Peter, dass -", die Stimme der Mutter erstarb.

Aber andererseits? Würde die Mutter sich wegen Almut solche Sorgen machen? Wieder brummte der Vater. Dann hörte Judit das Gartentürchen, die Schritte des Vaters auf dem Teersteifen und das Quietschen des Scheunentors. Nur Sekunden später stieg der Vater offenbar ins Auto, ließ es an und fuhr davon. Es musste auf jeden Fall der Vater gewesen sein, der weggefahren war, denn sobald das Motorengeräusch verklang, hörte Judit, wie ihre Mutter im Garten weinte.

Jetzt oder nie - Judit wollte wissen, wie es stand.

In Windeseile zog sie sich an, schob die Möbel so weit zur Seite, dass sie durch die Tür passte, steckte die beste Version ihres Briefes in die Hosentasche und stürmte in den Flur. Von der Decke tropfte wieder Wasser. Neben den Eimer. Judit rannte daran vorbei, die Treppe hinab und hinaus zur Mutter.

Die kniete vor dem Rosenstrauch, betrachtete die letzten drei Blätter, redete leise auf Ungarisch mit sich selbst und schaute nicht auf.

„Mama? Was ist los?", rief Judit atemlos. Zögernd stieg sie die Treppe in den Garten hinunter.

Die Mutter zuckte zusammen. Ihre Augen schimmerten feucht. Sie sah erbärmlich aus. Eine alte Frau plötzlich. Mit mehr als ein paar grauen Haaren zwischen den dunklen, mit tiefen Falten um die Augen und den Mund.

„Es geht zu Ende", sagte die Mutter. „Wahrscheinlich hat dein Vater Recht und man kann nichts mehr machen. Wäre hinausgeschmissenes Geld. Und Geld haben wir keins zum Hinausschmeißen. Aber ich hänge so an diesem Stock."

„Es geht um den verdammten Rosenstrauch?!", rief Judit. „Ernsthaft? O Mann, du hast Tränen für den verdammten, toten Rosenstock und wenns um lebende Menschen geht, zuckst du mit den Schultern und sagst: Kommt drauf an! Merkst du gar nicht, wie bekloppt das ist?"

Judit machte kehrt, stapfte ins Haus, warf die Tür hinter sich zu und machte, dass sie zu Almut kam.

„Hör zu, Almut: Das lassen wir uns nicht länger bieten. Ich hab nachgedacht und es führt kein Weg dran vorbei. Wir müssen ernst machen. Hier, ich zeig's dir."

Judit suchte im Dunkeln nach ihrer Nachttischlampe, die auf

Almuts Tischchen stehen musste. Aber sie fand sie nicht.

„Almut, wo ist die Lampe?"

Almut sagte nichts. Mit ihrer Schweigerei konnte sie auch langsam aufhören. Was dachte die gute Frau eigentlich, was Judit hier machte? Aus purer Langeweile einen Streit mit dem Vater vom Zaun brechen? Sie hatte, weiß Gott, besseres zu tun. Entnervt tastete Judit dem Kabel vom Türspalt entlang, fand endlich die Lampe auf dem Boden neben dem Sofa und schaltete sie an.

„So, hier ist er", sagte Judit. „Der Brief."

Sie faltete ihren Zettel energisch auseinander und strich die Falten glatt.

„Willst du ihn selbst lesen oder soll ich dir vorlesen?"

Keine Reaktion.

„Du darfst übrigens auch mal zumindest Piep von dir geben, wenn ich dir schon helfe. Einfach gar nichts sagen und so tun als wäre ich nicht da, das ist nicht die feine Art, okay?"

Judit holte Luft, dann sprach sie weiter: „Also, pass auf: Wir fangen an mit „Sehr geehrter Herr - das ist zwar Blödsinn, weil ein sehr geehrter Herr sich so nicht aufführen würde, aber wir wollen ja die Form wahren - und dann -"

„Judit?"

„Was?"

Judit fuhr zu dem kleinen Körper herum, der weitestgehend im Dunkeln auf dem Sofa kauerte. Nur die Beine, die in dunkelbraunen Feinstrumpfhosen und ausgetretenen Schuhen steckten, lagen im Licht der Lampe.

„Du meinst es ja gut, Judit, aber -"

„Kein Aber, Almut. Wir werden nicht kneifen. Jetzt erst recht nicht. Um das im Guten zu beenden, ist es längst zu spät. Der hatte seine Chance, der sehr geehrte Herr!"

„Aber -"

„Im Notfall muss man sich Hilfe holen und genau das machen wir jetzt. Der wird sich schön umschauen. Aber er braucht nicht sagen, wir hätten ihn nicht gewarnt. Schlau genug dürfte er ja wohl sein, zu wissen, dass es nicht rechtens ist, was er tut."

„Judit -"

„Ich hab jetzt wirklich die Nase voll. Bis oben hin! Wie lange will der das noch so durchziehen, dass er alle abkanzelt, nur damit er sich größer fühlen kann. Mir reichts, meine Geduld ist zu Ende!"

„Aber -"

„Hier, den kannst du erstmal behalten. Lies ihn dir durch. Ich radel jetzt runter zum Onkel Jürgen. Keine Ahnung, was der dazu sagt, aber das werden wir bald wissen. Bis Mittag bin ich zurück."

Sie drückte Almut den Zettel in die Hand und war schon an der Mutter vorbei und bei ihrem Rad, bevor sie Gelegenheit hatte, ihren Plan in Zweifel zu ziehen. Sich selbst keine Zeit für Angst lassen, ja, genauso musste sie es anpacken. Judit brachte das Rad auf den Asphalt und wollte losfahren.

Motorengeräusch näherte sich. Ein Auto kam die Straße hoch. Judit umklammerte den Lenker mit kribbelnden Händen. Sie wollte dem Vater lieber nicht begegnen, aber bevor sie sich verstecken konnte, schoss das Auto schon um die Kurve und brauste das letzte Stück Straße herauf. Das gelbe Auto von der Post.

„Morgen!", rief der Zusteller, drückte Judit ein kleines Bündel an Briefen und Reklame durchs offene Seitenfenster in die Hand, stieß rückwärts in den leeren Parkplatz neben dem Blumengarten und rauschte wieder davon, bevor Judit Danke sagen konnte.

„Gib her", sagte die Mutter.

Sie nahm Judit die Post aus der Hand und blätterte sie rasch durch, während sie damit Richtung Haus ging.

„Von der Sparkasse. Gott im Himmel, lass es eine Zusage sein", murmelte die Mutter.

Judit saß auf und gab dem Drahtesel die Sporen.

Völlig durchgeschwitzt und aus der Puste erreichte Judit das Haus ihres Onkels auf der anderen Seite des Dorfes. Dort, wo das Gelände wieder anstieg. Ein schickes, weiß getünchtes Haus mit einer Wendeltreppe, die sich in einem kleinen, turmartig vorstehenden Erker am Eck des Hauses nach oben wand. Ein schickes Haus, das hinter einem kiesbestreuten Vorgarten, in dem einige Buchsbäume kugelrund wuchsen, in die Höhe ragte. Onkel Jürgen hatte es sich bauen lassen.

Judit konnte sich dunkel erinnern, wie sie mit ihren roten Marienkäfergummistiefeln in der matschigen Baugrube herumgelaufen war. Sie musste noch im Kindergarten gewesen sein und ihr Vater hatte am Bau gearbeitet. Die Baustelle seines Bruders war zeitweise sein Job.

Das war zu der Zeit, als die Oma gestorben war und der Vater das Fachwerkhaus bekam. Sie konnten aus der winzigen Wohnung im Dorf ausziehen und die kleine Judit bekam ihr eigenes Zimmer, musste nicht mehr mit im Schlafzimmer der Eltern in ihrem Kinderbettchen liegen. Seit das Haus von Onkel Jürgen keine Baustelle mehr war, war Judit nicht mehr oft hier gewesen. Höchstens ein oder zwei mal. Und das lag viele Jahre zurück.

Judit fühlte sich komisch in ihren ausgeblichenen Jeans und mit dem durchgeschwitzten Shirt am Leib. Wahrscheinlich war sie dreckig und müffelte vom Radeln und all der Aufregung. Vielleicht auch, weil das alte Haus, in dem sie wohnte, seinen eigenen Geruch ausströmte. Sie fühlte sich schmutzig vor der makellosen Fassade dieses Hauses. Trotzdem musste sie handeln.

Sie lehnte ihr Drei-Gang-Rad an den schicken Metallzaun und wollte durch den Kiesgarten zur Haustür. Doch die Gartentür war zu. Abgesperrt. Judit fand außen eine Klingel und drückte darauf. Augenblicke später knisterte die Gegensprechanlage. Judit sagte ihren Namen und dass sie dringend mit Onkel Jürgen sprechen musste. Während sie das sagte und auf der anderen Seite der magischen Verbindung leise knisternde Stille herrschte, beschlich sie das Gefühl, sie wäre besser nicht hergekommen.

Doch als sich der Summer hören ließ, drückte Judit die Tür auf und folgte dem gepflasterten Weg zum Haus hin. Je näher sie kam, desto kleiner fühlte sie sich.

Tante Sonja reckte ihren frisch frisierten Kopf zur Tür heraus. Judit erkannte sie gleich, obwohl sie sie seit damals auch nicht mehr aus der Nähe gesehen hatte. Im Gegensatz zu Judits Mutter besaß sie noch immer glänzend kastanienbraunes Haar. Vielleicht färbte sie es auch.

Bevor Judit sie begrüßen konnte, war ihr Gesicht verschwunden und an ihrer Stelle öffnete Onkel Jürgen die Tür ganz, sah misstrauisch über die Straße, als suchte er eine versteckte Kamera, und reichte Judit schließlich die Hand.

Judit ergriff sie, spürte den festen Druck der trockenen,

gepflegten Hand des Onkels und den toten Fisch, der darin lag. Ihre eigene feucht-kalte Flosse.

„Komm rein, Judit. Was verschafft mir die Ehre?"

Der Flur war die Wucht. So breit, dass Judit versucht war, die Arme auszustrecken, um herauszufinden, ob sie die Wände berühren konnte, wenn sie mitten hindurch ging. Wahrscheinlich nicht, aber sie probierte es nicht aus. Judit spiegelte sich in den dunklen Marmorfliesen des Bodens und in den glänzend weißen Schranktüren, die eine Wand verdeckten.

Der Onkel führte sie dran vorbei ins Wohnzimmer. Ein lichter, riesiger Raum tat sich auf. Die Fensterfront ging ins Tal hinunter. Ein weißes, mit Leder bezogenes Eck-Sofa lud zum Sitzen ein und in einem bestimmt drei Meter langen Aquarium tummelten sich schwärmeweise bunte Fische. Judit sah sich mit offenem Mund um. Der Onkel sagte irgendetwas, aber Judit bekam es nur am Rande mit.

Sie setzte sich vorsichtig auf die äußerste Kante des weißen Sofas, um es nicht schmutzig zu machen, nahm mit spitzen Fingern ein hohes Glas Limo von Tante Sonja entgegen und musste sich zwingen, ihrem Onkel zuzuhören. Allein das Wohnzimmer von Onkel Jürgen war größer als das ganze Erdgeschoss, in dem sie mit ihrer Familie wohnte. Und ihr Onkel hatte nicht mal Kinder.

Eine grüne Welle Neid schwappte über Judit hinweg. Sie wollte den Kopf schütteln in Anbetracht der Ungerechtigkeit, mit der das Leben seine Geschenke verteilte. Doch dazu war später Zeit. Jetzt musste sie ihm die Sache mit Almut auseinandersetzen. Und das tat sie. Dabei brach ihr der Schweiß aus allen Poren. Ihr Körper glühte noch von der Anstrengung in der Hitze. Und die Aufregung machte es nicht besser.

Der Onkel hörte zu. Er saß mit einer nagelneuen dunklen Jeans und einem strahlend weißem Hemd in seinem Sessel und kratzte sich das frisch rasierte Kinn. Ein herb-frischer Geruch ging von ihm aus, als benutzte er eine Art Männer-parfüm. Seine Miene verriet nichts.

Judit versuchte, alles einigermaßen der Reihe nach zu erzählen und alles Nötige zu erklären, aber sie merkte schon beim Reden, dass das Reden mal wieder nicht ihre Stärke war und sie mit jeder Erklärung, die sie zusätzlich abgab, nur mehr durcheinanderbrachte.

Auf der Stirn des Onkels gruben sich die Falten immer tiefer ein. Judits Worte versiegten. Sie starrte in das Limoglas in ihren Händen und beschloss, es jetzt doch auf den Glastisch zu stellen, obwohl sie nicht sicher war, ob sie das durfte.

„Und was willst du ausgerechnet von mir?", ergriff Onkel Jürgen das Wort.

Judit zuckte die Schultern. Das hatte sie doch eigentlich gesagt, dachte sie.

„Aus der Sache werde ich nicht schlau, so leid es mir tut, Judit. Und ich wüsste auch nicht, wo ich da irgendetwas unternehmen sollte. Das Ganze geht mich ja nichts an."

Judit holte Luft, um etwas zu erwidern, aber Onkel Jürgen fuhr schon fort: „Das ist die Sache deines Vaters, Judit. Die Almut hat Wohnrecht bei euch, das hat er mit übernommen. Das ist seine Sache. Und dass ihm das Geld ausgeht, kommt nicht überraschend. Er hat ja nichts Vernünftiges gelernt. Der Peter wollte damals lieber gleich verdienen. Tja, so ist das halt." Er machte eine Pause. „Und weißt du Judit, selbst wenn ich ihm finanziell aushelfen wollen würde - der Peter wäre zu stolz, was von mir anzunehmen."

Judit versuchte, Onkel Jürgen zu verstehen. Aber sie verstand ihn nicht.

„Aber darum gehts doch gar nicht", sagte sie. „Es geht doch um die Almut. Sie hat Angst! Mein Vater hat schon einen von den Hasen geschlachtet, um sie einzuschüchtern -"

„Nun nimm dir das nicht so zu Herzen. Ihr Mädchen und die Tierliebe, das ist immer ein schwieriges Thema, aber die Hasen sind nun mal zum Essen da. Dein Vater schlachtet doch jedes Jahr welche, oder?"

„Ja, schon. Keine Ahnung, ob die Almut das immer so mitkriegt. Im Dunkeln sieht sie auch nicht, was sie isst. Aber kannst du die Almut nicht bei dir aufnehmen, bis die Sache mit ihrem Erbe geklärt ist? Du hast doch Platz", sagte Judit.

„Was?"

Onkel Jürgen machte Kuhaugen. Sein fleischiges Gesicht erstarrte.

„Nur, bis sie ihr Erbe angenommen und entschieden hat, was sie damit machen will. Damit mein Vater sie nicht nötigen kann, es ihm abzutreten. Ich hab zwar keine Ahnung, wie das läuft, aber so lange kann das doch nicht dauern. Das weißt du sicher besser als ich."

Onkel Jürgen schnellte hoch.

„Na, ganz bestimmt nicht!", rief er.

„Was?"

„Wir haben keinen Platz."

Er baute sich mitten im Raum auf und verschränkte die Arme vor der Brust. Sein Gesicht war hart.

„Aber -"

„Nichts aber. Du hast gehört, was ich gesagt habe."

„Aber Onkel Jürgen -"

Schnellen Schrittes kam er auf Judit zu, wollte nach ihrem Arm greifen.

„Los, besser du gehst jetzt wieder. Weiß dein Vater überhaupt, dass du hier bist?"

Judit entzog sich ihm, stand auf und wich zurück.

„Onkel Jürgen, es ist wirklich wichtig -", rief sie aus der Sofaecke. Zwischen ihnen der niedrige Glastisch.

„Los, ich bring dich zur Tür. Ich hab auch gleich noch einen Termin."

Onkel Jürgen kam schweren Schrittes von der anderen Seite herum, so dass Judits Fluchtweg in Richtung Tür ging.

Widerstrebend nahm sie diesen Weg, halb rückwärts taumelnd und auf der Suche nach dem letzten, alles entscheidenden Argument.

„Onkel Jürgen, die Almut ist doch nicht allein das Problem von meinem Vater! Die ist doch mit dir genauso verwandt, oder nicht?", rief Judit, als sie schon rückwärts in den Flur hinaus steuerte.

Onkel Jürgen blieb stehen und lachte trocken auf.

„Sie ist die Schwester vom Opa, also eure Tante, und da -"

Onkel Jürgen schüttelte den Kopf. Sein fleischiges Gesicht verfärbte sich puterrot und er hielt die Lippen fest aufeinandergepresst, während er die Backen aufblies. Unterdrückte der ein Lachen?

„Was ist los?", rief Judit. „Kann mir mal endlich jemand verraten, was hier gespielt wird?"

Onkel Jürgen hatte sich schon wieder im Griff und streifte sich mit den Fingern die letzten Spuren eines Grinsens aus dem Gesicht.

„Hör zu, Judit: Die Almut ist die Angelegenheit deines Herrn

Papa. Das ist alles."

Langsam ging Onkel Jürgen wieder vorwärts und dirigierte Judit damit Richtung Haustür.

„Aber warum? Weils im Grundbuch steht oder was?"

Judit fühlte sich erbärmlich. Warum gab ihr niemand eine brauchbare Antwort! Und der ordinär breite Hochglanzflur kam ihr auch erbärmlich vor.

„Nein, das ist ja nur ein Stück Papier, so ein Grundbuch. Manchmal stehen auch Sachen wo ... - egal, ich hab keine Zeit mehr."

Onkel Jürgen griff an ihr vorbei zur Tür, zog sie auf und schob Judit hinaus.

„Nett, dass du hier warst, Judit", rief er. „Sag schöne Grüße daheim!"

Er deutete ein Winken an, doch kaum hatte Judit ihren Hintern über die Schwelle bewegt, drückte er die schwere Tür energisch zu. Jetzt wusste Judit zumindest, dass die unsägliche Haltung ihres Vaters nicht das Resultat seiner Armut war. Das schien in der Familie zu liegen. Gott, wie doof konnten Menschen eigentlich sein. Und wie - ach, ihr fiel gar kein Wort dafür ein, so wütend war sie.

Judit verkniff es sich, dem Onkel den Stinkefinger zu zeigen, der sie sicher durchs Fenster neben der Tür noch im Auge behielt. So nötig hatte sie es dann doch nicht. Erhobenen Hauptes schritt sie zu ihrem Rad, stieg auf und machte, dass sie außer Sichtweite kam, bevor die Tränen liefen.

Bei der Hälfte des Hügels verließ Judit endgültig die Kraft. Weiter kam sie nicht hinauf. Sie sprang vom Fahrrad, verschnaufte, dann zwang sie sich, das Rad weiterzuschieben, bevor sie gar keine Lust mehr hatte. Ihr Magen knurrte und überhaupt fühlte sie sich furchtbar ausgelaugt. Gestern hatte sie kein Abendessen, heute kein Frühstück und allmählich ging ihr der Treibstoff aus. Normalerweise hätte sie den Hügel gepackt. Nicht locker und nicht schnell, aber selbst mit dem vollgestopften Schulrucksack auf dem Rücken zumindest fahrend und nicht schiebend. Diesmal schaffte sie die Steigung selbst zu Fuß nur mit Mühe.

Als sie oben um die letzte Kurve bog, schwitzend und keuchend, sah sie das Auto wieder neben dem Garten stehen. Der Vater war also zurück. Sehen konnte sie ihn nirgends. Judit beeilte sich, mit ihrem Fahrrad von der Straße zu kommen und es zurück in die Scheune zu bringen. Sie hatte keine Lust, ihm über den Weg zu laufen.

Hinten an der Werkbank schliff Micha unermüdlich an seinen Messerchen herum. Judit stellte das Rad ab, ging ein paar Schritte auf Micha zu. Er sah nicht auf.

„Hi", sagte sie.

„Hi", sagte er, ohne aufzuschauen.

„Was ist los?", fragte Judit nach einer kleinen Pause.

Micha zuckte die Schultern. Eine feuchte Spur glitzerte auf seiner Wange.

„Micha, sag schon!"

Er blickte auf, warf ihr einen schwer zu deutenden, rabenschwarzen Blick zu, dann machte er sich wieder an seine furchtbar wichtige Arbeit.

„Na was wohl?", sagte er leise. „Abgelehnt hat sie, die scheiß Sparkasse. Was sollen wir denn jetzt machen mit dem kaputten Dach?"

„Das auch noch", sagte Judit.

„Kannste laut sagen. Reicht ja nicht, dass der Besen sich quer stellt. Der Papa -"

Judit rauschte das Blut in den Ohren. Sie machte kehrt und rannte ins Haus.

Schon im Flur hörte sie die Stimme des Vaters. Aber sie kam nicht aus dem Wohnzimmer, sie kam aus dem hinteren Teil des Hauses. Mit klopfendem Herzen wagte sich Judit weiter. Die Stimme wurde lauter. Der Vater schimpfte. Noch war es kein Brüllen, doch seine Stimme klang so schneidend, so gemein, dass es nicht mehr lange dauern konnte, bis die letzten Dämme brachen.

Judits Bauch verknotete sich, sie zog den Kopf ein. Zögernd bog sie um die Ecke und näherte sich dem offenen Durchgang zur Küche. In das Schimpfen des Vaters mischte sich ein Geräusch, das kein bisschen dazu passte. Judit runzelte die Stirn. Sie brauchte einen Augenblick, es einzuordnen: Da summte jemand. Die Mutter.

Als sie näher kam, sah Judit sie in der Küche. Sie summte dort wie weltvergessen vor sich hin, während sie eine frische Tischdecke auseinanderfaltete. Die grüne Variante der Roten. Ebenso verwaschen, mit ungarischen Folkloreblümchen bestickt und voller Löcher.

Während der Vater ein paar Meter entfernt vom Schimpfen ins Brüllen überging, sah die Mutter nicht auf. Sie breitete mit einem geübten Schwung die grüne Tischdecke aus, strich sie glatt und sang ein paar Worte dazu. Judit ging weiter den Flur entlang.

„Was denkst du denn, wer du bist? Sowas lass ich mir doch von einer wie dir nicht bieten!", brüllte der Vater.

Almuts Stimme klang kläglich, Judit verstand kein Wort.

„Gib her! Gibs her, sag ich!", brüllte der Vater.

Etwas raschelte.

„Das ist doch der Judit ihre Schrift! Spinnt ihr zwei jetzt komplett? Rechtliche Schritte? Anzeige? Die hat doch gar keine Ahnung von nichts! Und du? Du hast noch weniger, du alte Fregatte!"

Judit stand vor der Kammertür. Eine Wahnsinnsangst umklammerte ihre Brust, ließ ihr kein Quäntchen Luft und ließ ihre Zähne unwillkürlich aufeinander klappern. Sie hatte Angst und hasste sich dafür, von oben bis unten. Jenseits der Tür wimmerte Almut, Judit schluchzte auf.

„Ja, das weiß ich schon, dass du das nicht geschrieben hast! Dazu wärst du auch zu doof. Ich weiß schon, wer das war. Die kriegt ihre Abreibung schon, keine Sorge." Die Stimme des Vaters war leise geworden. Gefährlich leise.

Wie eingefroren blieb Judit an der Tür stehen. Weglaufen? Dazwischengehen? Sie hatte solche Angst. Um die alte Frau dort drin - und um ihr eigenes bisschen Leben. Niemand würde helfen. Weder ihr noch Almut.

„Gib den Schrieb zurück! Los! Die Zettel vom Nachlassgericht! Wo hast du die versteckt? Los, zeig her, was hast du da hinten?! Oder hat die auch die Judit?"

„Nein, nein" - Almut. Sie weinte.

„Los, wo ist der Umschlag? Schau nicht so, du weißt, was ich meine! Wo ist er?!" Die Stimme des Vaters klang wie ein Peitschenhieb.

„Ich, ich, ich -"

„Ja, du! Wo hast du ihn hin? Oder soll ich hier alles durchsuchen? Soll ich? Ja? - Ob ich soll, hab ich gefragt!" Jetzt brüllte er wieder, seine Stimme überschlug sich. „Ich schlag hier alles kurz und klein!"

Aus der Küche drang das Summen der Mutter. Es klang nach einem fröhlichen Lied.

„Wenn ich suchen muss, dann räume ich gleich aus! Mir geht das hier schon lang auf den Geist! Die ganzen Tüten, das ganze alte Gerümpel! Das fliegt alles raus! Braucht kein Mensch! Und du schon gar nicht."

Etwas schlug auf den Boden.

„Nein!", schrie Almut panisch.

„Auf die Seite mit dir, Miststück!"

Es raschelte.

„Was soll das denn sein? Hä? Was ist das? Ein Brautkleid oder was? Zu was braucht eine wie du ein Brautkleid? Dich heiratet bestimmt keiner mehr!"

„Peter, bitte -"

„Her mit dem Umschlag! Oder soll ich weiter machen?"

Almut schluchzte auf.

„Geh weg da, das fliegt. Hau ab, lass los! Das kommt weg, hab ich gesagt!"

Direkt hinter der Tür raschelte es, Judit hörte heftig ausgestoßenen Atem, hörte Füße, die über den Boden schrammten, als rangen zwei miteinander. Sie musste etwas tun, jetzt sofort, bevor alles zu spät war! Scheiß auf die Angst, die sie lähmte, an der sie beinahe krepierte. Judit fasste mit tauben Fingern nach der Klinke. Im selben Moment klatschte es ekelhaft, ein spitzer Schrei von Almut folgte, dann ein ersticktes Weinen. Judit riss die Tür auf.

Almut stürzte ihr entgegen. Gebückt, weinend. Sie hielt sich die Hände vors Gesicht. In ihrem Ärmel versickerte Blut.

„Sag mal, spinnst du jetzt komplett?", rief Judit so laut sie konnte. „Du kannst sie nicht schlagen!"

In der Kammer herrschte Dunkelheit. Sie sah den Vater nicht, aber sie spürte die Gefahr, die von dort ausging, trat vor - bis er sie am Arm packte und in die Kammer riss.

„Au! Lass los!"

„Du kleine, brunsdumme Schlampe! Was glaubst du, was du da machst? Mutter Teresa spielen oder was? Halt dich einfach raus aus den Sachen, die du nicht verstehst!"

Seine Hand zerquetschte ihr den Oberarm. Judit versuchte, sich aus seinem Griff zu winden, er packte sie nur fester.

„Du kannst nicht einfach um dich hauen! Die Polizei -"

„Die Polizei? Ja!? Die Polizei? Bist du jetzt komplett größenwahnsinnig? Los, raus mit der Sprache! Wo warst du! Und wo ist der Umschlag hin?"

„Welcher Umschlag?"

„Welcher Umschlag?", äffte er sie nach. „Du weißt, welcher Umschlag!"

Er quetschte ihren Arm so fest, dass sie glaubte, der Knochen würde brechen. Heiß schoss der Schmerz bis in den Nacken hinauf. Ein feuchter Klumpen traf sie im Gesicht. Spucke.

„Der Umschlag, auf dem Almuts Name steht? Der geht dich gar nichts an", presste Judit hervor.

Sie probierte ein trockenes Lachen. Der Schlag traf sie aus der Dunkelheit, explodierte in ihrem Gesicht, riss sie nach hinten. Die Beine wollten wegknicken. Der Klammergriff hielt Judit aufrecht.

„Wo hast du den Umschlag hin?", zischte der Vater direkt vor ihrem Gesicht. „Los, raus mit der Sprache, bevor ich dich verdresche, bis dich auch keiner mehr heiraten will!"

„Ich hab ihn nicht", wimmerte Judit.

„Ach?"

Er packte auch den anderen Arm und schüttelte sie.

„Aua, Papa! Hör auf!"

„Niemand sagt mir, was ich zu tun und zu lassen habe! Wo ist der Umschlag?"

Er schüttelte sie so, dass sie kaum mehr atmen konnte. Hilflos schnappte sie nach Luft, wollte irgendetwas sagen, rufen, sich fallen lassen, irgendwas, um zu entkommen. Egal wohin. Er ließ nicht locker.

„Hats dir die Sprache verschlagen, ja?!", höhnte er.

Als sie der nächste Schlag traf, ging etwas zu Bruch. Ganz tief in Judits Brust zerbrach etwas, von dem sie bisher nicht gewusst hatte, dass es existierte. In ihr zerbrach das Vertrauen, dass sie trotz allem irgendwie das Kind dieser Leute war und die sie auf ihre verquere, kalte Weise gern hatten. Einfach nur, weil sie ihr Kind war. Und dieses Brechen, ganz tief in ihrer Brust, das schmerzte mehr, als die Schläge des Vaters, es nahm ihr das letzte Fünkchen Kraft zur Gegenwehr.

12.

Am Morgen hingen die Wolken schwer über den Fichtenwipfeln. Judit lag im Bett, die Augen zum Fenster gewandt, und atmete. Ein und aus. Ganz langsam und flach. Mehr nicht. Sie wollte ihren Körper nicht bewegen, nicht spüren, dass sie noch da war. Dort, wo sie nicht sein wollte. Wo niemand sie haben wollte.

Einfach nur liegen, atmen. Ein und aus. Vielleicht vergaß die Welt Judit und Judit die Welt. So lange sie nicht hin spürte, nicht zu tief Luft holte, fühlte sie die blauen Flecke kaum, merkte nicht die aufgeplatzte Lippe und wenn sie weghörte, entging ihr auch das Wummern in ihrem linken Ohr.

Unten im Haus bewegte sich etwas. Schritte tappten hierhin und dorthin, kamen die Stiege hinauf und liefen wieder hinunter. Die Dielen knarzten, der Wind strich übers kaputte Dach. Unwillkürlich hielt Judit den Atem an, wenn sich Schritte näherten. Plötzlich hörte sie die Stimme des Vaters im Flur.

„So eine Scheiße!", rief er.

Sie erstarrte, hielt sich mit den Augen an den wolkenverhangenen Baumwipfeln fest und versuchte, sich einfach weit weg zu wünschen. Ans Meer vielleicht. Doch die Idee war schlecht, eine Welle von Schmerz fiel über sie her, Tränen traten ihr in die Augen. Sie sehnte sich so nach der Freiheit. Und sie war unerreichbar. Judit kämpfte mit zusammengebissenen Zähnen dagegen an, bis der Ansturm nachließ.

Im Flur hörte Judit, wie der Vater den Eimer über den Boden

schob. Dann endlich verschwanden seine Schritte. Judit wagte, wieder zu atmen. Ganz langsam und flach, damit sie den Schmerz nicht spürte. Sie lag da, wie tot, so taub und gefühllos, jedes Lebenswillens beraubt. Nur, dass sie dummerweise noch lebte.

Irgendwann knurrte Judits Magen wie ein riesiger Kettenhund. Aber was machte das schon. Er knurrte eine Weile, während draußen die Wolkendecke noch dichter wurde, dann gab er es auf. Judit hörte die Stimmen der Eltern von draußen vor dem Haus, zwei Autotüren, die zuschlugen, bevor der Motor hochdrehte und dann, wie sein Geräusch verklang. Sie waren wohl weg. Alle beide. Eigentlich konnte sie jetzt nach unten schleichen, einen Jogurt aus dem Kühlschrank nehmen, vielleicht ein Stück Brot holen. Und etwas zu trinken. Aber sie wollte nicht. Nichts in ihr wollte noch irgendetwas. Als es leise an ihre Tür pochte, zuckte Judit zusammen. Aber sie antwortete nicht. Einfach nur atmen, ein und aus, bis alles verging. Die Zeit und die Welt und der ganze Mist.

„Judit, bist du wach?"

Micha. Judit biss sich auf die Zunge und blinzelte energisch die Tränen weg, die wieder hervordrängten. Seine Stimme klang so sanft, viel zu sanft und lieb. Lieber als alles sonst auf dieser Welt. Leise kam er herein und setzte sich vorsichtig aufs Bett. Sein Gesicht hatte sich verändert. Ausdruckslos war es, nicht unbeschwert und voller Schalk wie sonst. Nicht mehr dumm und naiv, wie es ihm mit seinen elf Jahren eigentlich zustand. Er betrachtete Judit mit einem Ernst, der ihr angst machte. Erst, als Micha sich anschickte, den Pfirsich-Maracuja-Jogurt auf den Tisch zu stellen, sah Judit, dass er ihn mitgebracht hatte. Er hatte ihr seinen Lieblingsjogurt überlassen, das rührte sie beinahe mehr, als dass er überhaupt zu ihr gekommen war.

Ganz leise legte er einen Löffel neben den Becher. Dann wusste er nicht mehr weiter. Judit auch nicht.

„Wie gehts mit dem Balkenmäher voran? Hast du schon alle Messer geschärft?", fragte Judit kaum hörbar.

Sie schämte sich ihrer dünnen Stimme. Micha sah sie nicht an. Er schüttelte den Kopf.

„Ne, fehlen noch ein paar. Aber bald bin ich fertig. Dann wird er wieder funktionieren. Falls ich alles wieder richtig zusammen bekomme", sagte er.

„Ja, ist bestimmt schwieriger, alles wieder zusammen zu setzen, als es zu zerlegen", sagte Judit.

Aufs Dach klopften die ersten Regentropfen. Micha sah zum Fenster hinaus und wickelte gedankenverloren seinen Zeigefinger in die Kordel seiner Hose ein.

„Ich hab mir überlegt, ob ich nachmittags nicht doch mal zur Skaterampe schaue. Dann solls nicht mehr regnen."

„Willst du dich mit dem Basti treffen?"

„Hm."

„Probieren kannst du es ja. Vielleicht versteht ihr euch."

Micha nickte. Dann sah er Judit an, mit seinem viel zu ernsten Blick. Er nahm ihre Hand, die neben ihm auf dem Bett lag, in seine beiden kleinen Hände, hielt sie einen Augenblick umschlossen. Er kämpfte mit sich. Dann sprang er plötzlich auf, lief hinaus, schloss die Türe hinter sich.

Seine Schritte waren kaum zu hören, als er in sein eigenes Zimmer schlich. Judit hörte sein Bett knarzen, als er sich darauf warf. Zum Weinen. Sie hörte ihn nicht schluchzen, aber sie wusste es trotzdem. Lieber hätte sie es nicht gewusst.

Einfach nur atmen. Ein und aus. Während draußen der Regen immer stärker klopfte, der Wind mehr und mehr an den Ziegeln riss. Alles, nur nicht denken. Nicht an Micha, der nicht mehr der Alte war. Nicht an Onkel Jürgen, der lieber nichts von allem wusste und dessen Zierfische in einem drei Meter langen Aquarium residierten. Länger, als Judits Zimmer von der Tür bis zur Giebelmauer maß. Nicht an die Mutter, die Judit gestern wortlos eingesammelt, ihr mit versteinerter Miene das Blut vom Gesicht gewaschen und sie unnötig grob nach oben bugsiert und ins Bett gesteckt hatte.

Nicht an den Vater, der mit Spucke, Beschimpfungen und Schlägen um sich schmiss, der sich von einem ungnädigen Despoten in ein tollwütiges Rindvieh verwandelt hatte. Nicht an Almut, von der sie seither nichts gesehen und gehört hatte. Und vor allem nicht an sich selbst.

Wie jetzt alles stand, hatte sie verloren. Auf der Gewinnerseite hatte sie nie gestanden, sie wusste gar nicht, wie das ist. Aber jetzt? Jetzt war die letzte kleine Chance verwirkt, zumindest in die Nähe dessen zu kommen, was sie sich unter Bestätigung oder vielleicht sogar Liebe vorstellte. Angenommen sein. Respektiert sein. Was normale Leute in ihrer Familie erlebten, soweit Judit das aus der Ferne beurteilen konnte.

Oder zumindest einfach: Zuhause sein.

Genau hier und genau so, wie sie nun mal auf diese Erde gepurzelt war. Zuhause sein, ja, das würde sie gerne. Aber das war ein frommer Wunsch. Unwahrscheinlich zu erfüllen bisher. Seit gestern unmöglich.

Judits Magen gurgelte wieder. Der Jogurt stand kaum eine gute Armlänge von ihr entfernt auf dem Tisch. Sie hätte sich nur aufsetzen müssen und danach greifen, den Deckel abziehen und ein wenig Energie in sich hinein löffeln brauchen. Vielleicht würde die Welt mit was im Bauch schon anders aussehen. Aber Judit rührte sich nicht. Sie überhörte das Gurgeln, bis es aufgab.

Draußen zuckten Blitze auf, dicht gefolgt von tiefem Donnergrollen. Es war nah, das Gewitter. Erschreckend nah. Judit sah, wie der Wind die Baumwipfel wild herumriss, dicke Stämme wie Gummihalme hin und her bog. Immer wieder peitschte er den strömenden Regen übers Dach und mit aller Kraft an Judits Fenster.

Es toste so laut, dass Judit keinen ihrer Gedanken mehr hören konnte. Und das war ihr nur recht. Sie hörte einen Ziegel übers Dach hinab rutschen. Seinen Aufprall im Garten übertönte ein Donner. Weitere Ziegel würden folgen. Das Dach würde bald aus mehr Löchern als gedeckten Flächen bestehen. Das geschah dem Vater recht.

Judit schloss die Augen. Atmete ein und aus, flach und langsam, damit sie nichts spüren musste. Sie hörte dem Gewitter zu, den Blick unverwandt auf das Fenster gerichtet. Bis sie doch etwas spürte. Einen scharfen, kalten Stich am Arm. Widerwillig sah sie dort hin.

Wasser. Es tropfte herein. Direkt über ihr. Über ihrem Bett.

Judit zog den Arm weg und ließ es tropfen. Irgendwann verebbte draußen der Regen, der Wind verstummte und die Vögel übernahmen die Bühne. Sie zwitscherten, als ob es kein Morgen mehr zum Zwitschern gäbe. Die Glücklichen, die nichts wussten von Richtig und Falsch, sich nicht erinnerten und keine Zukunft kannten.

Neben Judit fiel Tropfen um Tropfen auf die Matratze. Unten im Haus rührte sich jetzt wieder etwas. Offenbar waren die Eltern zurück. Geschirr schlug hin und wieder aneinander, Wasser lief. Stimmen sprachen weit entfernt im Haus, dann kamen sie näher. Vaters Schritte, die die Stufen hinauf trampelten, gefolgt von denen der Mutter.

„Da drüben brauchen wir den Eimer", sagte der Vater barsch. „Gib her."

Judit hörte, wie er den Eimer abstellte, dann, wie er den Flur mehrmals abging, offenbar das Holz der Decke befühlte.

„Wenn nur bald besseres Wetter kommt. Dieser ständige Regen!", sagte die Mutter.

„Das hilft uns auch nicht viel", brummte der Vater.

Dann entfernten sich die Schritte langsam.

„Hast du Platz in der Kühltruhe?", hörte Judit den Vater schon an der Treppe fragen.

„Ja, wieso?"

„Ich mach die anderen auch weg."

„Die Hasen?", fragte die Mutter ein wenig erschrocken.

„Hm."

„Aber -"

Das Knarzen der Stufen verschluckte den Rest.

Wenig später drang ein markerschütterndes Heulen zu Judit herauf. Es war Almut. Almut, die schrie, wie ein Tier in höchster Not, voller Angst. Es polterte immer wieder, der Vater brüllte.

Judit rollte sich in ihrem Bett so klein und eng zusammen, wie sie nur konnte. Tränen quollen ihr aus den Augen, benetzten ihr Kissen. Sie zuckte hilflos, drückte sich die Fäuste gegen die Ohren. Sie hörte es trotzdem. Almuts Schreien. Das Brüllen des Vaters. Das Gepolter, Dinge, die zerbrachen.

Judit wollte vergehen, vergehen vor Scham und Schmerz, vor Ohnmacht und Angst. Sie hatte zu viel Angst. Zu viel Angst, der alten Frau zu helfen, die allein ganz und gar verloren war. Jemand musste ihr helfen. Sie musste aufstehen, eingreifen. Oder sich auf ihr Rad schwingen und Hilfe holen. Irgendwo, an irgendeine Tür klopfen und um Hilfe flehen. Und wenn der Himmel ihr gnädig war, würde er jemanden öffnen lassen, der sie nicht davon jagte. Wie Onkel Jürgen. Aber sie traute sich nicht. Sie konnte nicht. Sie konnte nur zittern und weinen und Almuts Schreie zerrissen ihr das Herz. Bis sie endlich verstummten.

Nach einer Ewigkeit, in der Judit halb auf Lebenszeichen von unten hoffte, halb darauf, dass sie nie wieder einen Laut von dort hören musste, quietschte draußen das Scheunentor. Dann schnaufte der Vater, als er etwas großes, schweres über den Boden zerrte. Den Hackstock wahrscheinlich.

Judit erinnerte sich, wie der Vater einmal mit einem alten Schulfreund, der zufällig vorbeigekommen war, darüber debattiert hatte, wie man Hasen ordentlich schlachtete. Zuerst kam ein Schlag mit dem Knüppel auf den Kopf, soweit war man sich einig gewesen. Aber dann schieden sich die Geister. Der alte Schulfreund, dessen Namen Judit nicht mehr wusste, ein aufgedunsener Mann, dessen Bauch eindrucksvoll über den Hosenbund quoll, bestand darauf, dem Vater zu erklären, dass man dem betäubten Hasen dann rasch die Kehle aufschneiden musste, um ihm den Rest zu geben.

Der Vater hatte das ganz anders gesehen. Aber er hatte nicht argumentiert, nur mit den Schultern gezuckt und sein Gesicht für ihn sprechen lassen. Dann hatte er den nächsten Hasen aus dem Stall geholt, ihm eins übergezogen und seinen Rumpf auf den Hackstock gelegt. Der Vater hielt wie immer beim Hasenschlachten die Ohren, die Mutter die Hinterbeine und dann sauste das Beil wie nichts durch den flauschigen Hals, zerteilte den kleinen Körper und das Blut spritzte in alle Richtungen.

Kopfschüttelnd und mit ein paar Spritzern Blut auf dem Hemd stand der alte Schulfreund des Vaters daneben, bevor er dann doch beschloss, dass er zufällig schon wieder weiter müsse und sich verabschiedete.

„Alles müssen die besser wissen", brummte der Vater, sobald der Schulfreund halbwegs außer Hörweite war.

Die Mutter schwieg, aber auch ihr Gesicht sagte viel, als sie an ihrer besudelten Hose hinunter sah. Judit hatte immer aus der Ferne zugesehen. Dass die Hasen sterben mussten, nahm sie hin. Aber den Geruch des frischen Fleisches, den ertrug sie schon als kleines Mädchen nicht. Wie es Almut damit ging, dass der Vater jedes Jahr ihre Freunde schlachtete, darüber hatte sie tatsächlich noch nie nachgedacht.

Später beim Abendessen hatte der Vater sich über den Mann ausgelassen, der noch nie im Leben auch nur eine Heuschrecke zur Strecke gebracht hatte, aber alles besser wissen musste. Die Mutter hatte vorsichtig eingeworfen, dass der Mann es auch nicht leicht hatte im Leben.

„Ist er nicht damals sogar zu dem Unfall gerufen worden?", fragte die Mutter.

„Hm", brummte der Vater. „Drüben auf der Autobahn, da hat seine Frau das Auto gegen einen Brückenpfeiler gesetzt. War sofort tot."

„Und die zwei Kinder auch", fügte die Mutter an. „Das muss schlimm gewesen sein. Ganz drüber weg ist er nie gekommen, glaube ich. Hat auch nicht mehr geheiratet."

„Das ist halt das Leben, Irene. Dass ausgerechnet der zur Polizei geht, hätte damals in der Schule auch keiner für möglich gehalten. Der war immer schon ein Waschlappen."

Darauf hatte die Mutter nichts mehr gesagt.

Draußen krachte das Beil in den Hackstock. Jetzt würde die Mutter den zuckenden Hasenkörper weit von sich weghalten, während der Vater die Hinterläufe anschnitt, um zwischen den Knochen die Schnur hindurchzuziehen. Dann würde das blutende Etwas, das gerade eben noch ein nasewackelnder Hase gewesen war, am Scheunentor einen Platz an einem rostigen Nagel finden und dort hängen, bis es nur noch ein Etwas war. Ohne Blut. Wieder krachte das Beil ins Holz.

Dann hörte Judit nur noch gedämpfte Stimmen, Schritte. Es dauerte eine Weile, bis der nächste Schlag zu hören war. Nein, der Vater hackte kein Holz. Dafür waren die Abstände zu lang und es polterten keine Scheite zu Boden. Er zerhackte Almuts Hasen. Judit machte sich klein und zog sich die Decke über den Kopf.

Irgendwann musste Judit eingeschlafen sein, denn sie wachte benommen auf ihrem nassgeweinten Kissen auf, als sie Michas Stimme hörte. Er flüsterte mit ihr. Durch die offene Tür fiel ein Streifen Licht aus dem Flur herein. Sie sah Micha kaum, er schien neben dem Bett auf dem Boden zu kauern.

Draußen war es schon beinahe dunkel. Judit wischte sich über die verklebten Augen und warf einen Blick auf ihren Wecker. Fast neun. Niemand hatte sie zum Abendessen geholt.

„Der Papa hat die Hasen geschlachtet", flüsterte Micha.

„Ich weiß."

„Nur die eine schwarze Häsin hat er übrig gelassen. Und niemand hat dem Besen was zu Essen gebracht. Ich hab mich auch nicht getraut."

Judit seufzte. Jetzt steckte Micha in der Klemme, in der sie selbst gestern noch gesteckt hatte. In der Klemme zwischen der Möglichkeit, das Richtige zu tun und der, sich mit den Eltern halbwegs gut zu stellen.

„Das ist alles so scheiße", flüsterte Micha bitter.

„Warst du nachmittags an der Skaterampe?"

„Hm."

„Und? Wie war`s? War der Basti da?"

„Hm."

Micha wandte abrupt den Kopf ab und Judit konnte in dem wenigen Licht aus dem Flur nicht viel erkennen, aber etwas hatte sie in seinem Gesicht doch blitzen sehen. Sie rutschte zur Bettkante hinüber, die vom hereintropfenden Regen feucht geworden war, und griff nach Michas Kinn, um die andere Seite seines Gesichtes zu anzuschauen.

Er entzog sich ihr.

„Micha! Was hast du da?"

„Nichts."

„Los, zeig schon!"

Sie setzte sich auf, hielt ihn fest, als er aufstehen und türmen wollte. Jetzt streifte das Licht aus dem Flur sein Gesicht.

„Gott! Was ist passiert?", fragte Judit.

Ihr versagte beinahe die Stimme.

„Beim Skaten hingefallen."

Judit fasste vorsichtig unter sein Kinn, bewegte seinen Kopf hierhin und dorthin.

„Beim Skaten?", fragte sie.

„Hm."

„Hingefallen!?"

„Hm."

„Das ist doch nicht beim Skaten passiert! Du hast einen verdammten Schnitt in der Backe."

Micha sah zu Boden, brachte sein Gesicht zurück ins Dunkle. Judit stand auf und schloss die Tür. Sie machte kein Licht im Zimmer. Sie hatten beide längst genug gesehen. Micha saß auf den Boden und lehnte sich an Judits Bettgestell. Sie setzte sich mit etwas Abstand zu ihm. Ihr Arm pochte hohl, sie sog scharf Luft ein, als sie ihren malträtierten Rücken an das Bett lehnte. Ihr ganzer Körper fühlte sich wie ein Haufen Hackfleisch, den man vor dem Wolfen umzubringen vergessen hatte. Und neben ihr hockte Micha mit einem Schnitt im Gesicht, mindestens fünf Zentimeter lang und sicher tief, so aufgewölbt wie die Ränder waren.

„Das muss man bestimmt nähen", sagte Judit leise.

Sie saßen nebeneinander, zwischen sich genug Platz, um einander nicht zu berühren. Sie hätte ihn gern in den Arm genommen.

„Quatsch."

„Das gibt sonst ne Narbe."

„Das gibt so oder so ne Narbe", hielt er dagegen.

„Vielleicht keine so Schlimme, wenn man den Schaden

begrenzt. Nur ein paar Stiche und dann -"

„Hm."

Micha schwieg. Judit schwieg auch. Auf der fleischigen, weichen Wange, die gestern noch die eines Kindes gewesen war, hatte der Zusammenstoß mit der Welt eine untilgbare Spur hinterlassen. Sie wollte lieber nicht daran denken, dass sie ihn darin bestärkt hatte, zur Skaterampe zu gehen. Es war ja seine eigene Idee gewesen, aber sie hätte ihm abraten sollen. Im Grunde hatte sie gewusst, dass es eine blöde Idee war, den coolen Jungs hinterherzuhecheln. Zumindest im Nachhinein.

„Was willst du denn jetzt machen?", fragte Micha plötzlich in die Dunkelheit.

„Hm", machte Judit. „Was kann ich denn machen, Micha? Ehrlich gesagt, ich weiß es nicht."

Er zuckte die Schultern.

„Schadensbegrenzung vielleicht", sagte er leise.

Judit lachte trocken, ihre aufgesprungene Lippe brannte.

„Klugscheißer", sagte sie.

„Selber."

Als Micha weg war, fühlte sich die Dunkelheit plötzlich viel dunkler, die Stille viel stiller an als zuvor. Es war keine gleichgültige, vielleicht sogar gütige Nacht mehr, die ihren Mantel über Judit legte und sie sein ließ, wie sie war. Es war eine gefräßige, maßlose Nacht, die jedes bisschen Licht, jeden Laut an sich riss und nur drohende Schwärze bestehen ließ, die Judit mit Haut und Haar verschlang.

Schadensbegrenzung.

Eine unbändige Wut packte Judit. Wut auf sich selbst. Sie rappelte sich auf, griff in ihren Schulrucksack und zerrte die zerkrumpelten, mit dämlichen Kleinmädchengedanken besudelten Seiten heraus und marschierte zur Tür. Schadensbegrenzung, ja? Gut, konnte er haben. Konnten alle haben. Weg mit allem, was nicht passt.

Sie taumelte den Flur entlang, stieß gegen einen der Eimer, die dort aufgereiht standen, und hangelte sich die Treppe hinab. Ohne Licht zu machen, tappte sie in die Küche, ertastete den richtigen Schubladengriff und in der Schublade das richtige Werkzeug und lief geradewegs zur Hintertür.

Im Schlafanzug und ohne Schuhe, wie sie war, griff sie nach dem Schlüssel, sperrte auf und huschte hinaus, ehe sie noch zum Nachdenken kam. Überhaupt war ihre ganze Nachdenkerei an allem Schuld. Sie sollte es bleiben lassen.

Blindlings stakste sie in die windige, feuchte Nacht hinaus, ihre Blätter an die Brust gedrückt, das Feuerzeug in der Faust. Sie würde ein Stück gehen müssen, damit man sie nicht vom Haus aus sah.

Der Wind riss an ihrem kurzen Schlafanzug und warf ihre Haare herum. Das Gras klatschte kalt an ihre Beine und der Weg den Hügel hinauf kam ihr vor wie eine endlose Wanderung durch Niemandsland. Als sie endlich oben ankam, war ihr schwindelig vor Schwäche und sie fror, wie sie noch nie gefroren hatte. Aber was machte das schon. Sie setzte sich auf ihren Baumstumpf, nahm das erstbeste Blatt ihrer Sammlung zur Hand, beschwerte den Rest mit einem nackten Eisfuß und zückte das Feuerzeug.

Die Flamme züngelte unstet im Wind, doch dann fand sie die Kante des linierten Blattes, verbiss sich erst zögernd, dann immer gieriger hinein, verschlang alles Papier, alle Kugelschreiberkringel, bis Judit die Ecke loslassen musste. Mit einem letzten Aufflackern segelte der Schnipsel ein Stück die Wiese hinab. Blatt um Blatt verfütterte Judit ihre Fragen, ihre Gedanken an die orangene Feuerzunge, die mit jeder Minute heftiger in ihrer Hand zitterte. Es war schweinekalt in dieser Nacht. Innen wie außen. Sobald der allerletzte Papierfetzen verbrannt war, stand Judit auf und lief hinunter. Zurück zur Hintertür, zurück in ihr Zimmer.

Wärme umfing sie. Im Vergleich zu draußen zumindest. Doch nicht genug, um Judits Schlottern zu mildern. Sie fror wie ein nackter Schneider im Schneesturm, aber was machte das schon. Bekam sie eben eine eitrige Lungenentzündung, verreckte mit zarten siebzehn und die Sache hatte sich. Schadensbegrenzung.

Zitternd ließ sie sich auf den Boden gleiten und lehnte sich ans Bett. Der Kopf sank auf ihre angezogenen Knie herab. Sie wollte nicht mehr. Eine Weile saß sie einfach nur und versuchte, eine Lungenentzündung zu bekommen. Und auf keinen Fall irgendwas zu denken. Letzteres funktionierte ziemlich gut, weil sie unendlich müde war. Viel zu müde für irgendeinen Gedanken. Aber die Lungenentzündung ließ sie im Stich.

Sie saß lange wie betäubt auf dem Boden. Hinter ihr tropfte es gelegentlich aufs Bett. Judit hörte die Tropfen. Und irgendwann dachte sie, wenn es mit dem Regenwetter so weiter ging, würde die Matratze bis zum Herbst nicht mehr trocken werden. Die Feuchtigkeit würde immer weiter in den Schaumstoff ziehen, sich verteilen und alles würde zu stinken und zu modern anfangen.

Und falls Judit selbst nicht zufällig auch vermoderte - würde sie so enden wie Almut. Geduldet, weil es eben nicht anders ging. Zumindest, bis sie ihre Lehre abgeschlossen hatte und man sie hinauswerfen konnte. Oder man behielt sie, um ihr Geld zu kassieren. Man würde sie nicht mehr an den Tisch rufen, sich nicht mehr um sie scheren. Sie nicht grüßen, nicht fragen, wie es ihr ging. Im eigenen Zuhause würde sie eine Fremde sein. Nein, schlimmer als das. Ein Feind. Einer, mit dem man reinen Gewissens treiben konnte, was einem einfiel, weil es nur gerecht war, den Feind so zu behandeln, wie er es verdiente.

Er hatte Almut geschlagen. Er hatte seine Tochter verprügelt. Er würde es wieder tun. Und irgendwann würde er sie umbringen in seinem Wahn und sich hinterher nicht einmal einer Schuld bewusst sein. Schuld waren die anderen. Die, die zu widersprechen wagten.

Judit blieb für die Zukunft nur eins: Den Blick gesenkt zu halten und zu allem ja zu sagen, ganz gleich, was der Vater verlangte. Und wenn sie Pech hatte, würde sie auch einfach nur seine schlechte Laune ausbaden, ohne irgendetwas verbrochen zu haben. Es war egal, ob sie spitzfindige Fragen stellte oder ob sie kluge Gedanken dachte. Er würde sie behandeln, wie er lustig war, auch wenn sie sich ängstlich duckte.

Judit hatte gar nichts für sich gewollt und auch nichts für Almut beansprucht, was ihr nicht zustand. Den Ausbildungsvertrag, der sie in eine Lehre zwang, die sie nie und nimmer hatte machen wollen, der ihr den letzten Ausweg aus dem kümmerlichen Dorf in den Hügeln abschnitt, den hatte sie brav unterschrieben. Dass der Vater seine eigene Kontonummer für die Vergütung angegeben hatte, sie hatte es geschluckt. Wie hätte sie ihn auch hindern können?

Da besaß die alte, verlassene Frau ein Haus. Ein richtiges Haus, eine nostalgische Holzvilla an der Nordsee und sollte hier den Rest ihres Lebens in der letzten zugigen Kammer ohne Strom hausen, mit Leuten, die ihr selbst das kümmerliche Abendessen nicht vergönnten, das sie allein im Dunkeln mit ihrem krummen Löffel aß.

Ihr war kotzübel. Sie fühlte sich so elend und schwach, dass die Fantasie ihr Streiche spielte. Waren da Augen im Dunkeln? Griff da etwas nach ihr? Wie gelähmt saß sie auf dem Boden, während die Angst von allen Seiten näher kam. Panisch sprang Judit auf und machte Licht. Sie kniff die Augen nur kurz zu, gewöhnte sie notdürftig an die Helligkeit, dann suchte sie mit zitternden Fingern nach dem Bild, damit sie sich an etwas festhalten konnte.

Die Kommode stand noch immer ein wenig schräg und nicht ganz an der Wand, an die sie gehörte, aber das juckte Judit nicht. Sie wühlte die Socken heraus und fand darunter die vergilbte Fotografie mit dem dunkel-weißen Rahmen.

Almuts Haus, ganz weit weg von hier. Weit weg von allem. Weit weg von Leuten, die glaubten, sie hätten Recht, nur weil sie laut und brutal sein konnten. Ein Haus in den Dünen, von diesem wunderbaren langen Küstengras umgeben. Dahinter das Meer, über dem die Möwen kreischten, sich weit in den Himmel schwangen und sich vom Wind in die Ferne tragen ließen.

Im Haus waren die letzten Menschengeräusche fast verstummt. Nur aus dem Schlafzimmer der Eltern hörte Judit entfernt etwas quietschen und keuchen. Aber vielleicht täuschte sie sich auch.

Sich tot stellen oder - Judits Bauch zog sich schmerzhaft zusammen, als sie nach dem Schulatlas griff. Trotzdem schlug sie ihn auf den Dielen vor sich auf. Sie hatte schnell die richtige Seite gefunden, den kleinen Ort an der Küste ausfindig gemacht. Tja, und jetzt?

Weit, weit weg lag dieses Örtchen. Nicht einmal eine Eisenbahnlinie führte dorthin. Ebenso wenig wie aus dem Nest heraus, in dem sie jetzt lebte.

In Judits Bauch kribbelte eine Idee ganz heimlich. Eine gefährliche Idee. So gefährlich, dass Judit plötzlich Flecke vor den Augen tanzten und ihre Hände wieder zu zittern begannen. Eine absolut verwegene Idee. Nein, unmöglich! Judit schüttelte den Kopf. Doch die Idee blieb hängen. Das Kribbeln erfasste Judits ganzen Körper, lief bis zu den Händen und den Fußsohlen, drängte in den Mund. Sie wollte es hinausrufen, doch Judit hielt den Mund entschlossen zu.

Das war unmöglich, was sie da dachte. Ein Luftschloss. Ja, genau, ein Luftschloss. Ein ganz gefährliches, trügerisches Luftschloss. Sie musste sich diesen Gedanken aus dem Kopf schlagen, bevor -

Schon holte Judit Zettel und Stift und begann die Bahnlinien im Atlas mit dem kribbelnden Zeigefinger abzufahren. Von einer größeren Stadt zur nächsten, immer weiter von Zuhause weg, vom Süden in die Mitte, von der Mitte in den Norden des Landes. Judit schnappte vor Aufregung nach Luft.

Sie schluckte ihre überschäumende Nervosität hinunter zu der namenlosen Angst, die sich in ihrem Bauch immer fester zusammenballte. Dachte sie das gerade wirklich? War das wirklich ihre Idee? War das die Einzige, die es gab?

Sie wusste es nicht. Nach und nach notierte Judit alle größeren und kleineren Orte, die zwischen hier und dort entlang der schwarz-weiß gestreiften Bahnlinie lagen.

Um kurz vor zwölf legte sie ihre Notizen weg und stand mühsam auf. Ihr ganzer Körper war eingeschlafen und matt vom Liegen und auf dem Boden sitzen, von den Schlägen des Vaters und der Anspannung, die Judit fest umklammert hielt. Trotzdem musste sie hinunterschleichen und etwas Essbares besorgen. Vermodern konnte sie noch, wenn sie tot war. So lange ihr Herz schlug, würde sie immer noch ein Luftschloss bauen.

13.

Noch in der Nacht kramte Judit Proviant zusammen. Sie fand eine Taschenlampe und die alte Reisetasche des Vaters im Keller. Sie ging leise zu Werke, versuchte, kein Geräusch zu erzeugen, das nicht wie das nächtliche Knarzen des Hauses klang. Draußen ging wieder Wind, das half ihr, die nötigen Sachen unbemerkt zu holen. Nur das Gerichtsschreiben fehlte. Judit wusste nicht, wie dringend sie es brauchen würden. Es schadete sicher nicht, die Unterlagen mitzunehmen, doch sie fand den Umschlag nirgends.

Als sie zurück in ihr Zimmer kam, brach ihr der Schweiß aus allen Poren. Unter dem Dach war es warm, wenn auch lange nicht so heiß wie sonst oft im Sommer. Die letzten Tage waren zu wechselhaft gewesen. In Judits Bauch mischte sich blanke Panik mit einer Freude, die sie beinahe platzen ließ. So schnell ging es also - von dem Moment, in dem es keinen Ausweg mehr zu geben scheint, bis zu dem, wo die ganze Welt offensteht.

Morgen würde sie die Route nochmal überdenken müssen, überlegen, was sie noch einpacken könnte. Alles würde sich finden. Jetzt musste sie erst einmal schlafen, der Wecker zeigte schon nach drei Uhr morgens. Judit legte sich auf die halbwegs trockene Seite des Bettes und hörte ihm beim Ticken zu. Sie musste dringend einschlafen, brauchte morgen all ihre Kraft. Doch sie hörte den Wecker ticken, bis es draußen zu dämmern begann.

Geld, sie brauchte Geld. Der Gedanke hämmerte schon eine Weile in Judits Kopf, bevor sie die Augen aufschlug. Mühsam richtete sie sich im Bett auf, rieb sich über den Arm und zuckte zurück. Der Bluterguss war noch immer angeschwollen und er tat höllisch weh, sobald sie ihn berührte oder den Arm bewegte. An den Rest ihres Körpers dachte sie lieber erst gar nicht.

Sie hätte es ihm gerne heimgezahlt. Alles. Nicht nur ihre Blessuren, die in ein paar Wochen schon nicht mehr zu sehen wären. Nein, einfach alles. Jede Gemeinheit, jede Geringschätzung, jedes einzelne seiner miesen Worte, die sich ihr eingebrannt hatten.

Die Wut auf den Vater trieb Judit aus dem Bett, verlieh ihr trotz aller Erschöpfung den Antrieb, aufzustehen und ihren Plan voranzubringen. Sie brauchte tatsächlich Geld. Judit suchte ihren Geldbeutel aus der Kommode heraus und schaute hinein. Er bot wenig Überraschung, egal, wie gründlich sie ihn durchsuchte. In keinem der versteckten Fächer fand sich ein zufällig vergessener großer Schein. Nur das Geld, von dem sie wusste, kam zum Vorschein. Vierundzwanzig Mark und siebenundachtzig Pfennig.

„Und jetzt?", murmelte sie.

Das leere Zimmer antwortete nicht. Nicht mal die Vögel draußen pfiffen. Natürlich hatte sie keine Ahnung, was ein Zugticket an die Nordsee kosten würde. Woher auch. Überhaupt hatte sie vom Bahnfahren keine Ahnung, sie waren nur einmal mit einer Museumsbahn gefahren, das musste inzwischen sieben oder acht Jahre her sein, denn Micha war noch ein richtiger Zwerg gewesen. Auf halber, kurviger Berg-Strecke hatte sich Michas Gesichtchen plötzlich entfärbt und ein paar Kurven weiter hatte der kleine Kerl den halben Museumswagon schwungvoll vollgekotzt.

Judit erinnerte sich noch an den beißenden, sauren Gestank, und die Fassungslosigkeit der anderen Fahrgäste, die erschrocken und mit Sprenkeln auf der Kleidung aufgesprungen waren. Seither jedenfalls hatte keiner von ihnen mehr einen Bahnhof betreten. Geschweige denn einen Zug. Trotzdem beschlich Judit das dumpfe Gefühl, mit ihren fast fünfundzwanzig Mark kämen sie nicht ganz bis ans Meer. Schon gar nicht zu zweit.

Das Geld vor sich auf dem Schreibtisch liegend, klappte sie noch einmal den Atlas auf, fuhr die schwarz-weiß-gebänderte Linie ab und versuchte sich in einer ungefähren Preisschätzung, aber sie hatte keinerlei Anhaltspunkt. Plötzlich schwang hinter ihr die Tür auf. Hastig schlug Judit den Atlas zu, wandte sich um. Micha.

In einer Hand balancierte er eine Kabatasse, in der anderen hatte er eine Milchschnitte, die er Judit entgegenhielt.

„O Mann, kannst du nicht klopfen?", rief Judit.

Micha zuckte die Schultern. Der Kaba schwappte über.

„Wie denn?", fragte er zurück.

Judit seufzte.

„Komm rein."

Er kam rein, stellte seine Fracht auf den Schreibtisch, musterte Judits offen liegenden Reichtum und den eilig zugeschlagenen Atlas, den sehr unauffällig Judits Hände halb bedeckten, und zog die Augenbauen in die Höhe.

„Was machst du?", fragte er.

„Nichts."

Judit sah Micha ins Gesicht. Sie musterte es vielleicht ein

wenig zu lange und ein wenig zu genau, denn er verzog unschlüssig die Mundwinkel und seine Augen suchten nach einem Punkt zum Festhalten, der jenseits von Judit lag. Auf seiner Wange prangte ein riesiges Pflaster, dass steife Falten warf. Judit senkte den Blick.

„Danke, dass du mich durchfütterst", sagte sie leise.

„Ich kann dich ja nicht verhungern lassen. Der Almut hab ich auch was hingestellt. Immer, wenn keiner da ist, weil -"

Er räusperte sich.

„Das ist lieb von dir, Micha. Du bist echt der Einzige, auf den man zählen kann."

Er trat von einem Bein auf das andere und Judit begriff, dass er gar nicht wegen ihr so seltsam war, sondern, dass er mit mindestens einem Ohr nach draußen lauschte, um rechtzeitig ihr Zimmer zu verlassen, bevor man ihn bei ihr sah.

„Willst du abhauen?", fragte er plötzlich.

„Was?"

„Willst du?"

„Wie kommst du denn auf so eine blöde Idee! Wo sollte ich denn überhaupt hin? Geld hab ich keins, siehst du ja."

„Stimmt, damit kommst du nicht weit."

„Klugscheißer!"

Er musterte sie, Judit hielt seinem Blick stand.

„Aber wenn du Geld hättest?", fragte er leise.

Judit zuckte die Schultern. Länger ansehen konnte sie ihn nicht, wie er da stand mit seinem riesigen Pflaster über der widerwärtig großen Wunde auf seiner Kinderbacke und den treusten, wärmsten Augen, die sie kannte. Sie schluckte und sah auf ihre Hände, die noch immer den Atlas bedeckten.

„Ich weiß nicht", flüsterte sie.

Einfach gehen, ihn einfach hier allein lassen. Vielleicht für immer. Den kleinen, nervigen Wicht mit dem großen Herzen. Ihren einzigen Freund.

„Ich weiß nicht, wie ich bleiben könnte", sagte sie.

„Aber was hast du denn vor?", stieß Micha hervor.

„Ich weiß nicht. Ich weiß überhaupt nichts, okay? Ich weiß nur, dass das hier kein Zustand ist. Und ich kanns auch nicht ändern. Oder hast du ne Idee, wie sich das alles in Wohlgefallen auflösen sollte?"

„Vielleicht, wenn du dich entschuldigst -"

„Mich entschuldigen? Dafür, dass ich mich habe schlagen lassen? Hier, schau dir das an! Der Arm sieht aus wie durch den Fleischwolf gedreht! Soll ich dafür Entschuldigung sagen? Oder für die aufgeplatzte Lippe hier? Oder dafür, dass unser Herr Erzeuger einer gebrechlichen alten Frau die Nase blutig schlägt?"

Judit war aufgesprungen, Micha wich zurück.

„Das ist doch nicht richtig!", rief Judit.

„Aber du kannst doch nicht jahrelang hier oben hocken und warten, bis ich dir was zu Essen bringe."

„Siehst du!?"

Micha schwieg.

Er setzte sich aufs Bett, bemerkte die nasse Bettkante, rückte dorthin, wo er im Trockenen sitzen konnte und verkniff sich den bissigen Kommentar dazu, der ihm auf der Zunge lag.

„Die Almut lebt schon ewig so: in ihrer Kammer, unsichtbar für alle. Wartet, bis man ihr was zum Essen bringt und schleicht wie ein Schatten ins Bad, damit es keinen stört, dass sie ihre Notdurft verrichtet. Das ist doch kein Leben."

„Na ja, sie muss ja auch nichts tun. Nicht arbeiten oder so, und kann trotzdem leben. Die hat immer frei."

„Glaubst du das echt?"

Micha zuckte die Schultern.

„Die Almut und ich, wir sitzen im selben Boot, Micha. Und dieses Boot hat im falschen Hafen angelegt. Wenn du verstehst, was ich meine."

„Du willst die doch nicht mitnehmen?", fragte Micha.

Judit rang mit sich, doch dann setzte sie ihm ihren vagen Plan auseinander, während sie ihren Kaba rührte. Micha hörte ihr aufmerksam zu, runzelte schließlich die Stirn und sagte: „Das wird sowas von schief gehen."

Judit trank einen Schluck und blieb ihm die Antwort schuldig. Er kaute eine Weile auf seiner Unterlippe herum, dann meinte er: „Ihr kommt ja nicht mal weg hier. Ihr müsst erst ins Dorf, und dort kennt dich jeder. Das dauert keine fünf Minuten, bis jemand hier anruft und euch verpetzt, oder?"

„Ganz genau, Micha. Du bist ja doch nicht auf den Kopf gefallen", sagte Judit. Sie war versucht, ihm übers Haar zu streichen, aber sie ließ es lieber.

„Pass auf, Micha, ich habe eine viel bessere Idee", fuhr Judit fort. „Aber du musst dichthalten, ja?"

Micha runzelte die Stirn, nickte dann aber.

Judit beugte sich näher zu ihm hinüber und senkte die Stimme: „Wir fahren direkt mit dem Zug von Michelried aus."

Micha schüttelte den Kopf und zog ein schiefes Grinsen.

„Sehr witzig. Und zum Bahnhof fliegt ihr?", fragte er.

„Blödsinn. Wir gehen zu Fuß. So weit ist das gar nicht. Ich habs neulich ausprobiert."

„Und dann fahrt ihr schwarz?"

Judit seufzte.

„Keine Ahnung", flüsterte sie.

„Ne, du bist ja auch ein Mädchen."

„Micha!"

Grinsend lehnte sich Micha zurück.

„Die Almut hat doch genug Geld", sagte er.

„Na ja -"

„Zumindest bis gestern", unterbrach Micha sie.

Erschrocken richtete sich Judit auf.

„Wieso? Was ist passiert?", rief sie.

Am liebsten hätte sie ihn geschüttelt, um endlich mehr zu erfahren, und Micha kostete seine Überlegenheit schamlos aus. Er inspizierte seinen rechten Daumennagel, pulte den Dreck darunter hervor und pustete seinen Fund in Judits Bett.

„Micha, jetzt sag schon!"

„Der Papa hat gestern ihr Zimmer durchsucht. Wegen diesem Schrieb. Du weißt schon", setzte er an.

„Ja, weiß ich. Und weiter?"

„Er hat ihn nicht gefunden, obwohl er das ganze Zimmer auf den Kopf gestellt hat. Mit dem Baustrahler war er drin. Und der Besen hats ihm echt nicht leicht gemacht -" Er lachte auf.

„Micha, bitte!"

„Jedenfalls hat er unterm Sofa ein Kästchen gefunden. So eine Blechkiste für Plätzchen oder so."

Er machte wieder eine Pause, Judit seufzte stumm.

„Das hat er gleich aufgemacht. Und jetzt rate mal, was da drin war", schloss er triumphierend.

„Dein Verstand? Keine Ahnung!"

Micha lachte.

„Nun rate!"

„Ich will nicht raten, Herrgott!"

Demnächst würde sie ihn umbringen. Und sie würde mildernde Umstände bekommen.

„Na, ein Haufen Geld!", rief Micha.

Seine heile Wange glühte vor Begeisterung. Die Sorge, dass man ihn bei ihr erwischte, schien er vergessen zu haben.

„Wie, was für Geld?", fragte Judit.

Micha setzte sich auf und rollte mit den Augen.

„Na, was für Geld wohl? Deutsche Mark. Scheine. Jede Menge. Hat sie über die Jahre gehortet, wusste keiner was davon. Da ist der Papa dann komplett ausgerastet, weil -"

„Weil was?", rief Judit.

„Na, weil er nichts davon wusste und so. Ist doch logisch, dass er da sauer wird."

„Micha!"

„Was denn?"

„Sind sie weg?", fragte Judit. „Unsere Eltern?"

„Ja, aber -"

Judit sprang auf und scheuchte Micha aus ihrem Bett und vor sich her in den Flur hinaus.

„Los, mach schon! Wo sind sie hin?"

„Keine Ahnung, die wollten zum Einkaufen", sagte Micha.

Er stieg vor Judit langsam die Treppe hinunter.

„Die könnten jeden Moment wieder da sein", fügte er hinzu.

„Dann machen wir schnell! Also, wohin hat er die Kiste? Zur Bank sicher nicht, oder?"

„Wahrscheinlich nicht, keine Ahnung."

Endlich erreichte Micha das Erdgeschoss. Unschlüssig blieb er am Fuß der Treppe stehen.

„Ja, dann los, ins Wohnzimmer", zischte Judit.

Sie schob Micha zur Wohnzimmertür, öffnete sie und bugsierte ihn in den niedrigen Raum.

„Los, kipp das Fenster, damit du das Auto in der Kurve hörst. Sag sofort Bescheid, wenn jemand kommt."

Micha versuchte, sich ihr in den Weg zu stellen. Er ruderte ängstlich mit den Armen.

„Judit, das kannst du nicht machen! Die merken das doch", flüsterte er.

„Klar merken die das. Ich hoffe nur, erst morgen. Los, behalt die Straße im Blick."

Micha rang die Hände. Er wollte widersprechen, aber Judit schob ihn zum Fenster.

„Micha, bitte!"

„Aber wenn die rauskriegen, dass ich -"

„Kriegen die nicht raus. So lange du es nicht verrätst!"

Judit wies energisch zum Fenster und endlich sackten Michas Schultern herab. Er drehte sich brummend um und schlich ans Fenster. Unwillig verschwand Micha hinter dem Vorhang und Judit hörte, wie er das Fenster kippte und die Vogelstimmen ein wenig lauter wurden.

Im Dämmerlicht schlich sie zum Sekretär. Wenn der Vater etwas sicher aufbewahren wollte, dann mit Sicherheit dort drin. Schnell klappte sie die obere Klappe auf und sah hinein. Nichts. Keine Plätzchenkiste. Und keine Scheine. Judit schloss oben wieder ab, zog den Schlüssel ab und ging damit vor dem unteren Türchen in die Hocke.

„Wie lang brauchst du noch?", zischte Micha.

„Noch ein bisschen."

Sie schob den Schlüssel ins Schloss und versuchte, ihn zu

drehen. Aber nichts tat sich. Der Schlüssel lag auch nicht richtig im Schloss. Judit versuchte es noch einige Male, aber er ließ sich nicht drehen.

„Was machst du?", fragte Micha.

„Ich versuche aufzusperren."

„Mit dem Schlüssel von oben? Der passt doch unten gar nicht. Die sind verschieden."

„Scheiße! Woher weißt du das denn schon wieder?"

Judit fädelte entnervt den falschen Schlüssel aus.

„Weiß man halt. Steckt der unten nicht?"

„Nein, was denkst du denn!", rief Judit. „Schau lieber aus dem Fenster."

Missmutig wandte sich Micha ab.

Also stimmte Judits Vermutung: Die Kiste musste unten im Sekretär sein. Nur kam sie nicht an Almuts Geld. Und sie hatte nicht viel Zeit. Wut wallte in ihr auf. Das Türchen fühlte sich so dünn an, als ob sie es locker durchbrechen konnte. Aber ein zerbrochenes Türchen würde sofort auffallen. Wie kam sie nur an den Schatz? Unentschlossen fuhr sie mit den Fingern den Rand des Türchens ab, aber sie bekam sie nirgends weit genug in den Spalt, um das Türblatt zu greifen. Nur, wenn sie von unten dagegen drückte, hob sich das Türchen einige Millimeter in den außen aufgesetzten Angeln. Das durfte doch nicht wahr sein! Wie kam sie an das Geld?

„Judit! Mach schon!", jammerte Micha.

„Hörst du was?"

„Ne, aber -"

„Warte kurz!"

Wie der Blitz und ehe Micha widersprechen konnte, sauste Judit aus dem Wohnzimmer und in die Küche hinüber. Sie riss eine Schublade auf, wühlte darin, entschied sich für den Tortenheber und flitzte zurück zum Sekretär.

„Wenn du da was kaputt machst, dann -"

„Dann weißt du von nichts", flüsterte Judit.

Sie ließ sich auf die Knie fallen, setzte den Tortenheber unten zwischen Tür und Korpus und hebelte ganz sachte, aber mit Kraft. Sie schwitzte wie ein Schwein und ihr Puls überschlug sich beinahe, aber endlich gab etwas nach. Das Türchen rutschte langsam aus den Angeln, während das abgesperrte Schloss auf der anderen Seite noch feststeckte. Es knirschte bedenklich, aber Judit ließ nicht locker. Sie fasste nach, hebelte wohl dosiert weiter und dann passiert es: Mit einem lauten Knacken fiel die Tür heraus.

„Judit! O nein!", rief Micha.

Sie legte das Türchen zur Seite und fasste in den dunklen Bauch des Sekretärs.

„Mach schon!"

„Hörst du was?"

„Weiß nicht. Könnte sein."

„Wo ist nur diese blöde Kiste."

„Ich glaub, ich hör was."

„Echt?"

„Weiß ich doch nicht. Mensch, Judit!"

Da! Da war etwas Kühles, Metallisches. Judit packte das Ding, zog es heraus und öffnete den Deckel. Tatsächlich, jede Menge Scheine.

„Scheiße, da sind sie!", rief Micha.

„Lauf raus und halt sie auf!", zischte Judit.

Wenn der Vater sie erwischte, erlebte sie den September nicht mehr. Nicht einmal mehr den nächsten Tag.

„Was?", stammelte Micha.

„Halte sie auf, Herrgott, los, los!"

Judit packte das Türchen, hängte es wieder in die Angeln ein und versuchte es zu schließen. Natürlich ging es nicht zu, der Riegel des Schlosses stand vor. Und sobald sie es losließ, schwang es wieder auf. Micha hantierte am Fenster herum.

„Lass doch das Fenster, Micha! Lauf raus, erzähl ihnen irgendwas!"

Endlich lief Micha hinaus in den Flur und schloss die Wohnzimmertür hinter sich. Hoffentlich, hoffentlich, dachte Judit. Wenn sie nur das Türchen irgendwie zu bekäme. Weil ihr nichts Besseres einfiel, trat sie schwungvoll dagegen, es knackte wieder, aber das Türchen blieb zumindest zu. Wahrscheinlich hatte sie das Schloss geschrottet.

Judit hörte Michas sich überschlagende Stimme im Garten, die Autotüren schlugen. Sie wollte schon mit der Kiste aus dem Wohnzimmer stürmen, als ihr der Tortenheber einfiel. Schnell packte sie ihn und rannte um ihr Leben, aus dem Wohnzimmer, die Stiege hinauf, den Flur entlang, in ihr Zimmer. Ohne einen Blick auf die Beute zu werfen, beförderte sie die Blechkiste in den hintersten Winkel unter ihrem Bett und schob die Reisetasche davor.

In Windeseile packte sie den Atlas weg, füllte ihr eigenes Geld in den Geldbeutel und verstaute ihn. Drunten dröhnten Stimmen, drangen plötzlich lauter ins Haus. Micha stammelte etwas Unverständliches.

„Nichts? So so!", brummte der Vater. „Das will ich hoffen."

Über Judit brach eine riesige Welle aus Angst zusammen, als sie allein in ihrem Zimmerchen, mit Almuts Geld unterm Bett und der gepackten Tasche begriff, dass es spätestens jetzt tat-

sächlich keinen anderen Weg mehr gab. Sie mussten abhau-
en, so schnell es ging. Zwischen ihr und der Wut des Vaters
gab es nur eine windige Tür. Ohne Schlüssel.

Judit hätte gerne die Beute gezählt, aber sie wagte es nicht.
Sie hätte auch gerne nach Micha gesehen, ihn gefragt, ob
alles in Ordnung war und ihm Danke gesagt. Und Almut von
der Sache erzählt. Aber sie blieb mit ihrer Angst allein. Und
sie war froh, dass die Mutter ihr nicht auf die Pelle rückte,
aber je mehr Zeit verstrich, je länger Judit allein in ihrem
Zimmer hockte, desto merkwürdiger kam es ihr vor, dass
wirklich niemand nach ihr sah.
Als wäre sie schon lange tot und begraben und eine Menge
Gras über ihr Grab gewachsen. Merkwürdig unvorhanden
fühlte sie sich. Und zum Zerreißen gespannt. So sehr, dass sie
kaum länger als ein paar Sekunden im Sitzen verbringen
konnte. Die Zeit verging so langsam. Es war noch nicht einmal Mittag.
Irgendwann packte Judit die Milchschnitte aus und aß sie
langsam. Die Milchcreme war längst weich geworden und
quackte beim Draufbeißen zwischen den Kuchenschichten
hervor. Löffel für Löffel leerte sie die Kabatasse. Dann gab es
nichts mehr zu tun und nichts mehr zu essen. Den Proviant in
Vaters Reisetasche rührte sie nicht an, obwohl ihr Magen wie
ein gieriger Abfluss gurgelte und nach mehr verlangte.
Erst, als es nach unendlich langer Zeit draußen dämmerte, die
Familiengeräusche verstummten und eine Ahnung von Fern-
seherstimmen durch das Haus drang, atmete Judit ein klitze-
klein-wenig auf.
Offenbar hatte bisher niemand den Diebstahl bemerkt. Und

wenn er erst einmal vor dem Fernseher saß, würde der Vater nicht mehr aufstehen und an seinen Sekretär gehen. Aber früher oder später würde er merken, dass das Türchen kaputt und die Geldkiste verschwunden war. Dann konnte sie nur hoffen, dass Micha sich nicht verplapperte und einfach so tat, als wüsste er von nichts. Und sie und Almut weit, weit weg von hier waren. Nicht mehr lange, und doch noch viel zu lang musste sie warten. Bis alles ruhig wurde, alle schliefen.

„Hi", flüsterte plötzlich Micha.

Judit sackte das Herz in die Hose.

„Musst du dich immer so anschleichen?", flüsterte sie.

„Ja", flüsterte er zurück.

Leise schob er sich zu ihr ins Zimmer und schloss die Tür hinter sich.

„Alles gut gegangen unten? Wegen - du weißt schon?", fragte Judit.

„Hm."

Micha stand ratlos in Judits dunklem Zimmer. Sie erkannte nur seinen schmalen Umriss und spürte die Unruhe in ihm.

„Hör mal, wir werden heute Nacht verschwinden. Ich wollte es dir sagen, aber ... du weißt schon", sagte sie leise.

„Ganz sicher? Willst du nicht nochmal überlegen?"

„Ganz sicher", sagte Judit, obwohl sie nicht das Gefühl hatte, sich auch nur halbwegs sicher zu sein. Oder überhaupt überlegt zu haben.

Micha trat von einem Bein auf das andere, schließlich setzte er sich vorsichtig auf Judits Bettkante, die inzwischen halbwegs getrocknet war.

„Soll regnen, heute Nacht", murmelte er.

„Vielleicht hält das Wetter auch", sagte Judit.

„Im Radio haben sie gesagt, es regnet sicher."

Judit verdrehte die Augen. Er widersprach ihr mal wieder nur, um ihr zu widersprechen, der kleine Quälgeist.

„Die sagen viel, wenn der Tag lang ist, Micha", antwortete sie genervt.

„Und die Almut geht echt mit?"

„Hier wird sie ja nicht mehr glücklich. Wir verschwinden, fangen wo anders neu an. Sie ist übrigens auch gar nicht so gaga, wie alle denken. Sie ist ganz normal, eigentlich."

„Eigentlich? Na, mir kommt sie gerade noch weniger normal vor als sonst."

Micha lachte. Plötzlich schoss Angst in Judits Bauch.

„Wieso? Was ist los mit ihr?", fragte sie alarmiert.

Micha sah Judit mit großen Augen an.

„Dann warst du seither gar nicht bei ihr?", fragte er.

„Ich -"

„Und dann weiß sie gar nichts von deiner Idee?"

„Hör mal, Micha, ich meine, sie versteht das wahrscheinlich eh nicht richtig und nach der Sache vorgestern wird sie sich auch nicht trauen -"

„Du willst die doch nicht einfach mitnehmen?"

„Das klingt jetzt so -"

„Meinst du nicht, dass du sie wenigstens fragen solltest?"

Dass du sie wenigstens fragen solltest. So was Dämliches aber auch.

„Klar frag ich sie", brummte Judit.

„Heute Nacht jetzt, oder wie?"

„Ja, heute Nacht! Mensch Micha, frag nicht immer so blöd."

Micha kratzte vorsichtig am Rand seines Pflasters.

„Ich meine ja nur", sagte er leise.

Ausgerechnet der kleine Scheißer, der alles tat, um dem Papa zu gefallen, machte hier einen auf Moralpredigt. War das zu fassen? Das konnte sie jetzt wirklich nicht brauchen, ihr ging der Arsch schon so auf Grundeis.

Sie schwiegen eine Weile, draußen schwand das Licht.

„Meldest du dich mal?", fragte Micha leise.

„Ich weiß nicht."

Micha nickte, als hätte er keine andere Antwort erwartet. Er stand auf. Im Stehen war er schon fast einen Kopf größer als sie im Sitzen. Zögernd tappte er auf sie zu.

Judit schob den Stuhl zurück, erhob sich und überragte jetzt ihn um einen Kopf. Den kleinen Kerl, den sie beim Laufenlernen an der Hand geführt hatte. Gefühlte Ewigkeiten lang hatte er hierhin und dorthin gehen wollen, immer an der Hand seiner Schwester. Auch noch, als er schon gut alleine vorwärtskam. Er bestand nur darauf, dass sie ihn führte, damit sie bei ihm blieb. Sein Kinderlachen klang Judit noch immer im Ohr, und seine ersten, gebrabbelten Worte, die außer ihr niemand verstanden hatte.

Judit ging zu ihm, schlang die Arme um seinen Hals und drückte ihn ganz fest an sich. Er schmiegte sich an sie. Sie hatten sich lange nicht im Arm gehalten, sich lange nicht gegenseitig gespürt. Nicht mehr, seit er ein Baby war.

Er fühlte sich schmal und klein an, zerbrechlich und weich wie ein Küken. Judit spürte seine Wärme, seinen Atem und roch das milde Kräutershampoo in seinem Haar. Am liebsten hätte sie all das für immer gespürt.

„Ich will nicht, dass du gehst", sagte er dumpf.

„Ich kann nicht bleiben", flüsterte Judit.

„Ich hab so Angst um dich, Judit", flüsterte er.

Trauer überfiel Judit, Trauer und Schmerz und ein seltsames Ziehen im Bauch. So etwas wie, ja, wie Liebe. Gott, sie liebte diesen kleinen, widerborstigen, schrecklichen Kerl von ganzem Herzen. Ihre Tränen tropften auf seinen Kopf. Verstohlen wischte sie sich das Gesicht trocken und wuschelte ihm durchs Haar.

„Pass auf dich auf, kleiner Bruder. Bleib so, wie du bist."

Er reagierte nicht, hielt sie nur weiter fest und machte keine Anstalten, sie jemals wieder loszulassen. Er würde für immer elf bleiben. Wunderbar unschuldig und weich in ihrer Erinnerung. Sie standen noch eine Weile eng umschlungen in ihrem Zimmer, dann saßen sie schweigend auf Judits Bett, während sie dem letzten Tageslicht beim Schwinden zusahen und hörten, wie die Eltern sich bettfertig machten und hinter der Schlafzimmertür verschwanden.

In Judit machte sich wieder Unruhe breit, die für eine Weile vergessene Angst kehrte mit Macht zurück. Sie wollte es nicht, aber ihre Beine begannen vor Nervosität zu zucken, sie rutschte auf dem Bett herum und spürte, wie ihr Herzschlag beschleunigte. Micha erwachte langsam aus seiner Starre und rückte auf die Bettkante vor.

„Ich geh dann mal", murmelte er.

„Hm", machte Judit.

Sie wollte ihm noch irgendetwas sagen. Etwas Großes, Wichtiges. Etwas, das er für immer von ihr in Erinnerung behalten konnte. Irgendetwas von Träumen und Mut und Luftschlössern, die auf die Erde herabkamen und feste, echte Realität werden konnten. Etwas, das er vielleicht erst zur Gänze begriff, wenn er größer war. Aber mehr als ein „Hm" brachte Judit nicht heraus.

Micha stand auf und ging zur Tür.

„Tschau, Judit", sagte er.

Dann war er weg. Vom alten Fachwerkhaus verschluckt. Sie hörte noch die Verdauungsgeräusche: Das Knarzen der Balken, der Bretter, die sich dehnten und zusammenzogen. Von den Eltern hörte sie nichts mehr. Judit machte Licht und schaute auf die Uhr. Fast Mitternacht. Zeit, sich auf die Socken zu machen. Die Nacht erwartete sie.

14.

Millimeter für Millimeter zog Judit die Reisetasche unterm Bett hervor, prüfte mit klammen, zittrigen Fingern ein letztes Mal, ob sie alles Wichtige dabei hatte und steckte die Blechkiste mit Almuts Geld mit hinein. Dann atmete sie tief durch und ließ den Blick über ihr Bett, den Schreibtisch und die Kommode wandern. Ruhig schulterte sie die Tasche, löschte das Licht und verließ ihr kleines Dachzimmer für immer. Sie würde es nicht vermissen.

Aber jetzt musste sie sich beeilen. Sie durfte ihrem Vater nicht in die Arme laufen. Und der Mutter auch nicht. Sie musste Almut wecken, ihr die Sache erklären und dann nichts wie weg hier.

Ihr war sterbenselend zu Mute, als sie den schmalen Flur entlang und um die Eimer herum schlich. Jeden Moment konnte gegenüber die Tür aufschwingen und der Vater vor ihr stehen. Die Angst schnürte ihr fast die Luft ab.

Endlich erreichte sie die Treppe. Ganz, ganz sachte verlagerte sie ihr Gewicht auf die erste Stufe, entlastete das hintere Bein ebenso langsam und holte es in Zeitlupe nach vorn. Es dauerte ewig, von einer Stufe zur nächsten zu kommen. Die Aufregung zerriss sie dabei fast.

Aber Judit zwang sich zur Vorsicht, erlaubte sich keine schnelle Bewegung, keinen falschen Schritt. Die ganze Zeit horchte sie angestrengt nach oben, ob sich im Schlafzimmer nicht doch etwas regte.

Mit Pudding in den Knien und einem spitzen Summen in den

Ohren erreichte sie festen Boden - ohne der Treppe auch nur einen Mucks entlockt zu haben. Die jahrelange Übung im Schleichen und Verstecken machte sich bezahlt.

Doch noch war nichts gewonnen. Sachte wechselte sie die schwere Tasche auf die andere Schulter und pirschte im Dunkeln weiter den Flur entlang. Licht zu machen wagte sie nicht, aber ihre Schritte fanden von allein die richtige Länge und den verwinkelten Weg durchs Erdgeschoss.

In Judits Brust kribbelte ungläubiges Staunen, über das, was sie da tat, gepaart mit nackter Angst, die immer gieriger nach ihr griff. Das Haus, sie musste an das Haus denken!

Mühsam zwang sie das Bild der Villa zurück vor ihr inneres Auge. Das Bild des Hauses in den Dünen, dahinter das schier endlose Meer. Daran musste sie sich festhalten, egal wie sehr sie die Hosen voll hatte. Immer an dieses Haus denken, in dem nichts als Frieden wohnte.

Langsam näherte sie sich Almuts Kammer. Mit der ausgestreckten Hand ertastete sie die Tür, fand die Klinke. Oben rumorte es. Judit erstarrte. Vielleicht hatte sich nur jemand im Bett gedreht. Vielleicht aber ...? Ohne zu klopfen, huschte Judit mit der Tasche in Almuts Kammer und schloss sachte die Tür hinter sich.

Durch den sich überschlagenden Puls hindurch und ihren angestrengten Atem versuchte sie, zu hören, was oben vor sich ging. Sie lauschte eine gefühlte Ewigkeit, bis sie es wagte, die Tasche abzusetzen und ihre Aufmerksamkeit auf den nächsten Schritt zu lenken. Vorsichtig näherte sie sich im Dunkeln Almuts Bett.

„Almut? Almut, wach auf!", flüsterte sie mit erstickter Stimme. „Das Leben wartet."

Vom Bett her kam keine Antwort.

Judit tastete nach der Lampe, fand sie endlich und knipste sie an. Vorsichtig trug sie die Lampe zum Tisch und stellte sie wieder darauf. Sie erkannte das Kämmerchen fast nicht wieder. Auf dem Sofa lag nur noch eine einzige Tüte, aus der Stricknadeln heraus spitzten, der Tisch war leer gefegt.

Judit schüttelte den Kopf. Es sah aufgeräumt aus, viel ordentlicher als das Chaos zuvor. Und so viel trostloser. In dieser Kammer gab es kaum noch etwas von dem, was Almut wichtig gewesen war. Selbst das altertümliche Radio war verschwunden. Almut lag zu einem winzigen Paket zusammengerollt in ihrem Bett und schlief unruhig. Ihr Gesicht zuckte, unter den Lidern bewegten sich die Augäpfel hin und her.

Judit war klar, dass sie hier ein Überfallkommando veranstaltete, aber sie hatte gar keine andere Wahl, als sich mitten in der Nacht hierher zu schleichen. Und sie mussten jetzt gleich aufbrechen, alles andere war zu riskant. Judit schluckte ihre Gewissensbisse hinunter und trat zu Almut ans Bett.

„Almut? Du musst aufwachen", flüsterte sie.

Vorsichtig fasste sie an Almuts Schulter, schüttelte sie. Sofort fuhr Almut hoch, wich zurück und starrte Judit mit großen Augen an. Sie schien Judit nicht zu erkennen.

„Verstecken, leise sein", murmelte sie. „Damit er mich nicht findet. Keiner darf mich sehen."

Almut zog sich ganz langsam die Decke übers Gesicht und und rührte sich nicht mehr.

„Ich bin's nur, die Judit. Du musst keine Angst haben, komm raus, Almut."

Die Decke bewegte sich, als ob Almut darunter den Kopf

schüttelte. Judit zog ihr die Decke weg, Almuts Hände leisteten kaum Widerstand. Sie schüttelte wieder den Kopf, ihre Augen wurden nur noch größer.

„Alles in Ordnung, Almut. Wir zwei machen jetzt einen kleinen Ausflug. Wir müssen nur ganz leise sein, okay?"

Almut schluckte, ihre Augen geisterten suchend durch den Raum. Sie verstand offenbar nur Bahnhof. Kein Wunder, mitten in der Nacht.

„Komm, zieh dich an, pack deine Sachen. Wir fahren weit weg. Dorthin, wo man keine Angst haben muss. Weit weg von meinem Vater. Komm, ganz leise, ja?"

„Judit?", flüsterte Almut.

„Ja, wir haben nicht viel Zeit. Wir müssen so schnell wie möglich los. Bevor jemand merkt, dass wir weg sind."

„Bevor -"

„Ja, bevor es jemand merkt. Wir schleichen uns weg, verstehst du? Komm, steh auf, pack das Wichtigste ein, dann verschwinden wir."

Almut starrte ihr stumm entgegen, machte aber keine Anstalten, aus dem Bett zu steigen.

„Ach, Almut, du verstehst doch, was ich sage!"

Kaum merklich schüttelte Almut den Kopf.

„Vertrau mir, Almut. Es gibt einen besseren Platz auf dieser Welt für zwei wie uns. Wir müssen nicht für immer hierbleiben", flüsterte Judit.

Judit griff nach Almuts Arm und zog sie aus dem Kissen. Der Schweiß lief ihr den Rücken hinunter vor Angst und Nervosität. Wenn nur Almut sich nicht querstellte!

„Na komm schon, du wirst sehen, das wird gut. Ich hab doch gesagt, ich helfe dir, oder?"

Endlich stand die alte Frau in ihrem Flanellnachthemd, unter dem zwei dürre Beinchen hervorlugten, vor dem Bett. Ihr Blick huschte panisch umher, sie zitterte.

„Zieh dir was an, dann wird dir gleich wärmer!"

Judit suchte nach Almuts Garderobe, fand den Rock, den sie offenbar Tags zuvor angehabt hatte, und eine geblümte Bluse über der Sofalehne.

„Hier, das ziehen wir an."

Judit hielt ihr die Kleidungsstücke nacheinander hin, sorgte dafür, dass Almut zuerst aus dem Nachthemd heraus und dann in Rock und Bluse hineinschlüpfte, und verschloss mit fliegenden Fingern den Reißverschluss und die Knöpfe. Oben schien alles ruhig zu sein. Aber was, wenn sie den Vater nur nicht gehört hatte, wenn er schon vor der Kammertüre stand und nur darauf wartete, dass - Judit schüttelte den Kopf, verscheuchte den Gedanken.

„Was willst du einpacken? Viel können wir nicht mitnehmen. Hast du eine Tasche oder sowas?", fragte Judit leise.

Die Zeit lief ihnen davon. Sie sollten längst weg sein, stattdessen trödelten sie hier beim Anziehen. Almut tappte planlos in ihrem Verschlag herum, schaute hierhin und dorthin. Sie schien noch immer nicht zu kapieren, um was es ging. Was auf dem Spiel stand.

„Ach Almut, was machst du denn? Hast du keine Tasche?"

Es brauchte eine Ewigkeit und viele geflüsterte Worte, bis sie Almut dazu gebracht hatte, eine halbwegs brauchbare Tasche hinter dem Sofa hervorzuzaubern. Sie war zerdrückt, staubig und aus brüchigem Leder, doch der Verschluss funktionierte. Noch länger dauerte es, bis Almut, noch immer ohne einen Ton zu sagen, und mit großen Augen, ein paar ihrer Kleidungsstücke, ihren verdammten Löffel und ihr Strickzeug hineingetan hatte. Bei jedem Teil, dass sie hineinschob, wurden ihre Bewegungen langsamer. Judit kollabierte fast vor Aufregung, aber Almut kam nicht in die Gänge.

Als sie endlich den Reißverschluss über Almuts Besitz zuziehen wollte, zitterten ihr die Finger. Mit Mühe bekam sie den Reißverschluss zu. Plötzlich hielt Almut ihr noch eine pralle Plastiktüte unter die Nase, die sie unter ihrem Bett hervorgezogen hatte.

„Das passt da nicht mehr rein", flüsterte Judit.

Aber die Tüte verschwand nicht. Almut hielt sie ihr hartnäckig vors Gesicht.

„Alles können wir jetzt nicht mitnehmen, Almut. Wir müssen ja zu Fuß -"

„Das ist am wichtigsten", flüsterte Almut kaum hörbar.

Judit seufzte. O Mann, sie mussten wirklich schauen, dass sie wegkamen.

„Vielleicht krieg ich`s noch in meine Tasche. Aber dann müssen wir los", flüsterte Judit.

Ganz vorsichtig quetschte sie den prallen Plastikbeutel in ihre Tasche, aber es knisterte trotzdem viel zu laut. Judit war versucht, einfach zu behaupten, sie bekäme die Tüte nicht mehr mit hinein, damit der Vater nicht noch von dem Geraschel wach wurde und stinkewütend nach unten galoppierte. Aber wenn Almut dann ein Geheule anstimmte, würde der Vater erst recht Amok laufen.

Judit biss die Zähne zusammen, drückte und quetschte, während sie stumm fluchte, und bekam irgendwann den Reißverschluss zu. Das alles hatte viel zu lange gedauert.

„Komm, Schuhe anziehen! Ich hole meine", sagte Judit.

Sie huschte zur Kammertür, lehnte sich einen Augenblick dran und lauschte in den Bauch des alten Hauses. Etwas knackte und knarzte, doch das Knarzen verstummte wieder. Und sie mussten los.

Judit gab sich einen Ruck, öffnete die Türe einen winzigen Spalt breit und huschte lautlos in den Flur. Blind und mit angehaltenem Atem fingerte sie ihre Schuhe aus dem Regal und war wieder zurück in Almuts Kammer, bevor die sich überhaupt nach ihren eigenen Schuhen gebückt hatte.

Leise schlüpfte Judit in ihr Schuhwerk, band die Schnürsenkel - Almut stand noch immer am Rande des Lichtkegels in Pantoffeln herum. Alles musste man selber machen. Judit seufzte, schaute sich um und griff nach dem einzigen Paar Schuhe, das sie ausfindig machen konnte.

„Die hier?", fragte sie und hielt ihr die Treter unter die Nase. Bei Licht betrachtet fiel Judit auf, wie dünn und brüchig das Leder war, wie schief gelaufen die Absätze. Am rechten Schuh hatte sich die Naht an der Fußspitze gelöst.

„Hast du keine anderen?"

Almut blickte zu Boden und sagte nichts. Also half Judit ihr ohne weiteres Federlesen in diese kläglichen Überreste von Schuhen, schulterte rasch beide Taschen und öffnete die Tür, um hinaus zu lauschen. Schritte marschierten die Treppen hinab. Judit erstarrte, sie krümmte sich vor Angst. Sie wusste, wer da kam. Sie wusste es immer. Es waren die Schritte des Vaters. Judit schloss ganz, ganz vorsichtig die Tür, huschte zur Lampe und löschte sie.

„Keinen Mucks!", flüsterte sie Almut zu.

Dann hielt sie die Luft an, und betete stumm, dass der Kelch an ihr vorübergehen möge. Und dass Almut nicht doch im falschen Moment in Redelaune kam. Die Schritte gingen den Flur entlang, kamen zielstrebig näher. Wie festgefroren stand Judit in der Dunkelheit, lauschte den Schritten des Vaters und wünschte, sie wäre unsichtbar. Kurz vor der Kammer bogen die Schritte ab. Die Badtür klapperte, es plätscherte. Dann rauschte die Spülung. Als wäre nichts gewesen, schlurften die Schritte jenseits der Kammertüre davon, gingen zur Treppe, stiegen hinauf. Judits Herz pochte wie ein hysterischer Specht. O Mann, das war echt nichts für sie.

„Los, wir gehen hinten raus. Leise, ja?", flüsterte sie.

Judit ging voran und trug die beiden Taschen zur rückwärtigen Tür, die nur ein paar Schritte entfernt war.

Hinter sich hörte sie ganz leise Almuts Schritte tappen. Das klappte zumindest. Judit ertastete die Tür, fand die Türklinke, fuhr weiter herunter, um nach dem Schlüssel zu greifen - doch der war nicht da.

Judit fand das Schlüsselloch mit den Fingern, eindeutig, aber der Schlüssel fehlte. Trotzdem drückte sie die Klinke, doch die Tür war abgeschlossen. Seit wann fehlte der Schlüssel? Das durfte nicht wahr sein. Judit wurde siedend heiß.

„Wart hier, ich schau vorne", flüsterte sie.

Sie stellte die Taschen bei Almut an der Hintertür ab, schlich mit klopfendem Herzen und wachsamen Ohren nach vorne und probierte es an der Vordertür.

„Wie das jetzt?", flüsterte sie.

Judit hatte sich schon öfter nachts nach draußen geschlichen. Nicht, um irgendetwas Verbotenes zu tun, sondern einfach nur, um draußen zu sein. Die Fledermäuse durch die Nacht taumeln zu sehen, den Mond zu bewundern, vor dem dunkelblaue Wolkenfetzen trieben. Der Schlüssel hatte immer gesteckt. Hinten und an der Vordertür. Jedes einzelne Mal. Nur heute nicht. Beide Schlüssel fehlten.

Eisern klammerte sich die Angst um Judits Brust. Sie mussten weg. Schnell! Wenn der Vater ahnte oder wusste, was Judit vorhatte, wenn er die Schlüssel hatte verschwinden lassen, dann - dann half ihnen nur ein Wunder. Sie brauchten einen anderen Ausweg.

Durchs Wohnzimmerfenster würden sie nicht steigen können, an der Vorderseite des Hauses schwebte das Erdgeschoss zu weit über dem Boden. Das Küchenfenster auf der Rückseite schied auch aus. Tausend Dinge hatte die Mutter darauf drapiert. Die bekam sie niemals geräuschlos weg. Zumindest nicht in kurzer Zeit.

Mühsam kämpfte Judit die aufsteigende Panik nieder, während sie auf dem Rückweg zu Almut alle Unmöglichkeiten durchging. Eigentlich blieb nur ein einziges Schlupfloch. Aber selbst das konnte sich als Sackgasse erweisen. Und dann? Nein, darüber würde sie nachdenken, wenn nichts mehr ging. Oben schien sich jemand im Bett zu drehen, aber noch waren keine Schritte zu hören. Schnell jetzt!

Sie holte Almut und das Gepäck von der Hintertür und kehrte in die Kammer zurück, knipste das Licht wieder an, warf einen Blick auf das Fensterchen und hinters Sofa und beschloss, einfach das beste zu hoffen. Mehr ging nicht. Sachte hob sie das Sofa mal auf der einen, mal auf der anderen Seite an, um es Stück für Stück ganz an die Wand unterm Fenster zu schieben. Ganz lautlos ging das nicht vonstatten, die Sofafüße schrammten über die aufgebogenen Kanten der Dielen. Aber sie durften keine Zeit mehr verlieren.

Oben tat sich nichts. Endlich stand das Sofa ganz an der Wand. Judit kniete sich auf die Sitzfläche, öffnete das Fenster und sah hinaus. Kälte strich ihr entgegen. Tief ging es jenseits des Fensters nicht hinunter, denn hier hinten schmiegte sich der Hügel ans Haus. Nur ausgesprochen klein war das Fenster. Über der Hügelkuppe spannte sich der wolkenverhangene Nachthimmel. Jetzt oder nie.

„Komm, wir müssen da raus. Das schaffen wir schon", sagte zu Judit. Sie wandte sich zu Almut, um sie zu sich zu winken. „Was machst du denn?"

Almut saß auf ihrem Bett, hatte die Schnürsenkel geöffnet und ging dran, die Schuhe wieder auszuziehen.

„Ach Almut, lass die doch an!"

Judit band ihr in Windeseile die Schuhe noch einmal, dann führte sie Almut zum Sofa. Sie packte die Taschen und schob sie nacheinander durchs Fenster nach draußen. Dort ließ sie das Gepäck an den Henkeln so weit wie möglich herunter, bevor sie losließ. Trotzdem landeten sie nicht lautlos im Gras. Gut, jetzt Almut. Judit winkte sie ungeduldig heran. Zögernd kam Almut einen Schritt näher.

„Kannst du raus klettern? Was meinst du, soll ich dich von innen halten oder soll ich vor dir raus und dir runter helfen?"

„Judit -"

Almut schüttelte den Kopf, wehrte Judits Hände halbherzig ab. Wenn die noch länger trödelte, graute der Morgen längst, bevor sie nur einen Fuß vors Haus gesetzt hatten.

„Komm schon, steig da rauf!", zischte Judit und packte Almuts Arm. „Jetzt!"

Oben rumorte es. Waren da Schritte? Judit erstarrte. Almuts Arm umklammert, hielt sie still und lauschte. Almut wand sich, schüttelte den Kopf und gab ein seltsames Gewimmer von sich. Wie sollte Judit so etwas hören?

„Psst, sei doch mal ruhig!", flüsterte Judit.

Doch Almut schüttelte nur noch fester den Kopf. Oben schien es wieder still zu sein, aber ganz sicher war Judit nicht.

„Los jetzt, Beeilung! Hier, steig auf die Lehne, dann ab durchs Fenster. Und keinen Mucks", flüsterte sie streng.

Almut rührte sich nicht. Sie machte keine Anstalten, durch das Fenster zu klettern. Sie sah nicht einmal in die entsprechende Richtung.

„Wie kann man nur so störrisch sein?! Komm schon, Almut, wir müssen den allerersten Zug erwischen. Ich kann dich schlecht raus tragen, oder?"

In Judits Bauch braute sich Ärger zusammen. Da hatte sie wer weiß was alles für diese alte, verlotterte Frau, die keiner haben wollte, riskiert, sich gnadenlos mit dem Vater überworfen, eine ordentliche Tracht Prügel bezogen, ließ den kleinen Bruder hier im Stich, riskierte, im nächsten Moment erwischt und in Stücke gerissen zu werden - und die Alte, die weigerte sich, aus dem bescheuerten Fenster zu steigen. Da sollte man nicht wahnsinnig werden.

„Jetzt! Sofort!", zischte Judit.

Almut zuckte zusammen, rührte sich aber nicht.

„Wenn du nicht gleich da raus steigst -", hob Judit an.

Sie war laut geworden. Erschrocken klappte Judit den Mund zu. Hoffentlich hatte sie niemand gehört!

Doch das Schimpfen trug bei Almut Früchte. Immer noch sehr zögerlich kniete sich Almut endlich aufs Sofa, kroch auf die Lehne zu, aber immerhin tat sich etwas.

„Auf, auf!", setzte Judit nach.

Almut kroch ein wenig schneller.

Im Schneckentempo fädelte sie den Oberkörper durch die Fensteröffnung, versuchte, den ersten Fuß über die Kante zu heben, bekam ihn aber wegen des Rocks nicht richtig in die Höhe und überhaupt passten Oberkörper und Beine nicht gleichzeitig durch das Loch. Das sah ja ein Blinder.

„Wie kann man sich nur so anstellen", seufzte Judit. „Komm wieder rein. Du musst erst die Beine raus strecken."

Sie zerrte Almut zurück, raffte ihren Rock und half ihr, das erste Bein hinaus zu bugsieren, hielt sie im Fenster sitzend fest und schob das zweite, zitternde Bein hinterher.

Almut wimmerte leise.

„Nun lass dich runter! Mach schon", flüsterte Judit. „Nimm die Taschen als Tritt."

Sie war versucht, ihr einfach einen Schubs zu geben, damit sie endlich vorwärtskam. Wimmernd und unverständliche Worte murmelnd, rückte Almut auf der Fensterkante langsam weiter vor. Gefühlte Jahrhunderte später schien sie mit den Zehenspitzen die Taschen zu erreichen, ein Ruck ging durch den mageren Körper und dann war Almut endlich draußen.

Judit löschte das Licht und war mit einem Satz hinterher. Vorsichtig zog sie das Fenster von außen in den Rahmen, damit es geschlossen wirkte, wenn die Mutter morgens verschlafen aus dem Küchenfenster schaute. Judit streifte das Küchenfenster mit einem Blick - und erschrak. Sie schrie erstickt auf, dann presste sie die Hand vor den Mund. Da war ein Gesicht hinter dem dunklen Glas. Eindeutig, ein Gesicht. Ernst, anklagend. Micha.

Er sah ihr so todernst entgegen, dass sie ihn gar nicht gleich erkannt hatte. Sie hätte ihn umbringen mögen für den Schrecken, den er ihr eingejagt hatte. Und ihn vor Erleichterung niederküssen. Unsicher hob Judit eine Hand, winkte ihm kurz zu und versuchte ein Lächeln. Er reagierte nicht. Vielleicht sah er nicht genug. Sie jedenfalls hatte genug gesehen. Almut kauerte neben den Taschen.

„Komm", flüsterte Judit. „Wir gehen."

Sie hob Almut auf, nahm nacheinander beide Taschen, warf sich eine links, eine rechts über die Schulter und schob die zitternde Almut vor sich her den Hügel hinauf. Widerstrebend setzte Almut einen Fuß vor den anderen und sah sich immer wieder um.

Sie begriff nicht, was vor sich ging. Natürlich nicht. Aber es blieb einfach keine Zeit, ihr die Sache genau zu erklären. Das würde sie im Zug nachholen. Sobald sie im richtigen saßen, würde Judit ihr alles ganz genau auseinandersetzen, sie beruhigen und dafür sorgen, dass sie alte Frau ein wenig schlief und sich ausruhte. Sie würde wach bleiben, damit sie keinen Umstieg verpassten und sich um die Verpflegung kümmern. Wahrscheinlich würde es eine Weile dauern, bis Almut überhaupt begriff, dass ihr jetzt niemand mehr etwas wegnahm und sie keiner mehr wie Dreck behandelte. Aber es war nie zu spät für ein besseres Leben.

Sie kamen nur unsäglich langsam voran. Jeden Schritt musste Judit nicht nur die schweren, vollgestopften Taschen tragen, sondern auch Almut gegen die Übermacht der Schwerkraft den Hügel hinauf schieben.

Judit keuchte. Die kühle Nachtluft brannte ihr in der Kehle, gleichzeitig schwitzte sie. Wahrscheinlich handelte sie sich gerade den Schnupfen ihres Lebens ein. Die Taschenriemen schnitten ihr jetzt schon ins Fleisch.

Kurz vor der Hügelkuppe hielt Judit an und verschnaufte. Sie erlaubte sich noch einen letzten Blick zurück auf das kleine, fast ein wenig schamhaft an den Hügel gebaute Haus. Durchs Küchenfenster schien noch immer Michas Gesicht zu schimmern, aber vielleicht hatte sie auch nur geträumt, dass er ihr nachgesehen hatte.

„Ich - kann - doch nicht -", japste Almut.

„Doch, doch, du wirst sehen! Die düsteren Zeiten sind vorbei. Nach der Kuppe gehts eigentlich nur noch abwärts. Quasi direkt dem Meer entgegen. Komm, gehen wir."

Judit setzte sich in Bewegung, schob wieder an, aber Almut schien noch schwerer und widerspenstiger geworden zu sein. Judit schob kräftiger. Almut schlingerte vor Judit her, als wollte sie einfach kehrtmachen und postwendend zurück nach unten kullern. Judit fing sie auf und schob sie weiter.

Die Riemen der Taschen schnitten immer tiefer in ihre Schultern, der zerquetschte Arm tat bei jeder Bewegung weh und sie war völlig aus der Puste. Trotzdem ging es ihr besser, als jemals zuvor. Judit war bereit, jedes Opfer zu bringen. Für ein besseres Leben. Für Almuts besseres Leben. Denn dorthin waren sie auf dem Weg!

Der Mond ließ sich nicht blicken in dieser Nacht. Er beschien sicher die dicken, dunkelgrauen Wolken von oben, die fast jedes bisschen Licht verschluckten. Die taunassen Grashalme streiften Judits Jeans. Als sie endlich die Hügelkuppe erreichten, waren ihre Hosenbeine feucht und die Nässe drang in den linken Schuh. Doch es regnete nicht. Die Wolken hielten dicht, als ob sie ihnen helfen wollten auf ihrem beschwerlichen Weg. Einmal mehr eine Art Unterstützung des Himmels, der drohend, aber doch gerecht über ihnen wachte. Noch einmal hielten sie an, um Luft zu schöpfen.

„Was wird bloß der Peter sagen?", flüsterte Almut. „Der liebe, der kleine Peter."

Angst flammte lichterloh in Judit auf. Ja, was würde er bloß sagen, der liebe, kleine Peter? In ihren Ohren dröhnte sein Gebrüll, Beschimpfungen trafen sie ins Mark, seine Hände ballten sich zu Fäusten, seine Wut schäumte über, zermalmte alles, was von Judit übrig war, mit Leichtigkeit. Sie zwang sich, tief Luft zu holen.

„Er wird uns nicht vermissen", flüsterte Judit. „Komm."

Judit tauschte die Taschen auf den Schultern, denn ihre eigene wog doch ein bisschen mehr als Almuts.

„Der braucht niemanden", fügte sie bitter hinzu.

Judit setzte sich in Bewegung, den Hügel hinab. Hinunter würde Almut ja wohl ohne Anschieben kommen. Doch als Judit sich nach ein paar Schritten umwandte, sah sie Almuts Umriss noch immer reglos auf der Hügelkuppe.

„Dankbar muss man sein, um das, was man hat", flüsterte Almut. „Dankbar, ja. Der Herrgott gibt und nimmt, was er für richtig hält. Alles zu seiner Zeit. Und Recht hat er."

Genervt marschierte Judit zu ihr zurück und fasste ihren Arm.

„So, und jetzt hat er dir eine ganz neue Chance gegeben, der Herrgott da oben. Die nicht zu nutzen, das wäre ja schon fast unchristlich."

Judit zog an Almuts Arm, aber Almut rührte sich nicht.

„Wenn man so alt ist, wenn man so lange an einem Platz zuhause war -"

„Zuhause? Ach komm, nun werd nicht rührselig! Besser als dein zugiges Kämmerchen ist es überall, das kannst du mir glauben!"

„Aber wo soll ich denn dann bleiben? Ich hab doch nichts, außer dem Wohnrecht im Peter seinem Haus", brach es aus Almut hervor. „Ich hab doch gar nichts auf der Welt."

Mitleid überkam Judit. Sie streichelte Almut über den Rücken und fragte sanft: „Echt nicht?"

„Mehr steht einer wie mir nicht zu. Nicht einmal so viel hätte ich erhoffen dürfen."

Judit verdrehte die Augen. Unter den Taschenriemen brannten ihre Schultern, ihr wurde kalt und sie kamen nicht vom Fleck. Sie verlagerte ihr Gewicht von einem feuchten Fuß auf den anderen.

„Almut, hast du da nicht was vergessen?", fragte Judit.

„Nichts hab ich vergessen. Ich weiß, was ich verdient habe. Und das hier, das ist gnädig", flüsterte Almut.

„Komm, hör auf solches Zeug zu reden. Wir zwei marschieren jetzt zum Bahnhof, suchen einen Zug, der in die richtige Richtung fährt und spätestens Morgen sind wir am Meer. Weißt du nicht mehr? Das Haus dort, das gehört doch jetzt dir. Ganz dir allein. Ich helfe dir dorthin. Und vielleicht lässt du mich dann bei dir wohnen. Wir packen das zusammen an. Das Haus am Meer, das in den Dünen, das auf dem Foto, das du mir gegeben hast! Und genug Geld ist auch erstmal da. Ich hab deine Kiste gefunden und mitgenommen."

„Das geht nicht!", rief Almut. „Das geht nicht. Das - Nein! Nie mehr!"

15.

Sie hatten Zeit verloren. Verdammt viel Zeit, die sie eigentlich nicht hatten. Das hier war keine Übung, das war der Erstfall und es gab nur zwei Optionen: Heil außer Reichweite kommen oder dem Vater in die Hände fallen. Er würde toben, der Vater. Mehr, als jemals zuvor. Am meisten vielleicht wegen dem Türchen des heiligen Sekretärs, das Judit zerlegt hatte. Oder er nutzte es einfach als Vorwand.

Den Hügel hinab bis in den Taleinschnitt, durch den der kleine Bach floss, mussten sie in der Dunkelheit quälend langsam gehen. Hier führte kein Weg entlang, sie stolperten blindlings über die nasse Wiese hinunter, wo das Gras so lang wuchs, dass seine taunassen Blütenstände Judit immer wieder ins Gesicht klatschten. Die Füße verfingen sich im Gewirr der Halme oder rutschten auf der feuchten Wiese aus, mal glitt der eine, mal der andere Taschenriemen von der Schulter. Ständig musste Judit sie wieder hochziehen. Und immer wieder auf Almut warten. Licht zu machen wagte Judit noch nicht. Eigentlich konnte man sie vom Haus aus nicht mehr sehen, aber sicher war sicher.

Langsam, unsäglich langsam kroch Almut den Hügel hinunter. Als hätten sie den ganzen Tag Zeit. Und statt sich auf ihre Schritte zu konzentrieren und ein wenig Gas zu geben, flüsterte sie ununterbrochen unverständliches Zeug vor sich hin. Manchmal kam es Judit so vor, als schluchzte sie, aber eigentlich klang es eher nach einem unterdrückten Schluckauf, der sie in unregelmäßigen Abständen schüttelte.

Dankbar sein sollte man, hatte sie gesagt. Sehr witzig. Statt gleich hier an Ort und Stelle ein bisschen dankbar zu sein oder zumindest ihr Möglichstes zu tun, damit sie vorwärtskamen und alles funktionierte, musste sie lamentieren.

„Almut, bitte! Mach schneller!", rief Judit.

Seit sie das Haus verlassen hatten, spürte sie die Angst nicht mehr so deutlich, aber sie lauerte. Und jedes Mal, wenn Almut stehen blieb, blitzte die hässliche Fratze der Angst wieder auf. Er würde sie umbringen, alle beide.

Almut ließ einen dieser geschluchzten Schlucker hören, gefolgt von einem Schwall Schwachsinn, und machte Anstalten, sich hinzusetzen. Mann, sie waren noch nicht einmal unten am Bach!

„Jetzt hör auf zu jammern, Herrgott! Was denkst du eigentlich, was du da machst? Wegen dir wird alles schief gehen!", brach es aus Judit heraus.

Almut verstummte.

„Gleich sind wir unten beim Trampelpfad und ich mach die Taschenlampe an. Dann gehts leichter. Ich glaube, ich höre den Bach schon", fügte Judit ein wenig milder hinzu.

Ja, tatsächlich, da unten gurgelte es. Doch je weiter sie in den Taleinschnitt hinunter stiegen, desto düsterer wurde es. Was Judit vorher schon für Dunkelheit gehalten hatte, erwies sich im Anbetracht der Finsternis, in die sie hinabging, beinahe als lichter Tag. Sie sah nicht mehr, wohin sie trat. Ihr Fuß traf schwungvoll einen schweren Stein. Sie fluchte stumm, aber dann stahl sich ein Grinsen auf Judits Gesicht.

„Wir sind unten!", rief Judit. Sie lachte auf. „Jetzt wirds einfacher, komm!"

O Mann, wenn sie dieses Abenteuer überstanden hatte,

brauchte sie den Rest ihres Lebens nichts mehr erleben. Dann hatte sie für alle Zeiten genug zu erzählen. So, es war Zeit für die Taschenlampe. Judit fummelte den Reißverschluss einer Seitentasche auf und tastete nach dem kühlen Metall der Lampe. Plötzlich schrie Almut auf.

Judit sah sie nicht, fand auf die Schnelle auch nicht die Taschenlampe. Langsam tastete sie sich in die Richtung vor, aus der der Schrei gekommen war.

„Almut? Wo bist du?", fragte sie. „Almut?"

Judit stolperte über Steinbrocken, die sich träge unter ihrem Gewicht verschoben, eisige Grashalme streiften ihre Hände in der Dunkelheit. Aber wo steckte Almut?

„Almut, sag was, verdammt!", rief Judit.

Sie sagte nichts.

Judit ging weiter, balancierte mit Mühe die beiden Taschen und sich selbst auf dem unsichtbaren Untergrund. Plötzlich patschte Judits rechter Fuß tief in den Bach. Kalt schwappte ihr Wasser von oben in den Schuh. Wenn Almut nur nichts passiert war. Wenn nur -

„Almut!?"

Dort regte sich etwas, aber Almut antwortete nicht. Judit klebte die Zunge am Gaumen, das Herz schlug ihr bis zum Hals. Wenn jetzt - endlich fand sie Almuts Körper an der Böschung liegend.

„Almut!"

Vorsichtig tastete sie nach einem Arm.

Almut keuchte.

„Ist alles noch dran?", fragte Judit.

Statt einer Antwort nahm Judit wahr, wie Almut sich versuchte, aufzusetzen. Sie half ihr vorsichtig dabei.

„Mensch, sag doch wenigstens was! Wie soll ich dich hier sonst finden? Hast du dir weh getan?", fragte Judit.

„Erschrocken bin ich", flüsterte Almut mit weinerlicher Stimme. „Zu Tode erschrocken."

Judit schnaubte.

„Na, das ist ja kein Beinbruch. Komm, auf die Füße mit dir! Wir müssen weiter."

Im Licht des Tages hatte der Pfad am Bach entlang nach einer guten Idee ausgesehen. Im dürftigen Licht der Nacht allerdings erwies er sich als totaler Reinfall.

Judit hatte zwar die Lampe gefunden und beleuchtete damit notdürftig den Weg, aber der schmale Lichtkegel verlor sich schon nach zwei Metern in der Dunkelheit. Damit konnte sie gerade genug sehen, um große Hindernisse und Bachschlingen zu umgehen, ihre Füße tappten trotzdem weitestgehend im Dunkeln. Am Riemen von Judits Tasche hielt sich Almut fest. Jammernd und keuchend strauchelte sie hinter ihr her. Immer wieder musste Judit noch langsamer machen, weil Almut den Riemen zurückhielt.

Judit hielt den Blick auf den Weg gerichtet, obwohl das nicht viel nützte. Nur bei jedem dritten oder vierten Schritt sah sie auf, um zu sehen, ob sie vielleicht Michelried schon erkennen konnte. Eine Stadt, selbst eine kleine, musste auch nachts leicht zu finden sein, weil niemals alle Lichter verloschen. Doch vor ihnen herrschte nichts als Dunkelheit.

Vielleicht hatten sie irgendeinen Abzweig genommen, ohne es zu merken. Oder sie waren von Anfang an dem falschen Bach gefolgt, weil sie schräg über die Wiese abgestiegen waren. Judit hatte diesen Weg nur ein einziges Mal auspro-

biert - und das rennend. Jetzt erkannte sie keinen Steinbrocken wieder, keinen Strauch. Nichts.

Immer wieder wandte sich Judit um, lauschte nach hinten,
immer wieder schickte sie den Taschenlampenstrahl auf den
Weg, den sie zurückgelegt hatten. War da ein Laut gewesen,
eine Bewegung? Eigentlich nicht, nicht richtig zumindest.
Aber wie konnte sie sicher sein? Auf Schritt und Tritt folgte
Judit das Gefühl, der Vater wäre ihnen längst auf den Fersen.
Er war schlauer als sie, das hatte er ihr tausende Male gesagt.
Sie glaubte ihm kein Wort. Trotzdem ertappte sie sich bei
dem Gedanken, dass er trotzdem Recht haben könnte. Dass er
etwas wissen konnte, das ihr entgangen war. Was, wenn er
ihren Plan längst durchschaut hatte, er sie in Sicherheit wiegte, um ihnen irgendwo im Nirgendwo aufzulauern, einen
Felsbrocken auf den Kopf zu knallen und ihre kümmerlichen,
zermatschten Überreste in einer gottverlassenen Schlucht zu
verbuddeln, in der niemals jemand nach ihnen suchen würde?
Was, wenn sie dem Vater in die Hände spielte, ohne es zu
begreifen? Die Schlüssel waren abgezogen gewesen. Zum
ersten Mal überhaupt.

Plötzlich knallte es ohrenbetäubend. Judit fuhr erschrocken
herum, riss die Lampe hoch und prüfte mit dem geisternden
Lichtschein die Umgebung. Bizarre Schattengestalten spran-
gen durchs Licht und tauchten in den Schatten zurück. Der
Knall ging in dumpfes Grollen über. Judit hatte keinen Blitz
wahrgenommen, doch das Grollen klang nach Gewitter.
Unverkennbar. Wenn sich jemand mit Unwettern auskannte,
dann ja wohl Judit.

„Halleluja, das war nur ein Donner!", rief Judit. „O Mann, da bin ich aber froh."

Almut antwortete nicht, sie hing nur fest am Trageriemen der Tasche und starrte mit großen Augen in den Himmel.

„Na gut, ganz so toll ist ein Gewitter auch wieder nicht", lenkte Judit ein.

Sie tätschelte Almut kurz die kalte Hand, dann sagte sie: „Komm, wir beeilen uns besser."

Über ihnen zuckte ein Blitz, dicht gefolgt von einem weiteren Kanonendonner.

Judit marschierte los, beschleunigte ihr Vorantasten, strauchelte, hielt mühsam die Taschen auf den Schultern, zog Almut hinter sich her, die immer wieder bremste, an der Tasche riss und dabei nicht aufhörte, vor sich hin zu jammen. Fast, als spräche sie eine Art Gebet. Judit stolperte weiter.

Seit dem letzten Donner war keiner mehr zu hören gewesen, kein Blitz flackerte am Horizont. Vielleicht würde der Himmel dichthalten, die große Entladung auf ein andermal verschieben. Ja, es sah ganz so aus, als hätten sie Glück. Judit lächelte. Vielleicht entwischten sie auch dem Vater.

Doch da klatschten dicke Tropfen in Judits Gesicht. Dieser Regen begann nicht mit einem zarten Tröpfeln, wie es sich gehörte, nein, dieser Regen setzte mit solcher Kraft ein, dass Judit beinahe die Luft wegblieb. Ein Sturzbach fiel aus den Wolken.

Rasch knipste Judit die Taschenlampe aus, schob sie in ihren Hosenbund und zog die Jacke darüber. Wenn die nass wurde, war's das mit dem Licht. Regenschirm, schnell! Ihre kalten Finger bewegten sich nur widerwillig. Judit fand nicht gleich den richtigen Reißverschluss, und dann, dann bekam sie ihn nicht auf. Warum ging der nicht auf?

„Unterstellen!", hörte Judit dumpf von hinten.

Almut zerrte am Taschenriemen.

„Wo denn? Wo?", rief Judit.

Der Regen prasselte so laut, dass sie kaum ihr eigenes Wort verstand. Sie war durchnässt, halb erfroren und sah nichts als Dunkelheit.

„Wald", glaubte sie, Almut sagen zu hören.

„Hier ist kein Wald!", rief Judit.

„Da!"

„Wo, da?"

„Da oben!"

Wasser rann Judit aus den Haaren, übers Gesicht, in die Augen. Sie schirmte sie vom Regen ab, schaute, in welche Richtung Almut zeigte, hob den Kopf und versuchte, in der Richtung etwas zu erkennen, in die der ausgestreckte Arm zu zeigen schien. Dort, wo vermutlich der Hügel in den Himmel überging, sah die Dunkelheit noch dunkler aus. Möglich, dass dort ein Wald lag. Sehr wahrscheinlich sogar, denn es gab kaum einen Hügel, den nicht zumindest zur Hälfte Fichten bedeckten.

„Unterstellen!", rief Almut wieder.

„Da kommen wir nicht rauf. Ich hab einen Regenschirm."

Endlich bekam sie den Reißverschluss so weit aufgezogen, dass sie hineinfassen und den Schirm herauszerren konnte. Mit klammen Fingern klappte sie ihn auf und hielt ihn in Almuts Richtung.

„Hier, nimm du ihn", sagte sie.

Ein Blitz zuckte, riss für einen Augenblick Licht in die Schwärze und verglomm. Still zählte Judit, wie lange es dauerte, bis der Donner folgte.

Bis zwanzig kam sie, bevor er dunkel grollend über die Hügel heranrollte. Also halb so wild. Aber sie hielt noch immer den Regenschirm in die Dunkelheit.

„Almut, willst du nicht den Schirm?", fragte Judit. „Almut? Wo bist du hin?"

Judit hielt sich den Schirm über den Kopf und suchte nach Almut. Vorsichtig patschte sie von Pfütze zu Pfütze den Pfad zurück, während sie die Taschenlampe aus dem Hosenbund zog und wieder anschaltete. Zum Glück ging sie noch. Da war Almut! Im strömenden Regen kletterte sie am Hang.

„Was machst du? Wir müssen weiter!", rief Judit.

„Bis der Regen nachlässt", glaubte sie, Almut zu hören.

„Der lässt nicht so schnell nach. So lange können wir nicht warten. Hier, nimm den Schirm!"

Almut kraxelte weiter.

„Aber bei Gewitter -", rief Almut.

„- stellt man sich nicht unter Bäume!", schrie Judit zurück. „Komm endlich!"

Um den Regen zu übertönen. Und weil sie Almut nur erreichte, wenn sie laut wurde. Alles andere ignorierte sie ja. Almut rutschte ein Stück den Hang hinunter und schien zu überlegen. Rasch stieg Judit Almut mit den schweren Taschen, den Schirm in der einen, die Taschenlampe in der anderen Hand, hinterher.

„Du kommst da sofort runter, Madame! Wir gehen weiter. Jetzt!", rief Judit. „Sonst -!"

Sie klemmte die Lampe unter die Achsel, packte Almuts dünnen, nassen Arm und zerrte sie zurück auf den Weg.

Almut fügte sich, nahm endlich den blöden Schirm und trottete wieder quälend langsam hinter Judit her. So lange sie die Taschenlampe halb unter ihrer Jacke verborgen hielt und nur das Licht unter dem Saum hervorleuchten ließ, funktionierte die Lampe sogar bei Regen. Doch das war der einzige Lichtblick. Judit schlotterte vor Kälte, fühlte sich dreimal so schwer wie sonst mit dem ganzen Gepäck und den vom Wasser vollgesogenen Kleidern, die jede ihrer Bewegungen zäh wie altes Kaugummi machten. Wann tauchte nur endlich Michelried auf?

„Den Tod holen wir uns", rief Almut.

„Besser lebendigen Leibes sterben, als leichenstarr am Leben bleiben!", gab Judit durchs Regenprasseln zurück.

Das war ihr spontan eingefallen. Sie musste es sich merken, bis sie im Zug saßen, und dann gleich aufschreiben. Manchmal hatte sie wirklich geniale Ideen. Woher sie diese Neigung zu genialen Ideen hatte, wusste sie allerdings nicht. Von ihren Eltern jedenfalls nicht. Das Genie-Gen musste ein paar Generationen übersprungen haben.

Hinter ihr jammerte Almut jetzt so laut, dass Judit es trotz Regenprasseln nicht mehr ignorieren konnte, und zerrte immer energischer an der Tasche. Aber Judit riss sich zusammen und marschierte weiter. Wieder zog Almut am Taschenriemen, diesmal so kräftig, dass ihr die Tasche von der Schulter in die Armbeuge rutschte und Judit aus dem Gleichgewicht kam. Sie stolperte über die glitschigen Steine und fiel beinahe hin.

„Meine Fresse! Kannst du mal fünf Minuten still sein?!", brüllte Judit. „Und mit dem Gezerre aufhören!"

Sie rappelte sich auf und versuchte, die Tasche aus Almuts Fingern zu befreien. Aber Almut krallte sich fest.

„Lass los!", schrie Judit.

Almut wimmerte und hielt die Tasche fest.

„Wenn du nicht gleich loslässt!"

Statt loszulassen, wälzte sich Almut im herumgeisternden Schein der Taschenlampe auf die Tasche und schüttelte den Kopf. Judit zog am Riemen, bekam ihn aber nicht frei, Almut versuchte, ihr die Gurte zu entwinden. Das durfte doch nicht wahr sein! Was glaubte die, was sie da machte? Judits Hand schwang herum, holte aus, um - erschrocken senkte Judit ihre Hand. Hatte sie wirklich ausgeholt? Um zuzuschlagen?

„So kommen wir doch nie an", sagte sie noch mürrisch, aber ohne jede Schärfe.

„Mir tun die Füße doch so weh", klagte Almut.

„Die Füße? Kein Wunder mit deinen Latschen. Pass auf, wir besorgen dir Neue, sobald wir -"

„Keinen Meter kann ich noch gehen", wimmerte Almut. „Gar keinen. So weh!"

Im Lichtkegel der Taschenlampe taumelte sie noch einen halben Schritt, dann blieb sie stehen. Der Regen patschte auf ihren Schirm. Am liebsten wollte Judit ihr an die Gurgel. Aber dann gab sie sich geschlagen. Es half ja nichts. Sie würden nicht ankommen, wenn sie nicht alles daran setzte. Judit seufzte und suchte im strömenden Regen nach ein paar großen Steinen, auf die sich setzen konnten. Judit zog ihre vollgesogenen Turnschuhe aus und reichte sie nacheinander Almut, damit sie sie anzog.

Im Gegenzug bekam sie Almuts starre, ausgelatschte Ledertreter. Holzschuhe konnten auch nicht unpassender sein für einen Fußmarsch durch die Wildnis. Aber immerhin: Jetzt brauchte Almut deswegen nicht mehr klagen und sie selbst würde einfach die Zähne zusammenbeißen.

„Brauchst du Hilfe?", fragte Judit, weil Almut noch immer mit ihren Schuhen hantierte.

Sie zog ihr die Turnschuhe an, band sie und stellte Almut auf die Beine.

„Jetzt können wir doppelt so schnell gehen. Du trägst Siebenmeilenschuhe", sagte Judit.

Almut schien unter ihrem Schirm zu nicken, sagte aber nichts. Der Regen ließ allmählich nach.

Mit jedem Schritt, den sie weiter gingen, wurden die Regenfäden dünner, bis nur noch feiner Niesel fiel. Der halbe Mond kam zum Vorschein und geisterhafter Dunst stieg in seinem fahlen Licht vom Boden auf. Judit war durchgefroren und hatte keine Kraft mehr. Geschweige denn Lust, überhaupt noch einen Fuß vor den anderen zu setzen.

Aber jetzt sah sie, dass die Hügel schon ein gutes Stück auseinandergerückt waren. Sie marschierten längst nicht mehr in der engen Schlucht umher. Und dort vorne, konnte das sein? Glänzte da nicht schon zwischen den Nebelfetzen der Weidenbaum im Mondlicht? Ja, und dahinter, halb vom Dunst der Ebene verschluckt, schimmerte da nicht das Licht von tausend Lampen? Ja, ja, da vorne lag Michelried!

„Siehst du, da unten ist es schon! Wir haben es bald!", rief Judit. „Halleluja, wer hätte das gedacht? Und es ist noch nicht einmal Morgen!"

Sie hätte tanzen mögen vor Glück, ein Feuerwerk anzünden, was auch immer! Das erste Etappenziel ihrer Reise lag in Sichtweite, sie würden es schaffen. Sie durften nur nicht schlappmachen, dann saßen sie morgens im Zug und konnten über den beschwerlichen Weg nur noch lachen. Strahlend drehte sich Judit zu Almut um.

„Siehst du? Da vorne! Da ist Michelried, der Bahnhof -"

Judit verstummte. Die Party war vorbei. Hinter Almut wurde der Himmel schon fahl.

„Los, wir müssen!", rief Judit und marschierte weiter.

Es gab Hoffnung. Aber die nackte Angst trieb Judit vorwärts. Wie lange mochte es dauern, bis der Tag anbrach? Wie lang würde es dauern, bis der Vater erfuhr, dass sie getürmt waren? Und wie lange, bis er sie erwischte?

Nicht, dass er ihnen folgte, weil er sie vermisste oder sich Sorgen machte. Nein, weil es nicht angehen konnte, dass jemand etwas tat, ohne seine Erlaubnis einzuholen und mit seinem Diebesgut floh.

Noch spitzte die Sonne nicht über den Horizont, das offene Land streckte sich im Frieden des anbrechenden Tages unter einem magisch dunkelblauen Himmelsgewölbe, an dem ein paar vergessene Wolken dösten. Vor ihnen in der Senke glitzerten die Lichter der Stadt, hin und wieder schoben unsichtbare Autos auf der Bundesstraße ihre Scheinwerferstrahlen vor sich her. Ganz entfernt hörte Judit sogar die Fahrgeräusche der Autos herüberklingen. Bald würden sie an der Straße sein und nicht lange darauf in den Zug steigen und die Lauferei hatte endlich ein Ende.

Die Wiese lag bald hinter ihnen. Unter Judits Taschenlampenlicht zuckte der Mittelstreifen eines breiten Feldwegs. Soweit sie es erkennen konnte, führte der Weg schnurgerade auf die Bundesstraße und Michelried zu. Sie folgten seinem sanften Gefälle den Hang hinab. Verglichen mit ihrer Odyssee dem Bachlauf entlang und durch den strömenden Regen, war dies hier das reinste Lustwandeln. Aber nur im direkten Vergleich.

In Almuts starren, ausgetretenen Schuhen rutschte sie ohne Halt herum und Judits Kleider klebten kalt, nass und zu eng an ihr. Sie zitterte vor Kälte und, ja, auch vor Angst. Ihr Körper fühlte sich unsäglich müde an. Einfach erschöpft. Und das Gepäck erst. Das Gepäck brachte sie beinahe um.

Beim Packen war es ihr noch leicht und handlich vorgekommen, beim Planen der Weg gar nicht weit. Doch er zog sich und irgendjemand schien ihr bei jedem Schritt noch einen zusätzlichen Stein in die Taschen zu legen. Am liebsten hätte sie sich einfach auf den Schotterweg fallen lassen und eine Runde geschlafen. Aber das ging nicht.

Höchstens die Taschen kurz abzusetzen, war drin. Nur für ein winziges Päuschen. Judit blieb stehen, hob die Taschen von den geschundenen Schultern und drehte sich um.

„Almut? Almut!"

Gott, wo steckte die schon wieder? Judit wurde schwindelig vor Schreck. Sie musste Almut finden.

Noch war es zu dunkel, um weit zu sehen. Judit schwenkte die Taschenlampe über den verwaisten Weg, führte den Lichtkegel langsam von sich weg, bis er sich verlor. Zwischen Mais und Weizenfeldern verlief das ein wenig hellere Band des Feldwegs, dem sie seit dem Ende der Wiese dort droben folgten. Auf diesem helleren Band schien kein dunkler Punkt zu sein. Keine Almut.

„Almut!"

Plötzlich fühlte sich Judit so einsam wie nie zuvor. Sie spürte es deutlich: In ihrer Nähe war niemand. Kein Rascheln, kein

Atmen, keine Präsenz. Sie ließ die Taschen mitten auf dem Weg stehen und rannte verzweifelt bergan, den im Nebel ruhenden Hügeln entgegen. Die Lederschuhe schabten an ihren Fersen, sie rutschte bei jedem Schritt beinahe heraus. Nasse Strähnen verklebten ihr die Sicht. Sie hörte nur ihr eigenes Keuchen, das Rascheln ihrer Kleidung und ihre eigenen Schritte irgendwo in der Einsamkeit.

Das Licht verdrängte die Nacht nur zögernd. O Mann, wo steckte die? Wenn ihr Vater hierher gekommen war und sie hinterrücks gepackt hatte? Judit hätte sie keinen Moment aus den Augen lassen dürfen. Warum war sie nicht gleich darauf gekommen, dass es ausgerechnet hier, wo der Weg breit und sicher aussah, am gefährlichsten für sie beide war! Hierher konnte man leicht mit dem Auto fahren, und -

„Almut!"

Im Vorbeirennen suchte Judit mit der Lampe die Weizenfelder ab, ein Blick links, ein Blick rechts. Nichts. Nur im Morgengrauen fast farbloser Weizen. Und niemand antwortete.

„Almut, Bitte! Sag was!"

Links tauchte das Maisfeld auf. Judit verlangsamte ihren Schritt, wischte alle Haare aus dem Gesicht und spähte zwischen die dicken Stängel. Immer wieder rief sie Almuts Namen, horchte, hörte nichts, als das Rasseln ihres eigenen Atems. Im Maisfeld keine Almut, im Getreideacker auf der anderen Seite auch nicht. Keine Almut weit und breit. Und kein Auto, niemand in der Nähe. Sie lief mutterseelenallein den Weg entlang.

Judit tappte bis zum Ende des Maisfeldes, dann hatte sie keine Kraft mehr. Sie war noch nicht mal achtzehn. Sie war noch fast ein Kind. Nicht so sehr wie Micha, aber doch noch lange nicht so weit, so eine Verantwortung zu tragen. Wie sollte sie es schaffen, gegen tausend Widrigkeiten zur gleichen Zeit anzukämpfen? Gegen eine Welt, die so viel größer und grausamer war als sie selbst? Judit schlug die Hände vors Gesicht und wollte weinen, aber selbst das ging nicht. Selbst dazu fehlte ihr die Kraft.

Ratlos öffnete sie die Augen wieder, wandte sich um. Und dann sah sie etwas im Schatten. Auf dem schmalen Grasstreifen zwischen dem Maisfeld und einer weiteren Fläche Weizen kauerte Almut.

„Almut, Gott sei Dank! Was ist passiert? Warum antwortest du nicht? Wir sind doch gleich da! Dort vorne sind die ersten Häuser, hast du die nicht gesehen?", rief Judit schrill. „Nur noch die Bundesstraße, dann sind wir doch da!"

Almut antwortete nicht. Sie hockte klein und reglos im Gras zwischen den Feldern, das Gesicht auf die Knie gebettet und hinter den verschränkten Armen verborgen. Hierher reichte das Sonnenlicht noch nicht, die Feuchtigkeit der Nacht stieg Judit entgegen, als sie zögernd näher trat.

Almut zuckte nicht, als ob sie Judit nicht bemerkt hätte, oder, als wenn sie tot wäre. Langsam richtete Judit den schwächer werdenden Strahl der Taschenlampe auf sie. Die Lampe zitterte in ihrer Hand. Sie sah sich noch einmal um, bevor sie weiter hinein zwischen die Felder ging.

Auf Almuts Kopf wuchsen nur noch dünne, graue Fäden, die jetzt vom Regen aneinanderklebten und noch kümmerlicher wirkten. Noch immer regte sich Almut nicht. Angst schnürte Judit die Luft ab, trotzdem trat sich noch näher und leuchtete dorthin, wo ein geschlossenes Auge zur Hälfte in der Armbeuge verschwand. Unwillig regte sich der Kopf, als wollte er sich noch tiefer vergraben.

Judit seufzte und knipste die Lampe aus. Die Sonne schob sich über den Horizont herauf. Sie färbte den Osthimmel fahlgelb und tauchte die Welt zusehends in ein trügerisches Licht, das Wärme versprach, aber keine schenkte. Er sah wunderschön aus, dieser Sonnenaufgang, der die blassen Nebelfelder auf der Ebene zum Strahlen brachte und das ganze Land verzaubert wirken ließ. Doch Judit fror wie ein nackter Schneider. Ihre Zähne klapperten und sie schluchzte auf.

Almut hob den Kopf gerade so weit, dass sie Judit sehen konnte. Ihre Augen schwammen in Tränen.

„Das geht nicht", flüsterte Almut.

„Natürlich geht es! Es ist nicht mehr weit", rief Judit. Ihre Stimme überschlug sich. „Es muss einfach! Es muss!"

Es fiel ihr selbst schwer, sich zu glauben. Trotzdem betete sie noch einmal alles herunter, was ihr an guten Gründen für ihre Flucht einfiel, manches spulte sie gleich mehrmals ab, weil es eigentlich nicht viele Argumente gab. Vielleicht sogar nur eines: Woanders konnte es nur besser sein.

Doch Almuts Blick stahl sich an Judit vorbei, glitt ohne Fixpunkt in die Ferne. Sie sagte nichts, wie immer. Das ging Judit inzwischen am allermeisten gegen den Strich. Das war, das war ... als würde Almut sie absichtlich ignorieren. Einfach nur, weil sie es konnte. Wahrscheinlich machte es ihr Spaß, Judit an ihr verzweifeln zu sehen.

„Steh auf!", rief Judit streng. „Wir müssen weiter!"

Almut blieb stumm. Und sitzen.

„Wenn du nicht gleich aufstehst!", brüllte Judit. „Bitte! Wie sollen wir das denn jemals schaffen?"

Tränen stiegen Judit in die Augen, ihre Stimme soff ab. Sie hasste es. Dieses Gefühl, keine Kraft mehr zu haben, gegen etwas anzukämpfen, das ihr von vornherein in allen Dingen überlegen war, wie der Starrsinn dieser dummen, alten Vettel, brachte sie zur Verzweiflung. Ein weiterer Schluchzer entkam ihrer Kehle. Judit klappte entschlossen den Mund zu. Eilends wischte sie die Tränen fort. Jetzt sah ihr Almut ins Gesicht. Noch immer schweigend und reglos, aber immerhin, sie schaute her. Trotzdem wusste Judit nicht weiter.

„Was soll ich denn mit dir machen, Almut? Ich kann dich doch nicht tragen. Ich würd`s ja! Gott weiß, ich würde dich ans Ende der Welt tragen, damit die Scheiße hier ein Ende hat. Damit sie uns nicht kriegen! Aber ich kanns nicht. Hörst du? Ich kanns einfach nicht. Selbst die Taschen schaffe ich kaum noch."

Welcher Gott hatte es ausgerechnet Judit aufgebürdet, sich an ein bisschen Ungerechtigkeit zu stoßen, die andere achselzuckend abtun konnten. Warum bekam Judit es nicht auf die Reihe, so abgebrüht und pragmatisch zu sein. Jetzt stand sie da, im herrlichsten Morgenlicht, beinahe allein auf weiter Flur, hatte den aberwitzigen Plan begonnen - und konnte nicht mehr. Das Schlimmste aber war: Sie lebte noch. Sie konnte sogar noch stehen, schluchzen, leiden. Sie hatte verloren, irgendwie. Aber nicht richtig. Sie lebte ja immer noch, auch wenn es nicht mehr weiter ging. Nirgendwohin.

Schon gar nicht ans Meer.

Judit ließ sich fallen. Sie machte sich klein, barg ihr Gesicht zwischen den Knien, schlang die Arme um die Beine und hatte keinen Bock mehr. Das Haus, aus dem sie nachts getürmt waren, lag irgendwo da hinten, das Gepäck, das sie hoffnungsvoll gepackt hatte, irgendwo da vorn, und noch weiter da vorne gab es einen Bahnhof, von dem aus sie ins gelobte Land hätten fahren können. Aber so weit würde es nicht kommen.

Sie würden hier sitzen, bis sie verdursteten, bis sie anfingen zu gammeln und zu stinken, und irgendwann würden hier ein paar herrenlose Knochen herumliegen, die niemanden interessieren. Ja genau hier, auf dem Grenzstreifen zwischen einem Maisacker und einem dummen Getreidefeld. Es war gar nicht nötig, dass der Vater ihnen folgte und sie zur Schnecke machte, sie in der Luft zerriss oder sie einfach nur prügelte, bis ihnen Hören und Sehen verging. Sie kamen nicht weit.

Doch unwillkürlich schob sich vor das Bild des bleichen Knochenhaufens ein anderes. Das Bild der alten Villa am Meer. Es stahl sich heimlich in Judits Kopf. Vergilbt, ein bisschen unscharf und wunderbar. Almuts Haus. Rechtmäßig. Stand es ihnen da nicht auch zu, dorthin zu gelangen? Egal, was diese Scheißrealität davon hielt?

Judit beschloss, dass die Sache erst verloren war, wenn sie tot war. Keine Sekunde früher. Sie hatte versprochen, Almut zu helfen, und das würde sie auch. Einfach hierzubleiben bis zum Sankt-Nimmerleinstag kam nicht in Frage.

Als Judit den Kopf hob, sah sie, dass sie bereits einen weichen Schatten warf. Wenn sie genau hin spürte, merkte sie, dass die Sonne ihr ganz sacht den Rücken wärmte. Und sie roch den behaglichen, süßen Duft, den die Weizenfelder ringsum verströmten. Die feuchten Grashalme funkelten im Sonnenlicht, als wären sie mit Diamantstaub überzogen und in der Ferne trällerte eine Lärche. In Judits Brust zog sich ihr

Herz vor Sehnsucht zusammen. Die Sehnsucht nach Leben war es. Sehnsucht nach Freiheit. Eine Sehnsucht, die tiefer reichte, als alle Angst und jeder Schmerz.

Judit atmete den Duft des neuen Morgens so tief in sich hinein, wie sie nur konnte, spürte ihr Sehnen in jeder Körperzelle ziehen. Sie wollte es, sie wollte es ganz und gar, mit jeder Faser. Sie wollte leben. Das hier war nicht der Tag, an dem alles zu Ende ging. Dafür war er ein zu großes Wunder. Das hier, das konnte nur der erste Tag von etwas großem sein. Judit straffte sich.

„Komm, Almut", sagte sie leise. „Ich kann auch fast nicht mehr. Mir tut alles weh und die Taschen wiegen Tonnen. Aber weißt du was? Wir zwei schaffen das trotzdem. Der Weg vor uns, der ist viel leichter als der, der hinter uns liegt. Vor allem ist es ein richtiger Weg und es ist hell. Wir müssen ihm nur folgen."

Judit stand auf, klopfte sich den Dreck vom feuchten Hosenboden und reichte Almut die Hände.

„Aufgeben können wir noch, wenn wir tot sind", sage sie. „Lebend kriegen die uns nicht."

Almut musterte Judit einen Augenblick, doch dann griff sie zögernd nach Judits Händen. Papierene Finger schlossen sich kalt und kraftlos um Judits. Judit zog sachte an und endlich stand auch Almut wieder auf den Beinen. Wacklig zwar, aber sie stand. Mitten in dieser wundersamen Szenerie voll goldenen Lichts und Hoffnung.

Judit legte einen Arm um Almuts Taille, mit der freien Hand fasste sie an Almuts Oberarm und hielt ihn vorsichtig fest. Langsam setzten sie sich in Bewegung. Almut auf dem einen Schotterstreifen des Feldwegs, Judit auf dem holprigen Mittelstreifen im feuchten Gras. Aber das war okay. Dort vorne lagen die Taschen.

„Geht das so?", fragte sie Almut nach einigen Schritten.

Es schien zu gehen, denn Almut beschwerte sich nicht, jammerte nicht vor sich hin, sie bremste nicht und schaute nicht anklagend. Sie schwieg nicht einmal, während sie auf das Gepäck zu gingen.

„Ich habe lange keine Lärche gehört", sagte sie.

16.

Kurz darauf trug Judit wieder Almuts altersschwache Tasche auf der linken Schulter, die stibitzte Reisetasche ihres Vaters improvisiert als Rucksack und die Hälfte von Almuts Gewicht auf ihre rechte Seite gestützt. Hatte sie Almut jemals für erschreckend mager und leicht gehalten? Wahrscheinlich hatte die sich auch mit Wasser vollgesogen oder unterwegs eine Eimerladung Steine verschluckt. Judit kam es vor, als wöge die alte Frau mehrere Doppelzentner.

Sie kamen noch langsamer voran als in der Nacht, obwohl der Weg breit und sichtbar vor ihnen lag. Quälend langsam. Aber Hauptsache, sie gingen überhaupt.

Judits Sohlen brannten wegen der erbärmlichen Schuhe wie die Hölle. Vielleicht wäre es besser, barfuß zu laufen. Aber noch einmal anhalten, um die Schuhe auszuziehen, wollte sie nicht. Womöglich bekam sie Almut dann gar nicht mehr in Bewegung. Oder sich selbst.

Almut trottete neben ihr her und faselte wieder vor sich hin. Von der Lärche wechselte sie übergangslos zu einem Theaterstück. Romeo und Julia oder sowas, irgendwas furchtbar Romantisches jedenfalls. Sie schwadronierte von einer geplanten Hochzeit, die dann aus unerfindlichen Gründen niemals stattfand. Von einer Braut, die vor der Hochzeit schwanger war. Von einer Menge Aufregung und von Flucht. Judit hörte erst nur halb zu, dann schaltete sie ganz ab. Sie hatte keine Kraft mehr, die sie für Nebensächlichkeiten vergeuden konnte, durfte sich nicht vom Ziel ablenken lassen.

Das Ziel lag gerade zwar nicht in Sichtweite, aber das machte nichts, denn die Richtung stimmte. Judit wusste, dass sie Michelried und dem Bahnhof mit jedem Schrittchen näher kamen. Direkt hinter dem aufgeschütteten Wall mussten die ersten Häuser stehen. Gleich hinter der Straße, die darauf entlang führte. Und dieses letzte Hindernis lag schon so nah, dass Judit fast danach greifen konnte. Der Lärm der vorbeifahrenden Autos wurde immer lauter, immer klarer erkannte sie die Farben der Fahrzeuge. Gleich waren sie da.

Der Feldweg führte geradewegs auf den Wall zu und mündete am Fuß der Aufschüttung in einen anderen Weg, der parallel zur Straße in beide Richtungen verlief. Judit blieb mitten auf der Kreuzung stehen, schaute nach links und rechts und hielt Ausschau nach einer Unterführung. Aber ausgerechnet hier beschrieb die Straße einen weiten Bogen, so dass sie den Verlauf des Walls nicht weit überblicken konnte.

Von der Ferne hatte der Wall nicht so hoch und die Böschung nicht so steil gewirkt, doch jetzt, als sie direkt unter ihm standen, überragte er sie wie eine Festungsmauer.

„Siehst du einen Weg, der unten durch führt?", fragte sie Almut. Eigentlich mehr, um irgendwas zu sagen, weniger, weil sie auf eine sinnvolle Antwort hoffte.

„Da sind Autos", murmelte Almut.

Sie wies mit ihrer knochigen Hand nach oben. Dort hörten sie Autos heranbrausen und davon preschen. Zu sehen waren die Fahrzeuge von hier unten nicht. Judit nickte. Dass auf der Bundesstraße Autos fahren würden, war vorherzusehen gewesen. Dass sie nicht gerade langsam unterwegs sein würden natürlich auch. Dass es allerdings weder links noch rechts in absehbarer Entfernung eine Unterführung gab, hatte niemand ahnen können.

Vielleicht fand sich gleich hinter der Biegung rechter Hand ein Weg unter der Straße hindurch. Oder auf der linken Seite. Vielleicht aber auch nicht. Egal, in welche Richtung sie sich wenden würden: Die Strecke, die sie zurücklegen mussten, wurde dadurch deutlich länger und ob sie überhaupt einen Weg unter der Bundesstraße hindurch fanden, bevor sie Geierfutter wurden, stand in den Sternen - die längst am Himmel verblasst waren.

Inzwischen stand die Sonne schon weit überm Horizont und brannte herunter. Die feuchten Klamotten trockneten immerhin allmählich, aber der Tag war eindeutig nicht mehr jung.

Sie mussten den kürzesten Weg nehmen. Entschlossen führte Judit Almut zu einigen Weißdornbüschen, die den Weg in der Nähe säumten.

„Hier, setz dich in den Schatten", sagte Judit. „Wir machen eine Pause."

Almut setzte sich mit Judits Hilfe in den löchrigen Schattenstreifen, dann bekam Judit endlich die Taschen von den Schultern. Und sie konnte die Mörderschuhe ausziehen. Judit streifte das Schuhwerk ab, streckte die von der Feuchtigkeit schrumpeligen Zehen einige Male, dann holte sie Luft und nahm die Böschung ins Visier.

Sie nahm Anlauf und stürmte hinauf. Die ersten Schritte bergan fühlten sich mit den aufgeweichten Füßen merkwürdig an, gelangen aber leicht. Doch dann verlor Judit das Gleichgewicht. Erschrocken stützte sie sich mit den Händen ab, lehnte sich dem Hang entgegen, um nicht hintenüber zu kippen. Ihre Hände fanden Halt an den Grasbüscheln. So ging

es. Flink griff sie hierhin und dorthin, ertastete mit den bloßen Zehen Wurzelballen, auf denen sie sich hinauf schieben
konnte und schon stand sie an der Leitplanke.

„Yes!", keuchte Judit.

Ein Bus stob vor ihrer Nase vorbei, begleitet von einem lang
gezogenen Hupen. Unbeeindruckt davon richtete sich Judit
auf und beugte sich über die Leitplanke, um die Straße in
Augenschein zu nehmen. Hier oben zauste ihr der Wind die
losen Strähnen, fuhr ihr unter die feuchten Klamotten, so,
dass sie sich für einen Augenblick fühlte, als flöge sie der
Küste entgegen. Was hinter ihr lag - für immer vergessen.
Vor ihr nichts als die lang ersehnte Umarmung der See.

Ja, hier war es perfekt. Wirklich perfekt. Glück im Unglück
gewissermaßen. Die Straße war nach beiden Seiten gut ein-
sehbar, es gab keine Hecken oder Lärmschutzwände, weder
eine Mittelleitplanke noch einen Wildzaun. Nur links und
rechts der Fahrbahn verliefen Planken, die sie mit einem großen Schritt locker übersteigen konnten.

Das Beste aber war: Direkt auf der anderen Seite begann
Michelried. Vielleicht gute hundert Meter von der Straßen-
trasse entfernt wuchsen Einfamilienhäuser wie eine Gruppe
Pilze aus dem flachen Grund. Nur eine einzige Wiese lag jenseits der Straße zwischen ihnen und dem unbebauten Ende
einer Sackgasse. Sie würden es schaffen! Dass sie erst gegen
Mittag an den Bahnhof kamen - halb so wild. Wichtig war,
dass sie es überhaupt schafften!

Hier erwartete sie niemand, keiner kannte sie. Judit nickte
zufrieden und machte sich mit neuem Elan an den Abstieg.
Sie schlitterte, fiel und rutschte ein Stück auf dem Hintern,
rappelte sich wieder auf und kam lachend unten auf dem Weg

und bei Almut an. Glücklich klopfte sie sich Erde und Gras-halme aus der Kleidung. Sie hätte die ganze Welt direkt und auf der Stelle umarmt, wenn ihre Arme nur lang genug gewe-sen wären.

„Weißt du was, Almut? Jetzt machen wir erstmal Brotzeit", sagte Judit und öffnete Vaters Reisetasche.

Dieser Tag war zu schön zum Sterben.

Und zum Aufgeben sowieso.

Erschütternderweise konnte Almut mit dem Schokoriegel nichts anfangen. Erst als Judit ihn ihr auspackte und demonst-rativ in ihren eigenen biss, probierte Almut ihn und kaute sehr konzentriert. Sie schien nicht ganz überzeugt, aber sie aß ihn auf. Judit förderte eine Flasche Orangenlimo zu Tage, die Almut zuerst ebenso kritisch beäugte, dann aber annahm. Mit der Kohlensäure kam sie nicht zurecht. Sie trank nur ein paar winzige Schlucke, die ihr Schwierigkeiten machten, dann gab sie die Flasche zurück.

Judit zögerte kurz, bevor sie die Flasche an die eigenen Lip-pen setzte. Aus derselben Flasche trinken, das ist wie Küssen, hatte Micha einmal verlauten lassen. Oder schlimmer. Und ausnahmsweise musste Judit ihm Recht geben. Eigentlich hatte sie keine große Lust, Almut gewissermaßen zu - zu küs-sen, aber sie schob den Ekel beiseite und trank in langen Zügen. Sofort spürte sie neue Kraft ihre Glieder fluten. Was so ein bisschen Zucker doch ausmachte. Auch Almut sah nach ihrem Schokoriegel nicht mehr ganz so farblos aus.

Judit packte den Müll weg, zog sich ein frisches, nur halb durchfeuchtetes T-Shirt aus der Tasche über und fragte Almut, ob sie sich auch umziehen wollte. Almut wollte wohl nicht, denn sie sagte nichts.

„Dann komm. Letzte Etappe zu Fuß, dann sind wir da!"

Judit band Almuts alte Schuhe an den Riemen der Tasche, dann schulterte sie das Gepäck, nahm Anlauf, spurtete auf den Wall zu, lehnte sich vor, packte ins Gras und rannte aufwärts. Doch weit kam sie nicht. Die Taschen brachten sie aus dem Gleichgewicht, bremsten sie so sehr, dass sie einfach wieder rückwärts hinunter rutschte.

„Gut, dann eben nacheinander", beschloss Judit und lud Almuts Tasche wieder ab.

Schnaufend und fluchend kraxelte Judit zweimal bepackt nach oben und einmal leer nach unten. Die Taschen platzierte sie hinter einem Leitplankenpfosten, damit sie nicht gleich von der Straße aus ins Auge fielen. Wieder brauste jemand hupend vorbei. Almut stand unten auf dem Weg und sah zu ihr herauf.

„Na komm schon! Auf allen vieren!", rief Judit ihr zu.

Almut kam nicht.

„Also gut, dann hole ich dich", seufzte Judit.

Noch einmal rutschte sie halb auf den Beinen, halb auf dem Hosenboden übers Gras. Diesmal schlug sie mit dem Steißbein hart gegen einen Stein. Das hatte sich rentiert.

„Los, beug dich vor, halt dich am Gras fest", sagte Judit, als sie Almut erreicht hatte.

Wie in Zeitlupe bewegte sich Almut auf die Böschung zu, die Hände voraus gestreckt. Hilfesuchend blickte sich Almut nach ihr um.

„Ja, da müssen wir rauf. Das geht. Komm, ich zeig dir, wie!"

Judit führte ihr die bewährte Technik geduldig vor, erklärte alles mehrmals, während Almut wie ein Mondkalb daneben stand. Endlich fasste sie nach den Grasbüscheln und machte sich an den Aufstieg.

„Ja, genau so. Und weiter!", rief Judit. „Sehr gut!"

Langsam, sehr langsam kletterte Almut den Hang hinauf, Judit folgte ihr dichtauf, nur um sicher zu gehen, dass sie nicht spontan kehrtmachte und fröhlich quiekend wieder herunter rutschte. Es ging so langsam vorwärts, dass Judit selbst immer wieder mit dem Gleichgewicht zu kämpfen hatte. Mit mehr Schwung war es einfacher gewesen. Plötzlich kippte Almut wie ein Maikäfer rückwärts.

Judit bekam sie gerade noch zu fassen und presste sie an die Böschung. Judit musste höllisch aufpassen, dass sie sich und Almut im Gleichgewicht hielt.

„Ich hab dich. Wir klettern langsam weiter, ja?", sagte Judit.

Endlich langten sie oben an. Sie keuchten um die Wette.

Judit half Almut, sich hinzusetzten und an die Leitplanke zu lehnen. Dann musste sie selbst erst einmal verschnaufen. Almut sah nicht gut aus. Ihr schmaler Brustkorb hob und senkte sich heftig, sie atmete mit offenem Mund, der Blick wirkte glasig.

Judit flößte ihr noch ein paar Schlucke Orangenlimo ein und öffnete Almuts obersten Blusenknopf, damit sie genug Luft bekam. Es wurde Zeit. Bevor ihnen noch der letzte Zug des Tages vor der Nase davon fuhr. Dann mussten sie die Nacht in Michelried verbringen, am Bahnhof herumlungern. Sie würden Aufsehen erregen: eine verdreckte 17-jährige mit einer entkräfteten Alten im Schlepptau und zwei Stück fragwürdigen Reisegepäcks dabei.

Judit linste über die Leitplanke. Immer wieder sausten Autos, Laster, Lieferwagen in beiden Richtungen vorbei. Weit mehr

als am frühen Morgen, aber es gab auch Lücken im Verkehrs-
fluss, lange Augenblicke, in denen von beiden Seiten kein
Auto kam. Stumm zählte Judit die Sekunden. Die längste
Lücke, die Judit abzählte, dauerte vierundvierzig Sekunden.
Vierundvierzig Sekunden, um zwei Spuren zu überqueren.
Eigentlich ein Klacks. Für Judit.

„Wie alt bist du, Almut?", fragte sie.

Almut überhörte ihre Frage, aber Judit kam es so vor, als
würde sie plötzlich viel steifer dasitzen, als hätte sich alles in
ihr gespannt. Ihr gerade vor Müdigkeit noch schlaffes Gesicht
wirkte wie aus Stein gemeißelt.

„Meine Güte", murmelte Judit. „Dass ihr Erwachsenen mit
dem Alter immer so empfindlich sein müsst."

War ja auch egal. Taufrisch war sie jedenfalls nicht mehr,
Judit schätzte sie locker auf über siebzig, und die vierundvierzig Sekunden waren knapp bemessen. Wenn es überhaupt so
viele werden würden, wenn sie Ernst machten. Womöglich
blieb ihnen viel weniger Zeit. Judits Hände wurden feucht.
Was, wenn sie es nicht schafften?

Auf jeden Fall musste sie zuerst die Taschen rüber bringen,
dann mit Almut zusammen gehen. Sie notfalls von der Straße
zerren, wenn es eng wurde. Judit schlüpfte wieder in Almuts
Schuhe.

„Alt genug, ja", murmelte Almut. „Alt genug, soll ich sagen.
Dabei ist niemand alt genug für -" der Rest ging in eine
unverständliche Mischung aus Murmeln und Schniefen über.
Almut schüttelte sich, wand sich und plötzlich quollen Tränen unter den zusammengepressten Lidern hervor.

„Das hätten sie nicht machen dürfen, das hätten sie nicht.

Aber dann war es so. Und der Peter -"

„Was, Almut? Was?"

Aber Almuts Worte waren schon wieder versiegt. Sie schüttelte noch matt den Kopf, ihr Schluchzen ließ nach. Judit überlegte, noch einmal nachzuhaken, aber dann zuckte sie mit den Schultern, setze Almut ihren Plan auseinander und machte sich mit den Taschen auf den Weg zur anderen Seite. Sie musste spurten, drückte sich rasch auf der anderen Straßenseite an die Leitplanke, damit der heranrollende Laster sie nicht erwischte, doch sein Fahrtwind saugte so gierig an ihr, dass sie sich festhalten musste. Das war kein Spiel.

Sie warf die Taschen über die Planke, ignorierte noch ein Hupen, und dann wartete sie am Straßenrand auf eine Lücke, um gleich wieder zu Almut zu rennen. Mal kam von der einen Seite nichts, aber von der anderen. Dann umgekehrt. Immer wieder. Die Autos wurden mehr, fuhren dichter hintereinander. Sie wurden langsamer, brauchten länger, bis sie sich an Judit vorbei bewegten. Trotzdem fuhren sie noch viel zu schnell, um zwischen ihnen hindurch zu huschen.

Und Almut saß allein dort drüben. Judit sah unterhalb der Leitplanke einen Zipfel ihrer geblümten Bluse. Wenn sie nur keine Dummheiten machte, einfach davon lief oder auf die Straße sprang. Außerdem würde es bestimmt bald im Verkehrsfunk kommen: „Personen auf der Fahrbahn, bitte fahren Sie hier besonders vorsichtig."

Zeit verging, die Sonne stieg fröhlich höher, sandte scharfe Strahlen herab, und der Verkehr ließ kaum nach. Judit wartete. Endlich kam beiderseits eine Lücke in Sicht. Sie machte sich bereit, spannte alle Muskeln, um vor dem Laster einerseits und dem Reisebus zur anderen hinüberzukommen.

Sobald frei war, lief sie los, rannte hinüber und langte grade rechtzeitig an, bevor der Laster sie rammte. Ihr Puls überschlug sich. Wenn es schon für sie knapp war - wie sollte das für Almut enden?

„Komm schon, Almut, wir müssen weiter", sagte Judit.
Doch Almut reagierte nicht. Zusammengesunken lehnte sie im Sonnenlicht an der Leitplanke, bewegte stumm die Lippen und schüttelte dazu den Kopf. Zwischen ihren lichten Haaren schimmerten Schweißperlen auf der altersfleckigen Kopfhaut in der Vormittagssonne. Ihr Blick ging nach nirgendwo und sie machte sich so klein, als wäre sie gar nicht hier.
„Almut!"
„Nein, bitte nicht noch einmal", flüsterte Almut. „Bitte. Ich kann nicht mehr."
„Du musst aus der Sonne, Almut, komm!"
Judit griff nach Almuts Armen, packte sie und versuchte, die alte Frau auf die Beine zu zerren. Doch die hielt mit erstaunlicher Kraft dagegen.
„Jetzt mach schon! Wie kann man nur so störrisch sein!"
Almut duckte sich weg, als erwartete sie einen Faustschlag. Oder Schlimmeres. Ein heiseres Winseln drang durch ihre zusammengepressten Lippen. Sie versuchte, ihre Arme aus Judits Griff zu winden, Judit musste sich anstrengen, damit sie ihr nicht entglitt. Judit wollte sie ja freigeben, wagte es aber nicht, weil sie Angst hatte, Almut würde hintenüber kippen und die steile Böschung hinunter fallen. Das Winseln schwoll an, über die fast wimpernlosen, knittrigen Augenlider quollen wieder Tränen.
„Ach Almut, ist ja gut. Beruhige dich."

Auf der Straße bremste ein Wagen deutlich ab und fuhr langsam vorbei. Der Fahrer lehnte sich weit über den Beifahrersitz herüber und stierte Judit und Almut wachsam an. Judit löste eine Hand, hob sie zum Gruß und schenkte dem wachsamen Mitbürger das strahlendste Jungmädchenlächeln, dass sie auf Lager hatte. Besonders beeindruckend war das sicher nicht, aber dem Mann blieb nichts anderes übrig. Er beschleunigte und fuhr mit all den anderen davon. Wenn er nur nicht die Polizei rief oder weiter vorn in einer Notbucht parkte und zurückkam.

Mit wirrem Blick stand Almut am Straßenrand. Ihre Unterlippe zitterte. Vorsichtig gab Judit den zweiten Arm frei, darauf gefasst, gleich wieder zuzupacken, falls Almut aus dem Gleichgewicht geriet.

Die Sonne stieg rasch höher. Auch wenn Judit sich weigern wollte, es zu glauben - sie stand schon beinahe am höchsten Punkt. Der Schatten, den sie warf, sammelte sich in einer kleinen, scharf umgrenzten Pfütze zu ihren Füßen. Wieder fuhren Autos langsam vorbei, neugierige Blicke klebten an Judit und Almut.

„Du musst keine Angst haben, Almut. Wir schaffen das. Komm, ich helfe dir auf die andere Seite, ja?", sagte Judit sanft, während ihr Kopf heiß lief und das Adrenalin in ihren Adern randalierte.

Ganz sachte griff sie nach Almuts Hand, redete weiter beruhigend auf sie ein, als wäre sie ein krankes Pferd, gleichzeitig versuchte sie zu kapieren, was gerade passiert war, als sie Almuts Arme gepackt hatte. Dass sie ihre Hand nahm und sie behutsam zur Leitplanke drehte, dass sie die alte Frau anhob, um ihr dabei zu helfen, die Beine über die Planke zu schwingen, das ließ sie zu. Zwar zitterte ihre Unterlippe noch immer, im gleißenden Sonnenlicht wirkte Almuts Haut komplett blutleer und hauchdünn und ihr Blick geisterte durch eine Landschaft, die niemand außer ihr sah, aber sie ließ sich von Judit führen. Widerstandslos akzeptierte sie, dass sie auf der Innenseite der Leitplanke stehen bleiben musste. Nichts an ihrer Haltung wies darauf hin, dass sie beim Überqueren der Straße Schwierigkeiten machen wollte.

Doch die Panik, die Almut ein paar Augenblicke zuvor gepackt hatte, verstand Judit nicht. Aber wer weiß, vielleicht gab es auch überhaupt nichts zu verstehen. Wer verstand schon alte Leute? Judit zwang sich, die Autos im Blick zu behalten. Wieder fuhr jemand langsamer vorbei, gestikulierte wild mit der Hand und rief stumme Worte hinter dem Fenster. Egal.

Zuerst fuhr auf der Gegenseite eine schier endlose Autoschlange vorbei, dann löste eine Fahrzeugkette auf der Fahrbahn direkt vor Almut und Judit sie ab. Immer schön im Wechsel schoben sie sich heran, ließen kaum eine Lücke. Judit zählte im Kopf Sekunden, während ihr Mund etwas vor sich hin murmelte, das für Almut gedacht war. Was auch immer, sie hatte keinen Nerv, sich selbst zuzuhören.

Zwölf Sekunden, dann rauschte der Laster heran. Sieben Sekunden zwischen zwei roten Autos. Fast vierzehn zwischen einem Laster auf der einen und einem silbernen Kombi auf der anderen Straßenseite. Gerade wollte Judit sagen „das wird nichts, wir müssen eine Unterführung suchen", als das Rauschen des Verkehrs plötzlich verstummte. Kein Auto auf beiden Seiten.

„Los!", schrie Judit.

Sie packte Almut am Arm, zerrte sie mit sich auf die Fahrbahn. Ein Teil von Judit nahm wahr, wie Almut sich versteifte, in Deckung ging, sich zu befreien versuchte, doch dafür war keine Zeit. Judits Augen huschten immer wieder zu beiden Straßenseiten, bis ihr der Blick verschwamm, ihre Ohren lauschten so angestrengt, bis sie das Blut in den Trommelfellen rauschen hörte. Sie bugsierte Almut vorwärts.

Judits Schatten pirschte an die gestrichelte Mittellinie heran, an ihrem ausgestreckten Arm wand sich Almut, zerrte nach hinten. Vom Asphalt stieg ungnädige Hitze auf. Motorengeräusch näherte sich.

Judit warf den Kopf nach rechts. Ein Laster. Schnell und massiv, ein unglaublicher Koloss, der über sie hinwegbrausen würde, ohne ins Stocken zu geraten, der nichts von ihnen übrig lassen würde, was man hinterher noch von einem Pfund Hackfleisch unterscheiden konnte. Wenn der Fahrer in dem Moment blinzelte, in dem er sie überfuhr, würde er sich beim nächsten Boxenstopp nur wundern, wie so viel Fliegenblut an seinen Kühlergrill kam.

Judits Mund rief etwas, ihre Beine stürmten vorwärts, der Arm riss Almut mit - der herandonnernde Lastzug verschluckte jeden Laut, jeden Gedanken. Ein dröhnendes Hupen zerriss alles, Almuts Arm ruckte in Judits Klammergriff, dann stülpte sich der riesige Schatten über sie.

Judit prallte gegen die Leitplanke, riss den Almut-Arm nach vorn, schloss die Augen. Heißer, dieselrußgetränkter Fahrtwind peitschte über sie hinweg, zerrte an Judits Pferdeschwanz, wirbelte sie beinahe mit. Judits Hände krallten sich in die heiße Leitplanke.

Judit wollte es gar nicht wissen. Sie wollte die Augen nicht aufmachen und sehen, was passiert war. Ihre Hand hielt noch immer Almuts dürren, kalten Unterarm. Sie wollte nicht wissen, wie viel Almut noch daran hing. Oder wie wenig.

17.

Ein Wimmern ließ sie herumfahren. In ihrer Hand wand sich der knochige Arm, kraftlose Fingern fochten einen aussichtslosen Kampf gegen Judits Griff. Sie stieß die angehaltene Luft aus, öffnete die Augen. Almut war noch da. Am Stück.

Ohne ein Wort zu verlieren, hob sie die strampelnde Almut über die Leitplanke, platzierte Almuts Hand an dem heißen Metall, damit sie sich dort festhielt, während sie selbst darüber kletterte. Almut tat vor Schreck, was sie sollte.

Sobald Judit die sichere Seite erreicht hatte, fasste sie wieder nach Almuts Hand. Es wurde höchste Zeit, dass sie von der Straße wegkamen. Bevor die Polizei aufkreuzte. Oder die Sonne ihnen den Rest gab.

Zwischen ihnen und Michelried lag nur noch eine mäßig steil abfallende Böschung und eine vor kurzem gemähte Wiese. Die ersten Häuser, schmucke Einfamilienhäuschen mit gepflegten Vor- und nur zum Rasenmähen genutzten Hintergärten, standen so nah, dass Judit ihnen fast auf die Dächer hätte spucken können. Wenn sie Spucke dafür gehabt hätte. Ihr Mund fühlte sich an wie nach einem Sandsturm. Trotzdem plapperte sie vor sich hin, während sie Almut, die mal wieder furchtbar langsam ging, in weiten Serpentinen hinunter führte.

Unten fand Judit einen Busch, der Schatten spendete. Sie setzte Almut dort ab, wischte sich kurz den Schweiß von der sonnenverbrannten Stirn und stob gleich wieder nach oben, um die Taschen zu holen. Auf dem Weg nach unten, den sie in einem Affenzahn hinter sich brachte, um die verlorene Zeit wieder wettzumachen, stolperte sie, knickte um, fluchte, rappelte sich wieder auf und merkte erst unten bei Almut, dass der Knöchel ganz schön wehtat.

Aber das machte nichts. Weit war es nicht mehr. Zufrieden mit sich, trotz der Erschöpfung, legte sie die Taschen neben Almut ins Gras, holte die Limo heraus und reichte die aufgeschraubte Flasche zu Almut hinunter. Zwei zitternde Hände streckten sich danach. Eine übersät mit Altersflecken. Die andere voller Blut.

Wie betäubt sah Judit Almut beim Trinken zu. Die blutende Hand wollte Almut benutzen, um die schwere Flasche damit beim Trinken abzustützen, doch sie zuckte sofort zurück, als die Finger das Glas berührten. Die blutende Hand zitterte stärker, als die unverletzte, die das ganze Gewicht trug. Ohne in Judits Gesicht zu schauen, gab Almut ihr die blutverschmierte Limoflasche zurück, ließ die Arme vorsichtig sinken und saß wieder unmotiviert herum wie ein Gartenzwerg, den jemand hier auf freier Flur ausgesetzt hatte.

Durch Judits Bauch mäanderte eine beißende Mischung aus Angst und Scham. Angst davor, wie schlimm Almuts Arm nach dem Zusammenstoß mit dem Laster wirklich aussehen mochte und davor, dass jemand merken würde, was sie angerichtet hatte, indem sie die alte Frau im schönsten Vormittagsverkehr über die Bundesstraße schleifte. Allein für diesen Gedanken schämte sie sich unerträglich.

Sie versuchte, die Betäubung abzuschütteln, die ihren übermüdeten, von der Sonne strapazierten Körper eisern im Griff hielt. Wie durch einen dichten, staubigen Vorhang nahm sie wahr, wie sie sich neben Almut ins Gras kniete, wie ihre Lippen beruhigende Worte säuselten und sie vorsichtig Almuts blutige Hand in ihre zu nehmen versuchte. Almut zog die Hand sofort zurück, machte ein zischendes Geräusch, kniff die Augen zusammen und beugte sich schützend über ihre Verletzung.

„Tut das weh?", fragte Judit und wollte sich im gleichen Moment dafür ohrfeigen. „Darf ich mal sehen? Wo tut es dir weh?", hakte sie nach.

Aber Almut schwieg. Sie hielt die verletzte Hand in ihrem Schoß und sah in die Ferne.

„Wenn du mir deine Hand nicht zeigst, kann ich dir nicht helfen, Almut. Das verstehst du doch, oder?"

Doch ihre Stimme kam ihr selbst wenig überzeugend vor. Natürlich überzeugte sie auch Almut nicht.

Stattdessen nahm Judit die Limoflasche, trank sie aus und warf sie neben den Busch. Eine Last weniger, die sie tragen musste. Noch einmal wischte sie sich den Schweiß ab, dann stand sie auf, schulterte die Taschen und sagte zu Almut: „Entweder bleibst du hier alleine sitzen oder du kommst mit. Mach was du willst."

Judit drehte auf dem Absatz und ging los. Einige Schritte kam sie weit, bis sie sich so schrecklich schämte, dass es sie beinahe zerriss.

„Ach, Scheiße!", rief sie.

Sie pfefferte die Taschen hin und lief zurück. Almut saß reglos im dürftigen Schatten. Es konnte nicht lange dauern, bis sie hier einfach kollabierte, weil ihr die Sonne auf den Kopf brannte. Sie war eine alte Frau, das durfte sie nicht vergessen. Alle Nase lang starben alte Leute während einer Hitzewelle, die für junge Menschen zwar schweißtreibend, ansonsten aber harmlos war.

„Komm mit, wir müssen dich wenigstens in den Schatten bringen. Dort vorn bei den Häusern, siehst du?"

Judit zeigte in die Richtung. Almuts Blick folgte ihrem ausgestreckten Arm nicht.

„Da ist eine Allee, siehst du? Die Laubbäume der Straße entlang. Unter denen ist Schatten."

Zwar sträubte sich alles in Judit gegen die Idee, direkt vor den beschaulichen Häusern unter einem Baum zu kampieren, bis einer der Anwohner beim Kontrollblick aus dem Küchenfenster den Schock seines Lebens bekam und irgendwelche unkontrollierbaren Aktionen unternahm. Aber es half nichts.

Judit ächzte unter der Last der Taschen. Über Almuts Schuhe, die sie wieder trug, legte sich eine helle Staubschicht. Neben ihr trottete Almut in Judits Turnschuhen her. Den Blick am Boden, die Schultern so weit hinunter gesunken, dass die Arme auf Bauchnabelhöhe angewachsen schienen.

Die Hand hatte sie Judit nicht gezeigt. Ihr blieb nichts anderes, als unauffällig hinüberzuschauen und zu registrieren, dass Almut den verletzten Arm beim Gehen anwinkelte und sorgsam ruhig hielt. Überhaupt schien ihr ganzer Gang unrunder zu sein. Als schonte sie auch das linke Bein. Nachzufragen sparte sich Judit. Sie würde keine Antwort bekommen. Die Schritte fühlten sich zäh an, als wären die Sohlen mit dem heißen Boden verklebt. Unter der unbarmherzigen Sonne kostete jede Bewegung doppelte Kraft. Obwohl es nur ein paar hundert Meter bis unter den ersten Alleebaum waren, fühlte sich der Weg dorthin wie ein tagelanger Gewaltmarsch an. Wie aus weiter Ferne wehte kurz das Brummen eines schweren Dieselmotors über die Wiese heran. Judit sah nicht auf, bis sie wieder Asphalt unter den Füßen hatte.

Der erste Baum war eine Linde. Eine Linde, die eine dichte, gleichmäßig gewachsene Krone trug. Ein Musterbeispiel eines Laubbaumes, mit einem dicken, geraden Stamm, weit oben ansetzenden Ästen, die sich immer feiner verzweigten und in sattgrünen, herzförmigen Blättern ausliefen. Sobald sie in seinen Schatten gelangten, fiel die Last der Hitze von Judit ab. Kühle Luft umfing sie. Judit atmete erleichtert durch. Sie suchte einen Sitzplatz am Lindenstamm, an dem sich Almut würde anlehnen können, fand aber stattdessen eine Reihe von Hundehaufen in verschiedenen Verwitterungsgraden. Auf dem frischesten Werk krabbelten grün glänzende Schmeißfliegen herum und zankten um den schönsten Platz. Aus der Baumkrone tropfte klebriger Saft.

Almut hatte sich auf dem Mäuerchen niedergelassen, das das erste Grundstück zur Straße hin begrenzte. Dorthin reichte der Schatten nicht. Sie hockte mit hängendem Kopf in der prallen Mittagssonne, zwischen ihren dünnen Haaren schimmerte die Kopfhaut rot.

Judit sah die Straße hinunter und plötzlich wurde ihr klar, dass sie noch lange nicht am Bahnhof waren. Sie hatten zwar ein riesiges Stück Weg bezwungen, aus der Wildnis in die Zivilisation gefunden, aber der Bahnhof lag trotzdem in unerreichbarer Ferne. Sie hatte nicht einmal eine Ahnung, in welche Richtung sie sich an der nächsten Kreuzung wenden mussten. Gut möglich, dass sie in die völlig falsche Richtung gingen, im Zickzack liefen oder im Kreis. Hier gab es nicht einmal jemanden, den sie hätte fragen können. Hier regte sich nur eine Schar Spatzen, die zwitschernd in einer Hecke herumturnte und schließlich auch davon flog. Dann war nur noch das leise Rascheln der Blätter zu hören. Die Siedlung lag wie ausgestorben in der Mittagssonne.

Judit wandte sich zu Almut, um zu sehen, ob sie nicht doch noch einen Schattenplatz für sie fand, als sie hinter sich in einiger Entfernung ein Geräusch hörte. Das tiefe Brummen wieder, das sie vorhin kurz vernommen hatte. Ja, ein großes Fahrzeug näherte sich, verlangsamte, rollte aus.

Jetzt sah Judit, woher das Geräusch kam. Am entfernten Ende der Allee hielt ein Bus, das Heck halb in die Kreuzung ragend. Das Zischen einer sich öffnenden Tür klang herüber. Judit kniff die Augen zusammen.

Sie erkannte, wie sich eine Silhouette aus dem Schatten der Hecke löste und in den Bus stieg. Eine Haltestelle! Gesegnet sei der öffentliche Nahverkehr.

„Komm, Almut! Wir schaffen es. Dort vorne ist eine Halte-stelle, wir fahren mit dem Bus zum Bahnhof. Alle Busse fahren zum Bahnhof. Nur noch bis dort vorne müssen wir laufen, den Rest lassen wir uns einfach fahren!"

Plötzlich fühlte sich Judit wieder frisch und kräftig. Von der Angst und dem lähmenden Gefühl, etwas Grundlegendes falsch gemacht zu haben war nichts mehr zu spüren. Rasch gab sie Almut zu trinken, dann sammelte sie das Gepäck ein, schulterte es und zog Almut von ihrem Sonnenplatz.

Sie wusste nicht, wie oft hier ein Bus vorbei kam. Vielleicht alle zwei Stunden, vielleicht nur drei Mal am Tag. Zwischen den Hügeln, aus denen Judit kam, brauchte man nicht öfter mit einem Bus rechnen. Zu ihnen hinauf fuhr ohnehin keiner. Aber das hier war eine Stadt. Vielleicht hatten sie Glück und mussten nicht so lang auf den Nächsten warten.

Almut stand ohne Gegenwehr auf. Sie schwankte bedenklich, setzte ihre Schritte langsam, konzentriert und trotzdem unpräzise. Den Kopf hielt sie gesenkt, als ob sie ihre Füße lieber im Auge behielt. Judit stützte sie, so gut sie konnte. Sie kamen der Kreuzung unglaublich langsam näher, dabei lag die rettende Bushaltestelle keine drei Minuten Fußweg entfernt. Unter normalen Umständen.

Auf Judits Schultern wurde das Gewicht des Gepäcks schon wieder bleischwer, die Riemen schnitten gefühlt bis zu den Knochen. Trotzdem hielt sie den Blick tapfer auf das vor ihnen liegende Ende der Allee geheftet. Mit jedem Schrittchen kamen sie ihm ein bisschen näher.

„Nur noch bis dort vorne", murmelte sie immer wieder. „Gleich haben wir`s. Halt durch, Almut."

Sie sah zwei Busse halten und wieder anfahren, bevor sie die Haltestelle erreichten. Aber sie erreichten sie.

„Ich fahre direkt zum Bahnhof, ja", sagte der Fahrer. „Zwei Erwachsene?"

Judit stand vorne im Bus und suchte umständlich einen möglichst kleinen Schein aus der Keksdose heraus, die sie mit Mühe auf ihrem Unterarm balancierte, während Almuts Tasche über ihre Schulter in die Armbeuge rutschte, und zahlte die Busfahrkarten. Einen Teil des Geldes musste sie in ihre Börse packen, um bei nächster Gelegenheit weniger Aufsehen zu erregen. Warum hatte sie da nicht früher dran gedacht. Eilig schob Judit die Dose in die Tasche zurück.

Dann nahm sie Wechselgeld und Fahrkarten in Empfang, stopfte alles in ihre Hosentasche und drehte sich zu Almut.

„Kommst du?", rief sie.

Almut stand blass und verloren auf der Straße vor der offenen Tür und machte keine Anstalten einzusteigen. Mit den beiden schweren, vom Regen muffigen Taschen auf den Schultern, versuchte Judit, sich nach ihr umzudrehen und sie hinein zu befördern. Natürlich blieb sie mitten in der Drehung stecken. Sie musste erst die Taschen abladen. Die anderen Fahrgäste reckten die Hälse, damit ihnen nichts entging, und bestimmt würde der Fahrer gleich mürrisch werden, weil er seinen Fahrplan einzuhalten hatte.

Judit befreite sich hektisch von den Taschenriemen, als der Fahrer plötzlich aufstand, sein Fahrerkabinentürchen auf-klappte und Almut die Hand reichte, um ihr beim Einsteigen zu helfen. Judit brach der Schweiß aus allen Poren. Almut sah ihn mit tellergroßen Augen an, streckte sehr langsam schließ-lich beide Hände aus, die altersfleckige und die, an der das verschmierte Blut halbwegs getrocknet war.

„Um Gottes willen", murmelte der Fahrer.

18.

„Gestürzt ist sie", sagte Judit. „Deswegen fahren wir zum Bahnhof, zum Arzt dort", fügte sie an und betete, dass es tatsächlich einen Arzt am Bahnhof gab.

Die Hälse der anderen Fahrgäste wuchsen weiter in die Länge, den Ohren entging mit Sicherheit nichts.

„Ich hab schon angerufen", sagte Judit mit fester Stimme. „Wir sollen möglichst schnell hin."

„Im Ärztehaus?"

„Ja, genau."

Der Fahrer, ein drahtiger Kerl mit Platte am Hinterkopf und aufgekrempelten Hemdsärmeln, rückte seinen Hosenbund zurecht und warf Almut noch einen skeptischen Blick zu. Die saß halbwegs aufrecht in der ersten Sitzreihe hinter dem Fahrerplatz ans Fenster gelehnt, hielt den Kopf gesenkt und sah aus, als müsste sie sich furchtbar konzentrieren, damit sie nicht vom Polster rutschte.

Der Bus vibrierte im Leerlauf vor sich hin, draußen zischten Autos vorbei. Die Luft atmete sich schwer wie Kartoffelsuppe hier drin, sie war abgestanden und enthielt kaum noch Sauerstoff. Judit schob sich am Fahrer vorbei zu Almut auf den Sitz, weiter hinten begannen die Leute auf ihre Uhren zu schielen, mit den Füßen zu scharren und zu murren.

„Wohl ist mir dabei nicht", murmelte der Fahrer. Er wiegte den Kopf. „Soll ich nicht doch einen Krankenwagen rufen?"

„Ich muss meinen Zug kriegen!", rief jemand von hinten.

„Ja, ja", gab der Fahrer zurück.

„Je eher wir beim Arzt sind ...", sagte Judit.

„Ja, ist ja gut", brummte der Fahrer.

Er klappte die Tür zu seinem Sitz auf, schlüpfte hinters Lenkrad und setzte den Blinker.

Mit einem kräftigen Ruck fuhr der Bus an.

Judit wurde schlecht. Die verbrauchte Luft tat ein Übriges und die Angst stülpte ihr beinahe den Magen um, aber am meisten litt sie unter den abrupten Wechseln zwischen Vollgas und Vollbremsung, mit denen der Fahrer den Bus durch den Stadtverkehr bugsierte. Immer wieder hörte sie ihn leise fluchen, durch die getönte Scheibe direkt vor ihr sah sie ihn gestikulieren. Er schien es gut zu meinen, wollte sie möglichst schnell zum Bahnhof bringen, doch seine Hektik machte es nur noch schlimmer.

Plötzlich stieg er mitten in der Kurve so heftig in die Eisen, dass Judit sich kaum auf dem Sitz halten konnte. Sie stemmte die Beine gegen die Abtrennung, packte Almut - doch zu spät. Almut rutschte halb in den Fußraum hinunter und schlug mit dem Kopf an die Trennscheibe.

Der Fahrer hupte, schimpfte zum geöffneten Seitenfenster hinaus. Jemand schimpfte zurück. Judit zog und zerrte an Almut und bekam sie halbwegs zurück auf den Sitz.

„Dort drüben, das Haus mit der Glasfront", rief der Fahrer noch, bevor er sich dem Hupkonzert ergab und zurück in den Bus huschte. Der Bus fuhr schaukelnd an, provozierte weiteres Hupen, indem er über drei Spuren hinüber zum Busbahnhof am Bahnhofsvorplatz abbog. Dort sah Judit, wie die anderen Fahrgäste bequem unter dem schattenspendenden

Blechdach ausstiegen und die wenigen Schritte hinüber zu den Bahnsteigen eilten. Judit, die zwei Taschen und die schwankende Almut trennte die Straße vom Bahnhof, weil der Fahrer darauf bestanden hatte, sie gegen jede Vorschrift und ungeachtet der genervten Geräusche, die seine übrigen Fahrgäste von sich gaben, hier am Gehsteig abzusetzen. Direkt vor dem Ärztehaus. In der prallen Sonne.

Autos preschten vorbei, es roch nach heißem Asphalt. Ein Taxifahrer hupte und gestikulierte wild vor dem Bahnhof, weil ihm ein vor der Apotheke geparktes Lieferfahrzeug die Ausfahrt versperrte.

Dort vorne, das Haus mit der Glasfassade. Judit umfasste Almuts Hüfte, damit die alte Frau nicht verloren ging, auf der anderen Schulter trug sie beide Taschen übereinander. Der Bus stand noch im Schatten des Blechdaches und Judit sah, wie der Fahrer sich nach ihnen umschaute. Er hob die Hand, als wollte er sie grüßen. Oder antreiben, sich zu beeilen. Judit hasste ihn mit jeder Sekunde mehr. So lange der Bus dastand, konnten sie nicht zu den Gleisen.

„Komm, Almut, gleich hast du es geschafft. Es ist wirklich nicht mehr weit."

Sie schleppte die Taschen und Almut zentimeterweise vorwärts, den Schiebetüren des Ärztehauses entgegen, die zwei, drei mal auf glitten, um jemanden ein- oder auszulassen, während sie in Zeitlupe darauf zu schlichen. Aber diesmal hatte Judit gar nichts gegen Zeitlupe.

Der Bus stand noch immer an seinem Halteplatz. Momentan schien der Fahrer nicht hinterm Steuer zu sitzen. Sie konnte nur hoffen, dass er nicht über die Straße gerannt kam, um sich weiter einzumischen. Der ahnte ja gar nicht, was los sein würde, wenn man sie hier aufgriff. Er würde ihnen in den Abgrund helfen.

Von den Pflastersteinen des Gehsteiges stieg Hitze auf, die Granitmauern des Hauses, das sie passierten, strahlten wie ein Ofen. Endlich traten sie in den Schatten des Ärztehauses. Judit warf noch einen Blick über die Schulter. Lief der Motor des Busses wieder? Sie konnte es nicht hören, zu viele Autos fuhren vorbei. Und nicht erkennen, ob der Fahrer wieder eingestiegen war. Unter den wenigen Leuten, die sich am Bahnhofsvorplatz herumtrieben, schien er nicht zu sein. Wie lange musste dieser dumme Bus dort stehen?

Vor ihnen öffnete sich bereits die Glastür. Judit schleppte Almut und das Gepäck über die riesige Fußmatte hinein in den kalten, granitgetäfelten Bauch des Gebäudes. Der Bus stand immer noch da. Judit wollte heulen. Aber als sie spürte, wie Almuts Beine nachzugeben drohten, riss sie sich zusammen und schleppte Almut rasch zu einer Bank, die einsam im Foyer stand. Die Kühle tat gut. Die Sonne zehrte mehr an ihren Kräften, als Judit für möglich gehalten hätte. Gut, sie war auch nicht davon ausgegangen, in der größten Mittagshitze noch zu Fuß unterwegs zu sein.

Rasch zog sie die fast leere Limoflasche aus der Tasche, schraubte sie auf und reichte sie Almut. Ihr selbst klebte die Zunge vor Durst am Gaumen, aber sie würde durchhalten.

Almut trank einen winzigen Schluck, dann ließ sie die Flasche sinken. Judit erwischte die Flasche gerade noch, bevor sie ihr aus der Hand und auf den gekachelten Boden fiel.

Am anderen Ende des Foyers klang der diskrete Signalton des Aufzugs. Seine Türen glitten auf. Aus dem Aufzug stieg ein junges Pärchen. Die beiden kicherten wie Kinder und neigten ihre strahlenden Gesichter einander zu. Judit betete stumm, dass sie einfach vorbei gehen mögen. Und sie taten ihr den Gefallen. Judit atmete auf.

„Bleib kurz hier sitzen, ja?", flüsterte sie Almut zu.

Dann huschte sie zur Glastür und überprüfte, ob der Bus endlich abgefahren war. Tatsächlich: Der Halteplatz war leer. Sie konnten doch noch zum Bahnhof!

„Kann ich Ihnen helfen?", fragte eine Männerstimme.

„Zu welchem Arzt wollen Sie denn?"

Judit blinzelte einige Male, bevor sie bemerkte, dass sie direkt vor der Tafel am Eingang stand, auf der die ansässigen Ärzte verzeichnet waren und vielleicht den Eindruck machte, als suchte sie etwas darauf.

„Nein, nein, ich suche nichts", stammelte Judit. „Danke!", fügte sie noch leise hinzu.

Der Mann, ein hoch aufgewachsener, massiger Mann mit weißer Hose und ebenso weißem T-Shirt warf einen kritischen Blick zu Almut hinüber, die wie ein Häuflein Elend auf der Bank bei den Taschen hockte.

„Ich wollte uns ein Taxi her winken", fügte Judit an, weil gerade eines am Bahnhof einbog.

Der ganz in weiß gekleidete Hüne machte Anstalten, ihr direkt beim Winken zu helfen. Er trat vor die Tür und wollte schon den Arm heben.

„Warten Sie!", rief Judit. „Die Apotheke! Fast hätte ich es vergessen. Ich muss doch auch noch das Rezept einlösen."

Judit schwitzte im Anbetracht ihrer dilettantischen Lügen wie ein Affe im Dampfbad.

„Wenn ich das kurz für Sie -"

„Nein, nein, nicht nötig!", rief Judit.

„Sind Sie sicher?", fragte er Mann.

Er beäugte Almut wieder.

„Ja, alles ist in Ordnung", sagte Judit.

Als er ihr direkt ins Gesicht sah, schwankte Judits Welt für einen Augenblick. In seinen hellbraunen Augen lag etwas, das sie zutiefst erschütterte, für das sie keine Worte kannte.

„Okay, alles Gute", sagte er.

Dann machte er kehrt, nickte Almut noch einmal zu und ging zum Treppenhaus. Judit hörte, wie seine Schritte auf den steinernen Stufen hallten, sich immer weiter entfernten.

In seinen Augen hatte Güte gelegen. Schlichte Güte. Am liebsten wäre sie ihm hinterhergaloppiert, hätte ihm alles erzählt und ihn um Hilfe gebeten. Vielleicht wäre er schockiert gewesen, wahrscheinlich hätte er nicht gleich gewusst, was er tun sollte. Aber -

Nein, nichts aber. Er hätte es doch nicht verstanden. Niemand, der nicht in dieser Klemme hockte, würde die Lage verstehen. Wie auch. Judit schluckte krampfhaft, zwang sich, durchzuatmen, dann ging sie zu Almut zurück.

„Komm, Almut, komm, wir müssen zum Zug. Hier können wir nicht bleiben."

Die Hitze traf sie wie ein Keulenschlag, der Lärm, das Durcheinander der Stadt kehrte zurück. Judit bugsierte Almut zur Fußgängerampel, wartete eine gefühlte Ewigkeit, bis sie auf Grün schaltete, schleifte sie über die Straße, über den Bahnhofsvorplatz, die flachen Stufen hinauf und durch die riesigen, offen stehenden Schwingtüren in die Bahnhofshalle hinein.

Judit achtete darauf, niemandem ins Gesicht zu sehen. Sie durfte nicht hilfsbedürftig wirken. Oder so nett und jung, dass jemand Lust bekam, mit ihr ein Pläuschchen zu halten. Entschlossen manövrierte sie Almut auf der rückwärtigen Seite der Bahnhofshalle nach draußen und zu einer Bank im Schatten. Sie platzierte Almut darauf, stellte die Taschen ab und sah sich um. Niemand schenkte ihnen Aufmerksamkeit. Die Hitze schien allen genug zu schaffen zu machen.

Es war auch keine Polizei zu sehen. Das war schon mal gut. Aber auch zu erwarten, schließlich hatte Judit den Fluchtweg schlau gewählt. Auf einer Route, die niemand von ihnen erwarten würde. Am liebsten wollte sie sich neben Almut auf die Bank setzen und einfach sitzen bleiben. So lange, bis sie nicht mehr so müde und am Ende ihrer Kräfte wäre. Aber das ging nicht. Noch waren sie nicht weit entfernt. Noch war sie keine achtzehn.

Judit schaute rasch auf die Uhr, dann fand sie an der Wand des Bahnhofsgebäudes einen Schaukasten, in dem ein gelber Fahrplan aushing und rannte hinüber. Wenn ihnen jetzt gerade der Zug vor der Nase wegfuhr! Der Vater hatte das kaputte Türchen im Sekretär sicher schon bemerkt. Er würde schreien und toben, Judits Zimmer kurz und klein schlagen.

Auf dem Fahrplan verschwammen die Worte in schwarzen Flecken, Judit musste sich am Glas abstützen, um nicht umzufallen. Angestrengt schluckte sie die Übelkeit hinunter und hielt sich aufrecht, bis der Schwindel nachließ.

Gemächlich walzte eine Diesellok durch den Bahnhof, gefolgt von einer langen Kette leerer, niedriger Frachtanhänger. Der rote Sekundenzeiger der großen Uhr schwebte unaufhaltsam immer wieder über die Ziffern hinweg, wieder machte er eine Runde voll, der Minutenzeiger schnellte mit einem lauten Klacken eine Markierung weiter. Die Zeit verstrich. Sie waren noch immer hier.

„Entschuldigung", sagte eine Frau, dicht hinter Judit.

Judit machte erschrocken einen großen Schritt zur Seite. Die Frau im Blumenkleid, vielleicht im Alter von Judits Mutter, musterte sie kurz mit hochgezogenen Augenbrauen, bevor sie sich dem Fahrplan zuwandte.

„Wenn man nicht oft Zug fährt, ist es gar nicht so leicht, sich zurechtzufinden", sagte sie wie zu sich selbst.

„Hm", machte Judit.

„Ich will Richtung Basel", sagte die Frau. Ihr rot lackierter Fingernagel glitt über die Scheibe. „Ach ja, Gleis fünf. Wohin fahren Sie denn?"

Der Fingernagel der Frau war bis aufs Fleisch heruntergekaut, ihr unverhohlen neugieriger Blick verunsicherte Judit.

„Ich komm zurecht. Danke!", antwortete Judit schroff.

„Ach so", gab die Frau zurück und wandte sich ab.

Sie warf noch einen letzten Blick auf den Fahrplan, dann straffte sie die Schultern, schob das Kinn nach oben und stolzierte davon. O Mann, konnten die Leute sie nicht einfach in Ruhe lassen? Sie hatten schon wieder Zeit verloren.

Judit warf noch einen Blick auf die Uhr, dann endlich studierte sie den Fahrplan, suchte, suchte weiter und fand schließlich einen Zug, der sie in die richtige Richtung brachte. In einer Stunde. Sicherheitshalber las sie noch einmal ganz langsam alle früheren Zugziele durch, doch es gab nicht viele - und keinen, der ihnen nützte.

Judit stieß die angehaltene Luft aus. Sie mussten tatsächlich eine Stunde warten. Einen Moment schloss Judit die Augen und lehnte sich an die kühle Bahnhofsmauer.

Als sie die Augen wieder öffnete, begegnete sie dem Blick der Frau im Blumenkleid, die am Gleis fünf stand und zu ihr herüber starrte. Als sie bemerkte, dass Judit zurück schaute, wandte sie sich abrupt ab. Kurz darauf fuhr ein Zug ein, nahm die Frau auf und fuhr mit ihr davon. Judit glaubte einen Moment, sie nägelkauend und mit finsterem Blick am Fenster sitzen zu sehen.

Judit stieß sich von der Mauer ab. Sie sagte Almut kurz Bescheid, die matt auf ihrer Bank saß und gar nicht hinhörte. Die Hitze lastete schwer auf ihr, sie hing auf der Bank wie eine Kerze, die zu nah am Ofen stand, die Arme und Schultern hingen wie geschmolzenes Wachs herab. Aber vielleicht war sie auch einfach nur sehr, sehr müde. Sie waren die ganze Nacht hindurch marschiert, über Stock und Stein, der Regen hatte sie durchgeweicht ... ihr selbst mit ihren siebzehn Lenzen war das auch zu viel.

Verstohlen fischte Judit genügend Geld aus der Kcksdose, schob die Tasche mit der Reisekasse ganz unter die Bank, auf der Almut saß, und machte, dass sie ins Bahnhofsgebäude kam. Am Kiosk kaufte sie sich einmal quer durch das ganze Sortiment. Käsestangen mit Speckwürfeln, Bifi, Gummibärchen, Schokoriegel, Chips, Limo und stilles Wasser, Bonbons und Cola. Die Verkäuferin schob alles, ohne aufzusehen, in zwei dünne Plastikbeutel. Judit bezahlte.

Auf der anderen Seite der Bahnhofshalle verabschiedete sich gerade ein Mann vom Schalterbeamten und trug einen Umschlag mit Fahrkarten in Richtung der Bahnsteige davon.

Zwei halbwüchsige Kinder hopsten hinter ihm her.

Vielleicht war es besser, gleich hier eine Fahrkarte zu kaufen. Vielleicht konnte der Mann hinter der Glasscheibe, der sich gerade umdrehte, um diskret aus einer Mineralwasserflasche zu trinken, ihr sagen, auf welchem Gleis ihr Anschlusszug fahren würde und ob sie sich beim Umstieg beeilen mussten.

Aber sie hinterließen besser keine Spuren. Nur noch ein paar Tage, dann war sie achtzehn und niemand war mehr erziehungsberechtigt. So lange musste sie noch außer Reichweite bleiben, dann würde niemand sie mehr zurück in die Gewalt des Vaters zwingen. Nein, sie würden die Fahrkarten im Zug kaufen.

Als Judit mit den vollgepackten Proviantüten aus der Bahnhofshalle trat, machte sich trotz allem Stolz in ihr breit. Zwar ging nicht alles glatt, aber insgesamt funktionierte ihr Plan. Almut hockte noch brav auf ihrer Bank, die Taschen zu ihren Füßen. Als Judit näher kam, sah sie auf.

„Was meinst du, Almut, sollen wir zum Gleis gehen? Vielleicht fährt der Zug früher ein, dann haben wir noch freie Auswahl bei den Plätzen."

Almuts Lippen blieben stumm, ihr Blick flackerte. Sie versuchte, sich aufzurichten, sackte aber wieder zurück auf den Sitz. Judit musste ihr auf die Beine helfen. Ganz langsam führte sie Almut zur Treppe, denn einen Aufzug gab es nirgends. Langsam, Schritt für Schritt führte sie Almut die Stufen hinab, in die Dunkelheit und den urämischen Mief der Unterführung hinein. Mehrmals stolperte Almut und Judit fing sie gerade noch auf. Sie schlichen an den verschmierten Fliesenwänden entlang bis zu der Treppe, die sie zurück ans

Tageslicht brachte. Als sie den Bahnsteig erreichten, blätterte die Anzeige gerade um. RE nach Nürnberg. Abfahrt 14:37 Uhr. Wie auf dem Fahrplan. Alles Gut.

Bis der Zug einfuhr, saßen sie schweigend auf einer Bank im Halbschatten. Die heiße Luft bewegte sich kaum, es roch nach weichem Asphalt.

Almut wollte nicht, aber Judit drängte sie, bis sie einige Schlucke stilles Wasser trank. Sie schien erleichtert zu sein, als Judit ihr die Flasche endlich wieder abnahm. Viel vom Wasser fehlte nicht.

Immerhin schien Almut ihren verletzten Arm wieder halbwegs normal zu halten, auch wenn sie ihn nicht benutzte. Judit dachte daran, ihr das getrocknete Blut mit etwas Wasser abzuwaschen, aber es schien ihr die Anstrengung nicht wert. Abgesehen davon, dass Almut wieder nur Zicken machen und unnötig Aufmerksamkeit auf sie lenken würde.

„Hier, willst du was essen?", fragte Judit. Sie holte nacheinander dies und das aus den Tüten und bot es Almut an. Aber Almut sah nicht hin. Sie war auf der Bank eingenickt.

Judit dagegen konnte ihre Unruhe kaum im Zaum halten. Ihr Fuß wippte auf und ab, sobald sie nicht darauf achtete, ihn daran zu hindern. Alle drei Sekunden huschte ihr Blick von der Uhr zur Anzeigentafel, schwenkte kurz übers noch immer leere Gleis und zurück zur Uhr. Außer ihnen warteten nur wenige Leute auf den Zug. Sie hielten gebührenden Abstand und schienen keine Notiz von dem panisch herumschauenden Nervenbündel und der schlafenden Alten zu nehmen.

Es würde gut gehen. Es musste gut gehen. In Nürnberg waren sie schon ein gutes Stück von daheim entfernt. Und dann noch eine Etappe und noch eine. Das wurde schon. Wenn sie erst volljährig war, war alles in Ordnung.

Der Minutenzeiger kroch weiter, Almut wimmerte leise im Schlaf, Judit erstickte beinahe an ihrer Aufregung. In wenigen Minuten sollte der Zug endlich fahren, aber er war noch nicht zu sehen.

Plötzlich traten aus der Tür des Bahnhofsgebäudes eiligen Schrittes zwei Männer. Einer davon telefonierte, der andere warf einen raschen Blick zu Judit herüber, dann stiegen die beiden zielstrebig in die Unterführung hinab.

Judit wollte sterben.

19.

Ein leises, elektrisches Bitzeln kündigte den Zug an, bevor die blecherne Lautsprecherstimme bestätigte, was Judit erhoffte: Gleich ging es los. Die beiden Männer waren noch nicht wieder aufgetaucht. Judit stieß Almut vorsichtig an.

„Komm, wir müssen gleich einsteigen", flüsterte sie. „Nur noch bis in den Zug, ja? Dann kannst du über drei Stunden schlafen."

Almuts Blick irrlichterte umher.

„Komm, du musst aufstehen", sagte Judit.

Almuts Hand zitterte in ihrer, als sie der alten Frau aufhalf. Sie schaffte es, einigermaßen selbstständig stehen zu bleiben, so dass Judit ihr Gepäck an die Bahnsteigkante schleppen konnte, bevor sie sich bei Almut unterhakte. Der Zug schickte eine Bugwelle anschwellenden Zischens voraus.

Auf der Treppe tauchten die beiden Männer auf und sahen sich auffällig suchend um. Das Handy war verschwunden. Judit rutschte das Herz in die Hose, ihre Hände waren mit einem Mal klatschnass. Die Männer nickten in ihre Richtung, kamen direkt auf sie zu. Jetzt war alles aus. Einfach so.

Das Zischen des Zuges ging in scharfes Quietschen über. Judits Beine wurden schwach, die Männer näherten sich. Einer nickte Judit im Näherkommen ernst zu.

„Ich gestehe alles", wollte sie rufen. „Ich geb`s ja zu, aber habt Mitleid mit uns."

Etwas irritiert wechselten die beiden Männer einen Blick,

umrundeten Judit und Almut und traten zu einem dritten Herrn, der weiter hinten am Bahnsteig offenbar auf sie gewartet hatte.

Sie gaben einander die Hände, ihre Begrüßungsworte verschluckte das letzte Knirschen des langsam ausrollenden Zuges. Keiner der drei warf noch einen Blick auf Judit und Almut. Judits Herz explodierte fast. Sie hatten mehr Glück als Verstand. Wenn jetzt nur nichts mehr schief ging!

Viel zu langsam fuhr der Zug ein, dann dauerte es noch eine halbe Ewigkeit, bis die Türen entriegelt wurden. Judit hatte keine Ahnung, ob sie ihren Beinen beim Einsteigen vertrauen konnte. Sie fühlten sich an, als hätte jedes von ihnen hundert Gelenke, die jederzeit und ohne Vorwarnung in alle Richtungen einknicken konnten.

Sie mussten einige Schritte am Zug entlang gehen, bis sie die nächstgelegene Tür erreichten. Viel Zeit zum Einsteigen blieb ihnen nicht. Ohne große Worte schob Judit Almut die Eisenstufen hinauf in den Wagon, warf die Taschen hinterher und kletterte gerade hinauf, als der Schaffner am Ende des Zuges schon die Pfeife an den Mund hob.

Der Pfiff ertönte, die Türen klappten mit brachialer Kraft zu und im Zwischenabteil herrschte plötzlich Dunkelheit. Vorsichtig führte Judit Almut durch eine automatische Trenntür ins nächstgelegene Abteil, setzte sie auf eine der meeresgrün gepolsterten Bänke, holte die Taschen und nahm ihr gegenüber Platz. Jeden Moment rechnete sie damit, dass der Zug sich in Bewegung setzten würde, dass das gleichmäßige, beruhigende Rattern seiner Stahlräder durch die offenen Fensterspalten hereindringen, immer lauter werden und jedes

Gespräch unmöglich machen würde. Der Fahrtwind würde ihr übers Gesicht streichen, ihre losen Haare verwirbeln und ihr einen Vorgeschmack auf den Wind schenken, der am Meer auf sie wartete. Aber der Zug fuhr nicht an.

Almut saß ihr gegenüber. In Fahrtrichtung, damit ihr nicht schlecht wurde, so wie Micha seinerzeit, und leckte sich über die schmalen Lippen.

Judit bot ihr wieder Wasser und etwas zu Essen an, aber Almut lehnte nicht einmal ab, so müde war sie offenbar. Mit einem matten Seufzer sank sie nach vorn. Judit stützte sie ab, hob mit einer Hand Almuts Tasche auf die Sitzbank neben sie und bettete ihren Oberkörper halbwegs bequem darauf. Sie hatte sich ihren Schlaf redlich verdient, die gute Almut.

Aber der Zug rührte sich noch immer nicht. Draußen auf dem Bahnsteig sprang der Zeiger schon zur Minute zweiundvierzig. Sie waren fünf Minuten über der Zeit.

Endlich ruckte der Zug. Judit sah mit angehaltenem Atem aus dem Fenster, beobachtete, wie der Bahnsteig allmählich Fahrt aufnahm, einem verwilderten Gleisbett wich und in immer schnelleren Tempo Stadthäuser vorüber strichen. Erst als die letzten Häuser verschwanden und der Zug zwischen rechteckigen Mais- und Gerstenfeldern noch einmal beschleunigte, atmete sie wieder bis in den Bauch.

Büsche, kleine Waldflecken und Stromleitungen flackerten vorbei, ein Dorf zischte vorüber, dahinter leuchtete hellrot im Licht der Nachmittagssonne ein Mohnfeld, wogte in einer sanften Welle bis hinauf ins Himmelblau. Freiheit.

Ja, das war Freiheit. Das war mehr als Abenteuer. Das war, wofür der Mensch gemacht ist. Für dieses Gefühl, zwischen

Himmel und Erde schwerelos zu schweben, einem unbekannten Ziel entgegen, eine Vergangenheit weit hinter sich, die die Mühe nicht lohnt, sich an sie zu erinnern. Das war Leben. Judit spürte, wie ihr die Arme leicht wurden, gerade so als wollten sich ihre Schwingen ausbreiten und sie höher, weiter, weiter weg tragen. Ganz so, als wären sie für nichts anderes geschaffen, hätten all die Jahre nur auf diesen Augenblick gewartet, an dem sie sich endlich dem Leben entgegenstrecken durften. Und dabei sausten sie noch übers flache Land, durch dicht besiedeltes Gebiet und quer durch die Spuren, die der Mensch überall hinterließ, wo er nur konnte.

Sich vorzustellen, wie sich der Blick aufs Meer hinaus anfühlen musste, sprengte ihr beinahe die Brust. Nur Weite. Nur menschenleere Weite und Wind unter den ausgebreiteten Armen. Ein Haus, das Schutz bot, ein sicherer Hafen, mehr nicht. Kein Zwang mehr, kein Schimpfen und niemand, der Judit niedermachte, nur, weil er es konnte. Kurz zuckte ein Gedanke durch ihren Kopf, der sie ins Straucheln brachte, den tragenden Luftstrom unter ihren Schwingen ausdünnte: Und was dann?

Das wird schon, sagte sie sich und nickte fest dazu. Das wird werden. Alles wird sich finden. Sehet die Vögel unter dem Himmel. Ja, genau! Wenn sie erst einmal dort waren, würde sich eine Möglichkeit ergeben, ein wenig Geld zu verdienen. Viel brauchten sie nicht, an karge Verhältnisse waren sie beide besser gewöhnt als andere. Aber -

Judit zog ihren Block aus der Tasche, holte das darin verborgene Foto des Hauses hervor und stellte sich vor, wie sie darauf zuliefen. Über die grasbewachsenen Dünen würden sie sich nähern, wahrscheinlich zu Tode erschöpft und kaum mehr in der Lage, noch einen weiteren Schritt zu gehen. Doch allein der Anblick der hölzernen Veranda, der Stufen, die zum Haus hinauf führten und sie einluden, endlich nachhause zu kommen, würde ihnen die Kraft verleihen, die letzten schweren Meter wie im Traum zu gehen. Das alte Holz würde knarzen unter ihren Schritten. Ganz anders als in ihrem Elternhaus. Es würde sich anders anfühlen, über die verblichenen Dielen zu gehen, das uralte Holzgeländer der Veranda wäre ihr ganz neu.

Judits Hände kribbelten bei der Vorstellung, das Haus in Besitz zu nehmen, alle Türen und Fenster zu öffnen und all die notwendigen Handgriffe zu erledigen, die es brauchte, ein leeres Haus zu einem Zuhause zu machen.

Es würde viel Mühe machen, ganz sicher nicht leicht werden. Aber es würde so viel mehr Freude machen, als diese Ausbildung anzufangen. In einer grottenhässlichen Kittelschürze. Und vor allem: Es machte viel mehr Sinn. Oder anders gesagt: Es machte überhaupt welchen. Ganz schön mutig für ein junges Mädchen.

Judit ertappte sich bei einem zufriedenen Grinsen. Almut lag klein und mit eingefallenen Wangen in ihrem schmutzigen Rock und mit einem Riss in der Bluse auf der irgendwie zu großen Sitzbank und schlief. Ein feiner Schweißfilm bedeckte ihr Gesicht. Sie wirkte verloren, ein Stück Strandgut.

„Hab keine Angst, Almut", flüsterte Judit. „Ich hab dir doch versprochen, dass ich dir helfe."

Hinter Judit fuhr die Abteiltür auf.

„Grüß Gott, die Fahrkarten bitte!"

Judit rutschte auf ihrem Sitz hin und her, sie lauschte nach hinten auf die näher rückende Konversation, die der Schaffner mit diesem und jenem Fahrgast führte und hoffte, er wäre endlich da. Oder würde überhaupt nicht kommen. Eine Ladung kleinerer und größerer Scheine hatte sie in ihrem Geldbeutel deponiert und hielt ihn griffbereit im Schoß. Sie hatte noch nie eine Fahrkarte gekauft. Ganz sicher war sie nicht, ob sie nicht Ärger bekamen, wenn sie die Tickets erst im Zug bezahlte, aber jetzt war es zu spät.

Der Schaffner kam näher. Er sprach mit einem Herren, der direkt hinter Judits Rücken sitzen musste und nach einem Anschlusszug in Nürnberg fragte. Gute Idee eigentlich. Wenn sie da nicht auch zu viele Spuren hinterließen. Und nach welcher Stadt wollte sie eigentlich fragen? Judit verfluchte sich für ihr lückenhaftes Ortsgedächtnis - und dafür, dass sie sich nicht entscheiden konnte, ob sie überhaupt fragen sollte.

Ein junger, hochgeschossener Mann in blauer Bahn-Uniform, dessen Gesicht eine rote Kraterlandschaft entstellte, trat zu Almut und Judit und sagte sicherlich für heute zum hundertsten mal: „Grüß Gott, die Fahrkarten bitte."

Die Zange zum Abzwicken hielt er ebenso bereit wie die ausgestreckte Hand, die die Fahrkarten entgegennehmen wollte. Judit räusperte sich.

„Wir bräuchten noch Tickets. Nach Nürnberg. Für meine Tante und mich", sagte Judit. Mit einem Nicken schloss sie die wie ein Stein schlafende Almut in ihr Anliegen ein.

Der schlaksige Junge steckt die Zange weg und begann in der Hüfttasche zu kramen.

„Zwei Erwachsene? Oder sind Sie noch unter achtzehn?", fragte er. Er maß Judit kurz, dann warf er einen flüchtigen

Blick zu Almut hinüber. „Wenn, dann bräuchte ich bitte einen Ausweis von Ihnen", fügte er hinzu.

„Zwei Erwachsene", sagte Judit mit rauer Stimme.

Doch der Junge in Uniform reagierte nicht. Er starrte Almut an. Dann wandte er sich zu Judit um, schaute sie an, als wollte er später ein Porträt von ihr aus dem Gedächtnis zeichnen - und ohne ein weiteres Wort machte er kehrt und lief davon.

In Judits Bauch zog sich ein Knoten fest. Die Abteiltür fuhr auf, die Schritte des Schaffners dröhnten übers Bodenblech und das Rattern des Zuges drang ungefiltert herein, bis die Tür zu klatschte. In der wiedererstandenen, relativen Stille schlug die Angst über Judit zusammen. Sie mussten aussteigen. So schnell wie möglich. Alles zusammenpacken. Aber - das Knacken des Lautsprechers ließ sie zusammenfahren.

„In wenigen Minuten erreichen wir Frieding, Ausstieg in Fahrtrichtung rechts.", knirschte die Stimme des Jungen. „Sie haben Anschluss ..."

„Halleluja", murmelte Judit.

Ihr war ganz übel vor Schreck und Erleichterung. Vor dem Fenster tauchten schon einzelne Häuser auf, der Zug verlangsamte seine Fahrt und holperte kurz darauf über die ersten Weichen. Raschelnd und leise sprechend erhoben sich hier und da Leute, kramten Taschen zusammen und schoben sich zwischen den Sitzbänken zu den Türen. Mehrmals öffneten und schlossen sich die Zwischentüren.

„Entschuldigung, darf ich mal?", brummte eine tiefe Männerstimme. Nicht die des Schaffners. „Könnten Sie kurz Platz machen? Danke!"

Draußen glitt der Bahnhof in Judits Sichtfeld, die Überda-
chung des Bahnsteigs breite ihren Schatten über den Zugfens-
tern aus, schirmte die Sonnenstrahlen ab und verdeckte das
Himmelsblau.

„Grüß Gott, Polizei. Darf ich mal Ihren Ausweis sehen",
sagte die tiefe Stimme.

20.

Draußen wischte wieder die Landschaft vorbei. Schnell und wie in Zeitlupe zugleich. Taub fühlte sich Judits Körper an. Als gehörte er ihr nicht. Nicht mehr.

Ein Teil ihres Geistes flog noch immer, die Arme unbeirrbar ausgestreckt, weigerte sich, einen Blick nach unten zu werfen, geschweige denn zu landen. Während der andere Teil zerschmettert auf der Erde lag.

Dumpf hallten die Stimmen nach, die scharfen Fragen, auf die Judit keine Antwort wusste, weil es keine gab. Wie der Polizist versuchte, Almut zu wecken, ihr klatschnasses, heißes Gesicht bemerkte, sein Funkgerät zückte und von einem Krankenwagen sprach. Der feste Griff, mit dem man Judit am Arm packte. Dort, wo die alten Blutergüsse einen ekligen Grünton angenommen hatten. Die anderen Fahrgäste, die mit entsetzten Minen dem Spektakel folgten. Der picklige Jungschaffner, der vor Aufregung mit seiner Akne um die Wette leuchtete und versuchte, die Lage im Griff zu haben, obwohl er nichts verstand. Judits Mund erklärte, ihre Augen weinten. Das alles hatte mit ihr zu tun. Und zugleich nicht.

Es hätte auch mit den Leuten zu tun haben sollen, die sie gaffend umstanden, mit den beiden Beamten, die Judit aus dem Zug schleiften und auf dem Rücksitz ihres Streifenwagens verstauten. Tat es aber nicht. Mit schüttelnden Köpfen und versteinerten Gesichtern wiesen sie alles Verstehen von sich, jedes Mitgefühl. Eine verdreckte Ausreißerin, eine ebenso verdreckte bewusstlose Alte. Welcher anständige Mensch sollte so etwas verstehen?

Judit registrierte all das - und auch wieder nicht. Ihr eigenes Gesicht, das spürte sie, war ebenso versteinert.

Sie wollte nicht atmen, nicht fühlen. Nie wieder. Denn alles, was sie fühlen würde, wäre namenloses Entsetzen. Angst vor dem Tod. Gepaart mit der Angst, diese Angst noch einen Augenblick länger ertragen zu müssen.

Sie wollte nicht mehr da sein. Judit presste die Lider zusammen, versuchte, ihr Gesicht im kühlen Polster des Autos zu vergraben. Aber das machte alles nur noch schlimmer: Das Wutgebrüll des Vaters dröhnte durch ihren Kopf, seine Schläge prasselten auf sie nieder, sie hörte Almuts Schreie, sah das unbeteiligte Gesicht der Mutter und Michas unendlich traurige Augen.

Es gab keinen Ausweg für Judit. Nicht in der Dunkelheit ihrer geschlossenen Augen. Und draußen in der Welt, auf die die Sonne mit aller Macht herab schien?

Ein enges, düsteres Dorf huschte vor dem Fenster vorbei. Ein grauer, räudiger Kettenhund kauerte vor einem baufälligen Haus. Einen Augenblick später öffnete sich das Land. Gerste wogte im Wind, ein Sperber rüttelte in der Luft. Ein finsteres Waldstück schluckte den Streifenwagen, die Strecke wurde kurviger, das Tempo nahm ab. Kleine Holzkreuze flankierten die Straße. Judit schloss die Augen wieder.

Als sie endlich zum Stehen kamen, säumten zwei- und dreistöckige Häuser Judits Horizont. Häuser, die ihr bekannt vorkamen. Türen schlugen, Schritte tappten auf Pflastersteinen um das Auto herum. Dann öffnete sich mit einem Ruck die Tür neben Judit.

Lange saß sie in diesem Raum. Sie saß und zitterte trotz der Sommerhitze, die durch das offene Fenster herein drückte. Sie saß, zitterte und hörte der Wanduhr beim Ticken zu. Noch immer hatte sie die losen, unförmigen Schuhe von Almut an den Füßen. Sie hätte aufschauen können, sich ablenken, einen Ausweg suchen, irgendetwas. Aber die Angst lähmte sie.

Über den Flur eilten hin und wieder Schritte und verklangen. Türen wurden zugeschlagen. Draußen fuhren Autos vorbei. Zwei Elstern stritten auf einem First. Und sie saß immer noch da, unfähig, irgendeine Richtung einzuschlagen.

Sie konnte durchdrehen, mit Schaum vorm Mund über den Gang toben, bis man ihr das letzte bisschen Verstand absprach und sie jeder Verantwortung enthob. Sie konnte genauso gut Schadensbegrenzung betreiben, jugendlichen Leichtsinn ins Feld führen, sich dümmer stellen, als sie war, und darauf hoffen, dass man ihr gnädigerweise verzieh. Und ihr weiterhin nichts zutraute. Es war egal. Es kam aufs Gleiche heraus. Sie würde vielleicht mit einem blauen Auge davon kommen. Aber nicht weit. Sie würde sich beide Flügel brechen und kein Wind dieser Welt könnte sie so noch tragen.

Und Almut? Judit fühlte sich endlos in die Tiefe stürzen.

Die Kirchturmuhr schlug. Ein Laster donnerte übers Kopfsteinpflaster des Hauptplatzes. So laut, dass Judit erst mitbekam, dass sich die Tür geöffnet hatte, als der feiste Mann schon hinter seinem Schreibtisch stand.

„Ich möchte eine Anzeige erstatten", stieß Judit hervor. „Wegen - häuslicher Gewalt. Und Nötigung und versuchten Diebstahl."

Das fleischige Gesicht des Polizisten, der ihr gegenüber hinter dem Schreibtisch nach einer bequemen Sitzposition suchte, während er Notizen auf einem Klemmbrett überflog, verdunkelte sich.

„Eine Anzeige", sagte er tonlos.

Dann schüttelte er den Kopf, legte sein Klemmbrett ab mit einem tiefen Seufzer, der das Elend der ganzen Welt einzuschließen schien, und sah Judit mit einer Mischung aus Sorge und Trauer an. Da war etwas in seinem Blick, das sie irritierte. Irgendetwas an ihm kam ihr bekannt vor, aber sie wusste nicht was.

„Doch!", rief Judit. „Doch, ich erstatte Anzeige."

Ihr blieb vor Aufregung die Luft weg. Die Flucht nach vorne war alles, was ihr noch blieb. Und wenn die schief ging, war es aus mit ihr. Denn dann würde ihr Vater nichts von ihr übrig lassen. Ihre Oberschenkel zitterten unkontrollierbar auf und ab, alles an ihr fühlte sich zum Zerreißen gespannt.

„Ich möchte, dass Sie das zu Protokoll nehmen, was ich Ihnen gleich erzähle. Ich beantworte Ihnen alle Fragen. Und Sie können gerne die Beweise sehen. Den hier am Arm zum Beispiel", sagte Judit. Ihre Stimme versagte fast.

Sie stülpte mit der fahrigen Rechten den T-Shirt-Ärmel über die linke Schulter hoch, so dass der grün-gelb-blaue Riesenbluterguss in seiner ganzen Pracht zu sehen war.

Der Polizist zog eine Augenbraue hoch und nahm sein Klemmbrett wieder auf. Er stellte keine Fragen, nein. Er zückte keinen Stift. Er schien auch keine Lust zu haben, Judit zuzuhören. Aber er musste! Er musste zuhören und etwas tun! Aus Judit quoll alles hervor: Wie Almut bei ihnen hauste, von der Erbschaft, den Drohungen, den Schlägen. Der

Polizist schlug die Blätter auf seinem Klemmbrett nacheinander um, warf zwischendurch einen traurigen Blick auf Judit und blätterte weiter, bis er zum letzten kam und es kopfschüttelnd überflog.

„Sonnenstich, Dehydrierung, massive Erschöpfung, Halluzinationen und - ach ja - Verdacht auf eine Fraktur des linken Handgelenks", las er ab. Er sah auf und fügte ernst hinzu: „Eine Fraktur ist ein Bruch, falls du es nicht wusstest."

Dann sah er Judit ernst ins Gesicht. Judit schaute zurück.

Die Uhr tickte, jemand marschierte den Flur entlang, die Hitze erfüllte den ganzen Raum. Judits Beine bebten.

„Und warum genau willst du nun Anzeige erstatten?", fragte er endlich.

Judit versuchte, Luft zu holen, irgendetwas zu sagen, aber der Gedanke an Almut schnürte ihr die Brust zu.

„Ach Judit", seufzte der Polizist. „Dein Vater hat sich solche Sorgen gemacht. Ihr jungen Leute wisst ja gar nicht, was ihr euren Eltern mit euren Flausen antut. Ein Glück, dass nicht mehr passiert ist."

„Aber es ist mehr passiert!", rief Judit.

„Der Peter wird gleich hier sein und dich abholen", sagte er mit einem Blick auf die Wanduhr.

„Ich geh nicht zurück", flüsterte Judit.

Der feiste Polizist stand auf, stopfte sich das Hemd in den Hosenbund und ging zum Fenster hinüber. Wie nebenbei strich er über den Bilderrahmen, der dort auf dem Sideboard neben einer halb verdorrten Topfpflanze stand.

„Die Familie ist das Wichtigste, Judit. Auch wenn sie nicht perfekt ist. Die Familie ist das Zuhause, da gehört der

Mensch hin. Wenn man niemanden hat, zu dem man gehört, dann hat man nichts mehr auf der Welt," sagte er zu dem Bild, zu der jungen Frau und zwei kleinen Kindern und zu dem jungen, schlanken Mann, der eine gewisse Ähnlichkeit mit dem fülligen Polizisten hatte. Die Farben des Fotos waren verwaschen. Ein altes Bild. Das Bild einer jungen Familie, die hoffnungsvoll dem Fotografen entgegen lächelte. Die keine halb unsichtbare Tante in einem Bretterverschlag hielt, deren Oberhaupt nicht schlug, nicht brüllte. Eine Familie, in der weder Hass noch Verachtung Mitglied waren. Zumindest sah es auf dem Foto so aus.

Judit hätte gern so eine Familie gehabt.

„Ach, da kommt er schon!", sagte der Polizist.

Er beugte sich übers Fensterbrett und über die Geranien und winkte hinunter auf den Platz.

Der alte Schulfreund vom Herrn Papa. Der, der Polizist geworden und unglücklicherweise bei dem verheerenden Verkehrsunfall zum Einsatz gerufen worden war, der seiner Frau und den kleinen Kindern das Leben gekostet hatte. Kein Wunder, dass er nichts begriff.

„Ich will mit Ihrem Chef sprechen!", rief Judit. „Sofort!"

„Du glaubst gar nicht, wie froh ich bin, dass alles gut gegangen ist. Schlechte Nachrichten, die sind immer furchtbar. Selbst wenn man die Leute nicht kennt. Gibt nichts Schlimmeres, als solche Nachrichten."

Judit sprang auf und stolperte zur Tür.

„Warte! Hiergeblieben!"

Sie erreichte die Tür, griff nach der Klinke, doch bevor sie die Tür auch nur einen Spalt geöffnet hatte, blockierte der

Polizist sie mit seinem ganzen Gewicht. Judit roch seinen Schweiß, einen Rest Deo, spürte die Wärme, die von ihm ausging, seinen muffigen Atem. Er drängte sie zurück.

„Lassen Sie mich hier raus!", rief Judit. „Bitte!"

Sie versuchte, an ihm vorbei zu kommen, aber sie hatte keine Chance.

„Sei lieber froh, dass wir das hier ohne großes Tamtam erledigen", murmelte der Polizist. „Ist doch besser, sowas innerhalb der Familie zu regeln."

Bevor Judit etwas erwidern konnte, klopfte es zwei mal hart an der Tür.

21.

„Peter, komm rein!", rief der Polizist.

Die Tür ging auf. Notgedrungen machte Judit dem Polizisten Platz, der Judits Vater Platz machte.

Dann standen sie auf der wenigen freien Fläche zwischen den Wänden und dem Schreibtisch nebst Besucherstühlen und es blieb keine Luft mehr, kein Weg ins Freie. Kein Platz mehr für Hoffnung.

Fremd sah er aus, dieser Peter, der gekommen war, um Judit abzuholen. Er hatte das gestreifte Hemd an, das er nur anhatte, wenn er aufs Amt ging, und die gute Jeans. Das Haar trug er gescheitelt, dazu die Armbanduhr, die er nur sonntags und an Weihnachten ausführte. Er wirkte kleiner als zuhause, was vielleicht an den hohen Decken lag. Sein Gesicht zeigte eine Mischung aus Wut und Erleichterung, um den Mund spielte ein gehässiger Zug.

Der Polizist sah erwartungsvoll von Judit zu ihrem Vater und zurück, gerade als würde er eine überschwängliche Umarmung erwarten. Oder zumindest ein paar gefühlige Worte, eine reumütige Entschuldigung von Judit, eine Erklärung, die Einsicht, dass sie sich dumm benommen hatte und Besserung gelobte. Doch sie hatten einander nichts zu sagen. Sie sahen sich nicht einmal richtig an. Der Moment zog sich in die Länge, wurde von Sekunde zu Sekunde hässlicher.

Schließlich sagte der Vater: „Ich steh im Halteverbot."

Der Polizist unterdrückte ein Glucksen.

„Dann geht mal, bevor du ein Knöllchen kassierst", sagte er

und gab die Tür frei.

Der Vater öffnete. Er trat in den Flur hinaus. Judit rührte sich nicht. Wenn sie mit ihm ging, dann - der Polizist marschierte Richtung Flur und trieb Judit vor seinem Bauch her.

„Hast du mal Lust auf ein Feierabendbier, Peter?", fragte der Polizist über Judits Kopf hinweg. „Haben wir lange nicht gemacht." Seine Wangen glänzten.

„Wenn Zeit ist. Ich ruf dich dann an", sagte der Vater und Judit wusste, dass er keine Zeit haben und nicht anrufen würde. Mehr als Verachtung hatte er für den Mann nicht übrig. Das hatte er für niemanden. Der Polizist nickte matt.

„Los jetzt! Ich kann mir keinen Strafzettel leisten", brummte der Vater. Er griff nach Judits Handgelenk, und zerrte sie mit sich. Sie versuchte, sich loszureißen, wand sich, aber er schleifte sie weiter.

„Lass los!", brüllte Judit. „Lass mich! Ich gehe nicht mit!" Seine Stimme hallte im Flur.

Der Vater blieb stehen, drehte sich nach ihr um, unverhohlene Verachtung sprang Judit entgegen.

„Was soll das jetzt werden?", zischte er. „Sei bloß still und komm mit."

„Ich gehe nicht in ein Haus zurück, in dem man alte Leute und die eigenen Kinder schlägt!", rief Judit. Mit einem kräftigen Ruck bekam sie ihr Handgelenk frei.

„Judit!"

Er funkelte sie aus schwarzen Augen an.

„Glaub nicht, dass du machen kannst, was du willst, nur weil du mal mit jemanden die Schulbank gedrückt hast, der jetzt zufällig Polizist ist!", rief Judit.

„Wenn du nicht sofort dein Maul -"

„Willst du hier so weitermachen wie daheim? Nur zu!"

Zwei uniformierte Beamte, die gerade vom zweiten Stock herunter kamen, zögerten an der Treppe, wechselten einen Blick und näherten sich. Neben dem Vater öffnete sich eine Bürotür und eine Frau in ziviler Kleidung streckte ihren Dauerwellenkopf heraus. Von er anderen Seite des Flures näherten sich Schritte. Vaters Freund kam heran.

„Besser ihr geht jetzt", sagte er leise. „Sonst ..."

„Sonst was?", rief Judit.

Adrenalin peitschte durch ihren Körper. Sie war zu allem entschlossen - und hatte keinerlei Kontrolle mehr über das, was sie tat.

„Alles in Ordnung!", rief der Polizist über den Flur und beruhigte seine Kollegen mit einem Nicken. Judit und dem Vater zischte er zu: „Da rein, los!"

Rasch öffnete er irgendeine Tür und schob Judit nebst Vater in den Raum, bevor sie sich zur Wehr setzen konnte. Judit stolperte hinein, prallte gegen einen Tisch, nahm im gleichen Moment Anlauf, um sich den Weg in den Flur zu bahnen. Sie würde sich nicht unter Verschluss halten lassen! Niemals nie wieder!

Bevor sie die Tür erreichte, hatte ihr Vater sie gepackt.

„Jetzt hör auf! Du reitest dich nur noch tiefer in die Scheiße", zischte er.

Der Freund ihres Vaters schloss die Tür.

„Ich mich?", Judit lachte auf. „Für wie blöd hältst du mich?"

Sie wand sich in seinem Griff, trat nach ihm.

„Du hast schon richtig gehört", gab er zurück.

Er hielt sie mit Leichtigkeit auf Abstand, gegen seine Kraft kam sie nicht an.

„Du hast doch von nichts eine Ahnung! Und wenn man keine Ahnung hat, hält man einfach sein verdammtes Maul!", rief er wütend.

„Blödsinn!", rief Judit. „Du willst der Almut alles wegnehmen, weil du glaubst, dir gehört die ganze Welt! Ihre Sachen, ihr Geld und ihr Haus. Aber das kannst du vergessen! So läuft das nicht."

„Hör mal, Peter ...", murmelte der Polizist.

Er hob beschwichtigend die Hände, sah sich nach der Tür in seinem Rücken um. Der Vater schmatzte genervt.

„Ich hab dem Besen gar nichts weggenommen! Aber -"

Judit holte aus und traf mit Almuts Schuhspitze das Knie des Vaters. Für einen Augenblick lockerte sich der Griff des Vaters, Judit bekam ihre Rechte frei.

„Peter, Gott, ich kann nicht -", jammerte der Polizist.

Sie drehte sich, wand die Linke aus der Umklammerung und wich um den Tisch herum zurück. Ihr Herz klopfte, als wollte es bersten, jede Faser ihres Körpers war aufs Äußerste gespannt. Sie würde alles tun, um sich zur Wehr zu setzen. Ihm das blöde Gesicht zerkratzen, ihn treten, beißen, an allem reißen, was sie in die Finger bekam. Sie saß in der Falle, hinter ihr gab es keinen Ausweg, vor ihr versperrten der dicke Polizist, der Vater und der Tisch den Weg. Aber sie würde erst aufgeben, wenn sie tot war.

„Ja, ja, lass gut sein", brummte der Vater. „Auf den Strafzettel kommts jetzt auch nicht mehr an."

Seine Schultern sackten hinunter, er ließ den Kopf hängen.

„Ist doch alles egal."

Er zog den nächstbesten Stuhl an der Stirnseite des Tisches heraus, ließ sich darauf sinken, vergrub das Gesicht in den Händen und dann saß er einfach so da. Zusammengefallen wie eine Hüpfburg, aus der man die Luft gelassen hatte.

An der Tür hinter ihm klopfte es.

Der Polizist streckte kurz den Kopf nach draußen, murmelte etwas, von dem Judit nichts verstand, und huschte dann in den Flur hinaus. Die Tür klappte hinter ihm zu.

Zurück blieb Schweigen.

Judit stand in der hinteren Ecke des Zimmers. Außer den Stühlen und dem Tisch gab es hier drin nichts. Keine Uhr, kein Bild. Nicht einmal einen Papierkorb. Das Fenster hinter Judit lag so weit oben an der hohen Wand, dass sie nur einen schmalen Streifen blauen Himmels sehen konnte. Das hereinfallende Licht erreichte nur einen Teil des Raums.

Der Vater saß unverändert auf seinem Stuhl am vorderen Tischende, gleich neben der Tür, und schien nichts von seiner Umgebung wahrzunehmen. Wenn sie auf der anderen Tischseite vorbei ging und in den Flur hinaus schlich, ohne einen Laut von sich zu geben, würde er es vielleicht nicht merken.

Sie musste es probieren. Schnell, bevor ihr Zweifel kommen konnten, machte sie den ersten Schritt. Almuts Schuh rutschte ihr von der Ferse und kam mit einem deutlich hörbaren Klacken auf dem Linoleum auf. Judit stockte der Atem. Aber nichts passierte.

Der Vater saß noch immer mit vors Gesicht geschlagenen Händen da, als wäre er nicht echt. Judit brach kalter Schweiß aus. Was, wenn er nur so tat, als hätte er aufgegeben? Wenn er sie packte und in Stücke riss, sobald sie in seine Reichweite gelangte. Gerade dann, wenn sie glaubte, es geschafft zu haben.

Sie musste es trotzdem probieren. Vorsichtig ging sie weiter. Immer wieder klackerten und schlurften Almuts Schuhe, Judit verschluckte sich beinahe an ihrer Aufregung. Sie erreichte die vordere Tischecke. Jetzt musste sie nur noch an der Stirnseite des Tisches und dem sitzenden Vater vorbei und zur Tür gelangen.

Sie schloss einen Moment die Augen, kratzte all ihren Mut zusammen und umrundete den Vater. Ihre Hand berührte schon das kühle Metall des Türgriffs, als ein schreckliches Geräusch sie zusammenfahren ließ.

Es ging ihr durch Mark und Bein. Judit blieb stehen. Direkt vor ihr, keine Armlänge entfernt, hockte der Vater auf seinem Stuhl und schluchzte. Seine Schultern zuckten und es sah aus, als zöge er sich bei jedem Schluchzer noch ein wenig mehr zusammen. Vor Judits Augen verlor er an Größe. Und Macht. Ratlos stand Judit an der Tür. Sie sollte fliehen, so lange Zeit blieb, so lange er zu schwach war, sie aufzuhalten. Aber sie tat es nicht.

„Ich hab das alles nicht gewollt", stieß der Vater zwischen seinen Händen hervor. „Ich hab nie gewollt, dass das so endet, Judit. Ich wollt nur alles richtig machen. Ein Zuhause für die Irene und für den Micha und für dich. Ich wollte, dass Frieden herrscht. Du kannst dich nicht erinnern, Judit, du warst noch viel zu klein, aber wir hatten nie Frieden. Meine eigenen Eltern haben mich immer behandelt wie einen Kropf. Ich war immer zu viel. Keiner wollte mich haben. Meine Brüder, die waren immer die Tollsten, egal, was sie gemacht haben. Und bei mir? Wie der Besen, hieß es immer. Genau wie der Besen. Auf der Küchenbank hab ich geschlafen, bis ich mit sechzehn von der Schule und ausgezogen bin. Keiner hat gesehen, wie ich gearbeitet hab, für ein bisschen Anerkennung, Judit. Keiner. Und dann war die Irene schwanger und -", der Vater schluchzte so heftig, dass er nicht weiter sprechen konnte. „Und dann wars ganz aus", flüsterte er nach einer Pause. „Keiner wollte uns sehen. Keiner wollte dich sehen, als du da warst. Wir haben dich Judit genannt, nach meiner Mutter, aber als sie es erfahren hat, wollte sie, dass wir deinen Namen ändern. Kannst du dir das vorstellen? Dass wir das Haus am Ende bekommen haben, ich dachte, das wäre unverschämtes Glück, weißt du? Ich dachte, jetzt zahlt es sich aus, dass ich immer gearbeitet hab, jetzt haben wir auch mal was von Leben. Aber wenn du zwei Brüder auszahlen musst, und dann erst alles irgendwie herrichten. Das Bad. Und die Heizung. Und dann verlierst du einen Job nach dem anderen. Da kämpfst du und kämpfst. Aber weißt du was, Judit, das wäre mir alles scheißegal, ich tät halt einfach weiter kämpfen. Ich kenns ja nicht anders. Aber für was denn? Manchmal, Judit, manchmal würd ich mir am liebsten einen Strick nehmen und mich aufhängen. So ein kleines Licht ist schnell aus. Aber an welchem Balken denn?"

Er schwieg lange. Sein Schluchzen schüttelte ihn. Irgendwann zog er ein kariertes Stofftaschentuch aus seiner Hosentasche und schnäuzte sich hinein.

Judit stand vor der Tür. Reglos, wie von einer Dampfwalze überfahren, und wusste gar nichts mehr.

„Deine Mutter", sagte der Vater schließlich, „deine Mutter, für die hätte ich alles getan, ich hätte Tag und Nacht geschuftet, damit ich sie glücklich seh. Aber weißt du was? Die Irene, die ist gar nicht mehr da. Die ist schon lange weit weg mit ihrem Herzen. Irgendwo in Ungarn, bei ihrer Mutter. Aber bei mir, bei mir ist sie schon lange nicht mehr. Ich bin schon lang allein."

Judit blinzelte ihre Tränen weg und zog den Rotz hoch.

„Was soll das werden?", stieß sie hervor. „Soll ich jetzt Mitleid haben und dir alles verzeihen? Dass du mich verprügelt hast? Dass du die Almut geschlagen hast? Soll das jetzt alles nicht mehr schlimm sein, oder was? Du kannst der Almut nichts wegnehmen, egal, was sonst los war!"

Sie umrundete den Tisch und verschränkte die Arme.

„Die Almut wollte das Haus gar nicht", murmelte der Vater. Er hatte die Hände im Schoß liegen und schaute auf die Tischplatte.

„Dass ich nicht lache!", rief Judit. „Ich hab doch alles genau mitangehört!"

„Schon wo ich ihr den Schrieb vorgelesen hab, wollt sie auf und davon, wollte sich verstecken. Weiß der Teufel was mit der nicht stimmt. Kann mir auch wurscht sein. Jedenfalls", er sah kurz zu Judit herüber. Seine Augen waren verquollen und rot. Dann ließ er den Kopf wieder hängen. „Jedenfalls hat sie sich die Ohren zugehalten und geschrien, wo ich ihr vorgelesen hab, dass ihr Stiefvater tot ist und sie als Alleinerbin die Pension kriegt."

„Die Pension?"

„Ja, der alte Kasten da war mal eine Art Pension. Aber keine für alte Weiber und Schwindsüchtige. Da sind Geschäftsleute und sowas abgestiegen. War ne Zeit dick im Geschäft, der Stiefvater. Die Mutter von deinem Großvater und der Almut, die hat eine gute Partie gemacht, nachdem ihr erster Mann tot war, hat dem Sohn das Haus hier gelassen und ist mit der Tochter an die Nordsee. Die war ja erst vierzehn oder so, die musste mit. Der Stiefvater hat sie adoptiert damals. Aber deine Urgroßmutter hat nicht lang was von der Seeluft gehabt, die ist kaum zwei Jahre später gestorben."

„Und wann ist die Almut wieder hierher gekommen?"

„Keine Ahnung. Mich gabs jedenfalls noch nicht, als sie wieder gekommen ist. Aber der Jürgen und der Simon, die müssen schon acht und zehn gewesen sein. Egal, jedenfalls wollte die Almut von der Pension nichts wissen. Sie hätte mir auch nur eine Vollmacht unterschreiben brauchen, ich hätte alles geregelt und fertig. Stattdessen schreit sie wie ein angeschossenes Reh. Dann dachte ich, ich probiers ein paar Tage später nochmal, vielleicht lässt sie dann mit sich reden. Die spinnt ja nicht jeden Tag gleich."

„Ach jetzt hör auf! Du hast ihr die verdammte Nase blutig geschlagen, um deinen Willen durchzusetzen!"

Der Vater lachte trocken auf und sah Judit ins Gesicht.

„Und du? Was hast du, Judit? Das Handgelenk ist übrigens gebrochen. Und mit dem Sonnenstich muss sie im Krankenhaus bleiben. Heiliger Bimbam, Judit! Mit deiner saudummen Aktion hättest du ihr fast den Rest gegeben!"

Judit schwieg. Sie senkte den Blick und plötzlich brach der Boden wieder unter ihr auf. Alle Wut war verflogen, das letzte bisschen Kraft aufgebraucht. Du hättest ihr fast den Rest gegeben. Weil du deinen Willen durchsetzen wolltest. Das hatte der Vater zwar nicht gesagt, aber das war auch nicht nötig. Wie sie es auch drehte und wendete, wie sehr sie sich auch bemühte - Judit hatte alles falsch gemacht. Nichts kapiert, die verkehrten Fragen gestellt. Und jetzt lag Almut im Krankenhaus.

„Und wie ich das Dach jetzt richten soll, weiß ich auch nicht, nachdem du hier alles in die Welt hinaus krakeelt hast. Du hast es geschafft. Jetzt ist alles zu spät."

Er stand langsam auf und wandte sich zur Tür. Judit starrte wie erschlagen ins Leere.

22.

Das Fachwerkhaus duckte sich im Abendlicht hinter dem wuchernden Blumengarten der Mutter an den Hügel. Es lag still in der blutroten Abendsonne wie das Motiv eines Ölgemäldes. Nur die weiße Plane, die hier und da zwischen den Latten hervor spitze, störte das Bild.

Der Vater ließ das Auto auf den Parkplatz am Gartenzaun rollen. Als er den Motor ausschaltete, erstarb auch die leise Musik aus dem Radio und die Stille, die seit dem Gespräch im Polizeipräsidium zwischen ihnen herrschte, zeigte sich mit aller Macht. Wortlos stiegen sie aus, gingen langsam und mit großem Sicherheitsabstand zueinander auf das Haus zu. Wortlos trat die Mutter vor die Tür, kam Judit entgegen, hob unbeholfen die Arme, als wollte sie ihre Tochter umarmen, ließ sie jedoch gleich wieder sinken. Das Leuchten, das eben noch ihre Augen erhellt hatte, erlosch. Matt schüttelte die Mutter den Kopf.

„Was sollen nur die Leute denken?", murmelte sie. „Was hast du dir denn dabei gedacht?"

Judit wusste keine Antwort. Zumindest keine, die die Mutter verstanden hätte. Also hielt sie die Klappe. Auch das Schulterzucken sparte sie sich. Wer weiß, wie man ihr das wieder auslegen würde. So standen sie zu dritt vor dem Gartentor herum und es gab nichts zu sagen. Judit hätte gern gewusst, wo Micha steckte, sie sah ihn nirgends.

„Heute Nacht solls trocken bleiben", sagt die Mutter schließlich. „Kam grade im Radio."

Sie rieb sich fröstelnd die bloßen Arme. Es wurde Herbst.

„Immerhin. Der Bäcker hat wieder offen, hab ich grad gesehen", sagte der Vater.

„Ist gut. Abendessen ist gleich fertig", sagte die Mutter. „Ich hab Gulasch gemacht."

Und dann war alles so, als wäre nichts gewesen.

Nur schlimmer.

Beim Abendessen riskierte Judit einen kurzen Blick Richtung Vater, als die Mutter den Gulaschtopf ein wenig außerhalb der Mitte auf den Tisch stellte. Dorthin, wo der Untersetzer den Riss in der grünen Decke verbarg.

Der Vater zog beim Anblick des Gulaschtopfes die Stirn kraus. Die Mutter sah nicht zu ihm hin, aber sie wusste mit Sicherheit, was er davon hielt. Sie wirkte bedrückt. Mehr als sonst, obwohl sie sich redlich Mühe gab, ihre Stimmung zu verbergen. Ohne ihn anzusehen, gab sie dem Vater eine Portion in den Teller. Der Vater schnaubte lautlos.

„Hier, Micha, wie viel willst du?", fragte sie ihren Sohn.

Micha zuckte die Schultern.

Auf seiner Wange prangte noch immer das Pflaster. Recht viel mehr von ihm sah Judit nicht, denn er hielt den Kopf gesenkt und von ihr abgewandt. Er wirkte an diesem Abend nicht so, als ob er in wenigen Wochen in die fünfte Klasse kommen würde. Eher wie ein angehender Erstklässler, so zierlich und verloren saß er auf seiner Seite der Eckbank und beobachtete, wie die Mutter ihm einen Schöpfer Gulasch in den Teller gab.

Auf der Fensterbank dudelte das Radio. Besteck klapperte. Leises Schmatzen, Schlucken, Schlürfen und Kaugeräusche mischten sich dazu. Eine dicke Schmeißfliege drehte wirre Runden über dem Tisch, bis sie wild entschlossen gegen die Deckenlampe bumste und neben den Topf auf den Tisch stürzte. Jeder hatte die Fliege bemerkt. Aber niemand griff nach der Fliegenklatsche. Niemand gab zu erkennen, dass er sah, wie der dicke Brummer mitten am Tisch auf dem Rücken lag und mit den Beinen strampelte. Gabeln fuhren weiter mit Kartoffelbrei und Gulasch zu den Mündern, tauchten zurück in die Teller. Am seltsamsten fand Judit, dass nicht einmal Micha einen seiner unpassenden Kommentare von sich gab oder mit einer kindischen Aktion versuchte, den Beifall seines Vaters zu ernten.

„Hab einen Strafzettel gekriegt", brummte der Vater.

Judit behielt den Kopf unten. Niemand antwortete ihm. Nur das Besteck klackerte weiter auf den Tellern.

„Morgen ruf ich im Krankenhaus an. Wegen dem Besen", sagte der Vater.

Wieder gab niemand Antwort. Der Vater seufzte und aß schweigend weiter. Judit löffelte ihren Teller halbwegs leer. Ihr Körper war hungrig wie ein ausgezehrter Wolf, doch sie bekam kaum einen Bissen hinunter.

Schweigend ging die Mahlzeit zu Ende, schweigend half Judit der Mutter beim Abspülen. Sie hätte gerne gefragt, wie es Almut ging. Und ob der Vater diese alte Herren-Pension am Meer nun in Almuts Namen verkaufen würde und überhaupt: Wie es weiterging. Mit ihr. Und mit allen. Während sie einen Teller, ein Glas nach dem anderen trocknete, lagen ihr all diese Fragen auf der Zunge, drängten so mächtig nach draußen, dass Judit die Kiefer aufeinanderpressen musste, damit sie ihr nicht entkamen. Sie konnte nicht fragen.

Unmöglich. Sie hatte schreckliche Angst vor der Antwort.

Als der letzte Suppenteller verstaut war und die Mutter wortlos nach ihrem ungarischen Groschenroman griff, verließ Judit die Küche.

Aus dem Wohnzimmer drangen Fernsehergeräusche, als sie an der Tür vorbei kam. Vom Dachgeschoss her schlug Judit schon am Fuß der Treppe die gestaute Hitze entgegen, so dass sie keine große Lust hatte, nach oben zu gehen, obwohl sie hundemüde war. Vielleicht drehte sie draußen noch eine kleine Runde, oder setzte sich eine Weile auf die Treppenstufen vor dem Haus.

Judit trat nach draußen, atmete die weiche Abendluft und hörte der Amsel zu, die auf dem First des Scheunendachs ihr Abendlied sang. Noch war es nicht ganz dunkel, auch wenn die Wolkendecke die Dämmerung früher hereinbrechen ließ. Unter der Wolkenkante im Westen schimmerte noch ein Streifen Rosa hindurch, der den Blumengarten der Mutter weiche Schatten werfen ließ. Hätte sie es nicht besser gewusst, Judit hätte das Flecken Erde hier oben zwischen den Hügeln für den Inbegriff des Friedens halten können. Für einen Moment fühlte es sich tatsächlich so an.

In der Scheune polterte etwas. Judit bemerkte, dass die Türe dort nicht ganz geschlossen war und ein dünner Lichtstrahl heraus fiel. Sie schlenderte hinüber, um nach Micha zu sehen, ein bisschen mit ihm zu reden, sich anzusehen, was er machte. So wie immer eben.

Doch als sie die Tür erreichte, beschlich sie das Gefühl, dass es nicht wie immer werden würde. Das Herz pochte ihr bis zum Hals, als sie die Tür aufzog, in die Scheune trat und auf die Werkbank zu ging.

Dort stand er gebeugt über seinem eingespannten Werkstück. Sicher eine seiner Klingen, die er noch immer eifrig schärfte, um von seinem Vater ein kameradschaftliches Streicheln über den Kopf zu bekommen.

Im Schein der Lampe, die überm Werktisch hing, hantierte er unermüdlich, führte den Wetzstein, den der Vater sonst zum Sensendengeln benutzte, in höchster Konzentration immer und immer wieder im gleichen Winkel über das glänzende Eisen. Er bemerkte Judit nicht, wirkte ernst und verbissen bei seiner Arbeit.

Als sie schräg hinter ihm in den Schein der Lampe trat, sich räusperte und den Schreck in seinen Augen sah, der noch größer wurde, als er seine Schwester erkannte, wusste Judit, was passiert war.

Dass die Hausschlüssel in jener Nacht verschwunden waren, hatte sie ihm zu verdanken. Und die Ausweiskontrolle im Zug, die war auch kein Zufall gewesen.

Er hatte sie verraten.

Lange Sekunden starrten sie einander an. Unmaskiert, ganz nackt. Micha wusste, dass Judit wusste, was er wusste. Sie ahnte sogar, dass er den Gerichtsschrieb hatte verschwinden lassen. Der kleine Micha war es gewesen, der heimlich, still und leise die Fäden gezogen hatte.

Er erwartete, dass sie ihn zur Schnecke machte, ihm Worte, Fäuste, Fingernägel um die Ohren fliegen ließ oder ihm zumindest erklärte, dass er nicht mehr ihr Bruder war. Sie erwartete, dass er in Tränen ausbrechen würde oder weglaufen, oder beides gleichzeitig. All das lag offen zwischen ihnen. Er hatte sie verraten - für ein bisschen Anerkennung vom Vater. Judit räusperte sich nochmal.

„Wie weit bist du mit den Messern?", fragte sie. Sie musterte das Eisenstück, dessen Schneide im Licht schimmerte. „Bekommst du die scharf mit dem Wetzstein?"

„Hm", machte Micha.

Sie hörte ihn schlucken, räuspern und wie er von einem Fuß auf den anderen trat. Sie betrachtete weiter das Messer.

„Darf ich mal?", fragte sie.

„Ja. Ja, klar", murmelte Micha.

Vorsichtig strich Judit über die Schneide und prüfte sie von beiden Seiten.

„Sieht gut aus. Du hast wirklich ein Händchen für sowas."

„Na ja", sagte Micha.

Er trat immer noch von einem Fuß auf den andern und hielt Abstand zu ihr. Judit suchte nach Worten. Nach den Richtigen, die möglichst rasch alles sagten, ohne irgendetwas kaputt zu machen. Aber ihr fiel nichts ein. Als sie sich zu ihm umdrehte, stand Micha am Rand des Lichts, halb im Dunkeln. Er sah sie mit großen, schwarzen Augen an.

„Du Micha?", sagte Judit.

„Hm?"

„Ich würd dich wahnsinnig gern in den Arm nehmen."

Ratlos blieb Micha stehen und musterte sie. Schließlich nickte er zögernd. Judit breite die Arme aus, ging langsam auf ihn zu und er kam ihr entgegen. Linkisch tappten sie aufeinander zu, bis ihre Körper sich trafen und dann umschlossen sie einander und hielten einander ganz fest.

Sie wollte ihm noch so viel sagen. Dass er der beste kleine Bruder der Welt war, dass sie ihm niemals würde böse sein

können, dass sie ihn gar nicht erst in die Sache hätte hinein-
ziehen dürfen, dass alles allein ihre Schuld war und dass sie
ihn unglaublich gern hatte. Am Allerliebsten auf der ganzen
weiten, gottverfluchten Welt.

Aber wie sagte man so etwas jemanden, mit dem man sich
die meiste Zeit zoffte, der noch mehr als ein halbes Kind war.
Und wenn man überhaupt keine Übung in solchen Dingen
hatte. Stumm hoffte sie, dass der kleine Micha auch ohne
Worte begriff, wie die Dinge standen.

„Wie gehts deiner Backe?", fragte Judit, als sie sich vonei-
nander lösten.

„Ganz gut", sagte Micha.

Er zuckte auf seine lässige Art mit den Schultern und zog den
Rotz hoch. Judit musste lachen.

„Dem Basti lasse ich nach den Ferien die Luft aus den Reifen", sagte Micha grimmig. „Das hat er verdient, der blöde
Sack."

Judit strich ihm über den Kopf, wie es sonst der Vater tat.

„Lass dich nicht erwischen", sagte sie.

Vor dem Haus geisterte der Strahl einer Taschenlampe
herum. Judit blieb unter dem Vorsprung des Scheunendaches
stehen und versuchte, etwas zu erkennen, doch die Dunkelheit und die vielen Blumen verbargen die Gestalt, die offenbar direkt unter dem Wohnzimmerfenster hockte und mit der
Lampe hantierte.

Unsicher, ob sie sich einen Gefallen tat, wenn sie hinging und
nachschaute, zögerte Judit noch einen Moment, doch dann
lief sie hinüber in den Garten. Leise näherte sie sich der
Lichtquelle. Da kauerte jemand, den Kopf gesenkt, die

Taschenlampe vor sich auf dem Boden liegend und wühlte in der Erde. Judits Mutter.

Sie sprach mit sich selbst. Auf Ungarisch. Judit verstand nichts, aber der Ton verriet genug. Judit ging näher heran, um zu sehen, was sie dort im Dunkeln trieb. Die Mutter grub den Rosenstock aus.

„Mama? Was ist los?", fragte Judit.

Die Mutter reagierte nicht, schien sie gar nicht zu bemerken. Neben ihr lag ein Blumentopf auf dem Boden und ein Sack Blumenerde. Marken-Blumenerde, extra für Rosen, soweit Judit das der im Taschenlampenlicht schimmernden Tüte entnehmen konnte. Der Vater sah das sicher nicht gerne. Und deshalb hockte die Mutter heimlich hier draußen.

Judit ging zu ihr.

„Mama?"

Die Mutter wandte sich zu ihr um, ihr Gesicht ein einziger Schrei. Schmerz, der tiefer als ein Brunnen reichte. Sie schluchzte, redete etwas auf Ungarisch, schüttelte den Kopf und hielt Judit mit einem flehenden Blick die kümmerlichen Reste des Rosenstocks entgegen. Kein einziges Blatt hatte er mehr, die waren ihm nach und nach abgefallen. Das kam nicht weiter überraschend. Was Judit überraschte, waren die Wurzeln der Pflanze. Oder die Stellen, an der sie hätten sein sollen. Matschige, schwarze Stummel hingen an dem verdorrten Stück Rosenholz. Die Mutter schluchzte wieder.

„Ach Mama", sagte Judit. „Bestimmt können wir eine neue Rose kaufen, so viel Geld werden wir schon haben ..."

„Von meiner Mutter!", schluchzte die Mutter. „Das Einzige. Ich vermisse sie so. Ich vermisse die Heimat. Ich wünschte, ich wäre niemals weggegangen. Niemals!"

„Irene?", rief der Vater von oben.

Judit sah sich nach ihm um. Er stand oben an der Treppe.

„Irene?"

Die Mutter wandte erschrocken den Kopf ab. Ein heftiger Schluchzer schüttelte sie, doch sie versuchte, ihn hinunter zu schlucken, duckte sich noch tiefer.

Der Vater sprang die Stufen hinunter, Judit machte ihm Platz, bevor er sie umstieß, wich auf die Treppe zurück. Sie hielt die Luft an, erwartete ein fürchterliches Donnerwetter, Geschrei und Beschimpfungen. Sie konnte nur hoffen, dass er zumindest seine Frau nicht anrührte. Doch der Vater kniete sich vor die Mutter auf die Erde, fasste vorsichtig nach ihren zuckenden Händen, die noch immer den toten Rosenbusch hielten. Zögernd überließ sie ihm ihre Hände, aber sie sah nicht auf.

Er schien um Worte zu ringen, die es nicht gab. Welche Worte gab es schon für komplizierte Situationen, wenn es nicht einmal Worte für ganz gewöhnliche Dinge gab. Die Mutter wollte ihm ihre Hände entziehen, doch er hielt sie fest. Seine Stimme war fremd und rau, als er sie ansprach.

„Irén", sagte er. „Meine Irén." Und dann fügte er ein paar seltsam klingende Laute an, die die Mutter überrascht aufschauen ließen. Laute, die Judit zuerst nicht einordnen konnte. Bis die Mutter ihm auf Ungarisch Antwort gab.

Dumpf erinnerte sich Judit, dass ihr Vater ganz, ganz früher ein paar Brocken Ungarisch hatte sprechen können. Was er sagte, klang steif und verkrüppelt, ganz anders als das, was die Mutter sagte, wenn sie mit sich selbst sprach. Aber sie schien ihn zu verstehen. Nach einer Weile nickte die Mutter zögernd, ließ sich vom Vater in den Arm nehmen und weinte an seiner Schulter weiter.

Judit schlich auf Zehenspitzen ins Haus.

23.

Am frühen Morgen riss durchdringendes Motorengeräusch Judit aus dem Schlaf. Schweres Druckluftschnauben und ein hohes Surren gesellten sich dazu. Judit rieb sich den Schlaf aus den Augen, stand auf und wankte im Schlafanzug hinunter ins Erdgeschoss. Durchs Wohnzimmerfenster sah sie einen grellgelben Laster auf dem Teerstreifen. Ausleger stützten ihn, ein Kranarm schwenkte mit einer Palette voller frischroter Ziegel zum Platz neben den Garten hinüber, wo sonst immer das Auto parkte.

Mit einem Seufzen setzte der Kran seine Last ab, dann surrte er zurück auf die Ladefläche, wo ein Mann in blauen Arbeitshosen ein großes Bündel neuer Latten mit einem Gurt versah und am Kran einhängte. Mehr lag nicht auf der Ladefläche. Eine Palette neuer Ziegel also und ein paar Latten. Kein neues Dach. Hinter dem gelben Laster versank die Welt in grauem Dunst. Der Tag brach nur zögernd an, matter Bodennebel kroch über die Hügel, in dicken Fetzen stiegen Wolken aus den Fichtenwäldern. Der Sommer war vorbei, die letzte Augustwoche angebrochen.

Judit machte sich einen Kaba und schlich zurück nach oben. Dann saß sie an ihrem Schreibtisch, löffelte ihre Tasse leer, fror und sah der Zeit beim Verstreichen zu.

So langsam die Dinge da draußen auch zu passieren schienen, so schnell lief doch die Zeit ab, die ihr noch blieb. Bevor ihr Leben die Richtung einschlug, die es eben einschlagen musste. Gleichgültig, was Judit davon hielt. Gleichgültig, ob es sie glücklich machen würde. In ihrem Bauch ballte sich Angst.

Sie sollte etwas tun. Irgendetwas. Nur gab es nichts, was sie tun konnte. Sie saß da mit der Erinnerung an die Katastrophe, die sie heraufbeschworen hatte, mit der Erinnerung an Almuts blutende, zitternde Hand, an ihren wackeligen Körper, den Judit ungnädig vorangepeitscht hatte, um ihr zu helfen - ohne zu begreifen, dass sie ihr nicht half, sondern - sondern sich selbst.

Ihr wurde heiß, obwohl die Kühle des Morgens durchs offene Fenster hereinkroch, Schweiß brach ihr aus. Nein, wollte sie rufen, nein, das ist überhaupt nicht wahr! Ich wollte ihr helfen, weil niemand sonst ihr helfen wollte.

Aber sie wusste im gleichen Moment, dass sie Almut hinausgeschleppt hatte in die Welt, weit weg von hier, weil sie selbst hatte fliehen wollen. Dem Schicksal entkommen, der Familie, dem Ausbildungsvertrag, dem widerwärtigen Geruch in diesem Laden, der weißen Kittelschürze.

Judit schlug sich die Hände vors Gesicht. Sie wollte weinen. All die Schuld, den Schmerz, diesen himmelschreienden Irrtum hinausweinen, sich winden, schluchzen, das Leid spüren, das in ihr tobte. Aber es ging nicht. Keine Tränen. Kein Gefühl.

Die Zeit verstrich, doch nichts wurde besser. Der Vater hatte ein paar Ziegel und Latten gekauft, statt Almuts Erbe in ein neu gedecktes Dach zu investieren. Er hatte in den sauren Apfel gebissen, so wie sie es von ihm verlangt hatte. Ob das richtig war, wusste sie nicht. Nicht mehr. Vielleicht hatte sie nie etwas gewusst. Nur dutzendweise Fragen aufgeschrieben, die ach so weltbewegend waren. Und ohne etwas verändert zu haben, klaglos in Flammen aufgegangen waren. Der Vater hatte nachgegeben. Und Judit?

Im Haus rührte sich niemand. Auf leisen Sohlen verließ sie ihr Zimmer, pirschte über den Gang, an den bereitstehenden Eimern vorbei und die Treppe hinunter. Noch immer hörte sie keine Stimmen, kein Menschengeräusch. Judit zögerte einen Moment, dann huschte sie in die Küche, klappte den Deckel der Sitzbank auf, auf dem sie immer saß, und sah die Tüte darin liegen. Sie knisterte leise, als Judit sie aus der Bank hob und mit ins Bad nahm. Die Mutter hätte gleich wieder Sorge gehabt, dass Judit alles schmutzig machen würde, Micha hätte sich in die Hosen gemacht vor lachen, der Vater hätte einen seiner super-weisen Sprüche von wegen „Vernunft angenommen" oder „es ist halt nicht immer nur Sonnenschein" von sich gegeben. Auf all das verzichtete Judit gern. Es war schlimm genug, was sie selbst darüber dachte. Sie legte die Tüte auf den Klodeckel und drehte den Badezimmerschlüssel zweimal um.

Aus dem Spiegelschrank blickte ihr ein halbwegs hübsches Jungmädchengesicht entgegen. Die Haare hingen lustlos herum, vom Oberteil ihres Schlafanzugs winkte Minimouse. Ein Mädchen wie es tausende gab. Eins, nach dem sich keiner umdrehte, wegen dem sich niemand prügeln würde. Eins von denen, die am Ende eben übrig blieben, irgendeinen halbwegs passablen Kerl heirateten und Durchschnittsleben führten. Keines, das zu Höherem berufen war. Oder überhaupt dazu in der Lage. Nur mit ihrem Blick stimmte etwas nicht. Ihr Blick war zu ernst, zu wissend. Und zu enttäuscht. Von der Welt und von sich. Aus ihrem jugendlichen Gesicht schauten viel zu alte Augen.

Judit bückte sich nach der Tüte. Sie zog die oberste, grell weiße Kittelschürze heraus, entfaltete sie und schlüpfte hinein. Der Stoff fühlte sich schwer und furchtbar steif an. Sie knöpfte die Schürze zu und sah an sich herab.

Ihre nackten Oberschenkel schauten zur Hälfte unter dem Saum hervor. Ihre fast nackten Arme lugten links und rechts aus dem starren Stoffgebilde, der Rest von ihr war weg. Von einem formlosen, strahlend weißen Sack verhüllt. Fast alles, was Judit war, war weg.

Judit steckte probehalber die Hände in die seitlich aufgesetzten Taschen, trat zurück, bis sie an die Badewanne stieß und schaute in den Spiegel. Gestatten: Judit, die neue Metzgereifachverkäuferin. Hier, hundert Gramm Gelbwurst, ganz frisch. Und hier der Tafelspitz, ideal für irgendwas. Und dann noch fünfhundert Gramm Hackfleisch, bitte sehr. Darfs ein bisschen mehr sein? Oben ging eine Tür.

Rasch zog sich Judit die Schürze über den Kopf, knüllte sie zusammen, stopfte sie in die Tüte und machte, dass sie die Tüte wieder in der Eckbank verstaute, bevor Micha mit einem theatralischen Gähnen das untere Ende der Treppe erreichte. Sie huschte wortlos an ihm vorbei, verschanzte sich in ihrem Zimmer und zog sich die Decke über den Kopf. Doch ihre Gedanken fanden sie trotzdem.

Es drängte sie, ihre Fragen aufzuschreiben. Es gab so vieles, auf das sie keine Antwort wusste. Aber sie tat es nicht. Besser, sie stellte nichts mehr infrage.

Später sah Judit vom Hügel aus, wie ihr Vater das Auto aus der Scheune holte und hinunter fuhr. Sie sah, wie Micha in die Scheune ging, sein Fahrrad herausschob, aufsprang und im Wald verschwand. Sie sah nicht, was die Mutter trieb, aber sie konnte sich ausmalen, wie sie im Garten herumwerkelte, Unkraut zupfte, Blumen goss.

Nach einer schieren Ewigkeit kam das Auto wieder den Hügel herauf. Der Vater fuhr es bis direkt vor die Gartentür, stieg aus und lief zur Beifahrertür herum. Er half Almut aus dem Auto, führte sie zur Gartentür und aus Judits Blickfeld. Ihr linker Arm war eingegipst.

Reglos blieb Judit sitzen. Sie war dumm gewesen. Und was blieb ihr jetzt noch? Schadensbegrenzung, hatte Micha gesagt. Nur wie machte man sowas? Sie musste zu Almut, mit ihr sprechen, sich für alles entschuldigen. Auch wenn sie nicht sicher war, ob sie die richtigen Worte finden würde, ob es überhaupt richtige gab. Aber sie musste es probieren.

Judit stand auf und ging langsam hinunter zum Haus. Wenn sie langsam genug ging, fiel ihr vielleicht etwas ein, bis sie unten ankam. Doch als sie schließlich Almuts Tür erreicht hatte, wusste sie immer noch nichts. Schadensbegrenzung. Das sagte sich so leicht, wenn man jung und ahnungslos war. Judit griff nach der Türklinke, aber dann zögerte sie.

Vor dem Haus hörte sie die Stimme des Vaters, der irgendwelche Anweisungen gab. Dazwischen die Mutter, die ihm leise antwortete. Etwas rumorte, etwas Schweres wurde über Stein geschleift. Es klang nach Arbeit vor dem Haus. Vielleicht konnte Judit sich hier ein bisschen nützlich machen. Das konnte nicht schaden und es würde einfacher sein, als Almut unter die Augen zu treten. Judit umrundete das Haus. Ihre Mutter stand, die Hände in die Hüften gestützt, im Garten und starrte aufs Dach hinauf. Die lange Aluleiter lehnte an der Dachrinne und der Vater streckte sich, um die Folie, die er vor einigen Tagen mühsam dort festgetackert hatte, wieder von den Latten zu reißen, ohne weitere Ziegel vom Dach zu fegen. Er fluchte dabei. Der schwarze Eimer, den er oben an die Leiter gehängt hatte, wackelte und schlug immer wieder gegen das Aluminium. Endlich bekam der Vater den Folienzipfel mit einem Ruck ab, die Leiter wackelte wie ein Hundeschwanz.

„Pass doch auf, Peter!", rief die Mutter. „Die Leiter!"

„Sei bloß ruhig da unten! Selber nichts machen, aber alles besser wissen", gab der Vater zurück.

Mit einem verächtlichen Schnauben warf er die Folie vom Dach. Sie landete auf dem Rittersporn. Die Mutter unterdrückte das Jammern, das ihr nur allzu deutlich auf der Zunge lag und Judit wurde den Verdacht nicht los, dass der Vater sich extra Mühe gegeben hatte, den Rittersporn zu treffen.

„Irene! Was wartest du denn? Los, nimm den Eimer!"

Die Mutter zuckte zusammen. Ihre Miene verschloss sich und mit zusammengekniffenem Mund stieg sie vorsichtig einige Stufen die Leiter hoch, ihrem Mann entgegen und nahm ihm den schweren Eimer ab, in den er einige angeknackste Ziegel geworfen hatte.

„Hast du nicht gleich den zweiten mitgebracht?", rief der Vater. „Mensch! Muss man denn an alles selber denken! Los, hol einen Eimer zum Tauschen."

„Die Eimer stehen doch alle unterm Dach wegen dem Regen", stieß die Mutter hervor.

Sie stieg mit dem Eimer in der Hand ganz vorsichtig die Leiter hinab, kontrollierte bei jedem Schritt mehrmals, ob ihr

Fuß die nächste Sprosse traf. Judit streckte sich ihr entgegen und nahm ihr den Eimer ab, als sie ihn vom Boden aus gerade erreichen konnte.

„Unterm Dach?!", rief der Vater. „Mensch, Irene, es regnet nicht! Los, hol einen Eimer!"

Oben schimpfte der Vater, als ob es kein Morgen gäbe und keine Frau, die sich krampfhaft bemühte, nicht zu weinen.

„Ich hole den Eimer", flüsterte Judit und machte, dass sie ins Haus und ins Dachgeschoss kam.

Hier hörte sie den Vater weiter zetern.

„Wenn man nicht alles alleine macht! Als ob man nur von Idioten umgeben ist."

„Selber", flüsterte Judit und trug zwei Eimer nach unten vors Haus. Das war dann zwar bestimmt wieder einer zu viel und keine vorausschauende, intelligente Maßnahme, aber der Vater konnte ihr mit seiner Meinung mal gepflegt den Buckel runter rutschen. Und zwar schwungvoll. Wie konnte man nur so ein Ekel sein. Und sich dann wundern, dass die Mutter von Ungarn träumte. Wer täte das nicht.

Auf dem Dach hantierte der Vater mit dem Meterstab, dann rauschte er herunter, sägte hastig einige Latten zu, mit denen er wieder hinauf stieg und versuchte, die altersschwarzen Latten damit zu verstärken. Immer wieder rief er nach irgendwelchem Werkzeug und immer wieder musste er fluchen, weil man ihm das falsche brachte. Judit hasste ihn und dieses vermaledeite Dach von Minute zu Minute mehr. Aber ihre Mutter alleine mit ihm lassen wollte sie auch nicht.

Schließlich trug Judit dem Vater portionsweise frischrote Ziegel im Eimer nach oben, die er unter viel Geschimpfe unter die alten Ziegel auf die Latten schob. Die Sonne brannte unerbittlich herunter, Judit lief der Schweiß in Bächen den Rücken hinab. Endlich war die Lücke am unteren Teil des Daches geflickt. Der Vater ordnete eine kurze Brotzeitpause an. Micha war noch nicht zurück, also saßen sie zu dritt in der kühlen Küche, aßen Brot mit Mettwurst, tranken Limo und hörten Radio, bis der Vater sagte, dass es jetzt weiterging.

Die Frauen schleppten Ziegel, Latten, Säge, Hammer und Nägel ins Schlafzimmer hinauf, wo der Vater schon über die Klapptreppe unter die Dachspitze gestiegen war und die Folie herunter riss.

„Nicht mal bewegen kann man sich hier. Herrgott, ist das eng! Irene! Irene! Wo bleiben die Latten?"

Judit brachte ihm die Latten in die Dachspitze. Hier herrschten Temperaturen jenseits von Gut und Böse. Ihr verschlug die Hitze beinahe den Atem.

„Willst du was zu trinken?", fragte sie den Vater.

„Trödel nicht, nimm die Folie mit runter. Und den Hammer brauch ich. Los!"

Judit seufzte und tat, was er verlangte. Er hatte es schließlich nicht leicht. Auf dem Rücken liegend, nagelte er in der engen Dachspitze Latten fest. Später fädelte er neue Ziegel ein. Als ihm einer aus der Hand rutschte, außen am Dach hinunter rasselte, und im Garten zerschellte, brüllte er so, dass Judit sich die Ohren zuhielt. Drunten klingelte das Telefon.

„Telefon für dich, Peter!", rief die Mutter.

„Jetzt nicht!", rief er durch die Dachklappe.

„Aus dem Krankenhaus, ein Arzt", rief die Mutter.

„So eine Scheiße, das auch noch."

Der Vater kletterte die Klapptreppe herunter und galoppierte hinunter ins Wohnzimmer, wo das Telefon stand.

Judit folgte ihm nach unten, um einen Schluck zu trinken und ein wenig Luft zu schöpfen. Sie trat vors Haus und setzte sich mit ihrer Limoflasche neben die Mutter auf die oberste Treppenstufe. Die Mutter nahm die Flasche und trank, als Judit sie ihr anbot. Dann trank Judit und sie saßen einige Augenblicke schweigend nebeneinander.

„Der Rittersporn verblüht immer so schnell", sagte die Mutter schließlich leise. „Dabei blüht er so schön. Er hat ein so schönes Blau."

Judit schauderte, als ihr klar wurde, dass die Mutter alt und grau werden und niemals nach Ungarn fahren würde. Selbst wenn eines Tages genug Geld da sein würde. Und die Mutter wusste es.

Drinnen hörten sie den Vater am Telefon. Er sprach freundlich, in ganzen Sätzen, beschimpfte niemanden. Er konnte schon, wenn er wollte. Er wollte nur zuhause nicht.

Plötzlich knirschte es vom Wald her, Splitt spritzte auf und dann quietschte Michas Fahrradbremse und der blockierte Hinterreifen schrammte über den Teerstreifen. Mit leuchtend roten Backen sprang er ab, warf sein Rad ins Gras vor der Scheune und hüpfte herüber. Seine Knie waren aufgeschlagen, die Hände zerschrammt, doch er grinste breit.

„Ratet mal, wo ich war!", rief er mit stolzgeschwellter Brust. „Da kommt ihr nie drauf!"

Die Mutter lächelte ihn an. Judit zuckte die Schultern.

„Na mit dem Basti an der Halfpipe! Und ratet mal, wer mit dem Board runter gesaust ist!"

Seine Begeisterung wirkte so überschwänglich, dass sie Judit beinahe mitriss. Doch die Wunde prangte noch immer auf seiner Wange. Keine Schramme, wie ein Kind sie sich beim Spielen nun mal holte, kein kleiner Kratzer. Ein ausgewachsener Schnitt.

„Irene!", rief der Vater. „Machst du bald Abendessen?"

Die Mutter sprang erschrocken auf und lief hinein, um zu tun, wozu sie nütze war.

„Die haben mir gezeigt, wie es geht, ist gar nicht so schwer. Gleich von ganz oben! Von der höchsten Rampe! Der Basti hat gemeint, das packe ich locker!"

„Und deine Knie und die Hände?"

„Halb so schlimm. Indianer und so."

Er lachte sein perlendes Kinderlachen und ließ seine aufgeschrammten Handflächen unauffällig hinter dem Rücken verschwinden.

„Du Micha, ich wills dir ja nicht vermiesen, aber du erinnerst dich schon noch, wie sie dir die Backe aufgeschlitzt und dich ausgelacht haben?"

„Ach, Schnee von gestern. Die dachten halt, ich wäre so ein Weichei. Bin ich aber nicht."

„Die haben dich gleich von ganz oben runter fahren lassen? Aber du bist doch noch nie Skateboard gefahren!"

Judits Hände waren schlagartig klatschnass.

„Der Basti hat mich eingehändig angeschubst."

„Was? Du, hör mal, warum hältst du dich von denen nicht lieber fern. Die spielen doch nur ihre Spielchen mit dir."

Sie wollte ihn schütteln, bis sein Verstand wieder ansprang. Aber sie ließ es. Er funkelte sie stinksauer an.

„Ach, weil du dich so gut auskennst! Du hast doch keine

Ahnung von gar nichts! Das sagt der Papa auch immer. Du bist bloß neidisch, weil dich keiner leiden kann!", rief er. „Micha!"

24.

Die Mutter hatte Almut den Teller schon hinüber getragen, als Judit in die Küche kam. Judit war erleichtert. Sie wusste, dass sie zu ihr gehen sollte, sagen, dass ihr das alles furchtbar leidtat. Aber sie wusste nicht, wie. Morgen. Gleich morgen früh würde sie zu ihr gehen. Der Vater faltete die Zeitung zusammen und legte sie auf den Stapel in der Ecke der Bank, Micha wischte als letzter herein und um den Vater herum zu seinem Platz.

„Was ist denn mit dir passiert?", fragte der Vater.

Sofort leuchteten Michas Augen wieder, er berichtete gestenreich, von wie weit oben er wie schnell die Rampe hinunter gebrettert war. Ohne Knieschoner natürlich und ohne Helm.

Judit wartete darauf, dass der Vater ihn rügte. Insgeheim freute sie sich schon darauf, hinterher ein „Siehste?" anbringen zu können.

„Ja, das passt schon. Ein G`scheiter hält es aus", sagte der Vater stattdessen. Er zauste Michas Haar und zwinkerte ihm fröhlich zu. „Manchmal muss man sich halt durchbeißen. Wirst sehen, bald haben die richtig Respekt vor dir."

Judits Kinnlade klappte herunter. Während der Vater aufstand, um sich zur Feier des Tages ein Bier zum Essen aus dem Kühlschrank zu holen, streckte Micha Judit die Zunge raus. Die Mutter stellte wortlos einen Linseneintopf mit Bauchspeck auf den Tisch. Ihr Blick wirkte leer.

„Der Besen wird wohl einen Betreuer brauchen", meinte der Vater. „Die im Krankenhaus meinen, die wird nicht mehr.

Die soll die ganze Zeit von irgendeinem Kind erzählt haben. Als ob die freiwillig einer geschwängert hätte. Aber ganz knusprig war sie ja noch nie."

Judit stierte eine Weile in ihren leeren Teller.

„Die wollten auch gar nicht glauben, dass der Besen erst knapp über sechzig ist. Na ja, Studierte halt, die haben einfach vom echten Leben keine Ahnung."

Ohne ein Wort zu sagen, sprang Judit auf und rannte davon.

Sie versuchte nachzudenken, die Teile aneinanderzufügen, die sie kannte. Viele waren es nicht. Doch wenn sie die so zusammenlegte, dass diese eine Sache dabei heraus kam, dann wirkten sie gar nicht so verdreht. Onkel Jürgens Worte, die alten Geschichten über Almut, Almuts Reaktion, die schiere Panik, in die sie das Haus versetzte. Auch, dass ihr Vater so viel jünger war als seine Brüder, dass sie ihn nicht leiden konnten und dass sie den Vater so kaltschnäuzig über den Tisch gezogen hatten.

Es passte gut. Erschreckend gut sogar. Der kleine Peter, hatte Almut gesagt. Und sie war so viel jünger, als sie mit ihrer buckligen Haltung und dem eingefallenen Gesicht wirkte. Jung genug jedenfalls, um die Mutter von Judits Vater zu sein. Was bedeutete, sie wäre Judits Großmutter. Und das Hochzeitskleid, das Almut selbst genäht hatte und ihr Leben lang immer in Griffweite bei sich behielt? Ein Verlobter, der sie verstoßen hatte, weil sie unübersehbar schwanger war? Nur von wem? Von ihrem eigenen Stiefvater vielleicht, dessen Frau gerade gestorben war? Oder einer der Gäste jener Herren-Pension? Judit lag in ihrem Bett und starrte an die Decke. Möglich. Möglich war alles. Auch, dass sie sich wieder täuschte.

Noch wenige Tage blieben vom August. Vom Leben. Judit schlief lange nicht ein. Sie wälzte sich hin und her, deckte sich einmal auf, weil ihr zu heiß wurde, begann zu frieren und zog die Decke wieder bis ans Kinn. Sie streckte sich aus, rollte sich ein, probierte es ohne Kissen, auf dem Bauch und auf dem Rücken. Durch das offene Fenster strich die Nachtluft herein.

Sie sollte dem Vater sagen, was sie vermutete, Almut danach fragen. Aber stand es ihr noch zu, Fragen zu stellen und in das Schicksal einzugreifen, in dem sich die anderen eingerichtet hatten? Almut, wie sie den Saum des Brautkleides entlang strich und wirres Zeug redete, geisterte immer wieder durch ihren Kopf. Almut, die nicht mehr wurde, weil Judit sie in der sengenden Hitze mit sich geschleppt hatte. Judit kam es vor, als hörte sie ihre dünne Stimme. Nur klang sie weit entfernt und sie sagte ganz andere Dinge. Als ob sie draußen wäre und mit dem letzten Hasen flüsterte. Mit einem Ruck saß Judit im Bett.

Sie schlich ans Fenster, lehnte sich hinaus und horchte in die Nacht. Vereinzelt zirpten noch Grillen. Weit entfernt klagte ein Kauz. Und wie das Flüstern eines kleinen Baches drang wieder diese Stimme zu ihr herauf.

Auf leisen Sohlen pirschte Judit durchs Haus. Die heiklen Stellen mit den besonders knarzenden Dielen umging sie geschickt, schlich, möglichst viel Gewicht auf das Geländer gestützt, ganz am Rand der Treppe hinab und tastete nach der Haustür. Der Schlüssel steckte wieder innen, wie es sich gehörte. Aber es war nicht abgesperrt.

Barfuß schlich Judit nach draußen. Scharf schnitt ihr die Kühle der Steintreppe in die Sohlen. Rasch glitt Judit hinunter in den Garten, folgte dem Pflasterweg, trat auf eine Nacktschnecke, streifte sie ab und tappte geduckt über die Straße in den Schatten der Scheune.

Tatsächlich warf die Scheune in dieser Nacht einen Schatten, denn der Mond schien fast voll. Unter Judits Füßen knirschte Kies, irgendetwas bohrte sich durch ihre Hornhaut. Endlich erreichte sie die Ecke, hinter der der Hasenstall an der Mauer lehnte. Sie roch schon von Weitem einen Hauch von warmem Hasenmist und den Duft von Heu. Die Wäschespinne ragte düster in den Nachthimmel und warf einen riesigen Spinnennetzschatten ins taufeuchte Gras.

Als Judit um die Ecke schaute, erkannte sie die schmale, gebeugte Gestalt von Almut. Sie stand vor dem Hasenstall, flüsterte noch immer mit der letzten Häsin, die ihr der Vater gelassen hatte. Was Almut sagte, verstand Judit nicht, aber ihr Magen krampfte sich zusammen. Dass Almut mitten in der Nacht hinausschlich um ein Gespräch mit dem Hasen zu führen, war ihr zu verdanken. Plötzlich knallte es.

Judit zuckte zusammen. Sie brauchte einen Moment, um zu begreifen, dass Almut den Riegel der Stalltür geöffnet haben musste. Das hatte sie noch nie getan. All die Jahre nicht, an die Judit sich erinnerte. Immer hatte sie bloß Löwenzahn durch die Gitter geschoben und mit dem Hasen gesprochen. Leise quietschend schwang die Tür auf.

Judit sollte eingreifen. Irgendetwas tun! Der Vater würde wieder ausflippen. Unschlüssig, was sie sagen sollte, trat sie aus dem Schatten. Almut bemerkte sie nicht, denn sie steckte kopfüber im Hasenstall. Es rumpelte und raschelte im Stall, Stroh rieselte zu Boden.

„Na komm her, Seppi", murmelte Almut. „Komm, trau dich. Lauf weg, bevor er dir auch den Kopf abschlägt."

Judit hatte sie fast erreicht, streckte die Hand nach Almut aus - aber dann zögerte sie.

„Lauf weg, Seppi, mehr kann ich nicht für dich tun", murmelte Almut.

Sie wuchtete den zappelnden Hasen aus dem Stall, indem sie ihn mit der heilen Hand im Genick hielt und mit der eingegipsten das massige Hinterteil stützte. Er wand sich und strampelte energisch mit den Hinterbeinen, um sich zu befreien. Almut schnaufte vor Anstrengung.

„Bist mir ein guter Freund gewesen, Seppi. Warst immer ein guter Freund", sagte Almut.

Judit kam es vor, als würde Almut dem Seppi, der eigentlich eine Seppine sein musste, einen Kuss aufs Köpfchen drücken. Sie sah es nicht deutlich, denn Almut wandte ihr den Rücken zu. Langsam ging Almut in die Hocke und setzte den Hasen auf den Boden. Er saß ganz still vor ihr. Vielleicht, weil sie ihn noch im Genick festhielt.

Sie sollte jetzt wirklich den Hasen zurück in den Stall befördern. Um Almut nicht zu erschrecken, näherte sie sich ihr von der Seite. Almut hockte über den pechschwarzen Hasen gebeugt im Mondlicht. Das Hasenfell glänzte wie schwarzes Wasser. Almut berührte es mit den vom Gips ausgesparten Fingerspitzen in aller Andacht.

„So weich, wie es aussieht", murmelte sie. „Und so warm. Ach Seppi, dass nur du noch übrig bist."

Seppi hockte still da und beschnupperte die Nacht. Er machte keine Anstalten, davon zu hoppeln, als Almut ihn frei gab und ihren Rücken langsam aufrichtete. Mehr als drei Hopser in eine Richtung hatte dieser Hase sein Leben lang auch nicht gemacht, wahrscheinlich würde seine Puste nicht weit reichen. Und lange überleben würde er in freier Wildbahn auch nicht, naiv und verwöhnt, wie er war.

Judit schüttelte traurig den Kopf. Nichts würde den Seppi retten. Weder ihn laufen zu lassen, noch ihn rasch wieder einzufangen. Er würde als Mahlzeit enden. So oder so. Trotzdem war es fair, ihm seine Chance zu geben. Er hatte ja nur dieses eine Leben.

Almut erhob sich schwankend. Sie wandte Judit noch immer den Rücken zu. Judit war darauf gefasst, gleich von ihr bemerkt zu werden, und überlegte, ob und was sie sagen sollte. Ihr fiel nichts ein. Aber Almut drehte sich nicht um. Stattdessen stampfte sie mit dem Fuß mehrmals auf den Boden. Der pechschwarze Seppi zuckte zusammen, dann türmte er. In weiten Sprüngen hopste er über die Wiese und suchte Schutz unter dem Hollerbusch am Waldrand. Almut pirschte erstaunlich flink hinter ihm her, stampfte auf und machte immer wieder „gscht". Im Unterholz raschelte es, weiter entfernt knackten Zweige. Er würde seinen Weg gehen, der Seppi. Wie weit auch immer dieser Weg reichen mochte.

Judit stand noch immer unentschlossen neben dem verwaisten Hasenstall. Die Tür des Stalls stand offen, der Geruch von Hasenmist und Heu mischte sich mit dem Nachtatem der Sommerwiese. Sie beschloss, einfach kehrtzumachen, zurück ins Haus zu schleichen und nichts gesehen zu haben. Sie hatte sich schon genug eingemischt und alles nur noch schlimmer gemacht. Diesmal hielt sie sich ganz sicher heraus. Doch bevor Judit ihren Beschluss in die Tat umsetzen konnte, wandte sich Almut zu ihr um.

Erschrocken blieb die alte Frau stehen. Sie warf einen langen Mondschatten über die Wiese, der fast bis zu Judits nackten, kalten Zehen reichte.

„Ich bin`s nur, die Judit", flüsterte sie.

Mit einem Mal schrumpfte der Schatten, obwohl sich Almut keinen Schritt entfernte. Sie sank einfach lautlos in sich zusammen, beugte den Rücken und hinkte auf Judit zu. Judit schüttelte den Kopf. Erst jetzt ging ihr auf, dass Almut mit dem Hasen - im Rahmen ihrer Möglichkeiten - ganz normal gesprochen hatte. Und den Hasen freizulassen, na ja, das war irgendwie logisch und nachvollziehbar. Aufrecht hatte sie dabei gestanden, sich flink bewegt.

Jetzt bewegte sie sich wie der Glöckner von Notre Dame persönlich im Kriechgang über die feuchte Wiese, schaute Judit schräg von unten an und sagte mit kaum hörbarer Stimme: „Wer klug ist, Judit, der zieht weiter. Dorthin, wo er es aushalten kann."

25.

„Bin ich hier nur von Idioten umgeben?", brüllte der Vater.

Irgendjemand brummte eine Antwort, die Judit nicht verstand. Vermutlich die Mutter, die versuchte, ihn zu besänftigen, indem sie ihm Recht gab. Judit saß nachmittags an ihrem Tisch, den Kopf in die Hände gestützt, und verfluchte stumm den Tag.

„Was sollen wir denn jetzt machen? Wo soll ich denn einen hernehmen?", brüllte der Vater.

Wieder vernahm Judit ein Antwortbrummen.

„Ja, aber umsonst krieg ich keine neue Häsin, das kostet doch auch wieder Geld! Das Geld, das du schon für deinen verreckten Rosenbusch zum Fenster hinausgeworfen hast! Wo nehme ich jetzt Geld für die Häsin her?" - „Schenken? Wer soll mir denn was schenken?! Ich mach mich doch nicht zum Affen und bettel um einen blöden Hasen!"

Judit hob den Kopf und starrte das kleine, hellblaue Fleckchen Himmel an.

„Ja und, dann ist sie halt meschugge! Davon krieg ich auch keinen Hasen. Die reden sich leicht, die Studierten!"

Sie hielt sich die Ohren zu, trotzdem hörte sie noch zu viel. Sie verstand seine Worte nicht mehr, aber sie spürte die Verachtung, mit der der Vater sie über der Mutter ausgoss. Nein, ihr entgegen spuckte. Sie spürte die Härte, die unverhohlene Grausamkeit.

Ihr Magen krampfte sich zu einem schmerzhaften Klumpen zusammen, alles an ihr, der ganze Körper fühlte sich an, als träfen ihn Schläge. Jedes Wort, jeder Brüller ein Treffer. Überall hin, wo es weh tat. Die Schreie unten wurden lauter, die Mutter brüllte offenbar gegen den Vater an. Dann knallte eine Tür. Im Haus herrschte plötzlich Stille.

Eine gefährliche, scharfkantige Stille. Mit einer Halbwertszeit von mindestens drei Stunden. Wahrscheinlich mehr. Die Stille würde sich nur langsam wieder geben. Zuerst würde die Mutter einsilbige, harmlose Alltagsdinge aussprechen. Wie „gibt Essen". Der Vater würde zuerst noch karger antworten, indem er nickte oder höchstens ein Brummen von sich gab. Dann, nach einer weiteren langen Zeit, in der niemand etwas zu sagen wagte, würde die Mutter es riskieren und den Wetterbericht in einem Satz zusammenfassen. Woraufhin der Vater wieder höchstens brummte. Die Stille, die jetzt im Haus hing, würde den Rest des Tages nachhallen. Mit Glück war sie bis morgen vergessen. Aber das machte nichts. Die nächste Katastrophe lauerte sicher schon.

Judit hörte, wie das Scheunentor zur Seite schwang. Sie hörte leises Rumoren und wie der Vater vor sich hin zischte und murrte. Dann krachte die Axt in Holz. Ein scharfes Reißen war zu hören, gefolgt vom Poltern der gespaltenen Scheite, die zu Boden fielen. Wieder und wieder fuhr die Axt ins Holz.

Seppi war die Flucht gelungen. Wie es schien, kam Almut damit ohne blaues Auge davon. Darum konnte Judit froh sein. Aber sie war nicht froh.

Sie musste nachdenken. Und wusste nicht wie. Sie musste irgendetwas tun, eingreifen, etwas verbessern - so, dass es nicht schlimmer wurde davon. Und sie musste sich der Tatsache stellen, dass sie nach dem Wochenende in diese seltsame Kittelschürze schlüpfen würde und in aller Herrgottsfrühe mit dem Rad ins Dorf hinunter fahren, um Metzgereifachverkäuferin zu werden. Aber es dachte sich so schlecht im Haus.

Unten hörte sie Micha quaken, die Stimme des Vaters dazwischen brummeln. Die Mutter saß mit Sicherheit wieder in der Küche und träumte sich weg, Almut würde auf ihrem Sofa hocken und den Saum ihres Hochzeitskleides befühlen.

Alles hier drin war kaputt und verkehrt, egal wie es von außen scheinen mochte. Das geflickte Dach würde vielleicht eine Weile dichthalten, aber die von den Ziegeln verborgenen Latten und Sparren waren längst morsch. Eines mehr oder weniger schönen Tages würden sie unter ihrer Last nachgeben. Egal, wie stabil die Ehe ihrer Eltern nach außen schien, weil sie noch nicht geschieden war und keiner von ihnen fremdging - sie war vielleicht nie gut gewesen. Und Micha würde sein Leben lang Beifall an den falschen Stellen suchen. Zumindest aus Judits Sicht. So war es, und sie konnte nichts daran ändern, so sehr sie es sich auch wünschte.

Denn genau das wünschte sie sich, sie spürte es deutlich wie ein scharfes Messer in der Brust. Sie wünschte all diesen Menschen, dass sie glücklich werden würden. Von ganzen Herzen. Sie wünschte ihnen nichts mehr, als dass sie bekämen, wonach sie sich sehnten. Anerkennung und Liebe, die ganz spezielle Art von Glück, die sie sich ausmalten. Jedem nach seiner Weise. Sie hätte sie hassen können, aus Leibeskräften hassen, jedem einzelnen die Pest an den Hals wünschen und die Cholera noch dazu. Sie hätten es schließlich verdient. Doch das tat sie wirklich nicht.

Ihr tat nur unendlich leid, was sie sah. Das verzweifelte Ringen um ein bisschen Gutes, die Angst und den Schmerz, der jeden auf seine Weise immer tiefer in den Abgrund führte. Sie hatte trotzdem nicht das Recht, jemanden zu belehren. Wie auch. Sie wusste selbst nichts besser. Leise schloss sie die Tür hinter sich. Draußen war es noch hell.

Langsam stieg Judit hinter dem Haus den Hügel hinauf, und trug schwer an dem Aufruhr, der in ihr tobte. Sie atmete den Duft des von der Sonne fast vertrockneten Grases, saugte die weiche Abendluft in sich hinein. Schwalben zischten so verspielt durch den Himmel, als flögen sie vor lauter Übermut. Eine einsame Biene steuerte eine letzte rosa Kleeblüte an, bevor sie sich auf den Heimweg machte. Die Grillen jubilierten, irgendwo schimpfte eine Amsel. Jedem von Judits Schritten wich eine Armada von Grashüpfern aus.

Doch Judits Herz wurde davon nicht leichter. Ganz im Gegenteil. Die Hügel lagen so friedlich da, als wären sie schon immer dagelegen. Die Kuppen von dunklen Fichten bedeckt, die in den letzten Sonnenstrahlen golden glänzten. Eine Welt, so friedlich, so unbeschreiblich schön und weit. Judits Herz wollte bersten. Vor Schmerz und Angst und weil sie keinen Weg fand, alles gut zu machen.

Sie schaute zu, wie das Licht des Tages schwand, fühlte, wie es langsam seine Kraft und Wärme mit sich nahm. Die Welt war so schön, trotz all des Schmerzes, all der Ungerechtigkeit, die ein Mensch über den andern brachte. Die Welt war schön und unparteiisch, jeder konnte sie betrachten, sich an ihr sattsehen, bis ihm das Herz daran überquoll. Doch nichts wurde davon anders.

Das hier, das war ihre Heimat. Das alles hier ringsum. Jeder Baum, jeder Grashalm, jeder namenlose Hügel wohnte tief in ihrer Brust. All das gehörte zu ihr. Genauso wie ihre Sehnsucht nach dem Meer, nach der Ferne, nach freiem Land und endlosem Horizont, wie ihre Sehnsucht, die ganze Welt mit eigenen Augen zu sehen, alles zu erleben, alles zu berühren, alles zu schmecken und tausende Fragen zu stellen, auf die sie niemals eine Antwort finden würde.

Und wie Judit so dastand, ganz allein auf der Wiese im schwindenden Licht, da begriff sie, dass nicht nur all das zu ihr gehörte, sondern auch umgekehrt: Sie gehörte selbst zu alledem. Sie, die kleine, unangepasste Judit, die selten etwas richtig zu Wege brachte, die den Kopf lieber in die Wolken steckte und alles tausendmal lieber werden wollte, als Metzgereifachverkäuferin, sie war ein Teil dieser Welt. Sie gehörte dazu, genau so, wie sie nun einmal war.

So wie die letzte Biene, die sich verspätet hatte, so wie der Grashüpfer dort vorne, dem ein Hinterbein fehlte, wie das Reh, das auf der anderen Seite des Baches aus dem Unterholz trat und so wunderschön aussah wie nichts sonst auf dieser Welt, ohne es zu ahnen.

„Ich will nachhause", flüsterte Judit. „Gott, hörst du? Ich weiß nicht wie, ich weiß nicht wohin. Ich weiß nicht einmal, was das ist, aber ich will nachhause!"

Er antwortete nicht. Niemand kam, sie abzuholen. Aber endlich kamen die Tränen.

Nach einer Weile zog Judit das verknickte Foto aus der Hosentasche. Das Foto des Hauses am Meer. Der Herren-Pension, wie der Vater es genannt hatte. Sie wischte sich notdürftig die Wangen trocken und sah es an. Es war ein Haus, ja, ein schönes Haus. Eines, das ein Zuhause sein konnte.

Aber war dieses Zuhause, nach dem sie sich so schmerzlich

sehnte, wirklich ein Ort oder nur ein Gefühl? Und wenn ja, wie kam sie da hin? Indem sie blieb? Oder ging? Und wenn ja, wohin denn? Da waren sie wieder, die vielen Fragen, auf die es keine Antwort gab.

26.

Am vorletzten Tag bevor sie achtzehn wurde, am letzten, bevor der Ernst des Lebens mitsamt der Lehre begann, kramte sie ihren Ausbildungsvertrag heraus. Sie legte Kleidung zurecht, überlegte, wie lange sie mit dem Rad hinunter ins Dorf brauchen würde und wann wohl der Chef dort eintreffen mochte. Ehrlich gesagt hatte sie keine Ahnung, aber wenn sie im Morgengrauen aufstand, dürfte sie früh genug dort sein. Als sie am Abend unter die Decke schlüpfte, lag alles bereit.

Noch bevor die anderen wach wurden, zog sie sich an, trug ihre Sachen hinunter. Sie holte ihr Rad, kontrollierte den Luftdruck der Reifen, verstaute ihr Gepäck und stieg auf.
Selten war sie so ruhig gewesen wie an diesem Morgen. Alles, was sie tat, fühlte sich beruhigend echt und richtig an.
Noch einmal sah sie zu dem Haus hinüber, auf dessen Dach sich leuchtend rote und dunkelgraue, moosige Ziegel wie Kuhflecken abwechselten. Dann stieß sie sich ab, ließ das Rad anrollen und folgte der kurvigen, schmalen Straße ins Tal hinunter. Der Morgen roch frisch und verheißungsvoll. Noch war es kühl und Nebel stieg aus den Wiesen empor. Das Dorf lag wie unter einer weichen Wattedecke im Schlaf. Wie von allein fuhr das Rad zu Judits Ausbildungsbetrieb. Der Weg durch die menschenleeren Straßen fühlte sich an, als geschähe er unausweichlich mit Judit, als führe sie auf Schienen.

Noch war im Verkaufsraum alles dunkel, die Vordertür abgesperrt. Aus einem gekippten Fenster am rückwärtigen Teil des flachen Gebäudes drangen gedämpft Stimmen. Und dieser drückende Geruch von Wurst und Fleisch, Innereien und kochender Brühe, in der all das schwamm.

Sie stieg ab und klappte den Radständer nach unten. Jetzt war es also soweit. Endgültig. Ab hierher gab es kein Zurück. Der Zug hatte sich in Bewegung gesetzt und er ließ sich nicht mehr aufhalten. Es gab keine Bremsen.

In Judits Brust polterte ihr Herz. Sie war sich nicht sicher, ob sie es schaffte, ob sie sich dieser Sache stellen konnte - oder ob es nicht doch besser wäre, einfach davon zu laufen. Judit atmete noch einmal tief durch, spürte das aufgeregte Kribbeln in ihrem Bauch, das in die Brust hinauf stieg und sich in den Armen fortsetzte. Ihre Hände waren klamm und ihr blieb fast die Luft weg, als sie zu der edelstählernen Tür neben dem Fenster trat und zaghaft klopfte.

Sie schwitzte wie ein Schwein und hoffte, sie würde überhaupt ein Hallo herausbekommen. Zumindest würde in all dem Gestank ihr Angstschweiß nicht auffallen.

Drin schien sie niemand zu hören. Judit klopfte noch einmal, lauter diesmal. Das Rumoren einer Maschine, die drinnen grade ihren Betrieb aufnahm, übertönte es. Judit blieb nichts anderes übrig. Sie drückte die Klinke, öffnete die Tür und steckte den Kopf in die Metzgerei. Die Wände waren bis oben hin weiß gefliest, überall standen monströse Gerätschaften aus Edelstahl und rote Plastikwannen, in denen Fleischstücke lagen. Zwei überraschte Gesichter wandten sich ihr zu. Die Maschine verstummte.

„Hi", sagte Judit. „Ich bin die Judit. Ich bin hier wegen der

Ausbildung."

Der ältere der beiden Männer nickte, wischte sich die blutigen Hände an einem Tuch ab und kam lächelnd auf Judit zu. Judit brachte ihre Hände hinter ihrem Rücken in Sicherheit. Nicht, dass der Mann auf die Idee kam, sie ihr zu schütteln.

„Ach, dem Peter sein Mädchen. Der Laden macht erst um sieben auf, Judit. Wenn du um halb sieben zum Einräumen da bist, reicht das", sagte er. Er machte keine Anstalten, ihr die Hand zu geben. Trotz der frischen roten Flecke auf seiner weißen Arbeitskleidung und dem widerwärtigen Geruch, der ihn umgab, wirkte er sympathisch auf Judit. Vielleicht, weil sie ihm seine Verwunderung so deutlich ansehen konnte. Er schien ein netter Mensch zu sein. Der jüngere Mann rückte die Plastikhaube auf seinem Kopf zurecht und nickte Judit schüchtern zu.

„Nein", sagte Judit rasch. „Nein, ich bin nur hier, um zu sagen, dass ich die Stelle nicht antrete. Danke, dass Sie mich genommen haben, aber wissen Sie, mich hat niemand gefragt, ob ich will."

Der ältere Mann schüttelte den Kopf, als ob er sich verhört hätte, der jüngere kam neugierig näher. Judit wiederholte ihr Anliegen, schließlich nickte der Ältere bedauernd.

„Schade", sagte er, „aber am Ende ist es besser, gar nicht erst etwas Verkehrtes anzufangen, das ist schon richtig."

Als die Edelstahltüre hinter ihr zufiel und die Maschine wieder anfing zu brummen, war es soweit. Judit war draußen. Sie griff nach der Lenkstange ihres Fahrrads, klappte den Ständer zurück und schob es vom Hof zur Straße hin.

Sie war aus allem raus, was sie kannte, aus allem, was für sie geplant und vorgesehen gewesen war. Aus ihrem eigenen Leben. Wobei, nein, das stimmte natürlich nicht. Sie war nur draußen aus dem Leben, in das sie irrtümlicherweise hineingeraten war.

Am Straßenrand stieg Judit über den Fahrradrahmen und klemmte ihn zwischen die Beine. Sie zog das Foto aus ihrer Umhängetasche und betrachtete vergilbte Bild von dem Haus an Meer im fahlen Licht des beginnenden Tages. Der Wurstküchendunst verflog allmählich.

Was auch immer jetzt geschehen mochte, wohin auch immer der Weg sie führte - alles würde besser sein, als hierzubleiben. Denn welche Katastrophen auch über sie hereinbrechen würden - es würden ganz und gar ihre eigenen sein.

Judit warf einen letzten Blick auf das Foto von dem Haus am Meer, dann riss sie es in Stücke und überließ sie dem aufkommenden Wind. Mit zittrigen Knien schob Judit das Rad an, saß auf und trat kräftig in die Pedale. Ein paar Augenblicke später passierte sie schon das Ortsschild und fuhr hinaus in die Welt.

Es war verrückt, was sie da tat. Grenzenlos verrückt. Und viel zu gefährlich. Vor allem für ein Mädchen, so ganz allein. Aber mal ehrlich: War es so viel verrückter als zu bleiben? War es wirklich gefährlicher?

Vielleicht. Sie war auf dem besten Weg, das herauszufinden. Judit musste lachen. Trotz der Angst und der Schuld, die sie im Gepäck hatte und dem nagenden Gefühl, vielleicht doch nicht alles Menschenmögliche getan zu haben, um alles gut zu machen. Oder zumindest ein klein wenig besser. Trotz des Mitleids mit denen, die sie zurückgelassen hatte. Und trotz der Erinnerung an die Schläge, an die gnadenlose, alles vernichtende Wut des Vaters, die Abwesenheit der Mutter, während sie direkt daneben stand, an Almuts Heulen, das sich ihr ins Herz gebrannt hatte, an den kleinen Micha, der sich so verzweifelt nach Anerkennung sehnte, an all die Momente voller Angst, mit einem falschen Wort ein Drama herauf zu beschwören, an die Angst, ein klein wenig aufzufallen.

Eines Tages würde ihr Vater sagen, dass er sie für ihren Mut bewunderte und sie würde es nicht glauben. Doch genauso würde es sein. Denn insgeheim träumte auch er vom Meer und von der weiten Welt, auch wenn er sich nie getraut hatte, alles hinter sich zu lassen und einen Platz für sein Leben zu finden, an dem er es nicht nur aushalten konnte, sondern an dem er glücklich wäre. Vielleicht, weil er seine Verantwortung ernster nahm, als Judit.

Als er an diesem Morgen einen Anruf von Herbert, dem Metzgermeister bekam, der ihm sagte, dass er sich wegen Judits Abschiedsbesuch irgendwie Sorgen machte, wurde er zuerst kreidebleich und dann fuchsteufelswild. Er stieß Verwünschungen aus, die bis hinunter ins Dorf zu hören waren, und von den waldigen Hügeln zurückgeworfen wurden.

Judit hörte davon nichts. Sie war längst zu weit entfernt. Aber sie musste das Schimpfen des Vaters auch nicht hören. Sie wusste selbst, dass sie einen großen, bösen Fehler machte.

Sie saß am Ufer eines kleinen Flusses und beobachtete einen Bussard, der auf einer alten Pappel saß und seine Schwingen in die Sonne spreizte. Kurz duckte er sich, dann stieß er sich kraftvoll ab, schlug einige Male mit den Flügeln, bis er Höhe gewann, und segelte majestätisch dem Horizont entgegen.

Judit lächelte ihm hinterher. Sie saß am Boden, am Ufer des

Baches, aber ihr Herz flog mit ihm. Sie wusste nicht, ob und wo sie etwas frühstücken würde, wusste nicht, wo sie schlafen würde, wenn die Nacht anbrach, sie wusste nicht einmal, welchen Weg sie einschlagen würde, wenn sie nach ihrer kurzen Pause wieder aufs Rad stieg. Sie wusste gar nichts. Außer, dass der große, böse Fehler, den sie gerade beging, der Beste ihres Lebens war. Denn ab heute lebte sie.

Danke!

Liebe Leserin, lieber Leser, Danke, dass Du Dich auf diese Geschichte eingelassen hast und Judit auf ihrem steinigen Weg bis hierher gefolgt bist. Durch Dein Miterleben hast Du diese Geschichte erst lebendig werden lassen.

Besonders danken möchte ich meinem Mann, der mich auch bei diesem Buch tatkräftig unterstützt hat und mir jeden Tag das größte Geschenk macht, dass ich mir wünschen kann: Er nimmt mich, wie ich bin. Danke, dass du da bist, Roman.

Ich danke unserem Sohn von Herzen dafür, dass er unser Leben mit seinen Ideen, seinem Lachen und seiner bedingungslosen Liebe bereichert. Ich liebe die Diskussionen übers Geschichtenerzählen mit dir und glaube an dich, mein Kind.

Danke sagen will ich meiner besten Freundin, Carolin Gehret-Henseleit, die mich schon viele Jahre begleitet, mir Mut zuspricht und mir geholfen hat, dieses Buch ein gutes Stück besser zu machen. Danke für alles, Caro!

Großer Dank gilt Heike Hüge, die mit ihrem großen Herzen und viel Sachverstand hilft, wo sie kann. Danke fürs Testlesen und für deine Freundschaft, liebe Heike!

Danken will ich auch der kleinen, geheimen Gemeinschaft der Bücherschmiede, die für mich zu einer virtuellen Familie geworden ist.
Cindy, Aline, Ina und Marie: Danke dass ihr da seid!

Liebe Leserin, lieber Leser,

wenn Du dieses Buch online gekauft hast, würde ich mich riesig über eine Bewertung von Dir freuen. Auch, wenn Du keine fünf Sternchen vergibst ;-)

Wenn Du magst, schreibe mir auch gerne persönlich per Mail (karin.pelka@gmx.net), nimm via Facebook Kontakt mit mir auf oder besuche meine Website, um mehr über mich und meine Bücher zu erfahren: karin-pelka.jimdo.de

Ich freue mich, von Dir zu lesen, und hoffe, ich darf Dich mit meinem nächsten Buch in ein neues Abenteuer entführen!

*Herzlichst,
Deine Karin Pelka*